O INVERNO DA BRUXA

O INVERNO DA BRUXA

Katherine Arden

Tradução de Eliza Nazarian

FÁBRICA231

Título original
THE WINTER OF THE WITCH

Esta é uma obra de ficção. Nomes, personagens, lugares, e incidentes são produtos da imaginação da autora, foram usados de forma fictícia. Qualquer semelhança com acontecimentos reais, localidades, ou pessoas, vivas ou não, é mera coincidência.

Copyright © 2019 by Katherine Arden

Todos os direitos reservados incluindo o de reprodução no todo ou em parte sob qualquer forma.

FÁBRICA 231
O selo de entretenimento da Editora Rocco Ltda.

Direitos para a língua portuguesa reservados
com exclusividade para o Brasil à
EDITORA ROCCO LTDA.
Rua Evaristo da Veiga, 65 – 11º andar
Passeio Corporate – Torre 1
20031-040 – Rio de Janeiro – RJ
Tel.: (21) 3525-2000 – Fax: (21) 3525-2001
rocco@rocco.com.br
www.rocco.com.br

Printed in Brazil/Impresso no Brasil

CIP-Brasil. Catalogação na publicação.
Sindicato Nacional dos Editores de Livros, RJ.

	Arden, Katherine
A72i	O inverno da bruxa / Katherine Arden ; tradução Eliza Nazarian. – 1. ed. – Rio de Janeiro : Fábrica231, 2020.
	Tradução de: The winter of the witch ISBN 978-85-9517-066-7 ISBN 978-85-9517-067-4 (e-book)
	1. Ficção americana. I. Nazarian, Eliza. II. Título.
20-63976	CDD: 813 CDU: 82-3(73)

Leandra Felix da Cruz Candido – Bibliotecária – CRB-7/6135

O texto deste livro obedece às normas do
Acordo Ortográfico da Língua Portuguesa.

*Para meus irmãos
de nascimento e adoção,
Sterling, RJ, Garrett.
Amo vocês.*

O mar está claro à sombra da tempestade
O céu admirável sem seu azul
mas acredite em mim; no rochedo, a menina
sobressai à onda, ao céu e à tempestade

– A. S. PUSHKIN

PARTE UM

1

MARYA MOREVNA

Anoitecia no final do inverno, e dois homens atravessaram o pátio dianteiro do palácio calcinado pelo fogo. O pátio estava sem neve, emporcalhado com uma mistura de água e terra pisada. Os homens afundavam até os tornozelos na imundície, mas falavam intensamente, cabeças juntas, sem se preocupar com a umidade. Atrás deles havia um palácio cheio de móveis quebrados, manchado de fumaça; o parapeito trabalhado destruído sobre as escadas. À frente, encontrava-se a ruína calcinada do que antes fora um estábulo.

– Chelubey sumiu na confusão – disse o primeiro homem com amargura. – Estávamos ocupados salvando nossas próprias peles. – Tinha o rosto manchado de fuligem, a barba com crostas de sangue. Olheiras desfiguravam a carne sob seus olhos cinzentos, como se fossem impressões digitais azuis. Era entroncado, jovem, com a energia ensandecida de um homem levado além da exaustão, a um estado de vigília persistente e surreal. Todos os olhares no pátio acompanharam-no. Era o grão-príncipe de Moscou.

– Nossas peles e um tanto mais – disse o outro homem, um monge, com um sombrio toque de humor.

Porque, contra qualquer esperança, a cidade estava praticamente intacta, e ainda lhes pertencia. Na noite anterior, o grão-príncipe quase tinha sido deposto e assassinado, embora fossem poucos os que soubessem disso. Sua cidade estivera prestes a ser reduzida a cinzas; foram salvos apenas por uma milagrosa tempestade de neve. Todos sabiam disso. Uma faixa negra cortava o coração da cidade, como se a mão de Deus tivesse descido à noite gotejando fogo das suas unhas.

– Não foi o bastante – disse o grão-príncipe. – Podemos ter nos salvado, mas não reagimos à traição.

Em todo aquele dia difícil, o príncipe tivera palavras de conforto para cada homem sob seu olhar, deu ordens tranquilas aos que disputavam os cavalos sobreviventes e descartavam as vigas carbonizadas do estábulo. Mas o monge, que o conhecia bem, podia perceber a exaustão e a raiva logo abaixo da superfície.

– Amanhã, eu mesmo vou sair com tudo que possa ser salvo – o príncipe disse. – Encontraremos os tártaros e iremos matá-los.

– Deixar Moscou agora, Dmitrii Ivanovich? – perguntou o monge, demonstrando inquietação.

Uma noite e um dia sem dormir não haviam alterado em nada o temperamento de Dmitrii. – Vai me dizer o contrário, irmão Aleksandr? – perguntou, com uma voz que fez seus serviçais se encolherem.

– A cidade não pode ficar sem você – respondeu o monge. – Temos mortos a velar; celeiros destruídos, além de animais e armazéns. As crianças não podem se alimentar de vingança, Dmitrii Ivanovich.

O monge não tinha dormido mais do que o grão-príncipe; mal podia disfarçar o nervosismo em sua própria voz. Seu braço esquerdo estava envolto em linho, no local onde uma flecha havia penetrado no músculo abaixo do ombro e sido arrancada.

– Os tártaros atacaram-me em meu próprio palácio *depois* de terem sido recebidos por mim de boa-fé – replicou Dmitrii, não se preocupando em ocultar a raiva ao responder. – Conspiraram com um usurpador, *incendiaram minha cidade*. Tudo isso é para ficar sem vingança, irmão?

Na verdade, os tártaros não haviam incendiado a cidade, mas irmão Aleksandr não disse isso. Que esse engano ficasse esquecido; não poderia ser consertado agora.

Friamente, o grão-príncipe acrescentou: – Sua própria irmã não deu à luz um natimorto durante o caos? Um bebê real morto, uma faixa da cidade em cinzas, o povo clamará se não houver justiça.

– Nenhuma quantidade de sangue derramado trará de volta o filho da minha irmã – disse Sasha, com mais rispidez do que pretendia. Em sua mente, ainda estava claro o luto sem lágrimas da irmã, pior do que qualquer choro.

A mão de Dmitrii estava no punho da sua espada. – Vai me passar um sermão agora, padre?

Na voz do príncipe, Sasha percebeu a ruptura entre eles, cicatrizada, mas não curada. – Não – respondeu Sasha.

Com esforço, Dmitrii soltou as serpentes entrelaçadas do punho da sua espada.

– Como pretende encontrar os tártaros de Chelubey? – Sasha perguntou, tentando argumentar. – Já os perseguimos uma vez, cavalgamos quinze dias sem sinal algum, embora fosse o auge do inverno, quando a neve guarda boas pistas.

– Mas acabamos encontrando-os – disse Dmitrii, e seus olhos cinzentos estreitaram-se. – Sua irmã mais nova sobreviveu à noite?

– Sim – respondeu Sasha, cauteloso. – Com queimaduras no rosto e uma costela quebrada, segundo Olga. Mas está viva.

Dmitrii pareceu preocupado. Atrás dele, um dos homens, limpando os escombros, deixou cair a ponta de uma viga de telhado quebrada, xingando.

– Eu não teria te alcançado a tempo se não fosse por ela – Sasha disse ao perfil sombrio do primo. – O sangue dela salvou seu trono.

– O sangue de muitos homens salvou meu trono – retorquiu Dmitrii, sem virar o rosto. – Ela é uma mentirosa e fez de você um mentiroso, justo você, o mais íntegro dos homens.

Sasha ficou calado.

– Pergunte a ela – disse Dmitrii, virando-se. – Pergunte como foi que ela fez, como foi que achou os tártaros. Não pode ser apenas com olhos argutos. Tenho dúzias de homens com olhos argutos. Pergunte como ela fez isso, e eu a recompensarei. Não acho que algum homem em Moscou se casaria com ela, mas um boiardo do campo poderia ser convencido. Ou uma boa quantidade de ouro subornaria um convento para aceitá-la. – Dmitrii falava cada vez mais rápido, o rosto inquieto, as palavras jorrando. – Ou ela pode ser mandada para casa em segurança, ou ficar no terem com sua irmã. Providenciarei para que tenha ouro suficiente para ficar confortável. Pergunte como fez isso, e eu acertarei as coisas para ela.

Sasha ficou com o olhar parado, cheio de palavras que não poderia dizer. *Ontem, ela salvou sua vida, matou um feiticeiro do mal, incendiou Moscou e depois salvou a cidade; tudo isto em uma única noite. Você acha que ela aceitaria desaparecer pela quantia de um dote, por qualquer quantia? Você conhece a minha irmã?*

Mas é claro que Dmitrii não a conhecia. Só conhecia Vasilii Petrovich, o menino que ela tinha fingido ser. *Eles são um só.* Sob sua arrogância, Dmitrii deveria saber disso; sua inquietação traía-o.

Um grito dos homens ao redor do estábulo poupou Sasha de responder. Dmitrii virou-se com alívio. – Aqui – disse, caminhando a passos firmes.

Sasha acompanhou-o com o rosto soturno. Um amontoado de pessoas juntava-se no cruzamento de duas vigas queimadas de telhado.

— Afastem-se, Mãe de Deus, por acaso vocês são carneiros atrás de relva fresca? O que foi? — o grupo recuou perante a dureza em sua voz. — Então? — perguntou Dmitrii.

Um dos homens recuperou a fala. — Ali, *Gosudar* — disse. Apontava para uma brecha entre duas colunas caídas, e alguém abaixou uma tocha. Um brilho replicado veio de baixo, onde algo brilhante devolvia a luz do fogo. O grão-príncipe e seu primo olharam, fascinados, em dúvida.

— Ouro? — perguntou Dmitrii — Ali?

— Com certeza não — disse Sasha, — Teria derretido.

Três homens já estavam arrastando para o lado as madeiras que prendiam a coisa na terra. Um quarto homem arrancou-a e entregou-a ao grão-príncipe.

Era ouro, ouro bom e não derretido. Tinha sido forjado em elos pesados e barras rígidas, articulados de maneira estranha. O metal tinha um brilho oleoso; despendia uma cintilação branca e vermelha no círculo de rostos à espreita, e deixou Sasha incomodado.

Dmitrii segurou-o de um lado e de outro, e depois disse: — Ah — mudando o jeito de segurar, de modo a pegá-lo pela testeira, com as rédeas sobre o pulso. Era um bridão. — Já vi isso — disse Dmitrii, com o olhar aceso. Uma braçada de ouro era muito bem-vinda para um príncipe, cujas riquezas tinham sido encolhidas por bandidos e pelo fogo.

— Estava na égua de Kasyan Lutovich ontem — informou Sasha, desgostoso com a lembrança do dia anterior. Seus olhos demoraram-se contrafeitos na porção perfurante. — Eu não a culparia por derrubá-lo.

— Bom, isso é um confisco de guerra — disse Dmitrii. — Se pelo menos aquela ótima égua não tivesse sumido... Malditos aqueles tártaros por roubarem cavalos. Uma refeição quente e vinho para todos vocês, homens. Bom trabalho. — Os homens comemoraram, exaustos. Dmitrii deu o bridão para seu ordenança. — Limpe isto — disse. — Mostre para minha mulher. Pode ser que a anime. Depois, providencie para que fique guardado em segurança.

— Não é estranho — Sasha perguntou, cauteloso, depois que o reverente ordenança partiu, carregando a peça dourada — que esse bridão deva ter ficado no estábulo enquanto ele queimava e mesmo assim não tenha marca alguma?

– Não – respondeu Dmitrii, dirigindo ao primo um olhar duro. Não é estranho. Milagroso, seguindo nos calcanhares daquele outro milagre, a nevasca que nos salvou. Você deve dizer exatamente isso a qualquer um que pergunte. Deus poupou esta peça de ouro porque sabia que nossa necessidade era grande. – A diferença entre acontecimentos misteriosos do benevolente e da entidade perversa não era mais espessa do que um boato, e Dmitrii sabia disso. – Ouro é ouro. Agora, irmão... – Mas ficou em silêncio. Sasha tinha parado, a cabeça levantada.

– Que barulho é esse?

Um burburinho confuso erguia-se da cidade lá fora: um fragor e um estalo, como água em um litoral rochoso. Dmitrii franziu o cenho. – Soa como...

Um grito do sentinela no portão interrompeu-o.

UM POUCO ABAIXO da colina do Kremlin, o escurecer chegou mais cedo, e as sombras caíram frias e espessas sobre outro palácio, menor e mais silencioso. Não tinha sido atingido pelo fogo, exceto pelo chamuscado de fagulhas que caíram.

Toda Moscou agitava-se com rumores, soluços, maldições, discussões, perguntas e, mesmo assim, ali reinava uma frágil ordem. Os lampiões estavam acesos; criados reuniam o que podia ser disponibilizado para o conforto dos que se viram reduzidos à pobreza. Os cavalos cochilavam em seus estábulos; colunas ordenadas de fumaça subiam das chaminés da padaria, da cozinha, da cervejaria e do próprio palácio.

A responsável por essa ordem era uma única mulher. Estava sentada em sua oficina, costas retas, impecável, com uma palidez cadavérica. Rugas generalizadas de tensão emolduravam sua boca, embora ainda não tivesse trinta anos. Os traços escuros sob seus olhos rivalizavam com os de Dmitrii. Ela tinha ido à casa de banhos na noite anterior e parido seu terceiro bebê, natimorto. Naquela mesma hora, sua filha mais velha havia sido roubada e quase se perdera nos horrores da noite.

Mas, apesar de tudo, Olga Vladimirova não descansaria. Havia muito a ser feito. Um fluxo contínuo de pessoas veio até ela, ali onde estava, ao lado do forno da oficina: camareira e cozinheira, carpinteiro, padeiro e lavadeira. Cada um foi despachado com uma incumbência e algumas palavras de agradecimento.

Fez-se uma pausa entre os solicitantes, e Olga recostou-se para trás em sua cadeira, os braços envolvendo a barriga, onde a criança não nascida havia estado. Ela tinha dispensado suas outras mulheres horas antes; estavam mais acima no terem, dormindo para esquecer os choques da noite. Mas uma pessoa não foi.

– Você precisa ir para a cama, Olya. A criadagem pode se virar sem você até de manhã. – Quem falava era uma menina, sentada rígida e atenta em um banco ao lado do forno. Tanto ela quanto a orgulhosa princesa de Serpukhov tinham cabelos compridos e negros, as tranças da grossura de um punho e uma indefinível semelhança de traços. Mas a princesa era delicada, enquanto a menina era alta, de dedos longos, seus grandes olhos terminando nos ângulos grosseiramente talhados em seu rosto.

– Você devia mesmo – disse outra mulher, voltando para a sala com pão e ensopado de repolho. Era quaresma; elas não podiam comer carne gorda. Essa mulher parecia tão cansada quanto as outras duas. Sua trança era amarela, com poucos laivos de prata, e os olhos eram grandes, claros e espertos. – A casa está segura por esta noite. Comam isto, vocês duas. – Começou a servir a sopa energicamente. – E depois, vão para a cama.

Olga disse, lenta de exaustão. – Esta casa está segura. Mas e a cidade? Você acha que Dmitrii Ivanovich, ou sua pobre e tola esposa, está mandando os criados levarem pão para alimentar as crianças que se tornaram órfãs esta noite?

A menina sentada no banco do forno empalideceu e seus dentes cravaram-se no lábio inferior. Disse: – Tenho certeza de que Dmitrii Ivanovich está arquitetando planos inteligentes para se vingar dos tártaros, e os que se empobreceram só precisarão esperar. Mas isso não significa...

Um grito vindo de cima interrompeu-a, e depois o som de passos apressados. As três mulheres olharam para a porta com expressão idêntica. *O que, agora?*

A ama irrompeu na sala, tremendo. Duas criadas ofegavam em seu encalço. – Masha – a ama disse, sem fôlego. – Masha... sumiu.

Olga levantou-se imediatamente. Masha... Marya... era sua única filha, a que tinha sido roubada da cama justo na noite anterior. – Chame os homens – Olga ordenou com rispidez.

Mas a menina mais nova inclinou a cabeça, como se estivesse escutando.

– Não – ela disse. Todas as cabeças na sala viraram-se de imediato. As criadas e a ama trocaram olhares sombrios. – Ela foi lá fora.

— Então aquilo... — Olga começou, mas a outra interrompeu-a. — Sei onde ela está. Deixe-me ir buscá-la.

Olga olhou longamente para a menina mais nova, que a olhou de volta, serena. Um dia antes, Olga teria dito que jamais confiaria à sua irmã louca um dos seus filhos.

— Onde? — Olga perguntou.

— No estábulo.

— Muito bem — Olga disse. — Mas, Vasya, traga Masha de volta antes do acender dos lampiões. E se ela não estiver lá, diga-me na mesma hora.

A menina concordou com a cabeça, parecendo triste, e se levantou. Só quando se moveu é que foi possível ver que favorecia um dos lados. Tinha quebrado uma costela.

Vasilisa Petrovna encontrou Marya onde esperava, dormindo enrodilhada na palha da baia de um garanhão baio. A porta da baia se encontrava aberta, mas o garanhão não estava amarrado. Vasya entrou, mas não acordou a criança. Recostou-se no ombro do grande cavalo, pressionando a face no pelo sedoso.

O garanhão baio virou a cabeça e focinhou seus bolsos com vontade. Ela sorriu, seu primeiro sorriso de verdade naquele longo dia; tirou da manga uma côdea de pão e deu para ele comer.

— Olga não vai descansar — ela disse. — Ela deixa todos nós envergonhados.

Você também não descansou, respondeu o cavalo, soprando ar morno no rosto dela.

Encolhendo-se, Vasya empurrou-o; seu hálito quente machucava as queimaduras em seu couro cabeludo e no rosto.

— Não mereço descansar — retrucou. — Provoquei o fogo; preciso compensar do jeito que puder.

Não, disse Solovey, batendo a pata. *A Zhar Ptitsa provocou o fogo, embora você devesse ter me escutado antes de soltá-la. Ela estava enlouquecida por ficar presa.*

— De onde ela veio? — Vasya perguntou. — Como foi que *Kasyan*, entre todas as pessoas, colocou rédeas em uma criatura daquelas?

Solovey pareceu nervoso. Suas orelhas inclinaram-se para frente e para trás e sua cauda fustigou seus flancos. *Não sei. Lembro-me de alguém gritando, e de alguém chorando. Lembro-me de asas e de sangue numa água azul.* Ele voltou a bater a pata, sacudindo a crina. *Nada mais.*

Parecia tão angustiado que Vasya coçou sua cernelha e disse: – Não tem importância. Kasyan está morto, e seu cavalo foi-se embora. – Mudou de assunto. – O *domovoi* disse que Masha estava aqui.

Claro que está aqui, respondeu o cavalo, com ar superior. *Mesmo que ela ainda não saiba falar comigo, sabe que coicearei qualquer um que tente machucá-la.*

Essa não era uma ameaça à toa, vinda de um garanhão medindo dezessete palmos.

– Não posso culpá-la por vir até você – Vasya disse. Tornou a coçar a cernelha do cavalo, e as orelhas do animal relaxaram de prazer. – Quando eu era pequena, sempre corria até o estábulo ao primeiro sinal de confusão. Mas aqui não é Lesnaya Zemlya. Olya ficou assustada quando descobriram que ela tinha sumido. Preciso levá-la de volta.

A garotinha na palha agitou-se e gemeu. Vasya ajoelhou-se com cuidado, tentando não mexer seu lado machucado, justo quando Marya acordou, debatendo-se. A cabeça da criança atingiu as costelas de Vasya, e por pouco ela não soltou um grito; sua visão escureceu nas bordas.

– Shh, Masha – Vasya disse, quando conseguiu voltar a falar. – Shh, sou eu. Está tudo bem. Você está bem. Está segura.

A criança acalmou-se, tensa nos braços da menina mais velha. O grande cavalo abaixou a cabeça e focinhou seu cabelo. Ela levantou os olhos. Ele lambeu seu nariz com muita delicadeza, e Marya soltou uma risadinha. Depois, enfiou o rosto no ombro da menina mais velha e chorou.

– Vasochka, Vasochka, não me lembro de nada – cochichou entre soluços. – Só me lembro de sentir medo...

Vasya também se lembrava de sentir medo. Com as palavras da criança, imagens da noite anterior cruzaram sua mente como dardos arremessados. Um cavalo pegando fogo, empinando. O feiticeiro murchando, amontoando-se no chão. Marya enfeitiçada, lívida, obediente.

E a voz do Rei do Inverno. *Amei você da maneira que pude.*

Vasya sacudiu a cabeça, como se o movimento pudesse dissipar a lembrança.

– Você não precisa lembrar, ainda não – ela disse, com suavidade, para a menina. – Agora está segura, acabou.

– Não parece que acabou – sussurrou a menina. – Não consigo me lembrar! Como sei se acabou ou não?

Vasya disse: – Confie em mim, ou senão, confie na sua mãe ou no seu tio. Não vai acontecer mais nada de ruim a você. Agora venha, precisamos voltar para casa. Sua mãe está preocupada.

Imediatamente, Marya desvencilhou-se de Vasya, que tinha pouca força para detê-la, e agarrou-se com braços e pernas às patas dianteiras de Solovey. – Não! – gritou, com o rosto pressionado na pelagem do cavalo. – Você não pode me obrigar!

Um cavalo comum teria empinado perante tal comportamento, ou se protegido, ou, no mínimo, atingido o rosto de Marya com o joelho. Solovey ficou apenas ali, parecendo hesitante. Com cuidado, abaixou a cabeça até Marya. *Pode ficar aqui, se quiser*, disse, embora a criança não o entendesse. Tinha voltado a chorar, num lamento fraco e exausto de uma criança no final da resistência.

Vasya, tomada pela pena e pela raiva em favor de Marya, entendeu por que ela não queria voltar para a casa. Tinha sido tirada de lá e submetida a horrores dos quais mal se lembrava. A presença enorme e autoconfiante de Solovey era extremamente tranquilizadora.

– Andei sonhando – a garotinha balbuciou nas patas dianteiras do garanhão. – Não me lembro de nada a não ser do sonho. Havia um esqueleto que ria de mim, e eu ficava comendo bolos, mais e mais, mesmo eles me deixando enjoada. Não quero sonhar mais. Não vou voltar para a casa. Vou viver aqui, no estábulo, como Solovey. – Ela voltou a se agarrar ao garanhão.

Vasya percebeu que, a menos que escolhesse arrancar Marya de lá e arrastá-la, procedimento que sua costela quebrada não suportaria e que seria enfaticamente desaprovado por Solovey, a menina não iria a parte alguma.

Bom, que outra pessoa explicasse ao garanhão irascível por que Marya não poderia ficar onde estava. Enquanto isso...

– Muito bem – disse Vasya, falando com voz animada –, não precisa voltar para casa, a não ser que queira. Quer que eu te conte uma história?

Marya relaxou o punho de ferro em Solovey. – Que tipo de história?

– Qualquer uma de que você goste. *Ivanushka e Alenushka?* – Então, Vasya teve um mau pressentimento.

Irmã, querida irmã Alenushka, disse o cabritinho. Nade, nade até mim. Eles estão acendendo as fogueiras, fervendo as panelas, afiando as facas. E eu vou morrer.

Mas sua irmã não podia ajudá-lo. Porque ela mesma já tinha sido afogada.

— Não, talvez essa não – disse Vasya rapidamente, e pensou. – *Ivan, o Bobo*, talvez?

A criança refletiu, como se a escolha de contos fosse da maior importância, podendo mudar a história daquele dia horroroso. Para o bem dela, Vasya esperava que isso acontecesse.

— Acho – respondeu Marya – que gostaria de ouvir a história de Marya Morevna.

Vasya hesitou. Quando criança, amava a história de Vasilisa, a Bela, um conto de fadas com seu próprio nome. Mas o conto de Marya Morevna calaria fundo, talvez fundo demais, depois da noite anterior. Mas Marya não tinha acabado: – Conte-me sobre Ivan – ela pediu. – Aquela parte da história. Sobre os *cavalos*.

E, então, Vasya entendeu. Sorriu e nem se importou que o sorriso repuxasse a pele queimada do seu rosto.

— Muito bem. Vou contar essa parte se você soltar a perna de Solovey. Ele não é uma coluna.

Marya soltou Solovey com relutância, e o garanhão deitou-se na palha para que as duas meninas pudessem se aconchegar em seu dorso quente. Vasya envolveu Marya e a si mesma em sua pelerine e começou, afagando o cabelo da menina:

— Por três vezes, o príncipe Ivan tentou resgatar a esposa, Marya Morevna, das garras do feiticeiro malvado Kaschei, mas fracassou em cada uma delas, porque Kaschei cavalgava o cavalo mais ligeiro do mundo, e além disso, o animal entendia a fala dos homens. Seu cavalo podia ultrapassar o de Ivan, por maior que fosse sua vantagem.

Solovey resfolegou com um bafo complacente, cheirando a feno. *Aquele cavalo não conseguiria me ultrapassar*, ele disse.

— Por fim, Ivan pediu à sua esposa Marya que perguntasse a Kaschei como ele tinha chegado a cavalgar um cavalo tão incomparável.

"'Existe uma casa sobre pernas de galinhas', respondeu Kaschei. 'Que fica à beira do mar. Lá vive uma bruxa, uma Baba Yaga que cria os melhores cavalos do mundo. É preciso atravessar um rio de fogo para chegar até ela, mas eu tenho um lenço mágico que dissipa as chamas. Depois que a pessoa chega na casa, precisa pedir para servir a Baba Yaga por três dias. Se servi-la bem, ela lhe dá um cavalo. Mas se falhar, ela a comerá'."

Solovey inclinou uma orelha pensativa.

– Então, Marya, aquela menina corajosa – a essa altura, Vasya puxou a trança negra da sobrinha, e Marya riu – roubou o lenço mágico de Kaschei, e entregou-o a Ivan, em segredo. E lá se foi ele até a Baba Yaga, ganhar o melhor cavalo do mundo para si mesmo.

"O rio de fogo era grande e terrível, mas Ivan atravessou-o agitando o lenço de Kaschei e galopando em meio às chamas. Além do fogo, encontrou uma casinha junto ao mar. Ali, viviam Baba Yaga e os melhores cavalos do mundo..."

Então, Marya interrompeu-a: – Eles podiam falar? Como você fala com Solovey? Você pode mesmo conversar com Solovey? Ele fala com as pessoas? Como os cavalos de Baba Yaga?

– Ele pode falar – respondeu Vasya, erguendo a mão para impedir o fluxo de perguntas. – Se você souber como escutar. Agora, quietinha, deixe-me terminar.

Mas Marya já estava fazendo sua próxima pergunta: – Como foi que você aprendeu a escutar?

– Eu... O homem do estábulo me ensinou – disse Vasya. – O *vazila*. Quando eu era criança.

– Eu poderia aprender? – perguntou Marya. – O homem do estábulo nunca fala comigo.

– O seu não é forte – disse Vasya. – Em Moscou, eles não são fortes. Mas... acho que você poderia aprender. Sua avó, minha mãe, sabia um pouco de magia, é o que dizem. Ouvi contarem que sua bisavó entrou em Moscou montada em um cavalo magnífico, cinzento como a manhã. Talvez ela visse *chyerti*, como você e eu. Talvez existam outros cavalos em algum lugar, como Solovey. Talvez nós todos...

Ela foi interrompida por um passo decidido no corredor entre as baias.

– Talvez nós todos – replicou a voz seca de Varvara – estejamos precisando jantar. Sua irmã confiou que você fosse buscar a filha dela, e encontro as duas aqui, rolando na palha como uma dupla de camponeses.

Marya pôs-se de pé. Vasya acompanhou-a, dolorosamente, tentando não forçar o lado machucado. Solovey levantou-se com esforço, as orelhas espetadas em direção a Varvara. A mulher lançou–lhe um olhar estranho. Por um instante, houve uma espécie de anseio distante em seu rosto, como o de uma mulher que vê algo o qual cobiça há muito tempo. Depois, ignorando o garanhão, disse:

— Vamos, Masha, Vasya pode terminar sua história mais tarde. A sopa vai esfriar.

◇

O ESTÁBULO TINHA SE ENCHIDO de sombras enquanto Vasya e Marya conversavam. Solovey ficou imóvel, com as orelhas espetadas.

— O que foi? — Vasya perguntou ao cavalo.

Você consegue ouvir isso?

— O quê? — Varvara perguntou, e Vasya olhou para ela de um jeito estranho. Com certeza ela não tinha...

Marya olhou, subitamente apavorada. — Solovey ouviu alguém vindo? Alguém mau?

Vasya pegou a mão da menina. — Eu disse que você estava segura e falei sério. Se houver algum perigo, Solovey vai nos levar para longe, galopando.

— Tudo bem — Marya assentiu, baixinho, mas segurando com força a mão de Vasya.

Elas saíram para a noite azulada. Solovey as acompanhou, bufando inquietamente, seu focinho no ombro de Vasya. O crepúsculo cor de sangue tinha se reduzido a uma leve mancha a oeste, e o ar estava parado e estranho. Fora das paredes grossas do estábulo, Vasya pôde ouvir o que Solovey escutara: os passos pesados e apressados de muitos pés e um rumor abafado de vozes.

— Você tem razão, tem alguma coisa errada — disse Vasya baixinho para o cavalo. — E, maldição, Sasha não está aqui. — Em voz alta, ela acrescentou: — Não se preocupe, Masha, estamos seguras aqui, por detrás dos portões.

— Vamos — disse Varvara, dirigindo-se para a sala externa, para a antessala e a escada que as levaria de volta ao terem.

2

AJUSTE DE CONTAS

O PÁTIO ESTAVA ESTRANHAMENTE QUIETO; A AGITAÇÃO DO DIA TINHA dado lugar a uma calma pesada. Varvara entrou pela porta externa do *terem*, segurando Marya com força pela mão. Vasya virou-se ao pé da escada e encostou a testa no pescoço sedoso de Solovey. Perguntava-se por que o pátio estaria tão quieto. Muitos dos guardas de Olga haviam morrido ou tinham sido feridos na luta no *dvor* do grão-príncipe, mas onde estariam os cavalariços da irmã, seus escravos? Do lado de lá do portão, a gritaria aumentou.

– Espere por mim – ela disse ao cavalo. – Vou subir até minha irmã, mas volto logo.

Rápido, Vasya, replicou o garanhão, inquieto em cada pedacinho do seu corpo.

Enquanto subia a escada até a oficina de Olga, a costela quebrada de Vasya disparou uma garra de fogo pela lateral do seu corpo.

A grande oficina de teto baixo tinha um forno para aquecer, uma janela estreita para entrada de ar. Agora, ela estava cheia; as serviçais de Olga tinham sido acordadas pelo barulho. A ama estava sentada perto do forno apertando o filho de Olga, Daniil. A criança comia pão. Era um menino tranquilo, embora um pouco desnorteado. As mulheres cochichavam, como se temessem ser ouvidas. Um clima de inquietação invadira o palácio de Serpukhov. Vasya sentiu o suor em suas palmas em bolhas.

Olga estava em pé, junto à janela estreita, observando além do pátio da entrada. Marya correu direto para a mãe. A princesa passou um braço ao redor dos ombros da filha.

Os lampiões pendentes projetavam sombras sinistras, trêmulas com a brisa da entrada de Vasya. Cabeças voltaram-se, mas Vasya só tinha olhos para a irmã, que permaneceu imóvel ao lado da janela.

– Olya? – Vasya perguntou. As vozes na sala diminuíram para ouvi-la. – O que é?

– Homens. Com tochas – Olga respondeu, ainda sem se virar.

Vasya viu as mulheres trocarem olhares temerosos. Mas continuou sem entender. – O que estão fazendo?

– Veja você mesma.

A voz de Olga estava calma, mas ela usava camadas de correntes drapejadas sobre o peito, pendendo do seu toucado. A luz do lampião cintilava no ouro, ofuscante, mostrando a velocidade da sua respiração.

– Eu chamaria os guardas – acrescentou Olga –, mas perdemos muitos ontem à noite, no incêndio ou lutando contra os tártaros. O restante está nos portões da cidade. Os escravos estão na cidade em missões piedosas. Todos os homens de que podíamos dispor, e eles ainda não voltaram. Talvez alguns tenham sido impedidos de voltar, talvez outros tenham ouvido algo que nós não ouvimos.

A ama de Daniil apertou a criança até ela guinchar. Marya observava Vasya com esperança e uma fé cega; a tia que tinha um cavalo mágico. Tentando não mancar, Vasya foi até a janela. Ao passar, algumas mulheres desviaram os olhos e se persignaram.

A rua em frente aos portões de Serpukhov estava tomada por uma multidão. Muitas pessoas empunhavam tochas; todas gritavam. Próximo à janela aberta, suas vozes elevadas finalmente chegavam claras aos ouvidos esforçados de Vasya.

– Bruxa! – gritavam. – Entreguem-nos a bruxa! Fogo! Ela começou o fogo!

Varvara disse a Vasya num tom inalterado: – Eles estão aqui por sua causa – e Marya disse: – Vasochka, Vasochka, eles estão falando de *você*?

O braço de Olga estava rígido, segurando a filha junto a ela.

– Estão, Masha – respondeu Vasya, com a boca seca. – Estão.

A multidão defronte ao portão espalhou-se como um rio contra um rochedo.

– Precisamos barrar a porta do palácio – Olga disse. – Eles podem quebrar o portão. Varvara...

– Você mandou chamar Sasha? – Vasya interrompeu. – Os homens do grão-príncipe?

– Quem, exatamente, ela deveria chamar? – perguntou Varvara. – Todos os homens estavam na cidade quando isso começou. Maldição. Eu mesma teria recebido algum aviso se não tivesse ficado no terem o dia todo, e tão exausta.

– Posso ir – disse Vasya.

– Não seja boba – retorquiu Varvara. – Você acha que não será reconhecida? Pretende cavalgar aquele enorme garanhão baio também, que qualquer homem, mulher e criança nesta cidade reconhecerá no ato? Se for para ir alguém, eu vou.

– Ninguém vai – disse Olga, friamente. – Vejam, estamos cercadas.

Vasya e Varvara voltaram-se, novamente, para a janela. Era verdade. O mar de tochas tinha se espalhado por toda a parte.

Os sussurros das mulheres, agora, estavam agudos de medo.

A multidão aumentou. Pessoas continuavam afluindo de ruas laterais. Começaram a golpear o portão. Vasya não conseguia distinguir rostos individuais na multidão; as tochas ofuscavam seus olhos. O pátio abaixo delas permanecia frio e silencioso.

– Relaxe, Vasya – pediu Olga. Seu rosto estava rigidamente calmo. – Não tenha medo, Masha; vá se sentar perto do fogo com seu irmão. – A Varvara: – Leve algumas mulheres para ajudá-la; coloque o que puder encontrar contra a porta. Isso ganhará tempo se eles quebrarem o portão. A torre foi feita para resistir aos tártaros. Ficaremos bem. Sasha e o grão-príncipe tomarão conhecimento da balbúrdia. Os homens chegarão a tempo.

O cintilar das correntes de ouro de Olga ainda traía seu desconforto.

– Se for a mim que eles querem... – Vasya começou.

Olga interrompeu-a. – Entregar-se? Você acha que dá para argumentar com *isso*? – Um gesto brusco abarcou a multidão.

Varvara já estava cutucando as mulheres para deixarem os bancos. A madeira era resistente. Elas ganhariam um tempo, mas quanto?

Bem nesse momento, uma nova voz falou: – *Morte* – sussurrou.

Vasya virou a cabeça. A voz pertencia ao *domovoi* de Olga, falando da boca do forno. Sua voz era um murmúrio de cinzas se assentando depois do apagar do fogo.

Todos os pelos do corpo de Vasya se ouriçaram. É dado ao *domovoi* saber o que acontecerá com sua família. Mancando, Vasya foi até o forno em dois passos largos. As mulheres olharam. Os olhos de Marya encontraram os de Vasya, horrorizados; ela também tinha escutado o *domovoi*.

– Ah, o que vai acontecer? – gritou Marya. Agarrou o pão de Daniil, fazendo a criança uivar, e caiu de joelhos no braseiro ao lado de Vasya.

— Ora, Masha — começou a ama, mas Vasya disse: — *Deixe-a* — num tal tom que toda a sala recuou, apavorada. Até a respiração de Olga silvou de maneira audível por entre seus dentes.

Marya atirou o pão para o *domovoi* esmaecido. — Não diga isso — ela ordenou. — Não diga "morte". Você está assustando meu irmão.

O irmão não podia escutar nem ver o *domovoi*, mas, em seu orgulho, Marya não admitiria que estava com medo.

— Você pode proteger esta casa? — Sasha perguntou ao *domovoi*.

— Não. — O *domovoi* mal passava de uma voz fraquinha e uma forma projetada pela luz âmbar. — O feiticeiro está morto; a velha vaga nas trevas. Os homens voltaram os olhos para outros deuses. Não restou nada para me sustentar. Para sustentar qualquer um de nós.

— Nós estamos aqui — replicou Vasya, ardente de medo. — Estamos vendo você. Ajude-nos.

— Estamos vendo você — Marya ecoou, aos sussurros.

Vasya segurou firme na mão da criança. Já tinha reaberto um dos inúmeros cortes da noite anterior. Lambuzou, com a mão ensanguentada, o tijolo quente da boca do forno.

O *domovoi* estremeceu e, repentinamente, tomou mais a forma de uma criatura viva do que de uma sombra falante. — Posso ganhar tempo — murmurou. — Um pouco de tempo, mas nada mais.

Um pouco de tempo? Vasya ainda segurava a mão da sobrinha. As mulheres estavam amontoadas de costas, com várias expressões de medo e condenação.

— Magia negra — disse uma. — Olga Vladimirova, com certeza você vê...

— Esta noite, há morte em nossos destinos — Vasya disse para a irmã, ignorando as outras.

O rosto de Olga abateu-se em traços sombrios. — Não se eu puder evitar. Vasya, pegue a ponta do banco; ajude Varvara a bloquear a porta...

Na cabeça de Vasya pulsou uma brusca litania: *Sou eu que eles querem*.

Lá fora, no pátio, Solovey relinchou. Os portões balançaram. Varvara ficou mais próximo à porta, calada. Seus olhos pareciam transmitir algo. Vasya pensou saber o que era.

Ajoelhou-se, rígida, para olhar a sobrinha no rosto. — Você sempre deve cuidar do *domovoi* — disse a Marya. — Aqui ou onde quer que você esteja. Precisa fazer o possível para deixá-lo forte, e ele protegerá a casa.

Maria concordou com um gesto de cabeça, solenemente, e perguntou:
– Mas, Vasochka, e você? Não sei o bastante...

Vasya beijou-a e se levantou. – Você aprenderá – disse. – Amo você, Masha. – Ela se voltou para Olga. – Olya, ela... Logo precisa mandá-la para Alyosha, em Lesnaya Zemlya. Ele entenderá. Ele me viu crescer. Masha não pode ficar nesta torre para sempre.

– Vasya... – Olga começou.

Marya, intrigada, agarrou a mão de Vasya.

– Perdoe-me por tudo isso – Vasya disse.

Ela soltou a mão de Marya e se esgueirou pela porta, que Varvara abriu para ela. Por um instante, os olhos das duas se encontraram, em um funesto entendimento.

Solovey esperava por Vasya ao lado da porta do palácio numa calma aparente, exceto pela beirada branca que surgiu em seus olhos. O pátio estava escuro. A gritaria tinha aumentado. Do portão, veio um estrondo com estilhaços. A luz de tochas reluziu por entre as madeiras quebradas. A mente de Vasya disparava. O que fazer? Sem dúvida alguma, Solovey corria perigo. Todos eles corriam: ela mesma, seu cavalo, sua família.

Será que ela e Solovey poderiam esconder-se no estábulo com a entrada bloqueada? Não, a multidão enlouquecida iria direto para aquela porta vulnerável do terem, até às crianças que estavam lá dentro.

Desistir? Ir até eles e entregar-se? Talvez ficassem satisfeitos, talvez não invadissem mais.

Mas Solovey, o que fariam com ele? Seu cavalo, valente, parado ao seu lado, jamais a deixaria de boa vontade.

– Vamos – ela disse. – Vamos nos esconder no estábulo.

É melhor correr, disse o cavalo. *É melhor abrir um portão e correr*.

– Não vou abrir nenhum portão para aquela turba – Vasya retorquiu. Sua voz assumiu um tom convincente. – Precisamos ganhar todo tempo que pudermos para meu irmão vir com os homens do grão-príncipe. O portão aguentará tempo suficiente. Vamos, precisamos nos esconder.

Inquieto, o cavalo seguiu-a, enquanto a gritaria crescia à volta deles.

A grande porta dupla do estábulo era feita de madeira pesada. Vasya abriu-a. O cavalo foi atrás dela, bufando, nervoso, ao adentrar a penumbra.

– Solovey – Vasya disse, quase fechando a porta. – Eu te amo.

Ele focinhou seu cabelo, tomando cuidado com as queimaduras, e disse: *Não tenha medo. Se eles quebrarem o portão e entrarem, nós fugimos. Ninguém vai nos achar.*

– Tome conta de Masha – pediu Vasya. – Talvez um dia ela aprenda a falar com você.

Vasya, disse Solovey, jogando a cabeça para cima em súbito alarme. Mas ela já tinha empurrado a cabeça dele para longe dela, saído pela fresta da porta e fechado o garanhão em segurança no estábulo.

Atrás dela, escutou o relincho furioso do animal e também os estilhaços, quase inaudíveis com a gritaria, provocados por seus cascos contra a madeira resistente. Mas nem Solovey conseguia romper a porta maciça.

Vasya começou a caminhar desajeitada até o portão, fria e apavorada.

As rachaduras nos portões aumentaram. Uma única voz alçou-se na noite, incitando a multidão a seguir em frente. Como resposta, a gritaria elevou-se ainda mais.

A mesma voz gritou uma segunda vez, sedosa, meio cantante, atravessando a barulheira com sua pureza de tom. A dor lenta e penetrante na lateral de Vasya piorou. Acima, no terem, os lampiões tinham sido apagados.

Atrás dela, Solovey tornou a relinchar.

– Bruxa! – a voz poderosa gritou pela terceira vez. Era uma convocação, uma ameaça. O portão estava se estilhaçando cada vez mais rápido.

Dessa vez, ela reconheceu a voz. Foi como se sua respiração abandonasse seu corpo. Mas, ao responder, sua voz não tremeu: – Estou aqui, o que você quer?

Nesse momento, aconteceram duas coisas: o portão cedeu em uma chuva de lascas; e atrás dela, Solovey arrebentou a porta do estábulo e passou por ela galopando.

3

ROUXINOL

Eles estavam mais perto dela do que Solovey, mas nada era mais rápido do que o garanhão baio. Ele vinha em seu encalço a todo galope. Vasya viu uma última chance. Instigar a turba a persegui-los, levá-la para longe da porta da irmã. E então, quando Solovey disparou ao seu lado, ela avaliou suas passadas, correndo a seu lado, e então, pulou em suas costas.

Na urgência do momento, a dor e a fraqueza sumiram. Solovey investia direto para o portão destruído. Vasya gritava enquanto eles seguiam, atraindo os olhos da multidão para longe da torre. Solovey atacou com toda a crueldade de um garanhão de guerra, irrompendo pela multidão. Pessoas tentaram agarrá-los, mas foram rechaçadas e atiradas para longe.

Agora estavam próximos do portão; Vasya totalmente voltada para a fuga. Em campo aberto, nada poderia ultrapassar o garanhão baio. Ela poderia despistá-los, ganhar tempo, voltar com Sasha, com os guardas de Dmitrii.

Nada poderia superar Solovey.

Nada.

Ela não viu o que os atingiu. Poderia ter sido apenas uma tora destinada à lareira de alguém. Só escutou o sibilar ao ser girada e depois sentiu o choque vibrando na carne do garanhão ao atingi-lo. A perna de Solovey desequilibrou-se para o lado. Ele caiu um passo antes do portão destruído.

A multidão gritou. Vasya sentiu o estalo como se fosse um ferimento em si mesma. Tomada claramente pelo instinto, ajoelhou-se ao lado da cabeça do cavalo.

– Solovey – cochichou. – Solovey, levante-se.

As pessoas comprimiram-se mais perto; uma mão agarrou seu cabelo. Ela se virou de imediato e mordeu-a. O dono da mão xingou e caiu para trás. O garanhão esforçou-se, escoiceando, mas sua perna traseira encontrava-se num ângulo terrível.

— Solovey — Vasya cochichou. — Solovey, por favor.

O garanhão soltou em seu rosto um bafo macio, cheirando a feno. Pareceu estremecer, e a crina que se espalhava nas mãos dela parecia pontiaguda, como penas. Era como se sua outra natureza mais desconhecida, o pássaro que ela nunca tinha visto, fosse, finalmente, conseguir se libertar e alçar voo.

Então, uma lâmina desceu.

Acertou o cavalo bem no lugar onde a cabeça encontrava o corpo. Um uivo ergueu-se.

Vasya sentiu a lâmina atravessar o garanhão como se tivesse cortado sua própria garganta e não percebeu que gritava ao rodopiar como uma loba protegendo sua cria.

— Matem-na! — gritou alguém na multidão. — Ali está ela, a cadela sobrenatural. Matem-na.

Vasya atirou-se contra eles, alheia a tudo, descuidada com sua própria vida. Então, o punho de um homem baixou sobre a garota, depois outro, até ela não conseguir senti-los mais.

Estava ajoelhada em uma floresta estrelada. O mundo estava branco e preto e muito silencioso. Um pássaro marrom esvoaçava na neve, fora do alcance. Uma criatura de cabelos negros e muito pálida ajoelhou-se ao lado dele, estendendo-lhe a mão em concha.

Ela conhecia aquela mão, conhecia o lugar. Pensou que podia até ver sentimento por detrás da velha indiferença nos olhos do Deus da Morte. Mas ele olhava para o pássaro, não para ela, e não dava para ela ter certeza. Estava mais estranho e mais distante do que jamais estivera, toda sua atenção concentrada no rouxinol na neve.

— Leve nós dois — ela sussurrou.

Ele não se virou.

— Deixe-me ir com você — ela tentou novamente. — Não me deixe perder meu cavalo. — Muito longe, conseguia sentir os socos em seu corpo.

O rouxinol pulou para a mão do Deus da Morte. Ele fechou os dedos com delicadeza em torno do animal e levantou-o. Com a outra mão, pegou um punhado de neve, que derreteu em água em sua mão, pingando sobre o passarinho, que, imediatamente, ficou imóvel e rígido.

Depois, finalmente, levantou os olhos para os dela. – Vasya – disse, numa voz que ela conhecia. – Vasya, me escute...

Mas ela não conseguiu responder. Porque no mundo real, a multidão afastou-se sob a ordem da voz trovejante de um homem, e ela foi puxada de volta para a noite em Moscou, sangrando na neve pisada, mas viva.

Talvez só tivesse imaginado aquilo, mas, ao abrir os olhos sujos de sangue, a figura escura do Deus da Morte ainda estava ali, ao lado dela, mais fraca do que uma sombra ao meio-dia, os olhos urgentes e muito impotentes. Segurava com grande ternura em sua mão o corpo rígido de um rouxinol.

E então, ele sumiu. Talvez nunca tivesse estado lá. Ela estava deitada sobre o corpo do seu cavalo, grudenta com seu sangue. Acima dela, um homem de cabelo dourado, os olhos azuis como o solstício de verão, usando a batina de um padre, olhava para ela com uma expressão fria e firme de triunfo.

◇

Durante todos os longos percursos e os sofrimentos da sua vida, Konstantin Nikonovich tinha um dom que nunca falhava. Ao falar, conseguia manobrar as multidões ao som da sua voz.

Durante toda aquela noite, enquanto a nevasca da meia-noite rugia, ele havia dado extrema-unção para os moribundos e confortado os feridos. Depois, na hora escura antes do amanhecer, falou ao povo de Moscou.

– Não posso me manter calado – disse.

No início, sua voz estava baixa e suave, dirigindo-se a uma pessoa, depois a outra. Quando elas começaram a se juntar à sua volta, como água no oco da mão, ele levantou a voz. – Um grande erro foi cometido contra vocês.

– Contra nós? – perguntou o povo amedrontado, sujo de fuligem. – Que erro foi cometido contra nós?

– O fogo foi castigo de Deus – disse Konstantin –, mas o crime não foi de vocês.

– Crime? – eles perguntaram, inquietos, agarrando seus filhos.

– Por que vocês acham que a cidade ardeu? – Konstantin perguntou. Sua voz estava densa de uma tristeza verdadeira. Crianças haviam morrido nos braços das mães, sufocadas pela fumaça. Ele podia chorar por isso. Não estava tão afastado. Suas palavras estavam roucas de emoção. – O fogo foi um castigo de Deus por abrigarem uma bruxa.

– Uma bruxa? – eles perguntaram. – Nós abrigamos uma bruxa?

A voz de Konstantin aumentou. – Com certeza, lembram-se? Aquela que vocês pensaram ser Vasilii Petrovich? O menino, que na verdade era uma menina? Lembram-se de Aleksandr Peresvet, que todos achavam tão santo, tentado ao pecado por sua própria irmã? Lembram-se de como ela enganou o grão-príncipe? *Naquela mesma noite, a cidade pegou fogo.*

Enquanto falava, Konstantin sentiu que o clima do povo mudava. Sua raiva, tristeza e medo estavam se externando. Encorajou-os nisso, deliberadamente, hábil como um ferreiro pondo fio na lâmina de uma espada.

Quando ficaram prontos, ele só precisou pegar a arma.

– É preciso que se faça justiça – disse Konstantin. – Mas não sei como. Talvez Deus saiba.

◇

Agora ela estava deitada no pátio da irmã, com o sangue do seu cavalo secando em suas mãos. Seus lábios e o rosto estavam sujos com seu próprio sangue, e os olhos estavam cheios de lágrimas. Respirava em arfadas dolorosas, mas estava viva. Ficou de quatro e levantou-se com esforço.

– *Batyushka* – disse. A palavra rachou novamente seu lábio e fez o sangue escorrer. – Chame-os de volta. – Respirava rápida e dolorosamente entre as palavras. – Chame-os de volta. Você matou meu cavalo. Não... minha irmã, nem as crianças.

A multidão espalhava-se à volta e além deles, sua ânsia por sangue ainda insatisfeita. Batiam à porta do palácio de Serpukhov. A porta ainda resistia. Konstantin hesitou.

Baixinho, ela acrescentou: – Salvei sua vida duas vezes. – Mal conseguia ficar em pé.

Konstantin sabia que era poderoso, cavalgando a fúria do povo como um cavaleiro em um cavalo não totalmente domado. Abruptamente, colocou as mãos nas rédeas.

– Para trás! – gritou a seus seguidores. – Para trás! A bruxa está aqui. Nós a pegamos. A justiça tem que ser feita. Deus não esperará.

Ela fechou os olhos, aliviada. Ou talvez fosse por fraqueza. Não caiu aos pés dele. Não lhe agradeceu por sua piedade. Tomado pelo ódio, ele disse: – *Você* virá comigo e responderá à justiça de Deus.

Ela tornou a abrir os olhos, olhou fixo para ele, mas não pareceu enxergar. Seus lábios moveram-se em uma única palavra. Não o nome dele, não um pedido por piedade, mas, "Solovey..." Seu corpo curvou-se, subitamente, mais por tristeza do que por dor, dobrado como se ela tivesse sido atingida por uma flecha.

– O cavalo está morto – ele declarou, e viu-a receber as palavras como se fossem murros. – Talvez, agora, você dirija sua mente para coisas adequadas a uma mulher no tempo que lhe resta.

Ela não disse nada; seu olhar, perdido.

– Seu destino está decidido – Konstantin acrescentou, curvando-se mais para perto, como se pudesse forçar as palavras na mente dela. – O povo foi enganado, quer justiça.

– Que destino é esse? – ela sussurrou por entre os lábios feridos. Seu rosto estava branco como a neve.

– Recomendo que reze – ele sussurrou, baixinho.

Ela se atirou contra ele como um animal ferido. Ele quase riu com uma alegria inesperada, quando um soco do punho de outro homem atirou-a ao chão, desmoronada aos pés dele.

4

O DESTINO DE TODAS AS BRUXAS

— Que barulheira é essa? – perguntou Dmitrii. Poucos dos seus sentinelas do portão haviam sobrevivido à noite sem ferimentos; os poucos que restaram pareciam estar todos gritando. De fora dos muros do palácio vinha um tumulto de vozes e o som de muitos passos na neve. A única luz no pátio era de tochas. O barulho na cidade aumentava progressivamente. De lá, veio um estrondo devastador. – Mãe de Deus – disse Dmitrii. – Já não tivemos o suficiente? – Ele se virou, impaciente, dando ordens rápidas.

No momento seguinte, a poterna abriu-se em meio a uma gritaria. Uma criada de cabelos loiros entrou com passos decididos, sem reservas em relação ao grão-príncipe, com os fiéis e atônitos servos de Dmitrii em seu encalço.

– Quem é esta? – perguntou Dmitrii, com o olhar fixo.

– É a criada pessoal da minha irmã – respondeu Sasha. – Varvara, o que...

Varvara estava com o rosto ferido, e sua expressão gelou-o até os ossos.

– Essas pessoas que os senhores estão ouvindo – Varvara disse com rispidez – quebraram os portões do palácio de Serpukhov. Mataram o garanhão baio que Vasilisa amava – a essa altura, Sasha começou a sentir o sangue deixando seu rosto –, e arrastaram a própria menina.

– Onde? – perguntou Sasha, com a voz distante e terrível.

A seu lado, Dmitrii já convocava cavalos e homens armados: – Sim, mesmo os feridos, que subam nos cavalos, não dá para esperar.

– Lá para baixo – disse Varvara, ofegante. – Em direção ao rio. Meu medo é que queiram matá-la.

VASYA ESTAVA QUASE INSENSÍVEL aos murros da turba, suas roupas rasgadas e ensanguentadas. Estava sendo levada meio arrastada, meio carregada, e o mundo estava muito barulhento: gritaria, uma voz linda e fria controlando a multidão e a palavra murmurada infinitamente: *Padre. Batyushka*.

Desciam, estavam descendo a colina; ela tropeçava na neve enlameada e endurecida da rua. Mãos, muitas mãos, exploravam seu corpo; sua pelerine e o *letnik* tinham sido rasgados, deixando-a em seu camisolão de mangas compridas, sem lenço, o cabelo caindo no rosto.

Mas tinha consciência disso. Estava presa em uma única lembrança: o impacto de um bastão, uma lâmina, o choque que correu pelo seu próprio corpo. *Solovey. Mãe de Deus, Solovey*. Enquanto a turba rugia, ela só conseguia ver o cavalo caído na neve, todo o amor, a graça e a força quebrados, enlameados e imobilizados.

Mais pessoas rasgavam suas roupas; ela afastou uma mão que a apalpava, e um punho cheirando a peixe golpeou seu rosto, fazendo seus dentes baterem. Uma dor de ver estrelas explodiu em sua boca. A gola do seu camisolão rasgou-se. A voz equilibrada de Konstantin protestou, tarde demais, com a multidão. Eles afastaram-se, um pouco reprimidos.

Mesmo assim, arrastaram-na colina abaixo. Por toda volta havia tochas acesas, lançando fagulhas em sua visão.

– Finalmente, está com medo? – Konstantin murmurou para ela, baixinho, com os olhos brilhando como se a tivesse derrotado em algum esporte.

Ela se atirou contra ele uma segunda vez, num surto de raiva que encobriu sua dor.

Talvez estivesse tentando fazer com que a matassem. Quase o fizeram. Konstantin deixou a multidão puni-la. Uma bruma cinzenta encobriu, furtivamente, sua visão, mas *mesmo assim* ela não morreu e, quando voltou a si, percebeu que a tinham levado além dos portões do Kremlin. Agora, estavam na *posad*, a parte de Moscou que ficava fora dos muros. Ainda às pressas, desciam em direção ao rio. Surgiu uma capelinha. Eles pararam ali para uma rápida discussão. Konstantin falou, embora ela só tivesse entendido uma ou outra palavra.

Bruxa.

Santo padre.

Tragam lenha.

Ela não estava, de fato, escutando. Seus sentidos estavam entorpecidos. Eles não tinham machucado sua irmã, não tinham machucado Marya. Seu cavalo estava morto. Pouco importava o que fizessem com ela. Pouco importava qualquer coisa.

Sentiu a mudança no ar quando foi jogada da pulsante e insistente luz das tochas para a escuridão de uma capela à luz de velas. Caiu no chão, não longe da iconóstase, abalando a boca cortada.

Ficou ali deitada, sentindo o cheiro de madeira empoeirada, largada em choque. Depois, pensou que deveria ao menos tentar se levantar, resistir com um mínimo de coragem. Um pouco de orgulho. Solovey teria tido. Solovey...

Arrastou-se para se levantar. E se viu sozinha, face a face com Konstantin Nikonovich. O padre estava de costas para a porta, com metade do comprimento da nave entre eles. Observava-a.

– Você matou meu cavalo – ela sussurrou. E ele sorriu, só um pouquinho.

Vasya tinha um corte atravessado no nariz; um olho quase fechado de inchaço. Na pouca luz da capela, seu rosto contundido parecia mais sobrenatural do que nunca e mais vulnerável. O velho desejo do padre chamejou, e o concomitante ódio contra si mesmo.

Mas... Do que deveria se envergonhar? Deus não se preocupava com homens e mulheres, tudo que importava era sua própria vontade e ela estava em seu poder. O pensamento aqueceu seu sangue tanto quanto a adoração do povo do lado de fora. Os olhos dele voltaram a percorrer o corpo dela.

– Você foi condenada à morte – ele disse. – Pelos seus pecados. Foram-lhe concedidos estes momentos para rezar.

O rosto dela não se alterou. Talvez não tivesse escutado. Ele falou mais alto. – É a lei de Deus e o desejo do povo, a quem você enganou!

O rosto de Vasya tinha a brancura do sal, fazendo com que cada sarda tênue se destacasse como pontos de sangue em seu nariz.

– Então me mate – ela pediu. – Tenha a coragem de fazer isso você mesmo, não deixe para o povo dizendo ser justiça.

– Você nega, então, que o fogo foi provocado por você? – Ele caminhou até ela com leves passadas. Livre, disse consigo mesmo. Finalmente livre do poder dela sobre ele.

A expressão de Vasya não mudou. Ela não falou, não se mexeu, mesmo quando ele curvou os dedos por detrás do seu maxilar e levantou seu rosto para o dele. – Você não pode negar isso – ele disse. – Porque é verdade.

Vasya não recuou quando ele pressionou o polegar nos machucados que despontavam como flores ao longo da sua boca. Mal parecia enxergá-lo.

Era realmente feia. Olhos grandes, boca larga, ossos salientes. Mas ele não conseguia desviar o olhar. Nunca conseguiria desviar o olhar, até que aqueles olhos se fechassem na morte. Talvez até depois disso ela o assombraria.

– Você tirou de mim tudo que importava – ele disse. – Amaldiçoou-me com demônios. Merece a morte.

Ela não respondeu. Lágrimas rolaram despercebidas pelo seu rosto.

Numa raiva súbita, ele a pegou pelos ombros, voltou-a contra a iconóstase, fazendo com que todos os santos balançassem, e a segurou ali. Vasya deixou de respirar, seu rosto perdeu qualquer vestígio de cor. A mão do padre fechou-se em sua garganta, pálida e vulnerável, e ele se viu com a respiração acelerada. – *Olhe para mim, maldita.*

Lentamente, os olhos dela focaram em seu rosto.

– Peça pela sua vida – ele disse. – Peça e talvez eu a conceda a você.

Ela sacudiu a cabeça lentamente, os olhos aturdidos e errantes.

Ele sentiu uma onda de raiva. Levou os lábios até seu ouvido e cochichou numa voz que ele mesmo mal reconheceu: – Você vai morrer no fogo, Vasilisa Petrovna. E vai gritar por mim antes do fim. – Beijou-a uma vez, com a dureza de um soco, segurando seu maxilar num aperto de torno e sentindo o sangue em seu lábio cortado.

Ela o mordeu, por sua vez tirando sangue da sua boca. Ele recuou, e então os dois ficaram se encarando, o ódio de cada um refletido nos olhos do outro.

– Deus esteja convosco – ela sussurrou, numa ironia amarga.

– Vá para o diabo – ele disse, deixando-a.

◆

Com a saída de Konstantin, fez-se silêncio na capela empoeirada. Talvez estivessem montando uma pira, talvez estivessem preparando algo pior. Talvez seu irmão finalmente chegasse, e seu pesadelo acabasse. Vasya não se importava. O que tinha a temer, morrendo? Talvez, além da vida, reencontraria seu pai, sua mãe, sua querida ama, Dunya.

Solovey.

Mas, então, pensou no fogo, nos chicotes, facas e punhos. Ainda não estava morta, estava apavorada. Talvez pudesse apenas se afastar, entrar na floresta cinzenta além da vida e sumir. A morte era algo que ela conhecia.

– Morozko – Vasya sussurrou, e depois seu nome mais antigo, o nome do Deus da Morte – Karachun.

Nenhuma resposta. O inverno tinha terminado; ele desvanecera do mundo dos homens. Trêmula, ela despencou no chão, encostando-se à iconóstase. Do lado de fora, as pessoas gritavam, riam, xingavam. Mas dentro da capela só havia o silêncio dos santos na tela de imagens, olhando firmemente para baixo. Vasya não conseguiu se levar a rezar. Em vez disso, inclinou a cabeça para trás e fechou os olhos, medindo sua vida em pulsações.

Não poderia ter dormido, não ali. No entanto, de alguma maneira o mundo dissipou-se e ela se viu caminhando, mais uma vez, na floresta escura sob um céu estrelado. Sentiu um vago e chocante alívio. Estava acabado. Deus tinha escutado seu pedido; era isso que ela tinha desejado. Tropeçou adiante, chamando:

– Pai – gritou. – Mãe. Dunya. Solovey. *Solovey!* – Com certeza ele estaria ali. Com certeza esperara por ela. Se pudesse.

Morozko saberia. Mas Morozko não estava ali; apenas o silêncio atendeu seu grito. Ela se forçou adiante, arrastando-se, mas seus membros estavam muito pesados, e as costelas doíam mais e mais a cada respirada.

– Vasya. – Ele chamou seu nome duas vezes, antes de ela escutar. – Vasya.

Ela tropeçou e caiu antes de conseguir se virar e se viu ajoelhada na neve, sem forças para se levantar. O céu era um mar de estrelas, mas não levantou os olhos. A única coisa que conseguia ver era o Deus da Morte. Ele era pouco mais do que a confluência de luz e trevas, etéreo como uma nuvem sobre a lua. Mas Vasya conhecia seus olhos. Ele esperava por ela na floresta cinzenta. Ela não estava só.

Entre arfadas, ela conseguiu dizer: – Onde está Solovey?

– Foi-se – ele respondeu. Não havia conforto no Deus da Morte, não ali; havia apenas o conhecimento da sua perda, ecoado em seus olhos pálidos.

Ela não sabia que da sua garganta poderia sair tal som de agonia. Controlando-o, sussurrou: – Por favor, leve-me com você. Eles vão me matar esta noite, e eu não...

– Não – ele retrucou. As brisas mais leves, matizadas de pinheiro, pareciam tocar o rosto ferido da menina. Ele usava sua indiferença como uma armadura, mas ela vacilava. – Vasya, eu...

– *Por favor* – ela disse. – Eles mataram meu cavalo. Agora só resta o fogo.

Ele estendeu a mão para ela, justo quando ela estendia a sua de volta, através de qualquer lembrança, ilusão ou muros que os dividiam, mas foi como tocar num punhado de névoa.

– Ouça-me – ele disse, controlando-se. – *Ouça*.

Ela levantou a cabeça com esforço. Por que escutar? Por que não poderia simplesmente ir? Mas os elos do seu corpo chamaram-na; ela não poderia se libertar. Os rostos das imagens pareciam estar tentando invadir sua visão e se interpor entre eles.

– Não tive força suficiente – ele disse. – Fiz o que pude; espero ser o bastante. Você não me verá mais, mas viverá. Precisa viver.

– O quê? – ela sussurrou. – Como? *Por quê*? Estou prestes a...

Mas as imagens estavam dançando perante seus olhos, mais reais do que o tênue Deus da Morte.

– Viva – ele voltou a lhe dizer. E depois, sumiu pela segunda vez. Ela estava acordada, só, deitada no chão frio e empoeirado de uma igreja, imóvel, horrivelmente viva.

Só, exceto por Konstantin Nikonovich, que dizia acima da sua cabeça:
– Levante-se. Você perdeu sua chance de rezar.

◊

Suas mãos foram rudemente amarradas às suas costas; alguns homens colocaram-se à disposição de Konstantin e fizeram um quadrado à volta dela. Não tinham nada a ver com soldados; eram camponeses ou mercadores, corados e decididos. Um trazia um machado, outro uma foice.

O rosto de Konstantin estava lívido e determinado. Seus olhos encontraram-se uma vez, em uma expressão de pura violência, antes que ele os desviasse, sereno, seus lábios dispostos nos traços austeros de um homem cumprindo o dever para com sua fé.

A multidão estava amontoada perto da capela, cobrindo a estrada que serpenteava até o rio. Traziam tochas nas mãos. Cheiravam à comida, fumaça, feridas antigas e suor. O vento noturno percorreu a pele de Vasya. Eles tiraram seus sapatos, disseram que era para penitência. Seus pés rasparam e pulsaram na neve. Triunfo no rosto deles: adoração estampada do padre, ódio estampado em relação a ela. Cuspiram nela.

Bruxa, ela ouviu repetidas vezes. *Ela incendiou a cidade. Bruxa.*

Vasya jamais estivera tão apavorada. Onde estava seu irmão? Talvez não tivesse conseguido passar pela turba; talvez temesse a loucura do povo.

Talvez Dmitrii julgasse que sua vida fosse um preço baixo para aquietar a cidade enfurecida.

Foi cutucada para seguir adiante, tropeçando. Konstantin caminhava a seu lado, a cabeça piedosamente curvada. A luz vermelha das tochas pulava perante seus olhos, cegando-os.

– *Batyushka* – ela disse.

Konstantin parou. – Vai me implorar agora? – cochichou, sob os urros da multidão.

Ela não falou. Tinha tudo o que fosse preciso fazer para lutar contra o pânico que ameaçava enlouquecê-la. Então disse: – Não assim. Não... no fogo.

Ele sacudiu a cabeça e lhe deu um meio sorriso, rápido, quase cúmplice. – Por quê? Você não condenou Moscou a queimar?

Ela não respondeu.

– Os demônios cochicharam – disse o padre. – Pelo menos posso tirar algo de bom da sua maldição; os demônios disseram a verdade. Sussurraram sobre uma donzela com dons de bruxa, e um monstro todo feito de fogo. Não tive nem mesmo que mentir ao contar para o povo sobre seu crime. Você deveria ter pensado nisso antes de me amaldiçoar com os ouvidos para escutá-los.

Com visível esforço, ele desviou o olhar dela e retomou sua oração. Seu rosto estava da cor do linho, mas os passos eram firmes. Parecia hipnotizado pela raiva da multidão, consumido pelo ódio que ele mesmo invocara.

A visão de Vasya abarcou uma claridade branca e preta, sombria e chocante. O ar estava frio em seu rosto; seus pés queimavam ao começar a congelar na neve. O ar tinto de fumaça de Moscou corria mercúrio em suas veias, sugado a cada respirada em pânico.

À sua frente, no gelo de Moskva, amontoava-se um mar de rostos voltados para cima, rosnando, chorando ou apenas assistindo. Lá embaixo, no rio, havia uma pilha de toras iluminada por tochas em todos os lados. Uma pira construída às pressas. No alto dela, absoluta contra o céu, a jaula da condenada, presa com várias cordas. A multidão agora emitia um som baixo e contínuo, como o rosnar de um animal se levantando.

– Esqueça a jaula – Vasya disse a Konstantin. – Essas pessoas vão me despedaçar antes que eu chegue lá.

O olhar que ele lhe dirigiu era quase piedoso e, subitamente, ela entendeu por que caminhava a seu lado, por que também ele rezava com aquela graça calculada. Aquilo era Lesnaya Zemlya em letras maiúsculas. Ele os tinha reunido em sua tristeza e terror, reunido-os em sua mão com sua voz de ouro e seu cabelo dourado, para que se tornassem uma arma em suas garras, uma ferramenta de vingança e uma compensação para seu orgulho. Não atacariam enquanto ele estivesse com ela, e ele queria vê-la queimar. Afinal de contas, tinha sido privado disso na noite anterior. Ela sempre, sempre, tinha subestimado o padre.

– Monstro – ela disse, e ele quase sorriu.

Então, eles estavam sobre o gelo propriamente dito. Um grito ergueu-se como uma dúzia de coelhos agonizantes. Agora, as pessoas amontoavam-se junto a ela, cuspindo e batendo. Seus guardas mal conseguiam mantê-las para trás. Uma pedra atravessou o ar assobiando e cortou seu rosto num talho profundo. Ela levou a mão ao rosto, e o sangue espalhou-se pelos seus dedos.

Zonza agora, Vasya virou a cabeça mais uma vez para olhar para Moscou. Nem sinal do irmão. Mas viu os demônios, apesar da escuridão. Estavam espalhados no alto dos telhados e dos muros; *domoviye, dvoroviye* e *banniki*, os tênues espíritos domésticos de Moscou. Estavam ali, mas o que poderiam fazer senão olhar? Os *chyerti* são formados pelas correntes da vida humana; cavalgam-nas, mas não interferem. Exceto dois, mas um deles era seu inimigo, o outro estava distante, quase impotente pela primavera e por sua própria mão. O máximo que ela poderia esperar da parte dele era uma morte sem agonia. Agarrou essa esperança em um aperto desesperado enquanto eles cutucavam, gritavam e a atormentavam a caminho da pira, através do gelo, por um corredor estreito na multidão. Agora, lágrimas escorriam pelo seu rosto, de seu próprio desalento, e uma reação involuntária contra o ódio deles.

Talvez houvesse alguma justiça naquilo. Repetidas vezes, ela viu gente mancando, queimada, com curativos nos braços ou nos rostos. *Mas eu não pretendia libertar o Pássaro de Fogo*, pensou. *Não sabia o que aconteceria. Não sabia.*

O gelo ainda estava duro, tão espesso quanto a altura de um homem, brilhando em pontos onde o vento, ou trenós, tinha varrido a neve. Ainda passaria muito tempo até que o rio soltasse suas amarras. *Viverei para ver isso?* Vasya perguntou-se. *Voltarei a sentir o sol na minha pele? Acho que não. Acho...*

A multidão retrocedeu e aumentou ao redor da pira. O cabelo dourado de Konstantin ficaram de um tom cinza prateado à luz das tochas, seu rosto um turbilhão de triunfo, angústia, luxúria. Sua voz e sua presença estavam inalteradas, mas agora seu poder separara-se dos impulsos limitantes da religião. De repente, Vasya desejou poder prevenir seu irmão, prevenir Dmitrii. *Sasha, você sabe o que ele fez com Marya. Não confie nele, não...*

Então pensou: *Sasha, onde está você?*

Mas seu irmão não estava lá, e Konstantin Nikonovich abaixava os olhos para os dela pela última vez. Tinha vencido.

– O que dirá ao Deus que você despreza – Vasya cochichou com a respiração curta e fraca de medo – quando for para as trevas? Todos os homens devem morrer.

Konstantin apenas sorriu novamente para ela, levantou a mão para fazer o sinal da cruz, ergueu sua voz grave para entoar uma oração. A multidão silenciou-se para escutá-lo. Depois, ele se inclinou para frente e cochichou no ouvido dela: – Deus não existe.

Em seguida, eles a arrastaram para cima enquanto ela se debatia como um animal selvagem em uma armadilha; puro instinto, mas o homem era mais forte do que ela, seus braços estavam amarrados e o sangue escorria pela pontas dos seus dedos, onde as cordas cortavam seus pulsos maltratados. Forçaram-na a subir, e Vasya pensou: *Mãe de Deus, está acontecendo.*

Morrer, pensou, *deveria trazer algum sentimento de completude, de encerramento de uma jornada.* Mas isto era apenas se flagrar sem vida, como ela estava, com todo seu suor, suas lágrimas e seus terrores, seus desejos e arrependimentos.

A jaula era tão pequena que ela teria que se agachar dentro dela. Uma lâmina em suas costas cutucou-a para que seguisse em frente. A porta barrada de madeira bateu, foi amarrada para que ficasse seguramente fechada.

A visão de Vasya fragmentou-se de medo. O mundo tornou-se uma série de impressões desarticuladas: o escuro, a multidão em massa iluminada pelo fogo, um último vislumbre do céu e lembranças: da sua infância na floresta, da sua família, de Solovey.

Os homens jogavam tochas na madeira. A fumaça ondulou e então a primeira tora pegou fogo, crepitando. Por um instante, os olhos dela encontraram o rosto totalmente lívido de Konstantin Nikonovich. Ele ergueu a mão. A fome, a angústia, a alegria em seu olhar eram só para ela. Então, uma onda de fumaça encobriu-o.

Ela passou ambas as mãos em volta das barras. Farpas espetaram seus dedos. A fumaça ardeu em seu rosto e fez com que tossisse. Em algum lugar vago e distante, pensou ter ouvido batidas de cascos, novas vozes gritando, mas eram de um outro mundo; o mundo dela era feito de fogo.

Muitos dizem que é melhor morrer, até que chega a hora de isso acontecer de fato, Morozko tinha lhe dito uma vez. Ele tinha razão. O calor já estava insuportável. Mas ele não estava em parte alguma; ainda não havia refúgio para ela na floresta além da vida.

Vasya não conseguia respirar.

Minha avó veio a Moscou e nunca foi embora. Agora é minha vez. Jamais deixarei esta jaula. Serei cinzas ao vento e nunca mais voltarei a ver minha família...

Subitamente, foi tomada pela raiva; isso fez com que abrisse os olhos, e se pusesse de novo, agachada, sobre seus pés. Nunca? Todas aquelas horas, aquelas lembranças roubadas por um padre louco que tinha percebido sua chance de vingança e se aproveitado disso? Diriam dela um dia: *Ela nunca foi embora; sua história terminou ali, no gelo*? E o que aconteceria com Marya? A corajosa e condenada Marya? Talvez Konstantin se voltasse contra ela a seguir, a criança-bruxa que conhecia seu crime.

Não havia saída. Ela estava agachada no chão de uma jaula trancada, chamas subindo a toda volta, queimando seu rosto já em bolhas. Não havia saída, a não ser pela morte. A jaula não quebraria. Era impossível.

Impossível.

Morozko tinha dito isso quando ela o arrastou sem esperança para o inferno que era Moscou.

Magia é esquecer que o mundo foi sempre diferente do que você desejou.

Em um ímpeto de vontade cega, Vasilisa Petrovna colocou as mãos nas barras grossas e escaldantes da sua jaula e puxou.

A madeira pesada despedaçou-se.

Vasya agarrou-se, incrédula, à abertura recém-feita. Sua visão estava se acinzentando. A jaula queimava; além dela, pendia uma cortina de fogo. Que diferença fazia ela ter quebrado as barras? O fogo a pegaria. Se por algum milagre isso não acontecesse, ela seria estraçalhada pela multidão.

Mas, mesmo assim, rastejou para fora da jaula, colocou as mãos, depois o rosto no fogo, levantou-se. Ficou ali por um instante, indecisa, além do medo, intocada pelas chamas. Tinha esquecido que elas poderiam queimá-la.

E então, saltou para baixo, passando pelas chamas de sua própria pira funerária; caiu na neve e rolou, suando, fuliginosa, ensanguentada. Um grito sem som elevou-se de todos os *chyerti* que assistiam. Ela tinha bolhas, mas não queimava.

Viva.

Vasya levantou-se com esforço, olhando enlouquecida à sua volta, mas ninguém gritou; Konstantin, *todos*, ainda observavam o fogo, como se ela de maneira nenhuma tivesse se atirado para baixo. Era como ser um fantasma. Estaria morta? Teria caído em outro mundo como um demônio que não podia tocar a terra, apenas viver acima ou abaixo dela? Vagamente, pensou ter ouvido o crescer do som da batida de cascos, embora ouvisse uma voz familiar gritando seu nome.

Mas não prestou atenção porque uma voz diferente falou, baixa e divertida, aparentemente em seu ouvido. – Bom – disse. – Pensei estar além de me surpreender.

E então a voz riu.

◇

VASYA VIROU A CABEÇA BRUSCAMENTE e caiu esparramada na neve derretida e enlameada. A nuvem de fumaça sufocou-a; o ar ondulou como tecido no calor, criou sombras disformes do círculo de pessoas. Ainda assim, eles não a viam. Talvez ela tivesse morrido ou caído de fato em um mundo de demônios. Não conseguia sentir seus ferimentos, apenas sua fraqueza. Nada parecia real. Com certeza, não o homem parado sobre ela.

Não um homem. Um *chyert*.

– *Você* – ela murmurou.

Ele estava perto demais do fogo e deveria ter se chamuscado, mas não foi o que aconteceu. Seu único olho reluzia em um rosto suturado com cicatrizes azuis.

Na última vez em que o vira, ele tinha matado seu pai.

– Vasilisa Petrovna – disse o *chyert* chamado Medved.

Vasya levantou-se, cambaleando, presa entre o diabo e o fogo. – Não, você não está aqui, não pode estar aqui.

Ele não respondeu com palavras, mas pegou seu queixo e ergueu seu rosto para o dele. A pálpebra do olho que faltava estava pregada. Seus dedos grossos cheiravam a carniça e metal quente e eram bem reais. Ele sorriu para ela. – Não?

Ela se desvencilhou, recuando com o olhar ensandecido. Nos dedos dele, havia sangue do seu lábio cortado. Ele o lambeu e acrescentou, em tom de confidência: – Diga-me, por quanto tempo você acha que seu poder recém-descoberto irá te beneficiar? – Lançou um olhar avaliador sobre a turba. – Eles vão te fazer em pedacinhos.

– Você... estava amarrado – Vasya sussurrou, com a voz de uma menina num pesadelo. Poderia ser um pesadelo. O Urso assombrara seus sonhos desde a morte do pai, e agora eles estavam frente a frente em uma tempestade de fumaça e luz vermelha. – *Você não pode estar aqui.*

– Amarrado? – indagou o Urso. No único olho cinza reluziu uma lembrança de fúria; sua sombra mal-humorada não era a sombra de um homem. – Ah, é – acrescentou com ironia –, você e seu pai me amarraram com a ajuda do meu gêmeo esquivo. – Arreganhou os dentes. – Você não é uma pessoa de sorte por eu estar livre? Vou salvar sua vida.

Ela o encarou. A realidade ondulava como o ar ao redor do fogo.

– Talvez eu não seja o salvador que você queira – acrescentou o Urso, agora malicioso –, mas meu nobre irmão não pôde vir. Você estilhaçou seu poder ao estilhaçar sua joia azul e depois chegou a primavera. Ele é menos do que um fantasma. Então me libertou e me enviou. Passou por maus bocados, na verdade. – O único olho deslizou pela pele dela, e ele contraiu os lábios. – Gosto não se discute.

– Não – foi tudo que ela conseguiu dizer. – Ele não faria isso. – Estava quase vomitando de terror e choque por causa do cheiro animal da multidão entrevista, oculta pela fumaça.

O *chyert* buscou dentro da sua manga esfarrapada. Com ar de repugnância, jogou na mão dela um pássaro de madeira do tamanho da palma da mão. – Ele me deu isto para entregar a você. Uma prova. Trocou a liberdade dele pela sua vida. Agora, precisamos ir.

As palavras pareciam correr juntas em sua mente; não conseguia dar-lhes sentido. O passarinho de madeira tinha sido esculpido, dolorosamente, para parecer um rouxinol. Ela tinha visto uma vez o Rei do Inverno, irmão do Urso, esculpindo um passarinho debaixo de um abeto na neve. Sua mão fechou-se em torno da escultura ao mesmo tempo em que disse:

– Você está mentindo. Não salvou a minha vida. – Desejou beber água. Desejou poder acordar.

– Ainda não – o Urso retrucou, olhando para a jaula em chamas. Seu rosto perdeu o ar de zombaria. – Mas você não escapará da cidade a menos que venha comigo. – Subitamente, ele agarrou a mão dela num aperto seguro. – A barganha foi pela sua vida. Eu jurei por isso, Vasilisa Petrovna. Venha. Agora.

Não era um sonho. Não era um sonho. *Ele matou meu pai.* Ela lambeu os lábios, forçou a voz a sair. – Se você está livre, o que vai fazer depois de salvar a minha vida?

A boca cicatrizada retorceu-se. – Fique comigo e descubra.

– Jamais.

– Muito bem. Então vou tratar de salvá-la, como prometi, e o resto não lhe diz respeito.

Ele era um monstro. Mas ela não achou que estivesse mentindo. Por que o Rei do Inverno faria uma coisa dessas? Agora ela teria que dever sua vida àquele monstro? O que isso faria dele? O que isso faria dela?

Com a morte a toda sua volta, Vasya hesitou. Gritos ergueram-se subitamente da multidão, e ela se encolheu, mas não estavam gritando com ela. Uma grande quantidade de homens a cavalo abria caminho em meio à turba. Olhares deslocaram-se do fogo para os cavaleiros. Até Medved levantou os olhos.

Vasya recuou num pulo e saiu correndo. Não olhou para trás porque, se o fizesse, pararia, cederia em seu desespero às promessas do seu inimigo ou à morte ainda golpeando às suas costas. Enquanto corria, tentou ser como um fantasma, como um *chyert*. *Magia é esquecer que o mundo foi sempre diferente do que você desejou.* E talvez tenha funcionado. Ninguém gritou; ninguém chegou a olhar em sua direção.

– Tola – disse o Urso. A voz dele estava nos ouvidos de Vasya, embora toda uma massa de gente estivesse entre eles. Seu divertimento aborrecido era pior do que a raiva. – Estou te dizendo a verdade. É isso que te assusta. – Mesmo assim, ela disparou pela multidão, um fantasma cheirando a fogo, tentando não escutar aquela voz metálica, seca. – Vou deixar que te matem – continuou o Urso. – Você pode ir embora daqui comigo ou não partirá de jeito nenhum.

Nisso ela acreditou. Mesmo assim correu, penetrando mais fundo na multidão, nauseada de terror, nauseada com o fedor, esperando a todo momento ser vista, ser capturada. O rouxinol esculpido estava gelado e sólido em seu punho suado, promessa que ela não entendeu.

E então a voz do Urso ergueu-se, novamente, não dirigida a ela: – Veja! Veja... O que é aquilo? Um fantasma... Não... É a bruxa; ela escapou do fogo! Magia! Magia negra! Ela está ali! Está ali!

Apavorada, Vasya percebeu que a multidão podia ouvi-lo. Uma cabeça virou-se. Depois, outra. Podiam vê-la. Uma mulher gritou justo quando uma mão fechou-se ao redor do braço de Vasya. Ela puxou, debatendo-se, mas o aperto só foi reforçado. Então, uma pelerine foi jogada sobre seus ombros, escondendo seu camisolão enegrecido. Uma voz familiar falou ao seu ouvido, mesmo enquanto a mão arrastava-a mais para dentro da multidão. – Por aqui – ela disse.

O salvador de Vasya puxou o capuz sobre o cabelo carbonizado da menina, escondendo tudo, exceto seus pés. A aglomeração de pessoas escondeu-os; a maioria delas tentava não ser pisoteada. Estava escuro demais para ver suas pegadas vermelhas. Atrás dela, a voz do Urso ergueu-se, agora violenta: – Ali! Ali!

Mas nem ele conseguia guiar a multidão em tal confusão. Sasha, Dmitrii e os cavaleiros do grão-príncipe tinham chegado, finalmente, vencendo o caminho até a pira, aos gritos. Arrancaram as toras ardentes, xingando ao chamuscar as mãos. Um homem incendiou-se e berrou. As pessoas avolumavam-se a toda volta de Vasya, fugindo, gritando ter visto o fantasma da bruxa, ter visto a própria bruxa escapada do fogo. Ninguém percebeu uma menina franzina tropeçando numa pelerine.

A voz do seu irmão alçou-se acima da barulheira. Ela pensou ter escutado os tons estridentes de Dmitrii Ivanovich. A multidão disparou no sentido contrário ao dos cavaleiros. *Preciso chegar até meu irmão*, pensou Vasya. Mas não conseguiu se virar. Todos os seus sentidos estavam voltados para a fuga, e em algum lugar atrás dela estava o Urso...

A mão em seu braço continuava a arrastá-la. – Venha – dizia aquela voz conhecida. – Rápido.

Vasya levantou a cabeça, olhando sem compreender o rosto machucado e sombrio de Varvara.

– Como você soube? – cochichou.

– Uma mensagem – disse Varvara bruscamente, ainda arrastando-a.

Ela não entendeu. – Marya – Vasya conseguiu dizer. – Olga e Marya estão...

– Vivas – completou Varvara, e Vasya fraquejou de gratidão. – Sem ferimentos. Vamos. – Puxou a garota adiante, meio que carregando-a pela multidão que recuava. – Você precisa deixar a cidade.

– Deixar? – Vasya sussurrou. – Como? Não tenho...

Solovey. Não conseguiu articular a palavra; o pesar levaria suas últimas forças.

– Você não precisa do cavalo – disse Varvara num tom duro. – Venha.

Vasya não disse mais nada; lutava desesperadamente para permanecer consciente. As extremidades das suas costelas batiam uma na outra. Seus pés nus não doíam mais, entorpecidos com o gelo. Mas também não funcionavam muito bem, e então ela tropeçava repetidamente, até o braço de Varvara ser a única coisa que a impedia de cair.

A multidão agitava-se atrás delas, espalhando-se sob os chicotes dos soldados de Dmitrii. Uma voz chamou Varvara, perguntando se a menina estava doente, e Vasya teve um novo ataque de pavor.

Varvara deu uma explicação fria, de que era uma sobrinha que havia desmaiado com a violência. O tempo todo, sua mão provocava mais contusões no braço de Vasya ao arrastá-la da margem do rio para a escuridão do bosque de plátanos que crescia ao lado da *posad*. Vasya tentava entender o que estava acontecendo.

Varvara estacou abruptamente perto de um broto de carvalho, desfolhado com o final do inverno.

– Polunochnitsa – ela disse para o escuro.

Vasya conhecia uma pessoa – um diabo – chamada *Polunochnitsa*, Lady Meia-Noite. Mas o que a criada de quarto da irmã poderia saber sobre...

O Urso assomou das sombras, seu rosto desnudado pela luz do fogo. Vasya recuou. Varvara seguiu seu olhar, perscrutando no escuro como uma cega.

– Você acha que vou *te* perder nisso? – O Urso perguntou, numa mistura de raiva e divertimento. – Você fede a terror. Eu poderia farejar isso onde quer que fosse.

Varvara não podia vê-lo, mas sua mão apertou convulsivamente o braço de Vasya. A menina percebeu que ela o tinha escutado.

– Comedor – Varvara disse, baixinho. – Aqui? *Meia-Noite*.

As vozes da turba que se dispersava infiltraram-se rio acima.

O Urso lançou a Varvara um olhar especulativo. – Você é a outra, não é? Esqueci que a velha teve gêmeas. Como foi que conseguiu viver tanto?

Vasya achou que as palavras deveriam fazer algum sentido, mas a compreensão escapou antes que ela pudesse entendê-la. Para Vasya, o Urso acrescentou: – Ela pretende mandar você por Meia-Noite. Se eu fosse você, não iria. Você morrerá lá, com tanta certeza quanto no fogo.

As vozes da multidão aproximaram-se à medida que as pessoas voltavam para a *posad* atravessando o bosque. Em instantes, alguém as veria e então... Tochas lançavam centelhas de luz em meio às árvores desordenadas. Um homem avistou as duas mulheres.

– O que vocês estão fazendo escondidas aqui?

– Mulheres! – exclamou outra voz. – Olhe pra elas, sozinhas. Eu gostaria de uma mulher depois de assistir àquela...

– Você pode morrer nas mãos deles ou pode vir comigo agora – o Urso disse a Vasya. – Pra mim, tanto faz. Não vou repetir.

Um dos olhos de Vasya estava fechado de inchaço, o outro tinha a visão turva; talvez isso tenha retardado sua percepção de uma quarta pessoa, observando das sombras. Tinha a pele preto-violeta e o cabelo claro, branco esvoaçante, sobre olhos como duas estrelas. Olhava das duas mulheres para o Urso e não dizia uma palavra.

Era o demônio chamado Meia-Noite.

– Não entendo – Vasya cochichou. Estava paralisada entre Varvara, que tinha guardado segredos, e o Urso, que oferecia uma salvação venenosa.

Além deles, silenciosa, estava Lady Meia-Noite. Nas costas do demônio, o bosque parecia ter mudado. Ficou mais denso, mais selvagem, mais escuro.

Varvara perguntou, baixinho e aguerrida no ouvido de Vasya: – O que você está vendo?

– O Urso – Vasya sussurrou. – E o demônio chamado Meia-Noite. E... uma escuridão. Atrás dela tem uma escuridão, uma tremenda escuridão. – Ela tremia da cabeça aos pés.

– Corra para a escuridão – Varvara cochichou para Vasya. – Foi essa a mensagem que recebi e a promessa. Toque no broto de carvalho e corra para a escuridão. Este é o caminho, daqui para o carvalho, junto ao lago. A estrada por Meia-Noite abre todas as noites para aqueles com olhos para ver. Haverá refúgio para você perto do lago. Guarde isso em sua mente; uma extensão de água, brilhante, com um grande carvalho que cresce na curva em arco da sua margem. Corra para a escuridão e seja corajosa.

Em quem confiar? As vozes dos homens estavam ficando mais altas. Seus passos estalando desandaram a correr. Suas únicas escolhas eram fogo ou trevas, ou o diabo entre os dois.

– Vá... *vá!* – gritou Varvara. Colocou a palma ensanguentada da mão de Vasya na casca da árvore e empurrou.

Vasya viu-se tropeçando adiante. A escuridão agigantou-se, e então a mão do Urso fechou-se em seu braço um instante antes de ela ser engolida pela noite. Ela foi virada para encará-lo, seus pés entorpecidos e confusos raspando a neve.

– Entre nas trevas – ele segredou. – E morrerá.

Ela já não tinha palavras, nem coragem ou rebeldia. Não respondeu nada. A única coisa que a impeliu a reunir toda sua força e se desvencilhar do Urso, arremessando-se dentro da noite, foi o desejo de escapar dele, do barulho, do cheiro de fumaça.

Soltou-se das suas garras e se atirou no escuro. Instantaneamente, as luzes e a barulheira de Moscou foram engolidas. Estava numa floresta, completamente só, sob um céu imaculado. Deu um passo à frente, depois outro. Então tropeçou, caiu de joelhos e não pôde juntar forças para se levantar. A última coisa que ouviu foi uma voz meio familiar: – Morta a este ponto? Bom, talvez a velha estivesse errada.

Atrás dela, em algum lugar, parecia que o Urso voltava a rir.

E então, Vasya ficou imóvel, inconsciente.

◇

No mundo real, a respiração do Urso sibilou entre dentes, ainda com aquela ponta de risada zangada. Disse a Varvara: – Bom, você a matou. Nem precisei quebrar a promessa ao meu irmão. Te agradeço por isto.

Varvara não retrucou. *O maior poder do Comedor é seu conhecimento dos desejos e das fraquezas dos homens.*

A mãe de Varvara tinha lhe ensinado grande parte das possibilidades dos *chyerti*. Varvara tentara esquecer o que sabia. Que importância tinha? Não conseguia vê-los, como sua irmã gostava de lhe lembrar.

Mas agora o Comedor estava livre, e sua mãe e sua irmã tinham partido.

Dois rapazes vieram aos tropeções, bêbados. Em seus olhos havia um olhar faminto. – Bom, você é velha e feia – disse um deles –, mas vai servir.

Sem palavra alguma, Varvara chutou o primeiro entre as pernas, deu com o ombro no segundo. Eles caíram na neve, ganindo. Ela escutou o suspiro de satisfação do Urso. *Acima de tudo,* sua mãe havia dito, *ele é um amante dos exércitos, das batalhas e da violência.*

Segurando as saias, Varvara correu de volta para as luzes, o caos da *posad*, e dali subiu a colina do Kremlin. Enquanto corria, escutou a voz do

Urso em seus ouvidos, embora ele não tivesse feito um movimento para segui-la. – Preciso te agradecer mais uma vez, Sem-Olhos, que a bruxinha esteja morta e minha promessa não tenha sido quebrada.

– Não me agradeça ainda – Varvara murmurou entre dentes. – Ainda não.

PARTE DOIS

PARTE DOIS

5

TENTAÇÃO

A JAULA DESMORONOU NUMA CHUVA DE FAGULHAS EXATAMENTE QUANdo Sasha e Dmitrii atravessaram, aos murros, o círculo de pessoas e começaram a destruir a fogueira com os punhos de suas lanças em chamas. O caos cresceu a um nível extremo.

Na confusão, Konstantin Nikonovich saiu de mansinho, com o capuz puxado sobre o cabelo de um dourado profundo. O ar estava enevoado por causa da fumaça; a multidão enlouquecida empurrou-o, não sabendo quem era. No momento em que os homens tinham espalhado as toras da fogueira, Konstantin passara pela *posad* sem ser notado, voltando para o monastério com seus passos macios.

Ela nem mesmo negou sua culpa, ele pensou, apressando-se pela neve enlameada e semicongelada. Ela havia incendiado Moscou. A ira legítima do povo é que a tinha arrastado. Que culpa poderia ser atribuída a ele, um religioso?

Ela estava morta. Ele tinha se vingado à altura.

Ela tinha dezessete anos.

Ele mal conseguiu chegar à sua cela e fechar a porta antes de cair num ataque de risada soluçante. Riu de todos aqueles rostos concordando, adorando, rosnando em Moscou, tomando cada uma de suas palavras como se fosse o evangelho; riu da lembrança do rosto dela, do medo em seus olhos. Riu até das imagens na parede, da sua rigidez e seu silêncio. Depois, viu sua risada transformar-se em lágrimas. Sons de angústia escaparam da sua garganta, bem contra sua vontade, até ele ter que enfiar o punho na boca para abafar o barulho. Ela estava morta. No fim, tinha sido fácil. Talvez o demônio, a bruxa, a deusa só tivessem existido em sua mente.

Tentou se controlar. As pessoas tinham sido como argila em suas mãos, amolecidas, como estavam no calor do fogo de Moscou. Nem sempre seria tão fácil. Se Dmitrii Ivanovich descobrisse que Konstantin tinha incitado a turba, no mínimo o veria como uma ameaça à sua autoridade, se não como o assassino da sua prima. Konstantin não sabia se sua influência recém-obtida seria suficiente para enfrentar a ira do grão-príncipe.

Estava tão concentrado em seu choro, em caminhar de um lado a outro, pensando e procurando não pensar, que não notou a sombra na parede, até que ela falou.

– Chorando feito uma donzela? – murmurou a voz. – Justo nesta noite? O que está fazendo, Konstantin Nikonovich?

Konstantin deu um salto para trás com um som não muito diferente de um grito. – É você – disse, respirando como uma criança com medo do escuro. E depois: – *Não*. – E finalmente: – *Onde está você?*

– Aqui – respondeu a voz.

Konstantin virou-se, mas viu apenas sua própria sombra, projetada pelo lampião.

– Não, aqui. – Desta vez, a voz parecia vir da sua imagem da Mãe de Deus. A mulher sob a tampa dourada olhava para ele de soslaio. Não era a Virgem absolutamente, mas Vasya, com seu cabelo negro-avermelhado solto, o rosto caolho e marcado pelo fogo. Konstantin reprimiu outro grito.

Então, a voz disse pela terceira vez, do seu próprio catre, rindo: – Não, aqui, pobre idiota.

Konstantin olhou e viu... um homem.

Homem? A criatura em sua cama *parecia* um homem; um homem tal como jamais fora visto em um monastério. Estava relaxado, sorrindo sobre a cama, o cabelo caído, os pés incongruentemente nus. Mas sua sombra... Sua sombra tinha garras.

– Quem é você? – perguntou Konstantin, respirando rápido.

– Você nunca viu meu rosto antes? – rebateu a criatura. – Ah, não, no solstício de inverno você viu o animal e a sombra, mas não o homem. – Levantou-se lentamente. Ele e Konstantin tinham quase a mesma altura. – Não tem importância. Você conhece a minha voz. – Ele baixou os olhos como uma menina. – Eu o agrado, homem de Deus? – O lado sem cicatriz da sua boca torceu-se num meio sorriso.

Konstantin estava pressionado com força contra a porta, seu punho junto à boca. – Eu me lembro. Você é o diabo.

Com isso, o homem – o *chyert* – ergueu o olhar, o único olho brilhando. – Eu? Os homens chamam-me de Urso, Medved, quando me chamam de alguma coisa. Você nunca pensou que o Paraíso e o Inferno estão ambos mais perto do que gosta de acreditar?

— O Paraíso? Mais perto? — indagou Konstantin. Podia sentir cada rebordo da parede de madeira contra suas costas. — Deus abandonou-me. Entregou-me aos diabos. *Não existe Paraíso. Existe apenas esse mundo de barro.*

— Exatamente — disse o demônio, e abriu bem os braços. — A ser moldado de acordo com o seu gosto. O que deseja desse mundo, padrezinho?

Os braços e pernas de Konstantin tremiam. — Por que pergunta?

— Porque preciso de você. Ando necessitado de um homem.

— Para quê?

Medved deu de ombros. — Os homens fazem o serviço dos diabos, não fazem? Sempre foi assim.

— Não sou seu criado. — Sua voz tremeu.

— Não... quem quer um criado? — perguntou o Urso. Foi chegando cada vez mais perto, baixando a voz. — Inimigo, amante, escravo apaixonado, pode escolher, mas criado... não. — Sua língua vermelha apenas encostou em seu lábio superior. — Veja, sou generoso em minhas barganhas.

Konstantin engoliu com dificuldade, sua boca estava seca. Sua respiração ficou curta, com ansiedade e desespero; parecia que as paredes da sua cela estavam se fechando. — O que eu ganho em troca da minha... lealdade?

— O que você quer? — respondeu o *chyert*, tão perto que poderia murmurar a pergunta no ouvido de Konstantin.

Na alma do padre havia um lamento desesperado: *Eu rezei. Todos estes anos da minha vida, eu rezei. Mas ficastes em silêncio, Senhor. Se estou fazendo barganhas com diabos é apenas porque tu me abandonastes.*

Parecia que aquele diabo acompanhava seus pensamentos com um prazer natural e secreto.

— Quero me esquecer na devoção dos homens. — Era a primeira vez que ele dizia esse pensamento em voz alta.

— Feito.

— Quero os confortos que o príncipe tem — continuou Konstantin. Estava se afogando naquele único olho. — Carnes boas e camas macias. — Disse a última palavra baixinho: — Mulheres.

O Urso riu. — Isso também.

— Quero autoridade terrena — Konstantin disse.

— Tanta quanto suas duas mãos, seu coração e sua voz possam abarcar — o Urso disse. — O mundo a seus pés.

— Mas o que você quer? — perguntou Konstantin Nikonovich.

A mão do diabo curvou-se num punho com garras. — Tudo o que eu queria era ser livre. Meu irmão bastardo me prendeu em uma clareira à beira do inverno vida após vida de homens. Mas, finalmente, ele quis algo mais do que sua vontade de me ver confinado, e estou livre, enfim. Vi as estrelas, cheirei a fumaça e experimentei o medo dos homens.

Com mais suavidade, o diabo acrescentou: – Encontrei os *chyerti* reduzidos a sombras. Agora, os homens organizam suas vidas ao som de sinos malditos. Então vou derrubar os sinos, derrubar o grão-príncipe enquanto estou por aqui; incendiar este mundinho de Rus' e ver o que nasce das cinzas.

Konstantin olhou fixo, fascinado e temeroso.

– Você vai gostar disso, não vai? – perguntou o Urso. – *Isso* ensinará seu Deus a ignorá-lo. – Ele fez uma pausa e depois acrescentou de um jeito mais prosaico: – A curto prazo, quero que esta noite você vá aonde eu mandar e faça o que eu disser.

– Esta noite? A cidade está agitada; a meia-noite veio e se foi e eu...

– Está com medo de ser visto depois da meia-noite pactuando com o Mal? Bom, deixe comigo.

– Por quê? – perguntou Konstantin.

– Por que não? – replicou o outro.

Konstantin não respondeu.

O diabo soprou em seu ouvido: – Você prefere ficar e pensar na morte dela? Ficar aqui no escuro e cobiçá-la morta?

Konstantin sentiu gosto de sangue no lugar onde seus dentes juntaram-se no lado de dentro da face. – Ela era uma bruxa. Mereceu isso.

– Isso não quer dizer que você não tenha gostado – murmurou o diabo. – Por que acha que vim até você em primeiro lugar?

– Ela era feia – respondeu Konstantin. Tão selvagem e cheia de mistérios quanto o mar – acrescentou. – Morta – disse, sem entonação, como se falar pudesse eliminar a lembrança.

O diabo deu um sorriso enigmático.

– Morta.

Konstantin sentiu o ar denso em seus pulmões, como se estivesse tentando respirar fumaça.

– Não podemos perder tempo – disse o Urso. – O primeiro golpe, o primeiro golpe precisa ser dado esta noite.

Konstantin disse: – Você já me enganou antes.

– E poderia enganar de novo – respondeu o outro. – Está com medo?

– Não – replicou Konstantin. – Não creio em nada e não temo nada.

O Urso riu. – Como deveria ser. Porque esta é a única maneira de você poder arriscar tudo quando não tem medo de perder.

6

NEM CARNE, NEM OSSOS

Dmitrii e seus homens destruíram a fogueira no rio. Sasha trabalhou com os outros no desespero mais terrível e irremediável. Por fim, uma área de toras em brasas jazia reluzente sobre uma extensão de gelo esburacado e fumegante. A jaula estava igual ao restante da madeira carbonizada; mal se poderia dizer quais pedaços formavam-na. A multidão havia fugido; era a parte mais fria e mais escura da noite. Eles ficaram em um trecho onde o fogo se extinguia, parados entre a terra fria e as estrelas da primavera.

A força terrível que impulsionara os braços e pernas de Sasha subitamente se foi. Ele se recostou no ombro de sua égua cheirando à fumaça. Nada. Não restara nada dela. Não conseguia parar de tremer.

Dmitrii empurrou o cabelo que caía sobre a testa, persignou-se. Em voz baixa, disse: – Que Deus descanse seu espírito. – Pousou a mão no ombro do primo. – Nenhum homem deve fazer justiça na minha cidade sem minha permissão. Você será vingado.

Sasha não disse nada. Mas o grão-príncipe ficou surpreso com a expressão no rosto do primo. Luto, é claro, raiva. Mas também... perplexidade?

– Irmão? – disse Dmitrii.

– Olhe – Sasha sussurrou. Destruiu uma tora com um chute, e depois outra; apontou para o que restava da jaula.

– O quê? – perguntou Dmitrii, atento.

– Nenhum osso – respondeu Sasha e engoliu em seco. – Nenhuma carne.

– Foram queimados – disse Dmitrii. – O fogo estava quente.

Sasha sacudiu a cabeça uma vez. – Não queimou por tempo suficiente.

– Venha – disse Dmitrii, agora com um ar preocupado. – Primo, sei que você a quer viva, mas ela se foi. Não poderia ter escapado novamente.

– Não – discordou Sasha, respirando fundo. – Não, seria impossível. – Mesmo assim, tornou a olhar para a infernal paisagem vermelha e preta do rio, e depois, abruptamente, foi até seu cavalo. – Vou até minha irmã.

Um silêncio surpreso. Depois, Dmitrii entendeu. – Muito bem. Diga à princesa de Serpukhov que... que sinto muito pela sua dor. E também pela sua. Ela... foi uma menina corajosa. Que Deus esteja com vocês.

Palavras, apenas palavras. Sasha sabia que Dmitrii não poderia lamentar profundamente a morte de Vasya; ela tinha sido um problema que ele não sabia como resolver. No entanto... o fogo não continha ossos. E Vasya... Nem sempre era possível prevê-la. Sasha girou sua égua e fez com que subisse a todo galope a colina da *posad* e atravessasse os portões de Moscou.

Dmitrii virou-se com o rosto fechado para dar ordens e mobilizar seus guardas. Estava muito cansado e agora tinha havido dois incêndios em Moscou, o segundo, à sua maneira, tão destrutivo quanto o primeiro.

◇

Sasha encontrou os portões de Olga arrebentados, o pátio pisoteado, mas Dmitrii tinha enviado todos seus homens de armas que pudessem ser disponibilizados. Eles tinham estabelecido certa ordem, impedindo pilhagens nas dependências. O pátio estava em silêncio.

Sasha passou pelos homens de Dmitrii com uma palavra de conforto. Alguns dos cavalariços tinham voltado aos poucos depois que a multidão desceu para o rio. Sasha acordou um deles no estábulo e confiou-lhe as rédeas da sua égua quase sem parar.

A neve no pátio estava emplastrada e respingada de sangue, e havia marcas de botas e lâminas na porta do terem. Uma serviçal apavorada acabou atendendo às suas batidas. Precisou convencê-la a deixá-lo entrar.

Olga estava sentada junto aos tijolos quentes do forno em seu quarto, ainda acordada e vestida. Seu rosto estava exausto e macilento à luz das velas; sombras de exaustão toldavam sua beleza leitosa. Marya chorava histericamente no colo da mãe, seu cabelo negro espalhado como água. As duas estavam a sós. Sasha parou à porta. Olga inteirou-se do seu aspecto sujo, com bolhas, com manchas de fuligem e empalideceu.

– Se tiver notícia, isso pode esperar – ela disse, com um olhar para a criança.

Sasha mal soube o que dizer; sua leve e terrível esperança pareceu tola perante o *dvor* manchado de sangue, perante o sofrimento descontrolado de Marya.

— Masha está bem? — ele perguntou, atravessando o cômodo e ajoelhando-se ao lado da irmã.

— Não — respondeu Olga.

Marya levantou a cabeça, seus olhos molhados com marcas nas pálpebras como se fossem contusões.

— Eles mataram ele! — ela soluçou. — Mataram ele e ele jamais machucaria ninguém a não ser os malvados, e ele gostava de mingau, e *eles não deviam ter matado ele!* — Seus olhos estavam alucinados. — Vou esperar Vasya voltar e a gente vai matar todo mundo que machucou ele.

Ela contemplou o quarto à sua volta e seus olhos marejaram mais uma vez. A raiva esvaiu-se dela com a mesma rapidez com que tinha vindo. Caiu de joelhos, encolhida, chorando no colo da mãe.

Olga afagou o cabelo da filha. De perto, Sasha viu a mão de Olga tremer.

— Havia uma multidão — disse Sasha, abaixando a voz. — Vasya...

Olga levou o dedo aos lábios com um olhar para a criança que soluçava. Mas fechou seus olhos negros por um brevíssimo instante.

— Que Deus esteja com ela — replicou.

Marya levantou a cabeça mais uma vez. — Tio Sasha, a Vasya voltou com você? Ela precisa da gente, vai ficar triste.

— Masha — repetiu Olga com delicadeza. — Precisamos rezar por Vasya. Tenho medo que ela não volte.

— Mas ela...

— Masha — disse Olga. — Shh. Não sabemos de tudo que aconteceu. Precisamos esperar para descobrir. As manhãs têm mais sabedoria do que as noites. Venha, você vai dormir?

Marya não iria. Ficou em pé. — Ela precisa voltar! — exclamou. — Para onde ela iria, se não para cá?

— Talvez tenha ido para Deus — respondeu Olga com firmeza. Não mentia para os filhos. — Se for isso, que sua alma encontre repouso.

A criança olhou fixo da mãe para o tio, os lábios entreabertos de horror. E então, virou a cabeça, como se mais alguém no quarto falasse. Sasha acompanhou seu olhar até o canto perto do forno. Não havia ninguém ali. Um arrepio percorreu sua espinha.

— Não, ela não foi! – exclamou Marya, desvencilhando-se dos braços da mãe. Esfregou os olhos molhados. – Ela não está com Deus. Você está enganada! Ela está... Onde? – Marya perguntou ao lugar vazio, próximo ao chão. – Meia-Noite não é um lugar.

Sasha e Olga entreolharam-se. – Masha... – Olga começou.

Houve um movimento abrupto na entrada do quarto. Todos pularam; Sasha virou-se com a mão suja no punho da espada.

— Sou eu – disse Varvara. Sua trança clara estava desmanchada; havia fuligem e sangue em suas roupas.

Olga olhou fixo. – Onde você esteve?

Sem cerimônia, Varvara respondeu: – Vasya está viva. Ou estava quando a deixei. Eles iam queimá-la, mas ela quebrou as barras da jaula e pulou para baixo, sem ser vista. Eu a tirei da cidade.

Sasha tivera esperança, mas não tinha realmente pensado em como... – Sem ser vista? – Então, ele pensou em coisas mais importantes. – Onde? Está ferida? Onde ela está? Preciso...

— Está, está ferida. Foi espancada por uma multidão – disse Varvara, acidamente. – Ela também quase enlouqueceu com magia; veio para ela subitamente, por desespero, mas está viva e seus ferimentos não são mortais. Ela escapou.

— Onde ela está agora? – Olga perguntou, bruscamente.

— Pegou a estrada por Meia-Noite – respondeu Varvara. Em seu rosto, havia a mais estranha mistura de fascínio e ressentimento. – Talvez ela chegue até o lago. Fiz tudo que pude.

— Preciso ir até ela – disse Sasha. – Onde fica essa estrada por Meia--Noite?

— Em lugar algum – replicou Varvara. – E em todo lugar. Mas apenas à meia-noite. Agora não é meia-noite. De qualquer modo, você não tem a visão, o poder para pegar essa estrada sozinho. Está fora do seu alcance.

Olga olhou com o cenho franzido para Marya e Varvara.

Incrédulo, Sasha disse: – Você espera que eu acredite na sua palavra? Que *abandone minha irmã*?

— Não se trata de abandono; o destino dela está fora das suas mãos. – Varvara despencou em um banquinho, como se não fosse uma criada. Algo tinha mudado sutilmente em sua postura. Seus olhos estavam intensos e nervosos. – O Comedor está solto – ela disse. – A criatura que os homens chamam de Medved. O Urso.

Mesmo depois de Vasya ter-lhes contado a verdade, nas horas que se seguiram ao incêndio de Moscou e à sua salvação pela neve, Sasha mal tinha acreditado na história da irmã sobre demônios. Estava prestes a pedir, mais uma vez, que Varvara lhe dissesse direito onde estava Vasya, quando Olga interferiu: – O que isso significa, o fato de o Urso estar *solto*? Quem é o Urso? Solto para fazer o quê?

– Não sei – respondeu Varvara. – O Urso é um dos *chyerti* mais importantes, senhor das forças impuras da terra. – Ela falava lentamente, como que lembrando uma lição esquecida havia muito tempo. – Sua principal habilidade é conhecer as mentes de homens e mulheres e dobrá-las à sua vontade. Acima de tudo, ele adora destruição e caos e procurará disseminá-los o quanto puder. – Ela sacudiu a cabeça e, de repente, voltou a ser a criada de quarto, esperta e prática. – É preciso esperar até de manhã; estamos mortalmente exaustos. Vamos, a menina selvagem está viva e além do alcance de amigo ou inimigo. Vamos todos dormir?

Fez-se um silêncio. Então, soturno, Sasha disse: – Não... Se não posso ir até ela, pelo menos vou rezar. Por minha irmã, por esta cidade insana.

– A cidade não é insana – protestou Marya. Tinha acompanhado a conversa com seus olhos negros ferozes e, então, virado a cabeça para escutar a voz invisível, próxima ao chão. – Foi um homem de cabelo dourado. Ele fez com que fizessem isso. Falou com eles, deixou eles bravos. – Ela tinha começado a tremer. – Foi ele quem veio ontem à noite, quem me obrigou a ir com ele. As pessoas escutam quando ele fala. A voz dele é muito bonita. E ele odeia tia Vasya.

Olga pegou a filha nos braços. Marya tinha recomeçado a chorar, com soluços lentos e exaustos. – Calma, meu bem – ela disse para a filha.

Sasha sentiu o rosto ser tomado pela desolação. – O padre de cabelo dourado – deduziu. – Konstantin Nikonovich.

– Nosso pai deu-lhe abrigo. Você o trouxe a Moscou. Eu o socorri aqui – disse Olga. Sua compostura habitual não podia encobrir a expressão em seus olhos.

– Vou rezar agora – disse Sasha. – Se um diabo veio a esta cidade, a única coisa que posso fazer contra isso é rezar. Mas amanhã vou procurar Dmitrii Ivanovich. Farei com que o padre seja julgado e se faça justiça.

– Você precisa matar ele com sua espada, tio Sasha – disse Marya. – Porque acho que ele é muito malvado.

Sasha beijou as duas e partiu em silêncio.

– Muito obrigada por salvar a vida da nossa irmã – Olga disse a Varvara, depois da saída de Sasha.

Varvara não disse nada, mas as duas mulheres deram-se as mãos. Conheciam-se havia muito tempo.

– Agora, conte-me mais sobre esse demônio que veio a Moscou – Olga acrescentou. – Se disser respeito à segurança da minha família, não se pode esperar até de manhã.

7

MONSTRO

Em outra parte de Moscou, na hora escura e fria antes do amanhecer, um camponês e sua esposa estavam deitados acordados sobre o forno do irmão. Tinham perdido sua *izba*, seus pertences e seu primogênito no incêndio da noite anterior, e desde então, nenhum dos dois dormiu.

Uma batida leve e insistente veio da janela.

Pã, pã.

Abaixo deles, no chão, a família do irmão remexeu-se. As batidas continuaram, constantes, monótonas, primeiro na janela, depois na porta.

– Quem poderia ser? – resmungou o marido.

– Talvez alguém necessitado – disse a esposa, com a voz rouca das lágrimas derramadas naquele dia. – Atenda.

Com relutância, o marido escorregou do forno. Foi aos tropeços até a entrada, passando sobre os corpos queixosos da família do irmão. Abriu a porta interna, destravou a externa.

Sua esposa ouviu-o soltar uma única arfada soluçante e depois mais nada. Correu para ele.

Um ser pequeno estava à porta. Tinha a pele escurecida e descamada. Dava para ver indícios de uma ossada branca pelos rasgos na sua roupa. – Mãe? – ele sussurrou.

A mãe da criança morta berrou; um berro de despertar defuntos, mas o morto já estava acordado; um berro para acordar seus vizinhos, que dormiam inquietos com a lembrança do fogo. Venezianas e portas foram abertas.

A criança não entrou na casa. Em vez disso, deu as costas e começou a caminhar pela rua. Tinha o andar de um bêbado, balançando de um lado a outro. Sob o luar, seus olhos estavam desnorteados, temerosos e intensos, tudo ao mesmo tempo.

— Mãe? — repetiu.

Acima, dos dois lados, os vizinhos despertos olhavam fixo e apontavam. — Mãe de Deus!

— Quem é?

— O que é?

— Uma criança?

— Filho de quem?

— Não, Deus nos defenda, aquele é o pequeno Andryusha, mas ele está morto...

A voz da mãe da criança ergueu-se. — Não — ela gritou. — Não, me desculpe, estou aqui. Pequenininho, não me deixe.

Ela correu atrás do menino morto, tropeçando na terra semicongelada. O marido correu com dificuldade atrás dela. Havia um padre entre a multidão assombrada na rua. O marido agarrou-o e puxou-o. — *Batyushka*, faça alguma coisa! — gritou. — Faça ele ir embora! Reze...

— *Upyr*!

A palavra, a temível palavra de lendas, pesadelos e contos de fadas foi levada de casa em casa à medida que a compreensão ia ficando clara. A palavra zuniu pela rua, para lá e para cá, aumentando, aumentando até se transformar em um gemido, um grito.

— O menino morto. Está andando. Os mortos estão andando. Estamos amaldiçoados. *Amaldiçoados*!

O tumulto crescia de instante a instante. Lampiões de barro foram acesos; tochas reluziram douradas sob a lua doentia. Voaram gritos. Pessoas desmaiavam ou choravam, ou clamavam pela ajuda de Deus. Alguns abriram suas portas e correram para fora para ver o que estava acontecendo. Outros bloquearam bem suas portas e puseram a família a rezar.

Mesmo assim, a criança morta caminhava sobre pernas inseguras subindo a colina do Kremlin.

— Filho! — ofegava a mãe, correndo ao lado da coisa. Ainda não ousava tocá-lo; a maneira como ele se movia, mal articulado, não era a maneira dos vivos. Mas em seus olhos, ela tinha certeza, havia algo do filho. — Meu filho, que horror é esse? Deus mandou você de volta para nós? Você veio dar um aviso?

A criança morta virou-se e repetiu: — Mãe? — num tom suave e agudo.

— Estou aqui — sussurrou a mulher, estendendo a mão. A pele do rosto do menino despelou ao seu toque. Seu marido empurrou o padre adiante.

— Pelo amor de Deus, faça alguma coisa!

O padre, com os lábios trêmulos, avançou hesitante e levantou uma mão insegura: – Aparição, ordeno-te...

A criança ergueu os olhos mortiços. A multidão recuou, persignando-se, observando... Os olhos da criança vagaram pelos rostos reunidos.

– Mãe? – sussurrou uma última vez. E investiu.

Sem rapidez. Os ferimentos e a morte haviam enfraquecido a coisa, deixado-a desajeitada em seus membros pouco crescidos. Mas a mulher não ofereceu resistência. O vampiro enterrou o rosto em sua garganta enrugada.

Ela soltou um grito gorgolejante de dor e amor e agarrou a coisa para junto de si, arfando em agonia e cantarolando para a criatura no mesmo fôlego. – Estou aqui – voltou a cochichar.

E então, a própria criaturazinha morta ofegava com o sangue da mãe, jogando a cabeça para trás e para frente, numa imitação de um gesto infantil.

Pessoas corriam e berravam.

Então uma voz soou da rua acima, e padre Konstantin desceu, caminhando apressado, severo, digno, seu cabelo dourado prateado ao luar.

– Povo de Deus – disse. – Estou aqui. Não temam as trevas. Sua voz era como sinos da igreja ao amanhecer. Seu longo hábito batia e se abria atrás dele. Abriu caminho pelo marido, que tinha caído de joelhos, esticando a mão em seu desamparo.

Enérgico, como um homem puxando a espada, ele fez o sinal da cruz.

O *upyr* criança sibilou. Seu rosto estava negro de sangue.

Atrás de Konstantin havia uma sombra caolha, observando com prazer o encontro sanguinolento, espalhafatoso, mas ninguém a viu. Nem mesmo o padre, que não estava olhando. Talvez, naquele momento, tivesse esquecido que não era apenas sua voz que mandava o morto descansar.

– Para trás, diabo – Konstantin disse. – Volte para o lugar de onde veio. Não volte a perturbar os vivos.

O pequeno vampiro sibilou. A multidão vacilante tinha interrompido a fuga. Os mais próximos assistiam paralisados com fascínio. Por um longo momento, o *upyr* e o padre pareceram se encarar numa batalha terrível de vontades. O único som era o da respiração entrecortada da mulher agonizante.

Uma pessoa observadora poderia ter notado que a coisa morta não estava olhando *para* o padre, mas além dele. Atrás de Konstantin, a sombra caolha sacudia o polegar num gesto peremptório, da maneira que um homem dispensa um cachorro.

O vampiro voltou a rosnar, desta vez baixinho, como se o poder que lhe tinha dado vida, fôlego e movimento se esvaísse. Desmoronou no seio da mãe. Ninguém conseguiu dizer se o som final vindo da dupla era o último respiro dela ou dele.

O marido olhou para os cadáveres da sua família, vazio, chocado e imóvel. Mas a multidão não olhava para ele.

– *Volte* – ordenou o Urso, entre dentes, no ouvido de Konstantin. – Eles acham que você é um santo. Não é hora de permanecer por aqui. Basta um espirro para arruinar o efeito.

Konstantin Nikonovich, cercado por rostos com a boca aberta de espanto, sabia disso muito bem. Tornou a fazer o sinal da cruz sobre todos, uma bênção. Depois, retirou-se rapidamente pela rua estreita a passos largos pela escuridão, esperando não tropeçar em um sulco congelado pelo caminho. As pessoas recuavam perante ele, aos prantos.

O sangue de Konstantin cantarolava com a lembrança do poder. Anos de orações, de uma procura intensa, tinham feito dele um pária de Deus, mas esse demônio poderia torná-lo grande entre os homens. Sabia disso. Se parte dele sussurrava, *Ele ficará com a sua alma*, Konstantin não lhe deu atenção. Que bem lhe fizera sua alma? Mas murmurou, como que contra a vontade:

– Aquela mulher morreu em nome do seu espetáculo.

O diabo deu de ombros. O lado desfigurado do seu rosto estava perdido nas trevas. Parecia comum, a não ser pelos pés descalços e inaudíveis. De vez em quando olhava para as estrelas.

– Não está *exatamente* morta; os mortos não ficam deitados em sossego quando estou por perto. – Konstantin estremeceu. – Ela caminhará pelas ruas à noite chamando pelo filho. Mas isso é bom. Mais estímulo para o medo deles. – Olhou para o padre de soslaio. – Arrependido? Tarde demais para escrúpulos, homem de Deus.

Konstantin não disse nada.

O diabo murmurou: – Não existe nada neste mundo além de poder. As pessoas se dividem entre aqueles que o têm e aqueles que não o têm. Qual delas será você, Konstantin Nikonovich?

– Pelo menos sou um homem – Konstantin replicou, estridente. – *Você* não passa de um monstro.

Os dentes de Medved eram brancos como os de um animal; reluziram brevemente quando ele sorriu.

– Não existem monstros.

Konstantin bufou.

– Não existem – disse o Urso. – Não existem monstros no mundo, nem santos. Apenas tonalidades infinitas, escuras e claras, tecidas na mesma tapeçaria. O monstro de um homem é o benquisto de outro. O sábio sabe disso.

Estavam quase no portão do monastério. – Você é então o *meu* monstro, diabo? – perguntou Konstantin.

A sombra no canto da boca de Medved aprofundou-se. – Sou – respondeu. – E também seu benquisto. Não cabe a você distinguir. – O diabo pegou a cabeça dourada de Konstantin entre as mãos, puxou-a e beijou-o com vontade na boca.

Depois desapareceu nas trevas, rindo.

8

ENTRE A CIDADE E O MAL

Irmão Aleksandr deixou o palácio da irmã na hora azul-acinzentada antes do nascer do sol. A toda sua volta, Moscou movimentava-se, soturna. A raiva e a selvageria da cidade tinham mudado para um desconforto mais profundo. Dmitrii tinha nas ruas todos os homens de que podia dispor: soldados no portão do Kremlin, no portão de seu próprio palácio, vigiando as casas dos boiardos, mas a presença deles apenas parecia alimentar a sensação de terror.

Algumas pessoas reconheceram Sasha, apesar da hora, apesar do seu capuz. Houve época em que lhe pediam a bênção; agora, dirigiam-lhe olhares sombrios e puxavam os filhos de lado.

O irmão da bruxa.

Sasha seguiu a passos firmes, os lábios comprimidos. Talvez um monge melhor tivesse fixado o olhar em coisas paradisíacas, perdoado e esquecido, sem lamentar o tormento da irmã ou sua própria reputação perdida. Mas, se fosse um monge melhor, teria ficado na Lavra.

O sol tinha criado um aro de cobre no horizonte, e corria água sob a neve amaciada quando Sasha passou pelo portão do grão-príncipe e encontrou Dmitrii falando em voz baixa com três dos seus boiardos.

— Deus esteja convosco — disse Sasha a todos. Os boiardos fizeram o sinal da cruz, com expressões idênticas de preocupação semiescondida por suas barbas. Sasha não podia culpá-los.

— As grandes famílias não gostam disso — disse Dmitrii, quando os boiardos fizeram uma reverência e saíram, e seus criados estavam fora do alcance da escuta. — De nada disso. Que um traidor tenha chegado tão perto de me matar, que eu tenha perdido o controle da cidade na noite passada. E...

– Dmitrii fez uma pausa. Sua mão brincou com o punho da espada. – Correm rumores de que um demônio foi visto em Moscou.

Sasha pensou no aviso de Varvara. Talvez Dmitrii esperasse que ele zombasse, mas em vez disso ele perguntou com cautela: – Que tipo de... demônio?

Dmitrii o encarou rapidamente. – Não sei. Mas foi por isso que esses três vieram até mim tão cedo e tão inquietos; também escutaram rumores e temem que a cidade possa estar sob alguma maldição. Disseram que, agora, as pessoas não falam em outra coisa que não seja diabos e estragos. Disseram que o único motivo de a cidade não sucumbir ao diabo ontem à noite foi porque um padre chamado padre Konstantin baniu o demônio. Estão dizendo que ele é um santo, que é o único que se interpõe entre esta cidade e o mal.

– Mentiras – disse Sasha. – Foi esse mesmo padre Konstantin que ontem levou a cidade à balbúrdia e pôs minha irmã na fogueira.

Os olhos de Dmitrii estreitaram-se.

– A ralé dele arrebentou os portões do palácio da minha irmã – Sasha prosseguiu. – E ele... – Sasha interrompeu-se. *Ele roubou minha sobrinha da cama e entregou-a ao traidor*, era o que queria dizer, mas... *Não*, Olga havia dito. *Não se atreva a dizer em voz alta que minha filha deixou o terem naquela noite. Faça justiça para Vasya, se puder, mas o que acha que as pessoas dirão de Marya?*

– Tem como provar isso? – perguntou Dmitrii.

Houve época em que Sasha teria respondido: *Minha palavra não basta?* Dmitrii teria respondido: *Sim, basta, irmão*, e isso encerraria a discussão. Mas uma mentira instalara-se entre eles, e então, Sasha respondeu: – Existem testemunhas que apontarão padre Konstantin entre a ralé no palácio de Serpukhov e no incêndio.

Dmitrii não respondeu diretamente. Disse: – Depois de escutar os rumores essa manhã, mandei homens ao monastério do Arcângelo com ordens para acompanhar o padre até aqui. Mas ele não estava no monastério. Estava na catedral de Assunção com metade da cidade presente, rezando e chorando. Dizem que ele canta como um anjo, e Moscou está repleta de histórias sobre sua beleza e piedade e de como ele libertou a cidade dos diabos. Todos esses rumores, por si só, já o tornariam perigoso, mesmo que não seja o vilão que você o percebe ser.

– Uma vez que ele é perigoso, por que você não o prendeu?

– Você não escutou? – perguntou Dmitrii. – Não posso ter um religioso arrastado para fora da catedral perante metade de Moscou. Não, ele virá hoje por meio de convite, e decidirei o que fazer.

– Ele levou a multidão a arrebentar os portões de Serpukhov – retrucou Sasha. – Só existe uma coisa a ser feita com ele.

– A justiça será feita, primo – respondeu Dmitrii. Em seus olhos havia um alerta. – Contudo, sou eu que tenho que administrá-la, não você.

Sasha não disse nada. O pátio estava repleto do som de martelos, homens chamando, cavalos. Além dele, havia o murmúrio da cidade que despertava.

– Encomendei uma missa cantada – Dmitrii acrescentou. Agora parecia cansado. – Coloquei todos os bispos a rezar. Não sei o que mais podemos fazer. Maldição, não sou um religioso para responder perguntas sobre maldições e diabos. As pessoas estão suficientemente inquietas sem rumores maléficos. A cidade precisa ser reconstruída, e os bandidos tártaros precisam ser encontrados.

◇

Toda Moscou, na visão de Konstantin, acompanhou-o da catedral até o palácio do grão-príncipe. Suas vozes puxavam-no, seu fedor cercava-o.

– Eu voltarei – disse ao povo antes de passar pelos portões.

Eles esperaram do lado de fora, imagens nas mãos, rezando em voz alta, melhor do que se fossem cem guardas.

Mesmo assim, Konstantin suava frio ao cruzar o pátio. Dmitrii tinha seus próprios guardas fortemente armados e alertas. O diabo não saíra do lado de Konstantin desde aquela manhã. Agora, caminhava ao seu lado, despreocupado, invisível a todos menos ao padre e olhando em seu entorno com interesse. Com uma sensação ruim, Konstantin percebeu que o Urso estava se divertindo.

Por todo pátio havia insinuações de pequenos demônios, criaturas da fornalha. A pele de Konstantin arrepiou-se. – O que eles querem?

O Urso sorriu com malícia perante os diabos reunidos. – Estão com medo. Os sinos estão apagando-os, ano a ano, mas a destruição dos seus braseiros irá matá-los rapidamente. Eles sabem o que vou fazer. – O Urso curvou-se para eles, irônico. – Estão condenados – disse, animado, como que para ter certeza de que pudessem ouvi-lo, e seguiu em frente.

– Já vão tarde – Konstantin murmurou e seguiu. Os olhares dos *chyerti* da fornalha pareceram perfurar suas costas.

Dois homens esperavam por ele na sala de audiências: irmão Aleksandr e Dmitrii Ivanovich, com seus serviçais parados atrás dele em posição de sentido. O lugar ainda cheirava à fumaça. Uma das paredes tinha marcas de cortes de espada, a tinta arrancada.

Dmitrii estava sentado em sua cadeira esculpida; irmão Aleksandr em pé, alerta ao seu lado.

– Aquele ali, se puder, te mata – observou o Urso, apontando o queixo em direção a Sasha. Os olhos de Sasha estreitaram-se. Seria imaginação de Konstantin ou o olhar do monge passou dele para o diabo ao seu lado? Teve um momento de pânico.

– Relaxe – acrescentou o Urso, mantendo os olhos em Sasha. – Ele tem o mesmo sangue da menina-bruxa. Sente o que não consegue ver, mas não passa disso. – Fez uma pausa. – Procure não ser morto, homem de Deus.

– Konstantin Nikonovich – disse Dmitrii, com frieza. Konstantin engoliu com dificuldade. – Uma menina, minha parente, foi morta queimada ontem sem julgamento. Estão dizendo que você levou a ralé de Moscou a fazer isso. O que tem a dizer?

– Não fiz isso – respondeu Konstantin, acalmando a voz. – Tentei impedir que as pessoas fossem mais violentas, invadindo o terem de Serpukhov e matando as mulheres ali. Foi o máximo que consegui, mas não pude salvar a menina. – Não teve que fingir tristeza em sua voz, apenas deixar que ela assomasse do emaranhado de outras emoções. – Rezei por sua alma. Não consegui acalmar a ira do povo. De acordo com sua própria confissão, ela deu início ao incêndio que matou tantas pessoas.

Ele atingiu o tom perfeito de admissão arrependida. O Urso bufou a seu lado. Por pouco, Konstantin não se virou para olhar.

Sasha, ao lado do primo no palanque, estava totalmente imóvel.

Subitamente, o Urso disse: – O monge sabe como o fogo começou. Pressione-o. Ele não mentirá para o grão-príncipe.

– Isso é mentira – Dmitrii disse a Konstantin. – Os tártaros deram início ao fogo.

– Pergunte a irmão Aleksandr – observou Konstantin, deixando sua voz encher a sala. – Pergunte ao santo monge ali se a menina começou ou não o incêndio. Em nome de Deus, exijo que ele seja sincero.

Dmitrii virou-se para Sasha. Os olhos do monge brilhavam de raiva, mas Konstantin viu, com surpresa, que era verdade. Ele não mentiria.

— Um acidente – Sasha rebateu, lacônico. Ele e Dmitrii entreolharam-se como se fossem as únicas duas pessoas na sala. – Dmitrii Ivanovich...

O rosto de Dmitrii fechou-se. Sem uma palavra, virou-se de volta para Konstantin. O padre sentiu um prazer repentino. Viu o Urso sorrir. Os dois trocaram um olhar de perfeito entendimento, e Konstantin pensou: *Talvez eu sempre tenha sido amaldiçoado se consigo decifrar a mente desse monstro.*

— Ela também salvou a cidade – murmurou o Urso. – Embora seu irmão não possa dizer isso sem acusar a própria irmã de bruxaria. Menina louca; era quase tão ruim quanto um espírito do caos. – Soou quase num tom de aprovação.

Konstantin apertou os lábios.

Dmitrii disse, recobrando-se lentamente: – Também soube que você lutou contra um demônio ontem à noite e expulsou-o.

— Demônio ou uma pobre alma perdida, não sei – disse Konstantin. – Mas veio com ódio para atormentar os vivos. Rezei – agora, ele tinha um melhor controle da sua voz –, e Deus achou conveniente interceder. Só isso.

— É mesmo? – perguntou irmão Aleksandr em voz baixa e contida. – E se não acreditarmos em você?

— Eu poderia trazer uma dúzia de testemunhas da cidade como prova – replicou Konstantin, mais seguro. Agora, as mãos do monge estavam atadas.

Dmitrii inclinou-se para frente. – Então é verdade? – perguntou. – Havia um demônio em Moscou?

Konstantin persignou-se. Com a cabeça baixa, respondeu: – É verdade. Uma coisa morta. Vi com meus próprios olhos.

— Por que você acha que havia uma coisa morta em Moscou, *batyushka*?

Konstantin reparou no uso do título honroso. Suspirou novamente. – Foi a punição de Deus por abrigarmos bruxas. Mas agora a bruxa está morta, e talvez Deus abrande.

— Não é provável – disse o Urso, mas apenas Konstantin pôde escutá-lo.

◆

Maldito seja o padre eloquente, pensou Sasha. *E maldita seja Vasya também, onde quer que esteja.* Porque ele conseguia defender as boas intenções e o bom coração da irmã, mas não podia, em sã consciência, dizer que ela não fosse culpada. Não podia, na verdade, dizer que ela não era uma bruxa. Não podia revelar o rapto de Marya.

Então, agora, precisava ficar frente àquele assassino escutando suas meias-verdades sem ter boas respostas e, inacreditavelmente, Dmitrii escutava o padre. Sasha estava branco de raiva.

– A coisa morta voltará? – Dmitrii perguntou.

– Quem sabe, senão Deus? – Konstantin respondeu. Seu olhar mudou um tantinho para a esquerda, embora não houvesse nada ali. Os pelos atrás do pescoço de Sasha arrepiaram-se.

– Nesse caso... – Dmitrii começou, mas não prosseguiu. Um clamor na escada chamou a atenção deles, e, então, as portas da sala de audiência abriram-se.

Todos se viraram. O ordenança de Dmitrii entrou aos tropeções na sala, seguido por um homem bem-vestido, com marcas de viagem.

Dmitrii levantou-se. Todos os criados fizeram uma reverência. O recém-chegado era mais alto do que o grão-príncipe e tinha os mesmos olhos acinzentados. Todos o reconheceram na hora. Era o maior homem de Muscovy, depois do grão-príncipe, o único que era príncipe por direito legítimo, com suas próprias terras, sem vassalagem. Vladimir Andreevich, príncipe de Serpukhov.

– Bem-vindo, primo – cumprimentou Dmitrii com alegria. Tinham crescido juntos.

– Sinais de queimado na cidade – respondeu Vladimir. – Estou feliz que ela ainda esteja de pé. – Mas seus olhos estavam graves; estava esgotado com a viagem no inverno. – O que aconteceu?

– Houve um incêndio, como você viu – respondeu Dmitrii. – E um tumulto. Vou te contar tudo. Mas por que você veio com tanta pressa?

– O *temnik* Mamai supriu seu exército.

Um silêncio caiu sobre a sala. Vladimir não tentou amenizar o golpe. – Soube em Serpukhov – continuou. – Mamai tem um rival mais ao sul que está se tornando mais poderoso dia a dia. Para impedir a ameaça, ele precisa da aliança de Muscovy e da nossa prata. Ele próprio virá para o norte para obtê-las. Não há dúvida. Chegará a Moscou no outono, se você não pagá-lo, Dmitrii Ivanovich. Você precisará reunir sua prata ou um exército, e não dá para esperar mais tempo.

No rosto de Dmitrii havia uma estranha mescla de raiva e ansiedade.

– Conte-me tudo o que sabe – ele pediu. – Venha, vamos beber e...

Com fúria, Sasha percebeu que seu primo estava momentaneamente aliviado por deixar de lado todas as questões referentes a diabos e mortos, de culpabilidade no tumulto e no incêndio. Assuntos sobre guerra e política eram mais prementes e menos inquietantes.

Em meio a uma mistura gelada e ansiosa de raiva e desânimo, Sasha poderia jurar que havia alguém rindo na sala.

◇

— Dispensar o padre sem punição? — Sasha perguntou, mais tarde. Mal conseguia falar. Tinha sido difícil conseguir um momento a sós com o primo depois da chegada de Vladimir Andreevich. Por fim, Sasha alcançou Dmitrii no pátio justamente quando ele estava prestes a montar em seu cavalo para inspecionar as partes queimadas de Moscou. — Você acha que Vladimir Andreevich aceitará isso? Vasya era sua cunhada!

— Mandei prender os responsáveis pelo tumulto — disse Dmitrii. Apanhou as rédeas com um cavalariço, tendo uma mão na cernelha do seu cavalo. — Eles serão mortos por danificar a propriedade do príncipe de Serpukhov, por ter posto as mãos em sua parente. Mas não tocarei naquele padre... Não, ouça-me. O padre pode ser um charlatão, mas um charlatão muito bom. Você não viu a multidão lá fora?

— Vi — disse Sasha, contrafeito.

— Se eu matá-lo, eles se revoltarão — Dmitrii prosseguiu —, e não posso arcar com mais revoltas. Ele consegue controlar a turba, e eu posso controlá-lo. Esse é o tipo de homem que quer ouro e glória, apesar de toda sua hipócrita piedade. A notícia vinda do sul muda tudo, você sabe disso. Posso espremer todos os meus boiardos, todos os meus príncipes e os miseráveis notáveis de Novgorod para obter prata, ou posso partir para o caminho bem mais difícil de chamar todos os príncipes de Rus', aqueles que virão, e equipar um exército. Tentarei a primeira opção, pelo bem do meu povo, mas não posso me permitir estar em desacordo com minha cidade por causa disso. Aquele homem pode ser útil. Está decidido, Sasha. Além disso, sua história é plausível. Talvez ele esteja dizendo a verdade.

— Então, você acha que *eu* estou mentindo? E quanto à minha irmã?

— Ela provocou o incêndio — respondeu Dmitrii. Sua voz ficou subitamente fria. — Talvez sua morte pelo fogo tenha sido justiça. Certamente, você não me contou isso. Ao que parece, estamos de volta onde começamos. Contando mentiras e omitindo verdades.

— Foi um acidente.

— Mesmo assim — disse Dmitrii.

Eles se encararam. Sasha percebeu que a frágil confiança recuperada tinha sido desfeita mais uma vez. Fez-se silêncio.

Então... – Tem uma coisa que quero que você faça – disse o grão-príncipe. Soltou as rédeas do seu cavalo e puxou Sasha de lado. – Ainda somos família, irmão?

◇

– Não consegui convencer Dmitrii – Sasha disse a Olga, num tom cansado. – O padre saiu livre. Dmitrii vai arrecadar prata para acalmar os tártaros.

Sua irmã estava remendando meias compridas, as agulhas simples e as mãos ágeis incongruentes na magnificência de seu colo bordado. Apenas os movimentos abruptos dos seus dedos revelavam seus sentimentos.

– Nada de justiça, então, para minha irmã, minha filha, meus portões arrebentados? – perguntou.

Sasha sacudiu a cabeça lentamente. – Agora não. Ainda não. Mas seu marido voltou. Pelo menos, agora você está segura.

– É – Olga respondeu, numa voz seca como poeira de verão. – Vladimir voltou. Ele virá até mim, hoje ou amanhã, depois de ter transmitido todas as notícias, feito seus planos, se banhado, comido e se divertido com o grão-príncipe. Então, posso contar a ele que seu esperado segundo filho era uma menina e que está morta. Enquanto isso, existe um demônio à solta e... Você acha que haverá guerra?

Sasha hesitou, mas o rosto decidido de Olga desafiou-o a ter pena dela, e acabou aceitando a mudança de assunto. – Não se Dmitrii pagar. Mamai não pode, de fato, querer uma guerra; tem um rival ao sul de Sarai. Só quer dinheiro.

– Uma grande quantidade de dinheiro, imagino – Olga replicou –, se vai se dar ao trabalho de juntar um exército para extorqui-lo. Tivemos bandidos em Muscovy todo o inverno, e Moscou em chamas há não muito tempo. Dmitrii conseguirá obter seu dinheiro?

– Não sei – Sasha admitiu, depois fez uma pausa. – Olya, ele me mandou embora.

Isso venceu sua compostura. – Mandou... para onde?

– Para a Lavra. Para padre Sergei. Dmitrii entende os problemas de homens e exércitos, mas com toda a conversa sobre perversidade, danos e demônios, ele quer o conselho de padre Sergei e me pediu para buscá-lo.

— Sasha levantou-se para andar de um lado a outro, inquieto. — Agora a cidade está contra mim por causa de Vasya. — A admissão foi-lhe custosa. — Ele disse que seria imprudente eu ficar. Pelo seu bem e pelo meu próprio.

Os olhos estreitados de Olga seguiram-no enquanto ele ia de lá pra cá. — Sasha, você não pode partir. Não quando existe tanto mal à solta. Marya tem os mesmos dons de Vasya, e esse padre que tentou matar nossa irmã sabe disso.

Sasha parou de andar. — Você terá homens de guarda. Conversei com Dmitrii e Vladimir a respeito. Vladimir está convocando homens de Serpukhov. Marya ficará a salvo no terem.

— Tanto quanto Vasya estava?

— Ela saiu.

Olga ficou completamente imóvel, muda.

Sasha ajoelhou-se a seu lado. — Olya, eu *preciso*. Padre Sergei é o homem mais santo em Rus'. Se houver um demônio à solta, Sergei saberá o que fazer. Eu não sei.

Mesmo assim, sua irmã continuou sem dizer nada.

Em tom mais baixo, Sasha disse: — Dmitrii pediu-me isso como prova de sua confiança.

As mãos da irmã fecharam-se sobre as agulhas, amarrotando as meias. — Você é a sua família, com ou sem votos, e precisamos de você aqui.

Sasha mordeu o lábio. — Toda Rus' está correndo risco, Olya.

— Então você se preocupa mais com crianças desconhecidas do que com as minhas? — As tensões dos últimos dias estavam afetando a ambos.

— Foi por isso que me tornei monge — ele retorquiu. — Para poder cuidar do mundo todo em conjunto e não ficar amarrado a um cantinho dele. De que servirá tudo isso se eu não puder proteger todos de Rus' em vez de apenas uma porção de feudos, algumas pessoas em meio a muitas?

— Você é tão ruim quanto Vasya foi — Olga retrucou. — Pensando que pode simplesmente se desvencilhar da sua família, como um cavalo que se livra dos arreios. Veja onde isso a levou. Rus' não é sua responsabilidade. Mas você pode ajudar a manter seu sobrinho e sua sobrinha a salvo. Não vá.

— É dever do seu marido... — começou Sasha.

— Ele ficará aqui um dia ou uma semana, depois partirá novamente a serviço do príncipe. Como sempre — disse Olga, furiosa, com um travo na voz. — Não posso contar a ele sobre Marya. O que você acha que ele faria com uma filha tão perturbada? Providenciar imediatamente, com generosidade e clarividência, que ela seja mandada para um convento. Irmão, por favor.

Olga administrava sua casa com pulso firme, mas os últimos dias mostraram seus limites; quando o mundo movia-se fora dos seus muros, havia pouca coisa que pudesse fazer. Agora estava reduzida a implorar; uma princesa sem poder suficiente para manter sua família a salvo.

– Olya – Sasha disse. – Seu marido cuidará para que haja homens em seu portão. Vocês ficarão seguros. Não posso... Não posso dizer não ao grão-príncipe. Voltarei assim que puder com padre Sergei. Ele saberá o que fazer. Em relação ao demônio e a Konstantin Nikonovich.

Enquanto ele falava, ela controlou sua raiva; voltou a ser a imaculada princesa de Serpukhov mais uma vez.

– Então vá – retrucou com desgosto. – Não preciso de você.

Ele foi até a porta e hesitou na soleira. – Deus esteja contigo – disse.

Ela não respondeu, embora ao sair para o cinza gotejante do começo da primavera ele escutasse sua respiração falhar uma vez, como se ela estivesse lutando para controlar o choro.

◇

Era noite novamente em Moscou e nada se movia, a não ser mendigos tentando se manter aquecidos na umidade da primavera e os fracos espíritos domésticos caminhando, movimentando-se, cochichando. Porque havia mudança no ar, na água debaixo do gelo, no vento úmido. Os *chyerti* murmuravam rumores entre si bem à maneira das pessoas por toda cidade.

O Urso caminhou suavemente pelas ruas, uma chuva fria caindo em seu rosto, e os *chyerti* menores encolheram-se. Ele não lhes deu atenção. Deleitou-se com os aromas, o ar que se movia, o fruto da sua esperteza tomando forma. A notícia do exército tártaro tinha sido um golpe de sorte, e ele pretendia usá-la ao máximo.

Tinha que triunfar. Tinha. Era melhor desfazer o mundo, melhor desfazer a si próprio, do que voltar para a clareira sombria à beira do inverno, sonhando com os anos distantes. Mas não chegaria a isto. Seu irmão estava longe, e tão profundamente aprisionado que jamais voltaria a sair.

O Urso sorriu para as estrelas indiferentes. *Venha, primavera, venha, verão, e deixem-me dar um fim a este lugar, deixem-me silenciar os sinos.* Cada vez que eles soavam as horas monásticas de louvor, ele se encolhia um pouco. Mas homens eram homens, fossem quais fossem os deuses que seguiam.

Ele não havia tentando um servo do Deus mais recente para vir em seu serviço?

Ouviram-se cascos na escuridão à frente, e uma mulher num cavalo negro saiu cavalgando das trevas.

O Urso cumprimentou-a com a cabeça erguida, não parecendo surpreso. – Novidades, Polunochnitsa? – perguntou, com um toque de humor ácido na voz.

– Ela não morreu em meu domínio – respondeu a Demônio da Meia-Noite, com a voz totalmente inexpressiva.

O olho do Urso aguçou-se. – Você a ajudou?

– Não.

– Mas velou por ela. Por quê?

A Demônio da Meia-Noite deu de ombros. – Estamos todos velando, todos os *chyerti*. Ela recusou vocês dois, Morozko e Medved, e assim fez dela mesma um poder por mérito próprio na grande guerra entre vocês. Mais uma vez, os *chyerti* estão escolhendo lados.

O Urso riu, mas o olho cinza estava intenso. – Escolhê-la a mim? Ela é uma criança.

– Ela já te venceu antes.

– Com a ajuda do meu irmão e o sacrifício do pai dela.

– Ela passou por três incêndios e não é mais uma criança.

– Por que está me contando?

Meia-Noite voltou a dar de ombros. – Porque também ainda não escolhi um lado, Medved.

O Urso, sorrindo, disse: – Você vai lamentar sua indecisão antes do fim.

O cavalo negro de Meia-Noite saltou de lado e dirigiu ao Urso um olhar ensandecido. Meia-Noite alisou sua crina.

– Pode ser – foi tudo que ela replicou. – Mas, veja, agora eu também ajudei você. Terá a primavera toda para fazer o que quiser. Se não conseguir garantir sua posição, então talvez os *chyerti* terão razão em procurar os poderes de uma menina semiadulta.

– Onde eu a encontrarei?

– No verão, é claro. Ao lado da água. – Meia-Noite olhou para ele do alto do seu cavalo. – Estaremos assistindo.

– Então tenho tempo – disse o Urso, e tornou a olhar para as estrelas selvagens.

PARTE TRÊS

9

VIAJAR PELA MEIA-NOITE

Vasya acordou em uma escuridão tão intensa que pensou ter ficado cega. Levantou a cabeça. Nada. Seu corpo tinha congelado e enrijecido; o movimento disparou uma cascata de dor pelo pescoço e pelas costas. Perguntou-se, vagamente, por que não havia morrido e também por que estava deitada sobre samambaias em vez de neve. Tudo estava silencioso, exceto pelo leve estalar de galhos acima. Cautelosamente, colocou uma mão trêmula sobre os olhos. Um deles estava fechado por inchaço. O outro parecia estar bem, mas os cílios estavam colados. Abriu-o devagar.

Continuava escuro, mas agora ela podia enxergar. Uma lua débil, crescente, projetava uma luz ondulante sobre uma estranha floresta. Havia apenas alguns trechos com neve; uma névoa envolvia as árvores, luminosa ao luar. Vasya sentiu cheiro de terra fria e molhada. Ficou em pé com dificuldade, girando em círculo. Escuridão a toda volta. Tentou se lembrar das últimas horas, mas havia apenas uma vaga lembrança de terror e fuga. O que tinha feito? Onde estava?

– Bom – disse uma voz –, afinal de contas, você não está morta.

A voz vinha de cima. Instintivamente, Vasya virou para trás ao mesmo tempo em que procurava quem falava, seu olho bom lacrimejando. Por fim, em um galho no alto, avistou um cabelo claro como as estrelas e olhos brilhantes. À medida que seus próprios olhos foram se ajustando, começou a perceber, vagamente, a forma da Demônio da Meia-Noite pousada no galho de um carvalho, recostada no tronco.

Uma área mais profunda e negra mexeu-se nas sombras sob a árvore. Forçando-se a enxergar, Vasya só conseguiu divisar um maravilhoso cavalo negro, pastando ao luar. Ele levantou a cabeça para olhá-la. O coração da garota bateu forte uma vez, alto em seus ouvidos, e a lembrança voltou rapidamente: sangue grudado em suas mãos, o rosto do padre Konstantin, fogo...

Ficou totalmente imóvel. Caso se mexesse, se emitisse um som, fugiria, gritaria, enlouqueceria com a lembrança ou com a impossibilidade daquela escuridão, com Moscou em lugar não sabido. O que era real? Aquilo? Seu cavalo morto, sua vida salva por magia? Estremeceu, caiu de joelhos, apertando as mãos contra a terra úmida e gelada. Tentar entender era como agarrar a chuva. Por um bom tempo, não conseguiu fazer nada além de respirar e sentir suas mãos no chão.

Então, num esforço terrível, ergueu a cabeça. As palavras vieram lentamente: – Onde estou?

A demônio soltou um pequeno suspiro. – E no seu juízo perfeito também. – Parecia levemente surpresa. – Este é o meu domínio. O país chamado Meia-Noite. – A curva da sua boca era fria. – Dou-lhe as boas-vindas.

Vasya tentou respirar mais devagar. – Onde está Moscou?

– Quem sabe? – respondeu Polunochnitsa. Deslizou do galho da sua árvore e caiu com leveza no chão. – Não fica perto. Meu reino não é feito de dias e estações, mas de meias-noites. Você pode atravessar o mundo num instante, desde que seja meia-noite aonde você estiver indo. Ou, o mais provável, você pode morrer tentando ou enlouquecer.

– Disseram-me que eu precisaria encontrar um lago – Vasya informou com a voz enrolada, lembrando-se –, com um carvalho crescendo na beira.

Polunochnitsa levantou uma sobrancelha clara. – Que lago? Meu reino contém lagos o suficiente para você continuar procurando durante mil vidas humanas.

Procurar? Vasya mal podia ficar em pé. – Você me ajuda?

O cavalo negro mexeu as orelhas.

– Ajudar você? – respondeu Meia-Noite. – Eu ajudei. Libertei você do meu reino. Até te *mantive* aqui, bem agora, enquanto estava deitada, inconsciente. Preciso fazer mais? – O cabelo de Polunochnitsa caía como chuva fria sobre a escuridão da sua pele. – Você foi indelicada em nosso último encontro.

– Por favor – pediu Vasya.

Meia-Noite deu um meio sorriso e chegou ainda mais perto, cochichando sua resposta como se fosse um segredo: – Não, descubra sozinha ou morra aqui, morra agora. Eu contarei para a velha. Pode ser que ela até lamente, mas duvido.

– Velha? – perguntou Vasya. A escuridão pareceu estreitar-se horrivelmente à sua volta. – Por favor – repetiu.

– Não esqueço insultos, Vasilisa Petrovna – disse Lady Meia-Noite, e deu as costas, pousando a mão na cernelha do cavalo negro. Depois, estava montada, girando, sumindo em meio às árvores sem olhar para trás.

Vasya ficou só, na escuridão.

◊

ELA PODIA DEITAR-SE nos restos de folhas e esperar pelo amanhecer, mas como poderia haver amanhecer num país feito de meias-noites? Poderia andar, embora suas pernas tremessem quando ficava de pé. Mas para onde iria? Estava apenas com a pelerine de Varvara e as sobras ensanguentadas e malcheirosas do seu camisolão. Seus pés estavam nus e feridos. Doía respirar, e ela tremia. A noite estava um pouco mais quente do que a noite perto de Moscou, mas não muito.

Teria ela passado pelo fogo, desafiado o Urso, escapado de Moscou por magia apenas para morrer na escuridão? *Vá para o lago*, Varvara havia dito. *Lá você estará salva. O lago onde um carvalho cresce em sua beirada.*

Bom, se Varvara achava que ela poderia encontrá-lo, então talvez tivesse uma chance. Provavelmente Varvara tinha pensado que Meia-Noite a ajudaria, uma vez que Vasya não tinha ideia da direção. Mas, ao menos, poderia morrer de pé à procura do santuário. Reunindo suas últimas forças, Vasya caminhou pela escuridão.

◊

NÃO SOUBE QUANTO TEMPO ANDOU. Além do limite extremo das suas forças, mas ainda assim seguiu em frente, cambaleante. A luz nunca mudava; o sol nunca nascia. Vasya começou a se desesperar por luz. Seus pés deixavam pegadas de sangue.

Polunochnitsa tinha dito a verdade. Aquele era um país feito de meias-noites. Vasya não conseguia discernir um padrão entre elas. Em um momento, estava caminhando sobre uma relva extremamente gelada, com uma meia-lua no alto. Depois, passava por umas sombras de árvores e descobria, subitamente chocada, que a lua tinha desaparecido e uma terra enlameada era esmagada pelos seus pés. Era sempre, mais ou menos, início da primavera, mas o lugar mudava a cada poucos passos. Era um país louco, retalhado.

Ainda estou aqui, Vasya dizia consigo mesma, repetidas vezes. *Ainda sou eu mesma. Ainda estou viva.* Agarrando-se a esse pensamento, seguia em frente. Lobos gritavam à distância, e ela levantou a cabeça para ouvi-los. Então o vento golpeou seu rosto como água gelada. Viu novas luzes de fogo em uma colina distante, correu em direção a elas só para vê-las dissiparem-se. Em seguida, caminhava sob bétulas claras, brancas como dedos mortos, sob uma lua escarlate.

Era como caminhar por um pesadelo; não conseguia orientar-se, não diferenciava norte de sul. Tropeçou em frente, rangendo os dentes, mas agora a terra sugava seus pés, e descobriu que tinha caído em um pântano, lama por toda parte. Não conseguiu juntar forças para resistir às suas garras. Lágrimas de pura exaustão brotaram em seus olhos.

Desista, pensou. *Chega, desista. Ao menos, não haverá uma multidão rindo quando eu for para Deus.*

A lama negra e sugadora pareceu concordar gorgolejando. Sob a água, olhos maldosos observavam-na como luzes verdes. Pertenciam a um *bolotnik*, morador do pântano, bafejando colunas fedorentas de gás. Poderia matá-la rapidamente se ela permitisse. Poderia puxá-la para dentro da escuridão fria, e ela não teria que continuar andando com seus pés feridos, nem respirar com as costelas quebradas, ou se lembrar dos últimos dois dias.

Mas Marya, Vasya pensou vagamente. *Marya está em Moscou, e meu irmão, minha irmã, indefesos contra o Urso.*

E daí? O que ela poderia fazer? Sasha e o grão-príncipe poderiam...

Poderiam? Eles não conseguiam enxergar. Não entendiam.

Meu irmão trocou sua liberdade pela sua vida, o Urso havia dito. O rouxinol esculpido estava na manga do seu camisolão. Tateando, sua mão suja fechou-se firme ao redor da criatura de madeira e pareceu que um pouco de calor penetrou em seus membros gelados.

Rei do Inverno, por que você faria algo tão terrível?

Ele tinha uma razão. Morozko não era tolo. Não seria melhor ela descobrir *o motivo* em vez de permitir que sua troca resultasse em nada? Mas estava muito cansada.

Solovey diria que ela estava sendo tola; faria com que montasse em suas costas e a carregaria com firmeza para onde quer que estivessem indo, suas orelhas movendo-se animadas para frente e para trás.

Lágrimas quentes jorraram dos seus olhos. Num acesso de raiva, arrancou-se da lama, arrastando-se para a margem. Em desespero, colocou a mão na água e falou com sua voz sufocada, lesada pela fumaça: – Avô – disse para o Demônio do Pântano à espreita –, estou procurando um lago com um carvalho que cresce em sua margem. Pode me dizer onde fica?

Os olhos do *bolotnik* tinham apenas rompido a água. Ela podia discernir seus membros escamosos agitando-se sob a superfície. Ele pareceu quase surpreso.

– Ainda está viva? – sussurrou. Sua voz tinha o som sugador do pântano; em seu hálito, o cheiro de putrefação.

– Por favor – pediu Vasya. Com os dedos, abriu um dos cortes coagulados do seu braço e deixou o sangue cair na água.

A língua do *bolotonik* tremulou sentindo o sabor, e seus olhos reluziram, subitamente brilhantes. – Bom, você é uma donzela gentil – ele disse, lambendo suas costeletas. – Olhe, então.

Ela seguiu a virada dos seus olhos de luz do pântano. Uma cintilação avermelhada surgiu por entre as árvores negras. Não era a luz do dia. Fogo, talvez? Um ataque de medo fez com que ela se levantasse, a pelerine pesada de lama.

Mas não era fogo. Era uma criatura viva.

Uma égua alta, com ornamentos de luz, estava em pé na lama, afundada até os jarretes. Centelhas como vaga-lumes caíam da sua crina e da cauda, um branco liquefeito junto à sua pelagem prata e ouro. Com a cabeça erguida, observou Vasya, imóvel, exceto pela cauda, que fustigava seus flancos com arcos de luz.

Vasya deu um passo involuntário, cambaleante, em direção ao animal, dividida entre o deslumbramento e a raiva. – Eu me lembro de você – disse para a égua. Eu te libertei em Moscou.

A égua não disse nada, apenas mexeu suas orelhas grandes e douradas.

– Você poderia simplesmente ter ido embora voando – Vasya continuou. Sua voz falhou; sua garganta estava inflamada. – Mas, em vez disso, deixou cair faíscas sobre uma cidade de madeira, e elas... E elas... – Não conseguiu dizer as palavras.

A égua dourada sapateou em desafio, chapinhando, e disse: *Se pudesse, teria matado todos, matado todos os homens do mundo. Eles ousaram me enganar, me amarrar.* Sinais de sela e esporas marcavam a perfeição dourada da égua, e sua cara perdera o branco, onde o cabresto dourado estivera. *Eu teria matado a cidade toda.*

Vasya não disse nada. A tristeza era uma bola congelada em sua boca; só conseguia olhar fixo para a égua com ódio mudo.

A égua girou e saiu galopando.

– Vá atrás dela, boba – sibilou o Demônio do Pântano. – Ou, se preferir, fique aqui e eu te comerei.

Vasya odiava a égua, mas não queria morrer. Começou a abrir caminho por entre as árvores, vacilando sobre os pés ensanguentados. Caminhou sempre em frente, seguindo o ponto de luz dourada até ter total certeza de que não conseguiria dar um passo a mais. Mas, então, não foi preciso.

As árvores terminaram. Viu-se em uma campina em declive dando para um lago imenso e congelado. Era o comecinho da primavera. Estrelas lançavam um brilho prateado no capim comprido de um campo aberto. A toda volta, ela podia perceber as formas de árvores grandes, escuras contra o céu prateado. A neve nesse campo encontrava-se apenas em buracos e trechos esporádicos. Era possível ouvir o som fraquinho de água sob o gelo do lago.

Na campina, havia mais cavalos pastando; três, seis, uma dúzia. A noite rebaixava todos a uma cor cinzenta, menos a égua dourada. Parada no meio deles, reluzia como uma estrela caída, a cabeça erguida em desafio.

Vasya estacou, tomada por um deslumbramento angustiante. Em parte, estava convencida de que seu próprio cavalo deveria estar ali, entre seus iguais, que em um instante ele galoparia em sua direção, arremessando neve com seus cascos, e ela deixaria de estar só. – Solovey – murmurou. – Solovey.

Uma cabeça escura levantou-se, depois uma mais clara. De uma hora para outra, os cavalos estavam lhe dando as costas, fugindo. Sobre as quatro patas, dispararam ao som da sua voz diretamente para o lago, mas quando seus cascos estavam prestes a tocar o gelo, transformaram-se em asas. Como pássaros, alçaram-se e voaram sobre a água estrelada.

Vasya os viu partir com lágrimas de puro encantamento. Eles voaram sobre o lago, não havendo dois que fossem parecidos. Coruja, águia, pato e pássaros menores, completa e milagrosamente estranhos. A última a deixar a terra foi a égua dourada. Suas asas estenderam-se amplas num rastro de fumaça, e sua cauda emplumada tinha todas as cores de uma chama: dourada, violeta-azulada e branca. Voou atrás dos seus iguais, cantando. Em instantes, todos foram engolidos pela escuridão.

Vasya contemplou o lugar onde os cavalos haviam estado. Era como se tivesse sonhado. Sua visão flutuava de cansaço. Seus pés e rosto estavam entorpecidos, e ela fora além dos tremores, encapsulada gelidamente em choque. *Solovey*, pensou vagamente. *Por que você não voou também?*

Exatamente na beirada do lago erguia-se um único e grande carvalho. Seus galhos abriam-se como ossos escurecidos contra o gelo, branco como a lua. À direita, aninhada em meio às árvores, havia um forma escura, atarracada.

Uma casa. Ou melhor, uma ruína. Seu telhado, bastante inclinado para afastar a neve, tinha desmoronado; não se via luz de fogo por detrás da janela ou da porta. Havia apenas silêncio, o leve rangido das árvores, o estalo do gelo do lago diluindo-se. E, no entanto, aquele lugar, aquela clareira junto à água, não parecia vazia; parecia alerta.

A casa fora construída em uma plataforma resistente entre duas árvores. As árvores conferiam-lhe um ar vigilante sobre pernas fortes; as janelas, como olhos negros, olhando para baixo. Por um momento, a casa não pareceu nem um pouco morta. Parecia estar observando-a.

Então a ilusão de ameaça desfez-se. Era apenas uma ruína. Os degraus estavam podres, esfarelando-se. Dentro haveria folhas mortas, camundongos e uma escuridão absoluta.

Mas poderia ter um fogão que funcionasse, até mesmo um punhado de grãos do seu último ocupante. No mínimo, ela conseguiria escapar do vento.

Apenas semiconsciente do que estava fazendo, Vasya cruzou a campina tropeçando em pedras, deslizando na neve. Com os dentes cerrados, subiu os degraus rastejando. Os únicos sons eram os gemidos de galhos e sua própria respiração rouca.

No alto da escada havia dois pilares esculpidos com fantásticas figuras iluminadas pelas estrelas: ursos, sóis, luas, rostos pequenos e estranhos que poderiam ter sido *chyerti*. Sobre a porta, uma arquitrave tinha esculpida a forma de dois cavalos empinando.

A porta pendia torta nas dobradiças sobre restos de folhas apodrecidas, escorregadias. Vasya parou à escuta.

Silêncio. Obviamente, silêncio. Talvez fosse usada como toca por algum animal, mas ela já não se incomodava. A porta meio caída soltou um rangido das dobradiças enferrujadas. Vasya entrou cambaleando.

Encontrou poeira, folhas mortas, cheiro de podridão e a umidade fria e desgastante. Dentro, não estava mais quente do que fora, embora ao menos não houvesse o vento gelado vindo do lago. A maior parte da casa era ocupada por um forno de tijolos desmoronando, sua abertura uma bocarra no negrume. Do outro lado do cômodo, onde deveria haver um altar para imagens, não havia nenhuma, apenas uma coisa grande e escura encostada à parece.

Vasya foi tateando com cuidado até aquele canto e encontrou um baú bem trancado de madeira revestido de bronze.

Virou-se tremendo de volta para o forno. O que mais queria era desabar no chão, no escuro, e mergulhar na inconsciência. Pouco importava o frio.

Rangendo os dentes, subiu no forno e tocou com cautela no tijolo áspero, onde uma pessoa poderia ter dado seu último suspiro. Mas não havia nada, nenhum cobertor e, com certeza, nada de ossos. Que tragédia teria deixado aquela estranha ruína abandonada? A noite lá fora aninhou a casa com uma ameaça silenciosa.

Seus dedos tateantes descobriram alguns fósforos empoeirados ao lado do forno. Bastavam para uma fogueira, embora ela não quisesse fogo. Sua lembrança estava cheia de chamas, do cheiro sufocante de fumaça. Seu rosto com bolhas sofreria com o calor.

Mas, sem dúvida, estava frio o suficiente para uma menina ferida, vestida apenas com uma pelerine e um camisolão, congelar até a morte. Pretendia viver.

Assim, movida apenas pelas brasas frias da vontade, Vasya pôs-se a fazer uma fogueira. Seus lábios e as pontas dos dedos estavam muito entorpecidos. Machucou as canelas em coisas que não conseguia ver, em busca de gravetos e agulhas de pinheiro para serem usados como lenha.

Depois de um esforço quase às cegas que a deixou trêmula, conseguiu fazer uma pilha de gravetos que mal podia ver na boca do forno. Apalpou a casa toda, tentando encontrar pederneira, aço e pano queimado, mas não encontrou nada.

Poderia fazer uma fogueira com um pedaço chato de madeira, paciência e força nos braços, mas tanto a paciência quanto suas forças estavam no fim.

Bem, faça isso ou congele. Ela pegou o graveto entre as mãos. Quando criança, no bosque, na mata no outono, aquilo tinha sido uma brincadeira. O graveto, a tábua, o movimento rápido e enérgico. Manuseando com destreza, a fumaça transformava-se em fogo, e Vasya ainda se lembrava do sorriso de prazer do irmão Alyosha na primeira vez em que ela conseguiu isso sem ajuda.

Mas dessa vez, embora se empenhasse e suasse, nem uma única coluna de fumaça subiu da madeira entre seus joelhos; nenhuma brasa reluziu na ranhura. Por fim, Vasya largou o graveto, tremendo, vencida. Inútil. Acabaria morrendo tendo como companhia apenas a poeira da vida de outra pessoa.

Não soube quanto tempo ficou no silêncio com cheiro de azedo, sem chorar, sem sentir coisa alguma, apenas pairando à beira da inconsciência.

Nunca soube o que a impeliu a erguer a cabeça mais uma vez, os dentes afundados em seu lábio inferior. Tinha que conseguir fogo. Tinha. Em sua mente, em seu coração, havia a terrível presença do fogo, uma lembrança tão forte quanto qualquer coisa em sua vida, como se sua alma fosse tomada por chamas. Era ridículo que o fogo queimasse com tanto brilho numa lembrança odiosa, mas não houvesse nenhuma réstia de sua luz ali, onde poderia ter alguma serventia.

Por que deveria estar apenas em sua mente? Fechou os olhos e, por um instante, a lembrança foi tão forte que ela esqueceu que não estava.

Primeiro, sentiu cheiro de fumaça, e seus olhos abriram-se exatamente quando seus gravetos acenderam-se.

Chocada, quase temerosa do seu sucesso, Vasya correu para acrescentar lenha. O cômodo iluminou-se; as sombras retrocederam.

À luz do fogo, a cabana pareceu ainda pior: afundada em folhas até a altura dos tornozelos, decadente, mofada, revestida de poeira. Mas havia uma pequena pilha de lenha que ela não tinha visto, algumas madeiras secas. E, agora, estava mais quente. O fogo afastou a noite e o frio. Ela sobreviveria. Vasya esticou as mãos trêmulas até o fogo.

Uma outra mão lançou-se para fora do forno e agarrou seu pulso.

10

O DIABO NO FORNO

Vasya, assustada, prendeu o fôlego uma única vez, mas não se afastou. A mão era pequena como a de uma criança, os dedos longos, contornados de vermelho e dourado pela luz do fogo. Não a soltou. Em vez disso, viu-se puxando uma pessoa pequenina para dentro da sala.

Era uma mulher, cuja altura não passava do joelho de Vasya, com olhos cor de terra. Lambia avidamente as brasas da ponta de um graveto, mas parou para erguer os olhos para a garota e dizer: – Bom, não tem dúvida de que dormi demais. Quem é você? – Em seguida, a *chyert* tomou consciência de toda a degradação à volta delas, e sua voz cresceu num súbito alarme: – Onde está a minha senhora? O que você está fazendo aqui?

Vasya largou-se no desmantelado banco do forno numa surpresa exausta. Os *domoviye* não viviam em ruínas; não continuavam nas casas quando suas famílias partiam.

– Não tem ninguém aqui – Vasya respondeu. – Só eu. Este lugar... está morto. O que *você* está fazendo aqui?

O *domovoi* – não, uma fêmea, uma *domovaya* – a encarou. – Não entendo. A casa não pode estar morta. Eu *sou* a casa e estou viva. Você deve estar mentindo. O que fez com eles? O que fez com este lugar? Levante-se e responda pra mim! – Sua voz estava estridente de medo.

– Não posso ficar de pé – Vasya murmurou. Era verdade. O fogo tinha levado suas últimas forças. – Sou apenas uma viajante. Só pensei em fazer uma fogueira e passar a noite aqui.

– Mas você... – O *domovoi*, a *domovaya*, voltou a esquadrinhar a casa, avaliou o alcance da deterioração. Seus olhos arregalaram-se de horror. – Dormi demais, de fato! Olhe só para esta sujeira! Não posso simplesmente deixar vagabundos pernoitarem sem permissão da minha senhora. Você terá que partir. Tenho que colocar tudo em ordem para me preparar para a volta dela.

– Não acho que sua senhora vá voltar – replicou Vasya. – Esta casa está abandonada. Não sei como você conseguiu sobreviver nesse forno frio. – Sua voz falhou. – Por favor, por favor, deixe-me ficar. Não aguento mais.

Um pequeno silêncio. Vasya podia sentir o olhar apertado da *domovaya*. – Muito bem, então – ela disse. – Você fica esta noite. Pobre criança. Minha senhora quereria isto.

– Obrigada – Vasya sussurrou.

Ainda resmungando consigo mesma, a *domovaya* foi imediatamente até o baú junto à parede. Trazia uma chave pendurada no pescoço. Destrancou o ferrolho, que cedeu com um estalido enferrujado.

Perante os olhos atônitos de Vasya, a *domovaya* surgiu com panos e uma vasilha de barro e colocou-os na lareira. Depois, pegou um balde e foi buscar neve lá fora, pondo-a imediatamente para esquentar, e um galho jovem de pinheiro, que espalhou na água.

Vasya viu o vapor subir pelo buraco do telhado, apenas semiconsciente dos movimentos habilidosos da *domovaya*, enquanto despia o camisolão que por pouco não fora sua mortalha, esfregava o grosso do suor de medo, da fuligem e do sangue, lavava a crosta junto a seu olho machucado. Esta última parte doeu, mas quando a crosta saiu, ela conseguiu enxergar por uma fenda. Não estava cega. Estava cansada demais até para dar importância a isso.

Do baú no canto, a *domovaya* tirou um camisolão de lã. Vasya mal sentiu a *domovaya* vestindo-a nela. Viu-se deitada em cima do forno, debaixo de cobertas de pele de coelho, sem ter ideia de como chegara lá. Os tijolos estavam quentes. A última coisa que escutou antes do esquecimento foi a vozinha da *domovaya* dizendo: – Um pouco de descanso vai deixá-la bem, mas você vai ficar com uma cicatriz no rosto.

◇

VASILISA PETROVNA NÃO SOUBE quanto tempo dormiu. Tinha vagas lembranças de pesadelos, de gritar para Solovey correr. Sonhou com a voz da Demônio da Meia-Noite. *Tem que ser feito*, Polunochnitsa disse, *mande-a em frente, para o bem de todos nós*, e a voz da *domovaya* elevou-se de nervoso. Mas antes que Vasya pudesse falar, as trevas encobriram-na mais uma vez.

Inúmeras horas depois, ela abriu os olhos para o amanhecer; a luz quase chocante depois da longa escuridão. Era como se tivesse apenas sonhado com os caminhos emaranhados de Meia-Noite. Talvez tivesse. Deitada na turva luz cinzenta do comecinho da manhã, poderia estar em qualquer lugar, em cima de qualquer forno. – Dunya? – chamou, sua infância muito viva em sua mente. Era sempre sua ama quem a confortava depois de pesadelos.

A lembrança infiltrou-se. Ela emitiu um som inexprimível de aflição. Uma cabecinha surgiu de imediato ao lado da sua enxerga, mas Vasya mal viu a *domovaya*. A lembrança tinha-a pela garganta. Ela tremia.

A *domovaya* observou, franzindo o cenho.

– Desculpe-me – Vasya, por fim, conseguiu dizer. Tirou o cabelo maltratado do rosto. Seus dentes batiam. O forno estava quente, mas ainda havia um buraco no telhado, e a lembrança era mais fria do que o ar. – Me-meu nome é Vasilisa Petrovna. Agradeço sua hospitalidade.

A *domovaya* pareceu quase triste. – Não é hospitalidade – retrucou. – Eu estava adormecida no fogo. Você me acordou. Agora é minha senhora.

– Mas a casa não é minha.

A *domovaya* não respondeu. Vasya sentou-se, encolhendo-se. A *domovaya* tinha feito o possível enquanto Vasya dormia. A poeira, os camundongos mortos, as folhas podres tinham sumido.

– Agora parece muito mais um lar – Vasya comentou, com cautela. Agora, à luz do dia, viu que a maior parte da madeira da cumeeira e da mesa estava esculpida como a arquitrave lá fora, gasta e suave ao toque pelo uso e pelo trato. A casa tinha uma dignidade que combinava com o espírito da lareira: uma beleza antiga e sutil que o tempo mal conseguia encobrir.

A *domovaya* pareceu satisfeita. – Você não deve ficar deitada. A água está quente. Seus ferimentos precisam ser novamente limpos e de novos curativos. – Ela desapareceu. Vasya ouviu-a juntando lenha ao fogo.

Descer para o chão deixou Vasya ofegante, como se acabasse de se recuperar de uma febre. Como se isso não bastasse, também estava faminta.

– Será que tem... – grasnou. Engoliu e tentou novamente: – Será que tem alguma coisa pra comer?

Com os lábios comprimidos, a *domovaya* sacudiu a cabeça.

Por que haveria? Era demais supor que a dona da casa, desaparecida havia muito, tivesse convenientemente deixado pão e queijo.

– Você queimou o meu camisolão? – Vasya perguntou.

– Queimei – respondeu a *domovaya*, estremecendo. – Fedia a medo.

Era bem possível. Então, Vasya enrijeceu-se. – Havia uma lembrança, uma escultura. Estava lá dentro. Você...?

– Não – respondeu a *domovaya*. – Está aqui.

Vasya pegou o pequeno rouxinol esculpido como se fosse um talismã. Talvez fosse. Estava sujo, mas intacto. Limpou-o e tornou a guardá-lo dentro da manga.

Uma vasilha de neve derretida fumegava na lareira. A *domovaya* disse, energicamente: – Tire esse camisolão; vou lavar seus ferimentos mais uma vez.

Vasya não queria pensar em seus ferimentos e não queria ter carne de jeito nenhum. Logo abaixo da superfície da sua mente, espreitava a dor mais gritante, a lembrança de morte, de violação. Não queria ver essas lembranças inscritas em sua pele.

A *domovaya* não demonstrou empatia. – Onde está a sua coragem? Você não vai querer morrer de um ferimento infeccionado!

Pelo menos *isso* era verdade; uma morte lenta e horrorosa. Antes que pudesse perder a coragem, muda, Vasya tirou o camisolão pela cabeça, ficou tremendo à luz do telhado desabado e olhou para seu corpo: hematomas de todas as cores, vermelhos e pretos, roxos e azuis; cortes reticulavam seu torso. Ficou feliz de não poder ver seu próprio rosto. Dois dentes estavam moles; os lábios estavam cortados e inflamados. Um olho continuava semifechado de inchaço. Ao levar a mão ao rosto, sentiu, na face, um corte com sangue pisado.

A *domovaya* tinha conseguido ervas cheirando a poeira, mel para o curativo, metros de pano limpo da arca no canto. Com olhar fixo, Vasya disse: – Quem é que deixa tais coisas em um baú trancado em uma ruína?

– Pouco sei – respondeu a *domovaya* brevemente. – Eles estavam aqui, é isso.

– Com certeza você se lembra de alguma coisa.

– Não. – Subitamente, ela pareceu zangada. – Por que pergunta? Não basta que estivesse aqui, que tenha salvado a sua vida? Sente-se. Não, ali.

Vasya sentou-se. – Desculpe-me – disse. – Só fiquei curiosa.

– Quanto mais a pessoa sabe, mais rápido ela envelhece – replicou a *domovaya*. – Fique parada.

Vasya tentou, mas doía. Alguns cortes tinham se fechado com seu próprio sangue. A *domovaya* não tocou neles. Mas muitos tinham se aberto com as tensões da noite, e ela não tinha tirado toda a fuligem e as farpas, trabalhando à luz do fogo. Por fim, todos receberam curativos e unguento.

— Obrigada — agradeceu Vasya, escutando sua voz tremer. Vestiu o camisolão rapidamente para impedir a visão de si mesma e depois esfregou um pouco de cabelo carbonizado entre dois dedos. Imundo. Embaraçado. Cheirando a fogo. Nunca mais voltaria a ficar limpo.

— Você poderia cortar o meu cabelo? O mais curto que puder — pediu Vasya. — Cansei de Vasilisa Petrovna.

A *domovaya* só tinha uma faca que pudesse usar para cortar, mas lançou mão dela sem uma palavra. Chumaços de cabelo preto caíram ao chão, inaudíveis como a neve, para serem varridos e levados por passarinhos para a feitura dos seus ninhos. Depois de terminado, o ar pareceu assobiar estranhamente pelos ouvidos de Vasya, descendo pelo seu pescoço. Não muito tempo atrás, ela teria chorado por perder seu cabelo preto. Agora, estava satisfeita por não tê-lo mais. Sua trança longa e sedosa pertencia a outra menina, outra vida.

A *domovaya*, um pouco subjugada, voltou para o baú revestido de bronze. Dessa vez, surgiram roupas de menino: calças largas e faixa, caftã, até botas, *sapogi* de bom couro. Estavam bem amassadas, amareladas pelo tempo, mas sem uso. Vasya franziu o cenho. Uma coisa eram alguns pedacinhos de ervas, mas aquilo? Roupas reforçadas, costuradas por mão competente, com linho de trama fechada e lã grossa? Até serviam.

— Será... — Vasya mal conseguia acreditar. Olhou para si mesma. Estava aquecida, limpa, descansada, viva, vestida. — Alguém sabia que eu estava vindo? — A pergunta era ridícula; as roupas eram mais velhas do que ela. Mesmo assim...

A *domovaya* deu de ombros.

— Quem era a sua senhora? — Vasya perguntou. — De quem era esta casa?

A *domovaya* limitou-se a encará-la sem expressão. — Tem certeza de que não era você? Quase me lembro de você.

— Nunca estive aqui antes — disse Vasya. — Você não se lembra?

— Eu me lembro de existir — respondeu a *domovaya*, um pouco ofendida. — Lembro-me destas paredes, da minha chave. Lembro-me de nomes e de sombras no fogo. Nada mais.

Parecia aflita. Por delicadeza, Vasya desistiu do assunto. Trincando os dentes, concentrou-se em calçar as meias de lã e as *sapogi* em seus pés queimados e cortados. Com cuidado, colocou os pés no chão, depois se levantou e se encolheu. — Ah, se pelo menos eu *pudesse* flutuar como o diabo que não pode tocar a terra — disse, tentando dar alguns passos mancando.

A *domovaya* jogou uma velha cesta de junco em suas mãos. – Se quiser jantar, vai ter que encontrar – disse. Sua voz tinha um tom estranho. Apontou para a mata.

Vasya mal podia suportar a ideia de sair colhendo em seu atual estado, mas sabia que no dia seguinte seria ainda pior, conforme seus machucados endurecessem.

– Tudo bem – ela retrucou.

Subitamente, a *domovaya* pareceu ansiosa. – Tome cuidado com a floresta – acrescentou, acompanhando Vasya até a porta. – Ela não vê estranhos com bons olhos. É mais seguro voltar ao cair da noite.

– O que acontece ao cair da noite? – perguntou Vasya.

– A... a estação muda – respondeu a *domovaya*, retorcendo as mãos juntas.

– O que isso quer dizer?

– Você não consegue voltar se a estação muda. Ou consegue, mas aí será pra algum lugar diferente.

– Diferente como?

– Diferente! – exclamou a *domovaya*, batendo o pé. – Agora vá!

– Está bem – disse Vasya, acalmando-a. – Volto ao cair da noite.

11

SOBRE COGUMELOS

No final do inverno, os alimentos na floresta estão no auge da escassez, e Vasya mal conseguia tocar em alguma coisa com as mãos cheias de bolhas. Mas tinha que tentar ou morrer de fome; assim, deixou ser pressionada porta afora.

A manhã fria, clara como pérola, jogava gavinhas de névoa sobre o gelo cinza-azulado. Árvores antigas circundavam a água congelada; seus galhos escuros pareciam sustentar o céu. O gelo prateava a terra, e por toda volta havia o sussurro de água libertando-se das amarras do inverno. Um tordo chamou de dentro da mata. Não havia sinal de cavalos.

Vasya poderia ter ficado nos degraus podres até congelar, esquecendo a tristeza na beleza pura e intocada. Mas seu estômago lembrou-a. Precisava viver. E para viver, precisava comer. Foi para a floresta com determinação.

Em outra vida, Vasya vagara pela floresta de Lesnaya Zemlya em todas as suas estações. Na primavera, podia caminhar em locais selvagens com o sol no cabelo e, às vezes, mandar cumprimentos para sua amiga, a *rusalka*, acordando de seu longo sono. Mas, agora, Vasya não caminhava suavemente. Mancava. Cada passo parecia revelar uma nova dor. Seu pai teria lamentado, porque sua filha de andar leve e despreocupada fora embora para nunca mais voltar.

Não havia pessoas e, fora a visão da casa, nenhum sinal de que um dia tivesse havido.

Caminhar num silêncio solitário afrouxou o sufocamento de raiva, terror e angústia na alma de Vasya. Ela começou a considerar a forma do lugar e imaginar onde poderia conseguir comida.

Uma lufada de vento, incongruentemente quente, agitou seu cabelo. Agora, ela estava fora da vista da casa. Um trecho de dentes-de-leão florescia numa brecha banhada pelo sol entre as árvores. Surpresa, Vasya curvou-se e arrancou as folhas. Tão cedo? Comeu uma das flores enquanto andava, mastigando com cuidado com seu maxilar dolorido.

Outro canteiro de dentes-de-leão. Cebolinha selvagem. O sol estava, agora, sobre o alto das árvores. Ali... azedinhas, com as folhas curvando-se. E... morangos silvestres? Vasya hesitou. – É cedo demais – murmurou.

Era. E ali... cogumelos? *Beliye*? O alto de suas cabeças claras apenas aparecia acima de uma pilha de folhas mortas. Sua boca aguou. Foi cortá-los e depois tornou a olhar. Um deles tinha pintas que pareciam reluzir ao sol de um jeito estranho.

Não eram pintas, eram olhos. O cogumelo maior a fitou com olhos de um escarlate furioso. Não era de modo algum um cogumelo, e sim um *chyert*, que mal tinha o comprimento do seu antebraço. Um espírito de cogumelo, cintilante, desvencilhou-se dos restos de folhas. – Quem é você? – Sua voz era estridente. – Por que entrou na minha floresta?

Sua floresta? – Invasora! – ele guinchou, e Vasya percebeu que ele estava com medo.

– Eu não sabia que a floresta era sua. – ela mostrou ao *chyert* as mãos vazias e ajoelhou-se, rígida, para que ele pudesse vê-la melhor. O musgo frio impregnou-se pelos joelhos da sua calça. – Não quero fazer mal. Só estou procurando comida.

O espírito do cogumelo piscou e disse: – Não é *exatamente* a minha floresta... – e depois acrescentou rapidamente: – Mas não importa; você não pode estar aqui.

– Nem mesmo se eu fizer uma oferenda? – perguntou Vasya, colocando um dente-de-leão perfeito em frente à criatura.

O *chyert* tocou na flor com um dedo acinzentado. Seu contorno solidificou-se. Agora, ele parecia mais uma pessoa pequena do que um cogumelo. Olhou para si mesmo e depois para ela, atônito.

Em seguida, jogou a flor longe. – Não acredito em você! – exclamou. Está pensando em me levar a fazer sua vontade? Não vai! Pouco me importam quantas oferendas você me faça. O Urso está livre. *Ele* diz que estamos agindo em favor de nós mesmos agora. Se nos juntarmos a ele, faremos com que os homens voltem a acreditar em nós. Seremos adorados de novo e não precisaremos mais barganhar com bruxas.

Em vez de responder, Vasya levantou-se às pressas. – Como, exatamente, vocês estão agindo em favor de si mesmos? – Desconfiada, olhou em torno, mas nada se mexeu. Havia apenas passarinhos esvoaçando e um sol constante e forte.

Uma pausa.

– Realizaremos façanhas importantes e terríveis – disse o espírito do cogumelo.

Vasya tentou não soar impaciente. – O que isso quer dizer?

O espírito do cogumelo jogou a cabeça para trás, orgulhoso, mas não respondeu realmente. Talvez não soubesse.

Façanhas importantes e terríveis? Vasya manteve um olho na floresta silenciosa. Em meio à perda, aos ferimentos e ao terror, não tinha parado para refletir sobre as implicações de sua última noite em Moscou. O que Morozko tinha desencadeado ao libertar o Urso? O que isso significava para ela mesma, para sua família e para Rus'?

Por que ele tinha feito isso?

Alguma parte dela segredou: *Ele ama você, e sendo assim, entregou sua liberdade.* Mas esta não poderia ser a única razão. Ela não era tão vaidosa a ponto de pensar que o Rei do Inverno arriscaria por uma donzela mortal tudo o que tinha defendido por tanto tempo.

Mais importante do que o motivo: o que ela iria fazer a respeito?

Preciso encontrar o Rei do Inverno, pensou. *O Urso precisa voltar a ser amarrado.* Mas não sabia como fazer nenhuma das duas coisas; ainda estava ferida e faminta.

– O que faz você pensar que eu queira que faça minha vontade? – Vasya perguntou ao espírito do cogumelo. Ele tinha desaparecido sob um tronco enquanto ela pensava. Ela podia ver apenas o brilho dos seus olhos a espionando. – Quem te disse isso?

O espírito do cogumelo apontou a cabeça para fora, fazendo cara feia. – Ninguém. Não sou idiota. O que mais uma bruxa iria querer? Por que outro motivo você teria pegado a estrada que passa por Meia-Noite?

– Porque fugi para salvar minha vida – respondeu Vasya. – Só entrei na floresta porque estou com fome. – Para demonstrar isso, pegou um punhado de ponteiras de abeto de sua cesta e começou a mastigar com determinação.

O espírito do cogumelo, ainda desconfiado, retrucou: – Posso te mostrar onde nasce um alimento melhor. *Se*, como você diz, estiver com fome. – Observava-a com atenção.

– Estou – Vasya respondeu de imediato, levantando-se. – Adoraria ter um guia.

– Bom – disse o *chyert* –, então me siga. – Ele disparou de imediato pela vegetação rasteira.

Depois de pensar um pouco, Vasya foi atrás, mas manteve o lago sempre à vista. Não confiava no silêncio hostil da floresta e não confiava no pequeno espírito do cogumelo.

◊

A DESCONFIANÇA DE VASYA LOGO MISTUROU-SE com assombro porque se viu em uma terra de maravilhas. As ponteiras de abeto eram verdes e tenras; os dentes-de-leão balançavam na brisa do lago. Ela comeu, colheu, comeu e de repente percebeu que havia uma extensão de mirtilos a seus pés e mais morangos escondidos sob a relva úmida. Já não era primavera, mas verão.

– Que lugar é este? – perguntou ao espírito do cogumelo. Intimamente, tinha começado a chamá-lo Ded Grib: Avô Cogumelo.

Ele olhou-a de um jeito intrigante. – A terra entre meio-dia e meia-noite, entre inverno e primavera. O lago fica no meio. Todas as terras encontram-se aqui na água, e você pode passar de uma para outra.

Um país de magia, exatamente como ela sonhara uma vez.

Depois de um instante de silêncio perplexo, Vasya perguntou: – Se eu for suficientemente longe, chegarei no país do inverno?

– Chegará – respondeu o *chyert*, embora parecesse em dúvida. – É longe demais para ir andando.

– O Rei do Inverno está lá?

Ded Grib deu outra olhada intrigante. – Como vou saber? Não posso crescer na neve.

Pensando, franzindo o cenho, Vasya dedicou-se a encher o cesto e sua barriga. Encontrou agriões e prímulas, mirtilos, groselhas e morangos.

Aprofundou-se mais na floresta do verão. *Como Solovey ficaria feliz*, pensou enquanto seus pés machucavam a relva tenra. *Talvez, juntos, poderíamos ter ido encontrar sua família.* A tristeza acabou com o prazer do sol em suas costas, do morango maduro de sol entre seus lábios. Mas ela continuou colhendo. O mundo verde e cálido acalmou seu espírito ferido. Ded Grib às vezes ficava visível, outras vezes não; gostava de se esconder debaixo de troncos. Mas ela sempre conseguia senti-lo observando, curioso, desconfiado.

Quando o sol estava alto, ela se lembrou de ter cuidado e de sua promessa para a *domovaya*. Ainda não tinha recuperado as forças e precisaria delas independentemente do que viesse a seguir. – Tenho tudo o que necessito – disse. – Preciso voltar.

Ded Grib pulou de detrás de um toco. – Você não chegou à melhor parte – protestou, apontando para um distante lampejo de árvores, envoltas em escarlate e dourado, como se o outono, assim como o verão, fosse um lugar dentro de onde se poderia caminhar. – Um pouco mais longe.

Vasya estava imensamente curiosa. Também pensou, faminta, em nozes e pinhões. Mas a cautela venceu. – Aprendi o custo de ser afoita – disse a Ded Grib. – Tenho o bastante para um dia.

Ele pareceu decepcionado, mas não disse nada mais. Relutante, Vasya voltou-se para o caminho por onde viera. Estava quente naquele país do verão. Ela estava vestida para o início da primavera, com camisolão de lã e meias compridas. Sua cesta carregada pendia de um braço. Agora, seus pés latejavam, as costelas doíam.

À sua esquerda, a floresta sussurrava e observava. À direita, estava o lago, de um azul-verão. Entre as árvores, vislumbrou uma enseada arenosa. Sedenta, Vasya chegou mais perto da água, ajoelhou-se e bebeu. Era uma água clara como o ar, tão gelada que seus dentes doeram. Seus curativos coçavam. O banho de esponja não tinha servido para amenizar sua sensação de sujeira até os ossos.

Abruptamente, Vasya ficou em pé e começou a se despir. A *domovaya* ficaria zangada com ela por desfazer todo o envoltório cuidadoso, mas a garota não conseguiu chegar ao ponto de se preocupar. Suas mãos tremiam de ansiedade. Era como se a água limpa pudesse esfregar tanto a sujeira da sua pele quanto a lembrança da sua mente.

– O que você está fazendo? – perguntou Ded Grib. Estava bem longe da areia e das pedras, escondido na sombra.

– Vou nadar – respondeu Vasya.

Ded Grib abriu a boca e voltou a fechá-la.

Vasya parou. – Tem algum motivo para que eu não deva?

O espírito do cogumelo sacudiu a cabeça lentamente, mas olhou nervoso para a água. Talvez não gostasse de se molhar.

– Bom – disse Vasya. Ela hesitou, mas Mãe de Deus, queria tirar sua própria pele e se tornar outra pessoa; um mergulho no lago poderia, no mínimo, aquietar sua mente. – Não vou longe. Será que você pode tomar conta da minha cesta?

◇

Ela entrou na água. No início, caminhou sobre pedras, encolhendo-se. Depois, o fundo tornou-se uma lama viscosa. Ela mergulhou e veio à tona gritando. O lago gelado fechou seus pulmões e deixou seus sentidos em polvorosa. Deu as costas para a margem e nadou. A água deu-lhe prazer, sob o calor do sol incomum. Mas estava muito frio. Por fim, ela parou, pronta para voltar, esfregar-se na beirada, secar-se deitada ao sol...

Mas, ao se virar, tudo o que viu foi água.

Vasya girou num círculo. Nada. Era como se o mundo todo tivesse subitamente se afundado dentro do lago. Por alguns instantes, ela percorreu a água, chocada, começando a sentir medo.

Talvez não estivesse só.

– Não tive má intenção – declarou Vasya em voz alta, tentando ignorar o bater dos seus dentes.

Nada aconteceu. Vasya voltou a chapinhar em círculo. Nada ainda. Pânico naquela água gelada e ela estaria praticamente morta. Precisaria, simplesmente, ter seu melhor palpite e rezar.

Com um barulho na água como se fosse um grito, surgiu uma criatura à sua frente. Duas narinas fendidas entre um par de olhos bulbosos; os dentes eram cor de pedra, enganchados sobre um maxilar estreito. Quando exalava, sua respiração fumegava e um líquido oleoso escorria pelo seu rosto.

– Vou te afogar – a coisa cochichou e investiu.

Vasya não respondeu; em vez disso, sua mão em concha desceu sobre a água como um trovão. O *chyert* deu um pulo para trás, e Vasya afirmou, bruscamente: – Um feiticeiro imortal não conseguiu me matar, nem um padre com toda Moscou às suas ordens. O que te leva a pensar que *você* pode?

– Você entrou no meu lago – replicou o *chyert*, exibindo dentes pretos.

– Para nadar, não para morrer!

– Cabe a mim decidir isso.

Vasya tentou ignorar a agulhada de suas costelas doloridas e falar calmamente: – Sou culpada perante você por invadir, mas não te devo a minha vida.

O *chyert* expirou um vapor escaldante no rosto de Vasya. – Sou o *bagiennik* – rosnou. – E eu digo que sua vida está confiscada.

– Então tente pegá-la – replicou Vasya. – Mas não tenho medo de você.

O *chyert* abaixou a cabeça, agitando a água azul até virar espuma. – Não tem? O que quis dizer quando disse que o feiticeiro imortal não conseguiu te matar?

As pernas de Vasya estavam prestes a ter câimbra. – Eu matei Kaschei Bezsmertnii em Moscou na última noite da Maslenitsa.

– Mentirosa! – retorquiu o *bagiennik* e investiu mais uma vez, quase a afogando.

Vasya não vacilou. Grande parte da sua concentração estava em se manter acima da água. – Já fui mentirosa – retrucou – e paguei por isso. Mas em relação a isso, estou dizendo a verdade. Eu o matei.

O *bagiennik* fechou a boca abruptamente.

Vasya virou as costas, procurando a margem.

– Agora sei quem é você – disse o *bagiennik*. – Você tem o ar da sua família. Pegou a estrada por Meia-Noite.

Vasya não tinha tempo para as revelações do *bagiennik*. – Peguei – conseguiu dizer. – Mas minha família está longe. Como eu disse, não tenho má intenção. Onde está a margem?

– Longe? Também à mão. Você não entende nem a si mesma, nem a natureza deste lugar.

Ela estava começando a afundar mais na água. – Avô, a margem.

Os dentes pretos do *bagiennik* reluziram a água. Ele deslizou para mais perto, movendo-se como uma cobra-d'água. – Venha, será rápido. Afogue-se e viverá mil anos na lembrança do seu sangue.

– Não.

– Caso contrário, para que você serve? – perguntou o *bagiennik*, chegando cada vez mais perto. – *Afogue-se*.

Vasya estava recorrendo às suas últimas forças só para manter seus membros entorpecidos se mexendo. – Para que eu *sirvo*? Nada. Errei mais vezes do que consigo contar, e o mundo não tem lugar para mim. Mesmo assim, como já disse, não vou morrer para te agradar.

O *bagiennik* estalou os dentes bem no rosto dela, e Vasya, alheia a seus ferimentos, agarrou-o pelo pescoço. Ele se debateu e quase a soltou, mas não o fez. Nas mãos dela estava a força que tinha quebrado as barras da jaula de Moscou. – Você não vai me ameaçar – Vasya acrescentou no ouvido do *chyert* e prendeu o fôlego justo na hora em que eles afundaram. Ao voltarem à tona, a menina continuava agarrada. Ofegante, ela disse: – Posso morrer amanhã ou viver até a amarga velhice, mas você não passa de um espectro no lago e *não vai mandar em mim*.

O *bagiennik* ficou imóvel, e Vasya soltou-o, tossindo água, sentindo a tensão nos músculos ao longo do seu lado fraturado. Seu nariz e a boca estavam cheios de água. Alguns dos cortes reabertos vertiam sangue. O *bagiennik* cheirou sua pele sangrenta. Ela não se mexeu.

Com surpreendente suavidade, ele disse: – No fim das contas, talvez você não seja inútil. Não sentia tanta força desde... – Ele se interrompeu. – Vou te levar para a margem. – Subitamente, ele pareceu ansioso.

Vasya viu-se agarrada a um corpo sinuoso, escaldante. Estremeceu, conforme a vida voltava para seus membros. Cautelosamente, perguntou: – O que você quis dizer quando falou que eu tinha o ar da minha família?

Ondulando pela água, o *bagiennik* respondeu: – Você não sabe? – Havia uma estranha sugestão de ansiedade subjacente em sua voz. – Houve um tempo em que a velha e suas gêmeas viviam na casa perto do carvalho cuidando dos cavalos que pastavam junto ao lago.

– Que velha? Estive na casa junto ao carvalho e ela está em ruínas.

– Porque o feiticeiro veio – respondeu o *bagiennik*. – Um homem jovem e loiro. Ele disse que queria domar um cavalo, mas era Tamara, a herdeira da mãe dela, que ele conquistou. Eles nadaram juntos no lago no solstício de verão. Ele lhe segredou promessas no crepúsculo do outono. Por fim, para o bem dele, Tamara colocou uma rédea dourada na égua dourada, a Zhar Ptitsa.

Agora, Vasya escutava com atenção. Aquela era sua própria história, apresentada, casualmente, por um espírito do lago em um país distante. O nome da sua avó era Tamara. Ela tinha vindo de um país distante, cavalgando um cavalo maravilhoso.

– O feiticeiro pegou a égua dourada e deixou as terras junto ao lago – prosseguiu o *bagiennik*. – Tamara cavalgou atrás dele, chorando, jurando recuperar a égua, jurando que o amava; tudo ao mesmo tempo. Mas ela nunca voltou, nem o feiticeiro. *Ele* se fez dono de uma grande faixa de terras dos homens. Ninguém nunca soube o que aconteceu com Tamara. A velha, enlutada, fechou e vigiou cada estrada para cá, menos a que passava por Meia-Noite.

Havia centenas de perguntas pipocando pela cabeça de Vasya. Sua língua agarrou a primeira: – O que aconteceu com os outros cavalos? – perguntou. – Vi alguns deles ontem à noite e eram selvagens.

Por um tempo, o espírito da água nadou em silêncio; ela não achou que ele fosse responder. Então, ele disse, com a voz grave e selvagem: – Os que você viu são tudo que resta agora. O feiticeiro matou todos que se afastaram do lago. Ocasionalmente, pegava um potro, mas eles nunca duravam muito, morriam ou escapavam.

– Mãe de Deus – Vasya murmurou. – Como? *Por quê?*

– Eles são as coisas mais maravilhosas do mundo, os cavalos desta terra. O feiticeiro não conseguia montá-los. Não conseguia domá-los, nem usá-los. Então, matava-os. – Quase baixo demais para ser ouvido, o *bagiennik* acrescentou: – Os que restaram, a velha manteve-os aqui a salvo. Mas agora ela se foi, e eles diminuem a cada ano. O mundo perdeu sua maravilha.

Vasya não disse nada. Sua lembrança era uma confusão de chamas e a força vital de Solovey.

– De onde eles vieram? – ela sussurrou. – Os cavalos.

– Quem sabe? A terra gerou-os; a própria natureza deles é mágica. É claro que os homens e os *chyerti* querem domá-los. Alguns dos cavalos aceitam cavaleiros de bom grado – prosseguiu o *bagiennik*. – O cisne, a pomba, a coruja e o corvo. E o rouxinol...

– Eu sei o que aconteceu com o rouxinol – Vasya mal conseguiu dizer isto. – Ele era meu amigo e está morto.

– Os cavalos não são imprudentes em suas escolhas – disse o *bagiennik*.

Vasya ficou calada.

Depois de um longo silêncio, erguendo a cabeça, ela perguntou: – Você pode me dizer onde o Urso aprisionou o Rei do Inverno?

– Além da recordação; há muito tempo e bem distante, nas profundezas das trevas que não mudam – respondeu o espírito das águas. – Você acha que o Urso arriscaria que seu irmão gêmeo recuperasse a liberdade agora?

– Não – replicou Vasya. – Não, acho que não.

Subitamente, ela se sentiu indescritivelmente cansada; o mundo era enorme, estranho e enlouquecedor; nada parecia real. Ela não sabia o que fazer, nem como fazer. Deitou a cabeça nas costas aquecidas do *chyert* e não falou mais.

◊

Ela não notou a mudança de luz até ouvir o murmúrio de água na enseada pedregosa.

No tempo em que estiveram nadando, o sol tinha se inclinado a oeste, frio e verde-amarelado. Ela estava no ocaso de verão, no limiar da noite. O dia dourado fora-se, como se tivesse sido engolido pelo próprio lago. Vasya rolou para a beira, espirrando água e foi cambaleante até a margem. As sombras das árvores estendiam-se longas e cinzentas em direção ao lago. Suas roupas eram uma pilha gelada à sombra.

O *bagiennik* era apenas um borrão escuro, parcialmente submerso na água. Vasya rodeou-o com um medo súbito. – O que aconteceu com o dia? – Ela viu os olhos do *bagiennik* sob a água, reluzindo fileiras de dentes. – Você me trouxe para o crepúsculo de propósito? Por quê?

– Porque você matou o feiticeiro. Porque você não me deixou te matar. Porque a notícia espalhou-se entre os *chyerti* e estamos todos curiosos. – A resposta do *bagiennik* flutuou, incorpórea, saída das trevas. – Aconselho-a a fazer uma fogueira. Estaremos observando.

– *Por quê?* – Vasya perguntou mais uma vez, mas o espírito das águas já tinha afundado e desaparecido.

A menina ficou parada, furiosa, tentado ignorar seu medo. O dia descia rápido à sua volta, como se a própria floresta estivesse determinada a pegá-la ao cair da noite. Acostumada com sua própria resistência impensada, ela agora tinha que lidar com a fraqueza de seu corpo maltratado. Estava a meio-dia de caminhada da casa junto ao carvalho.

A estação vai mudar, a *domovaya* tinha dito. O que isso queria dizer? Poderia arriscar? Deveria? Olhou para a escuridão que se formava e soube que não conseguiria voltar antes do cair da noite.

Só restava ficar, decidiu. Seguiria o conselho venenoso do *bagiennik* e usaria o restinho de luz para juntar lenha. Fossem quais fossem os perigos que assombravam aquele lugar, era melhor enfrentá-los com uma boa fogueira e estômago cheio.

Assim, ela se pôs a juntar lenha, irritada com sua própria credulidade. A floresta de Lesnaya Zemlya tinha sido generosa com ela, e essa confiança ainda estava ali, embora o lugar não tivesse motivo para generosidade. Um pôr do sol brilhante avermelhou a água; o vento assobiou por entre os pinheiros. O lago estava completamente parado, dourado com o crepúsculo.

Ded Grib reapareceu quando ela cortava galhos caídos. – Você não sabe que não deve passar a noite ao lado do lago numa estação nova? – perguntou. – Ou nunca terá a velha estação de volta. Se voltar amanhã para a casa ao lado do carvalho, será verão pra você, e de jeito nenhum primavera.

– O *bagiennik* me segurou no lago – Vasya disse, sombria. Estava se lembrando dos dias brancos e cintilantes na casa de Morozko no bosque de abetos. *Você voltará na mesma noite em que partiu*, ele havia lhe dito. Isso tinha acontecido, de fato, embora ela passasse dias, semanas na casa dele. Tinha acontecido. E agora, a lua iria crescer e minguar no mundo mais vasto enquanto ela passava uma única noite naquele país do verão? Se era possível passar um dia no lago em minutos, o que mais seria? O pensamento amedrontou-a de um jeito que nem mesmo as ameaças do *bagiennik* haviam feito. Os padrões de dia e escuridão, verão e inverno faziam tanto parte dela tanto quanto sua própria respiração. Será que ali não haveria qualquer padrão?

— *Eu* não pensei que você sairia de jeito nenhum do lago – o *chyert* confidenciou. – Eu sabia que os poderosos estavam planejando algo pra você. Além disso, o *bagiennik* detesta gente.

Vasya tinha uma braçada de lenha; atirou-a no chão, furiosa. – Você deveria ter me contado!

— Por quê? – perguntou Ded Grib. – Não posso interferir nos planos dos poderosos. Além disso, você deixou um dos cavalos morrer, não deixou? Talvez tivesse havido justiça se o *bagiennik* te matasse, porque ele ama os cavalos.

— Justiça? – ela perguntou. Toda raiva, culpa e desânimo retido nos últimos dias pareceram transbordar. – Será que não tive *justiça* suficiente nestes últimos dias? Só vim aqui atrás de comida; não te fiz nada, não fiz nada pra sua floresta. E *mesmo assim* você... todos vocês...

As palavras não vieram. Numa raiva amarga, ela pegou um graveto e atirou-o na cabeça do pequeno cogumelo.

Não estava preparada para a reação dele. A carne nebulosa da sua cabeça e do ombro foi arrancada. O *chyert* encolheu-se com um grito de dor, e Vasya ficou ali parada, apavorada, enquanto Ded Grib passava de branco a cinza e a marrom, sem verter sangue, como um cogumelo chutado por uma criança distraída.

— Não – disse Vasya com horror. – Não quis fazer isso. – Sem pensar, ela se ajoelhou e colocou a mão na cabeça dele. – Sinto muito – disse. – Não pretendia te machucar. Me desculpe.

Ele parou de ficar cinza. Vasya se viu chorando. Não tinha percebido o quanto a violência dos últimos dias tinha penetrado nela, não tinha percebido que ainda estava dentro dela, enrodilhada, pronta para atacar em terror e raiva. – Me perdoe.

O *chyert* piscou seus olhos vermelhos. Ele respirou. Não estava morrendo. Parecia mais real do que um minuto antes. Seu corpo quebrado tinha voltado a se juntar.

— Por que você fez isso? – ele perguntou.

– Eu não queria te machucar – respondeu Vasya, levando as mãos aos olhos. – Nunca quis machucar ninguém. Ela tremia dos pés à cabeça. – Mas você está certo. Eu deixei... Eu deixei...

– Você... – O cogumelo examinou seu braço cinza nebuloso com espanto. – Você me deu suas lágrimas.

Vasya sacudiu a cabeça, esforçando-se para falar. – Foi pelo meu cavalo – conseguiu dizer. – Por minha irmã. Até por Morozko. – Ela esfregou os olhos, tentando sorrir. – Um pouco por você.

Ded Grib olhou para ela solenemente. Em silêncio, Vasya fez força para se levantar e começou a se preparar para a noite.

◇

Estava arrumando a lenha em um pedaço limpo do chão quando o espírito do cogumelo voltou a falar, meio escondido em um monte de folhas. – Você disse *por Morozko*. Está procurando o Rei do Inverno?

– Estou – Vasya respondeu, de imediato. – Estou. Se você não souber onde ele está, sabe quem poderia?

As palavras do Urso, *a liberdade dele pela sua vida*, bateram na parte de trás do seu crânio. Por que ele teria feito isso? *Por quê?* E uma lembrança ainda mais profunda, a voz de Morozko dizendo: *Como pude, eu...*

A lenha estava empilhada em um quadrado descoberto e organizado, com gravetos dispostos entre galhos maiores. Enquanto falava, ela ia arrumando agulhas de pinheiro como pavio.

– Meia-Noite sabe – respondeu Ded Grib. – O domínio dela toca em cada meia-noite que já existiu. Mas duvido que ela te conte. Quanto a quem mais poderia saber... – Ded Grib fez uma pausa, obviamente pensando a sério.

– Você está me ajudando? – Vasya perguntou, surpresa, sentando-se nos calcanhares.

Ded Grib disse: – Você me deu lágrimas e uma flor. Seguirei você, e não o Urso. Sou o primeiro. – Ele estufou o peito.

– O primeiro no quê?

– A ficar do seu lado.

– Meu lado no quê?

– O que você acha? – respondeu Ded Grib. – Você negou tanto o Rei do Inverno quanto o irmão dele, não é? Você se fez uma terceira força na guerra deles. – Ele franziu o cenho. – Ou você está indo procurar o Rei do Inverno para ficar do lado *dele*?

– Não tenho certeza de que diferença isso faz – respondeu Vasya. – Todas essas questões de lados. Quero encontrar o Rei do Inverno porque preciso da ajuda dele. – Este não era o único motivo, mas ela não estava disposta a explicar o resto ao espírito do cogumelo.

Ded Grib desconsiderou isso. – Bom, mesmo que ele fique do seu lado, eu sempre terei sido o primeiro.

Vasya olhou intrigada para sua fogueira apagada. – Se você não sabe como achar o Rei do Inverno, então como pretende me ajudar? – perguntou, cautelosa.

Ded Grib refletiu. – Sei tudo sobre cogumelos. Também posso fazê-los brotar.

Isso agradou demais Vasya. – Eu adoro cogumelos – disse. – Você consegue me achar algum *lisichki*?

Se Ded Grib respondeu, não foi ouvido, porque no instante seguinte ela segurou o fôlego e deixou sua alma encher-se com a lembrança causticante do fogo. Sua pilha de galhos incendiou-se. Ela acrescentou gravetos com satisfação.

A boca de Ded Grib escancarou-se. Por toda volta ergueu-se um murmúrio, como se as árvores conversassem entre elas.

– Você deveria tomar cuidado – disse Ded Grib quando conseguiu falar.

– Por quê? – perguntou Vasya, ainda satisfeita consigo mesma.

– A magia enlouquece as pessoas – respondeu o cogumelo. – Você muda tanto a realidade, que esquece o que é real. Mas, talvez, alguns outros *chyerti* seguirão você, afinal de contas.

Como que para pontuar suas palavras, dois peixes saltaram para fora do lago e ficaram ofegantes, prata-avermelhados, à luz da fogueira de Vasya.

– Me seguir aonde? – Vasya perguntou, exasperada, mas foi pegar os peixes. – Obrigada – acrescentou de má vontade em direção à água.

Se o *bagiennik* ouviu, não respondeu, mas ela não achou que ele tivesse ido embora. Esperava. Pelo quê, ela não sabia.

12

BARGANHANDO

Vasya limpou os peixes e envolveu-os em barro para assá-los nos carvões da sua fogueira. Ded Grib, fiel à sua palavra, saiu em disparada e trouxe punhados de cogumelos. Infelizmente, ele não apenas não sabia quais eram *lisichki*, como não sabia quais eram comestíveis. Vasya teve que escolher entre alarmantes punhados de chapéus-de-cobra. Mas recheou os peixes com os bons, juntamente com ervas e cebolinha selvagem, e quando ficaram prontos, queimou os dedos ao comê-los.

Ter o estômago cheio era agradável, mas a noite propriamente dita não. O vento vindo do lago era cortante, e Vasya não conseguia se desfazer da sensação de estar sendo observada, medida por olhos que não conseguia ver. Sentia-se como uma menina atirada sem aviso em uma história que não entendia, com indivíduos a toda volta esperando que ela assumisse um papel desconhecido. A ausência de Solovey era um sofrimento torturante que não melhorava.

Por fim, Vasya caiu num cochilo gelado, mas nem o sono deu uma trégua. Sonhou com punhos, rostos enraivecidos, gritos para que seu cavalo corresse. Mas, em vez disso, ele se transformou num rouxinol, e um homem com arco e flecha atirou nele enquanto voava. Vasya acordou de um pulo com o nome do seu cavalo nos lábios e escutou em algum lugar no escuro as batidas intermitentes de cascos.

◊

Levantou-se e ficou parada, descalça nas samambaias do verão frio, penosamente rígida. Sua fogueira reduzira-se a alguns carvões com beiradas vermelhas. A lua pendia baixo no horizonte. Uma luz se aproximava em meio às árvores. Ela pensou em homens com tochas e seu primeiro instinto foi fugir.

Mas não eram tochas, percebeu forçando a vista. Era a égua dourada, sozinha. Seu brilho da noite anterior tinha diminuído; cambaleava com um problema na perna dianteira, seu peito respingado de espuma. Vasya julgou ter ouvido sussurros na floresta atrás da égua. Um cheiro fétido soprou com força no vento.

Rapidamente, Vasya jogou lenha em sua pequena fogueira. – Aqui – ela chamou.

A égua tentou correr, tropeçou em nada e virou-se em direção à Vasya. Vinha com a cabeça baixa. À nova luz do fogo, via-se, claramente, um corte em sua testa.

Vasya pegou seu machado e uma tora em chamas. Não conseguia ver o que estava perseguindo a égua, embora seu cheiro tivesse se adensado à volta delas, maduro de podre, como carniça no calor. Segurando suas armas lamentáveis, ela recuou em direção à água. Vasya não tinha amor pela centelha viva que incendiara Moscou, mas... tinha falhado em relação a seu próprio cavalo; não falharia com esta. – Por aqui – disse.

A égua não teve palavras para responder, só terror, comunicado com todo seu corpo. Mesmo assim, ela se dirigiu para Vasya.

– Ded Grib – Vasya chamou.

Um canteiro de cogumelos, reluzindo um verde pálido na escuridão, estremeceu. – É melhor você sobreviver a isto. Caso contrário, de que servirá eu ser o primeiro? *Todos* estão olhando.

– O quê...?

Mas se ele respondeu, ela não escutou, porque o Urso saiu lentamente das árvores para o luar, ao lado da água.

◆

EM MOSCOU, ELE TIVERA a aparência de um homem. Ainda tinha, mas era um homem com dentes afiados e selvageria em seu único olho; ela podia ver o animal nele, esticando-se como uma sombra em suas costas. Ele parecia mais estranho, mais velho; à vontade naquela floresta impossível.

– Imagino que fosse por isso que o *bagiennik* quis que eu passasse a noite na floresta – ela disse, tensa. Respiros roucos, raivosos, soavam da mata. – Afinal de contas, ele queria mesmo que eu morresse.

O canto incólume da boca do Urso curvou-se. – Pode ser. Ou talvez não. Pare de se ouriçar feito gato. Não vim te matar.

A tora em chamas tinha começado a queimar sua mão. Ela a jogou ao chão entre eles. – Então, está caçando o Pássaro de Fogo?

– Nem mesmo isso. Mas minhas criaturas terão seu passatempo. – Ele silvou para a égua, sorrindo, e ela recuou, suas patas traseiras dentro d'água.

– Deixe-a em paz! – ordenou Vasya, rispidamente.

– Muito bem – disse o Urso, inesperadamente. Ele se sentou em uma tora ao lado do fogo. – Não quer se sentar comigo?

Ela não se mexeu.

Os dentes caninos de Medved reluziram na escuridão, afiados e brancos quando ele sorria. – Sinceramente, não desejo sua vida, Vasilisa Petrovna. – Ele abriu suas mãos vazias. – Quero lhe fazer uma proposta.

Isso a surpreendeu. – Você já me ofereceu minha vida, e eu não aceitei. Salvei a mim mesma. Por que aceitaria qualquer coisa menos importante de você?

O Urso não respondeu diretamente. Em vez disso, olhou para cima, para o brilho das estrelas franjado de árvores, recendendo profundamente à noite de verão. Ela pôde ver as estrelas refletidas em seu olho, como se ele estivesse bebendo o céu depois de muita escuridão. Não quis entender essa alegria.

– Passei inúmeras vidas humanas amarrado em uma clareira no limite das terras do meu irmão – disse o Urso. – Você acha que ele foi um bom guardião do mundo enquanto eu dormia?

– Pelo menos Morozko não deixou destruição em seu rastro – respondeu Vasya. Ao seu lado, a égua sangrava no lago. – O que andou fazendo em Moscou?

– Me divertindo – replicou o Urso, descontraído. – Meu irmão fez a mesma coisa uma vez, embora agora ele goste de se fingir de santo. Já fomos mais parecidos. Afinal de contas, somos gêmeos.

– Se estiver tentando me fazer confiar em você, não está funcionando.

– Mas... – o Urso prosseguiu. – Meu irmão pensa que os homens e os *chyerti* podem compartilhar este mundo. Estes mesmo homens que andam se espalhando feito doença, chacoalhando seus sinos de igreja, esquecendo-se da gente. Meu irmão é um idiota. Se os homens não forem controlados, um dia não haverá mais *chyerti*, nem estrada por Meia-Noite, nenhum fascínio no mundo.

Vasya não quis entender por que o Urso levantou os olhos maravilhados para o céu noturno e não quis concordar com ele então. Mas era verdade. Por toda Rus', os *chyerti* estavam tênues como fumaça. Guardavam suas águas, suas florestas e os lares com mãos que não agarravam, mentes que mal se lembravam. Não disse nada.

– Os homens temem o que não compreendem – murmurou o Urso. – Eles machucaram você, bateram e cuspiram em você, colocaram você na fogueira. Os homens sugarão todo o lado selvagem do mundo até não haver lugar para uma menina-bruxa se esconder. Queimarão você e todas da sua espécie. – Era seu medo mais profundo e mais maldito. Ele devia saber disso. – Mas não é preciso ser assim – o Urso continuou. – Podemos salvar os *chyerti*, salvar a terra entre o meio-dia e a meia-noite.

– *Podemos?* – perguntou Vasya. Sua voz não estava muito firme. – Como?

– Venha comigo a Moscou. – Ele estava novamente de pé, a metade incólume do seu rosto rubra à luz do fogo. – Ajude-me a derrubar as torres dos sinos, a acabar com o poder do príncipe. Seja minha aliada e você poderá se vingar dos seus inimigos. Ninguém ousará voltar a desprezá-la.

Medved era um espírito; assim como Ded Grib, não era feito de carne e, no entanto, naquela clareira, parecia pulsar de pura vida.

– Você matou meu pai – Vasya disse.

Ele abriu as mãos. – Seu pai jogou-se nas minhas garras. Meu irmão conseguiu a sua aliança através de mentiras, não foi? Com sussurros e meias-verdades no escuro e com seus olhos azuis, tão tentadores a donzelas?

Ela lutou para manter seu rosto totalmente inexpressivo.

O canto da boca dele revirou-se antes que prosseguisse: – Mas cá estou eu pedindo sua aliança com nada senão a verdade.

– Se você está aqui com a verdade, então diga o que quer – disse Vasya. – Com menos arte e mais honestidade.

– Quero uma aliada. Junte-se a mim e faça sua vingança. Nós, os antigos, dirigiremos mais uma vez esta terra. É isso que os *chyerti* querem. Foi por isso que o *bagiennik* trouxe-a aqui. *É por isso* que todos estão observando. Para que você me ouça e concorde.

Estaria mentindo?

Ela se viu de maneira terrível, imaginando como seria concordar, deixar a raiva dentro de si sair num espasmo de violência. Podia sentir o impulso ecoando na figura desfigurada à sua frente. Ele entendia sua culpa, sua tristeza, a fúria que se abatera sobre a cabeça de Ded Grib.

– É – ele sussurrou. – Nós entendemos um ao outro. Não podemos fazer um novo mundo sem primeiro destruir o velho.

– Destruir? – questionou Vasya. Mal reconheceu sua própria voz. – O que você vai destruir para criar esse novo mundo?

– Nada que não possa ser refeito. Pense nisso. Pense nas meninas que não enfrentarão o fogo.

Ela queria ir a Moscou, poderosa, e derrubar a cidade. A selvageria dele tinha ressonância nela, bem como a tristeza do seu longo aprisionamento.

A égua dourada estava completamente imóvel.

– Eu teria a minha vingança? – ela murmurou.

– Teria – ele respondeu. – Completa.

– Konstantin Nikonovich morreria gritando?

Ela achou que ele hesitou antes de responder: – Morreria.

– E quem mais morreria, Medved?

– Homens e mulheres morrem diariamente.

– Eles morrem de acordo com a vontade de Deus, não morrem por mim – Vasya replicou. As unhas da sua mão livre cravavam-se em sua palma. – Nenhuma vida perdida vale o preço da minha tristeza. Acha que sou idiota, que pode pingar palavras como veneno doce nos meus ouvidos? Não sou sua aliada, monstro, nem jamais serei.

Ela pensou ter ouvido um murmúrio erguer-se da floresta a toda volta, mas não saberia dizer se era um som de prazer ou decepção.

– Ah – disse o Urso. O pesar em sua voz parecia verdadeiro. – Tão inteligente em algumas coisas, pequena Vasilisa Petrovna e, no entanto, tão tola em outras. Porque é claro que, se você não se juntar a mim, não poderá permanecer viva.

– Minha vida foi o preço da sua liberdade – Vasya retrucou. O lago era uma presença fria às suas costas, a égua dourada continuava quente e trêmula a seu lado. – Você não pode me matar.

– Eu lhe ofereci sua vida – disse o Urso. – Não é culpa minha que você seja uma idiota teimosa e não tenha aceitado. Minha dívida está paga. Além disso, não vou te matar. Você pode se juntar a mim, viva, ou pode ser minha criada. – Sua boca revirou-se espontaneamente. – Menos viva.

◆

Vasya escutou um passo arrastado e leve. Outro. Sua pulsação soava alto em seus ouvidos. Em sua mente, ecoava um aviso: *O Urso está solto. Cuidado com os mortos.*

– Vou me divertir com isso – disse Medved. – Conte-me o que decidir. – Ele recuou. – Seja como for, levarei a meu irmão seus sentimentos.

À sua esquerda, um homem morto de olhos vermelhos e rosto imundo esgueirou-se para a luz. À direita, uma mulher sorria, com sangue nos lábios, alguns cachos de cabelo podre ainda agarrados a seu crânio ossudo e branco. Os olhos das coisas mortas eram buracos do inferno: escarlates e pretos. Quando suas bocas abriram-se, as pontas dos seus dentes brilharam, pontiagudas, no que restava da fogueira. Vasya e a égua estavam cercadas por um meio círculo que ia encolhendo.

A égua dourada empinou. Por um instante, pareceu que vastas asas de fogo abriram-se em suas costas, mas ela desceu para a terra, ainda um cavalo, e ferido. Não podia voar.

Vasya largou seu machado inútil. Sua alma ainda estava cheia da lembrança do fogo. Fechou os punhos e esqueceu que as coisas mortas não estavam em chamas.

Funcionou melhor do que esperava. Duas incendiaram-se como tochas. Os *upyry* gritaram ao se queimar e vagar por ali, uivando. Ela precisou agarrar um galho e afastá-los, seus pés nus dentro da água. A égua dourada recuou, atacando freneticamente com os cascos dianteiros.

– Uh-oh – disse o Urso com nova voz. – Moscou pôs o fogo na sua alma, foi? Sinceramente, você é um meio espírito do caos; iria gostar de ser minha aliada. Não quer reconsiderar?

– Você nunca fica quieto? – Vasya perguntou. Seu corpo vertia suor gelado. Outro *upyr* incendiou-se, e a realidade começou a vacilar. Agora ela entendia. *A magia enlouquece as pessoas. Elas esquecem o que é real porque coisas demais são possíveis.*

Mas ainda restavam mais quatro; ela não tinha escolha. As coisas mortas avançavam mais uma vez.

O olho do Urso fixou-se nos dela, como se ele pudesse ver ali a semente de insanidade. – Sim – ele disse baixinho. – Perca a cabeça, menina selvagem. E será minha.

Ela respirou fundo e...

– Basta – disse uma nova voz.

O som pareceu sacudir Vasya de um sonho ruim. Uma velha de mãos grandes e ombros largos passou por entre as árvores a passos firmes, assimilou a cena sinistra, e disse, irritada, como se fosse a coisa mais natural do mundo: – Medved, você não deveria ter tentado isso à meia-noite.

No mesmo momento, uma onda do lago quase inundou Vasya, e o *bagiennik* apareceu flutuando na beirada, dentes à mostra. – Comedor, você não disse nada quanto a machucar cavalos.

A velha poderia ter sido alta um dia, mas estava encolhida pela idade, as roupas grosseiras, as unhas das mãos compridas, as pernas curvas. Trazia uma cesta às costas.

Vasya, parada com os pés no lago, a realidade flexível como nevoeiro, pôde ver o Urso atônito, cauteloso.

– Você está morta – disse para a velha.

A velha gargalhou. – À meia-noite? Em minhas próprias terras? Você deveria ser mais esperto.

Como se fosse um sonho, Vasya julgou ter captado o cintilar do cabelo da Demônio da Meia-Noite, seus olhos estrelados, semiescondida nas árvores, observando.

O Urso replicou, tranquilizando: – Eu deveria ter sido mais esperto, mas por que interferir? Por você se incomoda com sua família traiçoeira?

– Importo-me, pelo menos, com a égua, sua coisa grande e faminta – retorquiu a velha. Bateu o pé. – Volte a aterrorizar Muscovy.

Um dos *upyry* esgueirava-se por trás da velha. Ela não olhou, nem ao menos se contraiu, mas a coisa morta explodiu num fogo branco e desmoronou com um grito.

– Imagino que terei que esperar um bom tempo para você enlouquecer – disse o Urso. Havia respeito em sua voz. Vasya escutou, perplexa.

– Estou louca há anos – retrucou a velha. Quando ela riu, cada fio de cabelo no corpo de Vasya arrepiou-se. – Mas à meia-noite aqui ainda é meu domínio.

– A menina não ficará com você – disse o Urso apontando o queixo na direção de Vasya. – Não ficará, por mais que você tente convencê-la. Vai deixá-la como todas os outras. Quando isso acontecer, estarei esperando. – Para Vasya, ele acrescentou: – Sua escolha permanece. Você será minha aliada de um jeito ou de outro. Os *chyerti* não aceitarão outra coisa.

– *Caia fora* – ordenou a mulher, secamente.

E, inacreditavelmente, o Urso abaixou a cabeça para as duas e escapuliu no escuro. Seus criados, arrastando os pés, sem a luz infernal dos olhos, seguiram-no.

13

BABA YAGA

Os sons noturnos voltaram. Os pés de Vasya estavam entorpecidos na água. A cabeça da égua dourada pendia baixa. A velha trincou os lábios, examinando a menina e o cavalo.

– *Babushka* – disse Vasya, com cuidado. – Agradeço por nossas vidas.

– Se quiser ficar no lago até criar nadadeiras, problema seu. – retrucou a velha. – Caso contrário, venha para o fogo.

Ela saiu pisando firme, jogou galhos nas brasas. Vasya saiu do lago. Mas a égua não se mexeu.

– Você está sangrando – Vasya disse a ela, tentando dar uma olhada no corte em sua pata dianteira.

As orelhas da égua continuavam grudadas na cabeça. Por fim, ela relatou: *Eu corri, enquanto os outros voavam, para afastar os upyry, mas eles eram rápidos demais, e aí cortei a pata e não consegui voar.*

– Posso te ajudar – ofereceu-se Vasya.

A égua não respondeu, mas subitamente Vasya entendeu sua imobilidade, a cabeça dourada pendendo baixa. – Você tem medo de ser presa de novo? Por estar ferida? Não tenha medo. Eu matei o feiticeiro. Tamara também está morta. – Ela podia sentir a velha às suas costas, escutando. – Não tenho uma corda aqui, muito menos uma rédea dourada. Não vou tocar em você sem sua licença. Venha para o fogo.

Vasya juntou a ação à palavra indo ela mesma até o fogo. A égua ficou parada, a disposição das suas orelhas indecisa. A velha estava parada do outro lado das chamas esperando Vasya. Seu cabelo era branco, mas o rosto era um reflexo distorcido do próprio rosto da menina.

Vasya olhou fixo em choque, avidez, reconhecimento.

A floresta ainda parecia repleta de olhos observando. Houve um instante de total silêncio. Então, a mulher disse: – Qual é o seu nome?

– Vasilisa Petrovna.

– Qual era o nome da sua mãe?

– Marina Ivanovna. A mãe dela chamava-se Tamara, a menina que colocou rédeas no Pássaro de Fogo.

Os olhos da mulher percorreram o rosto lacerado e contundido de Vasya, seu cabelo batido, as roupas, e talvez mais do que tudo, a expressão nos olhos da menina. – Estou surpresa que você não tenha afugentado o Urso de medo – disse a velha, secamente. – Com seu rosto tão assustador. Ou talvez ele tenha gostado disso. É difícil saber quando se trata dele. – Suas mãos tremiam.

Vasya ficou calada.

– Tamara e a irmã eram minhas filhas. Para você, parecerá muito tempo atrás.

Vasya sabia disso. – Como é que você está viva? – sussurrou.

– Não estou – respondeu a velha. – Morri antes de você nascer. Mas aqui é Meia-Noite.

A égua dourada quebrou o silêncio entre elas ao espirrar água saindo do lago. As duas viraram-se para o animal ao mesmo tempo. A luz do fogo reluzia cruelmente nas cicatrizes de chicote e esporas.

– Vocês fazem uma dupla lamentável – comentou a velha.

Vasya disse: – *Babushka*, nós duas precisamos de ajuda.

– Primeiro Pozhar – disse a velha. – Ela ainda está sangrando.

– É esse o nome dela?

Meia-Noite deu de ombros. – Que nome abarcaria uma criatura como ela? É apenas como eu a chamo.

◈

MAS NÃO ERA FÁCIL AJUDAR A ÉGUA. Pozhar jogava as orelhas para trás cada vez que alguma delas tentava tocá-la. Quando fustigava sua cauda, chuvas de faíscas caíam no solo de verão. Uma delas começou a arder. Vasya apagou-a com o pé calçado de bota.

– Ferida ou não, você é uma ameaça.

A velha bufou. A égua reluziu. Mas Pozhar também estava exausta. Por fim, quando Vasya passou a mão do seu pescoço até o joelho, ela apenas estremeceu.

– Isto vai doer – disse Vasya com dureza. – *Não* vá chutar.

Não prometo nada, retrucou a égua com as orelhas grudadas.

As duas convenceram a égua a ficar imóvel tempo suficiente para que a menina costurasse sua pata, embora Vasya saísse com alguns machucados a mais quando aquilo terminou. Depois, quando uma abalada Pozhar escapou, mancando, para pastar a uma distância segura, Vasya largou-se no chão ao lado do fogo, tirando o cabelo suado do rosto. Suas roupas haviam secado no calor do corpo da égua. Ainda era uma noite escuríssima, embora parecesse terem passado horas desde a vinda do Urso.

A mulher tinha uma panela em sua cesta, sal, algumas cebolas. Quando enfiou a mão no lago, tirou um peixe com a mesma naturalidade que uma mulher tira pão do seu próprio forno. Começou a preparar uma sopa, como se não fosse meia-noite.

Vasya observou-a. – A casa é sua? – perguntou. – Aquela ao lado do carvalho?

A mulher destripava o peixe e não levantou os olhos. – Já foi, um dia.

– O baú... Você o deixou lá? Para que eu o encontrasse?

– Deixei – respondeu a mulher, ainda sem erguer os olhos.

– Você sabia que eu... Então você é a Bruxa da Mata – disse Vasya. – Que cuida dos cavalos. – Ela pensou em Marya e o velho e temido nome, o nome da história de fadas veio até seus lábios, espontaneamente. Com um arrepio, ela disse. – Baba Yaga. Você é minha bisavó.

A velha zurrou uma breve risada. As vísceras do peixe brilharam tetricamente entre seus dedos quando ela as atirou de volta no lago. – Praticamente, imagino. Uma bruxa e outra foram misturadas em uma única história de fadas. Talvez eu seja uma delas.

– Como você soube que eu estava aqui?

– Polunochnitsa me contou, é claro – respondeu a velha. Agora, ela remexia o conteúdo da cesta de Vasya juntando ervas à panela. Seus olhos cintilavam no escuro, grandes, selvagens e avermelhados pelo fogo. – Embora ela tenha esperado até ser quase tarde demais e queria que você e o Urso se conhecessem.

– Por quê?

– Para ver o que você faria.

– *Por quê?* – Vasya voltou a perguntar. Parecia perigosamente perto de virar um choramingo queixoso de criança. Seus pés doíam, as costelas, o corte no rosto. Mais do que nunca, sentia que tinha sido jogada em um conto que mal entendia.

A velha não respondeu de imediato. Analisou Vasya novamente. Por fim, disse: – A maioria dos *chyerti* não quer desferir um golpe no mundo dos homens. Mas eles também não querem enfraquecer. Estão divididos.

Vasya franziu o cenho. – Estão? O que isso tem a ver comigo?

– Por que você acha que Morozko foi tão longe para salvar sua vida? Sim, a Polunochnitsa também me contou isso.

– Não sei por quê – disse Vasya, e dessa vez sua voz subiu um tom, apesar dos seus melhores esforços. – Você acha que eu queria que ele fizesse isso? Foi loucura completa.

Um brilho rápido e malicioso por debaixo das pálpebras da velha. – Foi? Imagino que você jamais saberá.

– Eu saberia se você me contasse.

– Isso... Não. É algo que você vai ter que entender sozinha, ou não. – A velha sorriu, ainda com aquele toque de malícia. Jogou sal na sopa. – Você está procurando uma saída fácil, criança?

– Se estivesse, não teria saído de casa – replicou Vasya, mal conseguindo manter a educação. – Mas estou cansada de ir aos tropeços, cega, no escuro.

Agora a velha mexia na panela. O fogo revelou uma expressão estranha em seu rosto. – Aqui está sempre escuro – ela replicou.

Vasya, ainda estourando de perguntas, viu-se em silêncio, envergonhada de sua atitude. Em um tom diferente, disse: – Foi você que me mandou a Meia-Noite na estrada para Moscou.

– Foi – confirmou a velha. – Fiquei curiosa quando soube que uma menina do meu sangue tinha saído vagando com um cavalo do lago.

Vasya encolheu-se com a lembrança de Solovey.

A sopa estava pronta. A bruxa serviu uma grande vasilha para si mesma, uma insuficiente para Vasya. Ela não se importou. Já tinha se alimentado com peixe mais cedo. Mas o caldo estava bom. Bebeu-o devagar.

– *Babushka* – perguntou – Você já viu suas filhas depois que elas deixaram este lugar?

O velho rosto de Baba Yaga ficou imóvel como uma escultura em pedra. – Não, elas me abandonaram.

Vasya pensou no fantasma mirrado de Tamara, imaginou se essa mulher poderia ter impedido tal horror.

– Minha menina planejou com o feiticeiro levar o Pássaro de Fogo à força! – disse rispidamente a velha, como se pudesse ler o pensamento de Vasya. – Não consegui alcançá-los. Nada corre mais rápido do que a égua. Mas, pelo menos, minha filha foi punida.

Vasya retrucou: – Ela era sua filha. Você sabe o que o feiticeiro fez com Tamara?

– Ela fez para si mesma.

– Devo *contar* o que aconteceu com ela? – Vasya perguntou, começando a ficar com raiva. – Sobre a coragem e o desespero da sua filha? De como ela ficou presa no terem de Moscou até morrer? E mesmo depois! Você fechou suas terras e nem tentou ajudá-la?

– *Ela me* traiu – retorquiu a bruxa. – Escolheu um homem à sua própria família; entregou a égua dourada para a guarda de Kaschei. Minha Varvara também me deixou. Primeiro, tentou ocupar o lugar de Tamara, mas não conseguiu. É claro que não conseguiria; não tem a visão. Então, ela me deixou, a covarde.

Vasya ficou imóvel, num entendimento súbito.

– Eu não precisava de nenhuma delas – prosseguiu a velha. – Fechei a entrada para cá. Fechei todas as estradas, menos a da Meia-Noite, e aquela é minha porque Lady Meia-Noite é minha criada. Mantive minhas terras invioladas até a chegada de uma nova herdeira.

– Manteve suas terras invioladas? – Vasya perguntou, sem acreditar. – Enquanto suas filhas estavam presas no mundo dos homens, enquanto sua filha era abandonada pelo amante?

– Sim – confirmou a bruxa. – Ela fez por merecer.

Vasya não disse nada.

– Mas – continuou a velha, suavizando o tom –, agora, tenho uma nova herdeira. Eu sabia que um dia você viria. Você consegue falar com cavalos; acordou a *domovaya* com fogo, sobreviveu ao *bagiennik*. Você não me trairá. Viverá na casa junto ao carvalho, e eu virei toda meia-noite para lhe ensinar tudo que sei; como comandar os *chyerti*, como manter seu próprio povo a salvo. Não quer aprender essas coisas, pobre menininha com o rosto queimado?

– Quero – respondeu Vasya. – Quero muito aprender essas coisas.

A mulher sentou-se para trás, parecendo satisfeita.

– Quando chegar a hora – continuou Vasya. – Mas ainda não. O Urso está solto em Rus'.

A velha arrepiou-se. – O que significa Rus' para você? Eles tentaram te queimar, não tentaram? Mataram seu cavalo.

– Rus' é a minha família. Meus irmãos e minha irmã. Minha sobrinha, que vê como eu. *Seus* netos. Seus bisnetos.

Desconcertantemente, os olhos da mulher começaram a brilhar. – Outra que tem a visão? E uma menina? Vamos caminhar por Meia-Noite e buscá-la.

– Roubá-la, você quer dizer? Tirá-la da mãe que a ama? – Vasya respirou fundo. – Primeiro você deveria pensar no que aconteceu com suas próprias filhas.

– Não – discordou a mulher. – Eu não precisava delas, pequenas serpentes. – Seus olhos estavam selvagens, e Vasya especulou se teria sido solidão ou magia que tinha plantado essa semente profunda de loucura dentro dela a ponto de rejeitar as filhas. – Você terá meus poderes e meus *chyerti*, bisneta.

Vasya levantou-se e foi se ajoelhar ao lado da velha. – Você me honra – disse, obrigando a voz a ficar calma. – Ao pôr do sol eu era uma andarilha e agora sou bisneta de alguém.

A velha ficou rígida, intrigada, observando Vasya com uma esperança relutante.

– Mas – arrematou – foi pelo meu bem que o Urso foi libertado: preciso vê-lo preso novamente.

– As diversões do Urso não dizem respeito a você. Ele foi prisioneiro por muito tempo. Não acha que ele merece um pouco de luz do sol?

– Ele tentou me matar – disse Vasya com acidez. – Esse é um divertimento que me diz respeito.

– Você não pode se colocar contra ele. É jovem demais e tem visto os perigos do excesso de magia. Ele é o mais esperto dos *chyerti*. Se eu não tivesse vindo, você teria morrido. – Uma mão seca estendeu-se e pegou a mão de Vasya. – Fique e aprenda, criança.

– Ficarei – disse Vasya. – Ficarei. Se o Urso estiver amarrado, então eu voltarei, serei sua herdeira e aprenderei. Mas preciso ver minha família a salvo. Você pode me ajudar?

A velha retirou a mão. Em seu rosto, a hostilidade estava prevalecendo sobre a esperança. – Não vou te ajudar. Sou a guardiã deste lago, destas matas. Pouco me importa o mundo além.

– Você pode, pelo menos, me dizer onde o Rei do Inverno está aprisionado? – perguntou Vasya.

A mulher riu. Riu com vontade, jogando a cabeça para trás com um cacarejo. – Você acha que o irmão dele o terá simplesmente deitado, como um gatinho que ele esqueceu de afogar? – Seus olhos estreitaram-se. – Ou você é exatamente como Tamara? Preferindo um homem à sua própria família?

– Não – replicou Vasya. – Mas preciso da ajuda dele para tornar a amarrar o Urso. Você sabe onde ele está? – Apesar dos seus esforços para manter a calma, um tom duro insinuava-se em sua própria voz.

– Não se encontra em nenhuma das minhas terras.

Lady Meia-Noite estava parada nas sombras escutando com atenção. *Baba Yaga tem três criadas, todas cavaleiras: Dia, Crepúsculo e Noite*, era isso que a história contava.

– Mesmo assim, vou encontrá-lo – disse Vasya.

– Você não sabe onde começar.

– Começarei em Meia-Noite – retrucou Vasya secamente, com outra olhada para a Demônio da Meia-Noite. – Com certeza, se ela inclui *toda meia-noite* que existe, uma delas contém Morozko em sua prisão.

– É uma terra tão vasta que sua mente não conseguirá entendê-la.

– Então você me ajuda? – Vasya voltou a perguntar, olhando o rosto que era o espelho da própria. – Por favor, *babushka*, tenho certeza que existe um jeito.

A boca da mulher fez um movimento. Parecia hesitar. O coração de Vasya deu um salto de súbita esperança.

Mas a bruxa virou-se de costas rigidamente, com o maxilar travado. – Você é tão ruim quanto Tamara, tão ruim quanto Varvara, tão ruim quanto qualquer uma dessas meninas malvadas. Não vou te ajudar, tola. Você só vai acabar sendo morta, e por nada, depois que seu precioso Rei do Inverno foi tão longe para te ver a salvo.

Ela se levantou. Vasya também.

– Espere – pediu. – Por favor.

Meia-Noite ficou imóvel na escuridão.

Furiosa, a velha disse: – Se você refletir melhor sobre a sua estupidez, volte e talvez eu reconsidere. Senão... bom, deixei minhas próprias filhas partirem. Uma bisneta seria ainda mais fácil.

Então, ela entrou na escuridão e desapareceu.

14

VODIANOY

Vasya desejou poder chorar. Parte da sua alma ansiava pela bisavó como ansiava pela mãe que nunca conheceu, pela ama morta, pela irmã mais velha que partira tão jovem. Mas como poderia viver tranquila em uma terra de magia enquanto o Urso estava à solta, sua família em perigo, o Rei do Inverno largado para apodrecer?

– Vocês são muito parecidas – disse uma voz familiar. Vasya ergueu a cabeça. Meia-Noite saiu das sombras. – Precipitadas, negligentes. – O luar atiçou o cabelo claro da *chyert* num fogo branco. – Então, você pretende procurar o Rei do Inverno?

– Por que pergunta?

– Curiosidade – respondeu Meia-Noite, despreocupada.

Vasya não acreditou nela. – Você vai contar para o Urso? – perguntou.

– Por que eu deveria? Ele só vai rir. Você não pode soltar Morozko. Só vai morrer na tentativa.

– Bom – disse Vasya –, ao que parece, *você* preferiria que eu morresse, a julgar pelo nosso último encontro. Por que não me diz onde ele está e eu morro mais cedo?

Polunochnitsa pareceu se divertir. – Não faria bem nenhum se eu fizesse isso. Chegar a algum lugar em Meia-Noite não é tão simples quanto saber aonde você pretende ir.

– Então, como é que se viaja por Meia-Noite?

Polunochnitsa respondeu, baixinho: – Não existe norte em Meia-Noite, nem sul. Nem leste ou oeste, nem aqui ou lá. Você só precisa guardar seu destino em sua mente e caminhar, e não hesitar no escuro, porque não dá para prever quanto tempo levará para chegar aonde você quer ir.

– Só isso? Por que, então, Varvara me fez tocar em um broto de carvalho?

Polunochnitsa bufou. – Aquela pessoa sabe alguma coisa, mas não compreende. A afinidade facilita a viagem. Semelhante pede semelhante. Sangue pede sangue. O mais fácil é ir para sua própria família. Você não poderia chegar à árvore do lago sozinha porque usou uma afinidade fraca: de carvalho para carvalho. – Sua expressão se tornou maliciosa. – Talvez não seja difícil você encontrar o Rei do Inverno, pequena donzela. Com certeza existe uma afinidade aí. Afinal de contas, ele te amava o bastante para entregar sua própria liberdade. Talvez esteja sentindo sua falta agora mesmo.

Vasya nunca tinha ouvido nada mais ridículo, mas limitou-se a dizer: – Como entro em Meia-Noite?

– Toda noite, quando chega a hora, meu reino está lá para quem tiver olhos para ver.

– Muito bem. Como saio novamente da Meia-Noite?

– A maneira mais fácil? Vá dormir. – Meia-Noite, agora, observava-a intensamente. – Sua mente adormecida procurará o amanhecer.

Ded Grib saltou por debaixo de uma tora.

– Onde estava *você* durante toda esta agitação? – Vasya perguntou.

– Escondido – respondeu o espírito do cogumelo, sucintamente. – Estou feliz que não tenha morrido. – Dirigiu à Meia-Noite um olhar nervoso. – Mas é melhor não ir procurar o Rei do Inverno. Você vai ser morta e eu tive o maior trabalho para ser seu aliado.

– Tenho que ir – disse Vasya. – Ele se sacrificou por mim.

Ela viu os olhos da Meia-Noite estreitarem-se. Estava extremamente séria, mas não tinha falado com o tom de uma donzela apaixonada.

– A escolha foi dele, não sua – retrucou Ded Grib, parecendo mais desconfortável do que nunca.

Sem dizer mais nada, Vasya foi até Pozhar e parou a uma distância segura de onde a água pastava. Pozhar gostava de morder.

– Senhora, vocês são todos parentes? Você e os outros cavalos que são pássaros?

Pozhar mexeu as orelhas em sinal de aborrecimento. *Claro que somos*, disse. Sua pata já parecia bem melhor.

Vasya respirou fundo. – Então você me faria uma gentileza?

Pozhar recuou na mesma hora. *Você não vai subir nas minha costas*, protestou.

Vasya julgou ter ouvido a risada de Polunochnitsa.

– Não – disse. – Eu não ia lhe pedir isso. O que eu queria perguntar é se você iria por Meia-Noite comigo. Se me levaria até a égua branca de Morozko. Aprendi que sangue pede sangue.

Esta última frase foi por intenção de Polunochnitsa. Quase podia sentir seu olhar parado.

Pozhar ficou imóvel por um instante. Suas grandes orelhas douradas mexeram-se uma vez, para frente e para trás, em dúvida. *Imagino que eu possa tentar*, disse Pozhar, irritada e batendo o pé. *Se for só isso. Mas mesmo assim, você não vai subir nas minhas costas.*

– Tudo bem. Estou com uma costela quebrada.

Ded Grib franziu o cenho. – Você não acabou de dizer...?

– Ninguém vai ter o bom senso de acreditar em mim? – Vasya perguntou, pisando duro de volta à fogueira. – A afinidade guia alguém pela terra da Meia-Noite. Tudo bem, mas não sou idiota de confiar na ligação entre mim e Morozko; ela foi construída à base de mentiras, desejos e meias-verdades. Sobretudo porque desconfio que o Urso poderia estar esperando que eu fosse e me matar pelo caminho.

A julgar pelo rosto de Polunochnitsa, isso era exatamente o que ele estava esperando. – Mesmo se você encontrar o Rei do Inverno – ela disse, recompondo-se –, não vai conseguir libertá-lo.

– Uma coisa de cada vez – retrucou Vasya. Ela pegou um punhado de morangos em sua cesta e estendeu-os. – Você me diria mais uma coisa, Lady Meia-Noite?

– Ah, agora é suborno? – Mas Polunochnitsa aceitou as frutas e inclinou a cabeça para sua doçura. – Dizer o quê?

– Se eu entrar em Meia-Noite à procura de Morozko, o Urso ou seus criados vão me seguir?

Meia-Noite hesitou. – Não – respondeu. – Ele tem muito a fazer em Moscou. Se você quiser jogar sua vida fora em uma prisão que não possa ser violada, o problema é seu. – Ela tornou a cheirar os morangos. – Mas vou te dar um último aviso. As meias-noites mais próximas de você apenas atravessam distâncias, mas pode entrar e sair delas como quiser. Mas as meias-noites mais distantes, essas atravessam anos. Se você adormecer ali e perder a estrada da Meia-Noite, sumirá como o orvalho, ou sua carne se transformará em pó imediatamente.

Vasya estremeceu. – Como vou saber qual é a próxima e qual é a distante?

– Não importa. Se quiser encontrar o Rei do Inverno, precisa ficar sem dormir até lá.

Vasya respirou fundo. – Então, não dormirei.

◈

Vasya foi até o lago beber bastante água e encontrou o *bagiennik* retorcendo-se, furioso, na beirada. – O Pássaro de Fogo voltou! – rosnou. – Contra toda esperança, para tornar a viver perto da água. E, talvez, haja novamente uma grande manada para voar sobre o lago ao amanhecer. Agora você está levando-a embora na sua missão idiota.

– Não a estou forçando a vir comigo – retrucou Vasya com delicadeza.

O *bagiennik* bateu o rabo na água num desespero sem palavras.

Vasya disse: – Quando Pozhar quiser voltar, ela volta. E... se eu sobreviver a isso, virei morar perto do lago e aprender, procurar todos os cavalos espalhados e cuidar deles. Em memória do meu, a quem eu amava demais. Isso basta para você?

O *bagiennik* não disse nada.

Ela virou as costas.

Lá detrás, o *bagiennik* disse num novo tom: – Espero que cumpra o prometido.

◈

Vasya pegou sua cesta, o que restava do peixe. Da relva, Ded Grib silvou: – Você vai me deixar pra trás? – Agora, estava sentado em um toco, reluzindo um verde desagradável no escuro.

Vasya respondeu, hesitante: – Pode ser que eu me afaste muito do lago.

Ded Grib pareceu pequeno e determinado. – Vou com você do mesmo jeito – disse. – Estou do seu lado, lembra-se? Além disso, *eu* não me transformo em pó.

– Que bom para você – rebateu Vasya, friamente. – Por que está do meu lado?

– O Urso pode deixar os *chyerti* zangados, mais fortes com a raiva, mas você pode nos tornar mais *reais*. Agora eu entendo. O *bagiennik* também. – Ded Grib parecia orgulhoso. – Estou do seu lado e vou com você. Ficaria perdida sem mim.

– Talvez ficasse – Vasya concodou, sorrindo. Então, um tom de dúvida insinuou-se em sua voz: – Você vai caminhar? – ele era muito pequeno.

– Vou – respondeu Ded Grib e saiu andando.

Pozhar sacudiu a crina. *Apresse-se*, disse a Vasya.

◇

A ÉGUA DOURADA CAMINHOU noite adentro pegando bocados de capim enquanto seguia. Às vezes, quando encontrava um trecho bom, abaixava a cabeça para pastar com avidez. Vasya não a apressava, pois não queria agravar o corte na pata dianteira de Pozhar, mas estava ansiosa imaginando se começaria a sentir sono, imaginando quantas horas levaria...

Não adiantava pensar nisso, decidiu. Ou conseguiria, ou não.

– Nunca deixei o lago – Ded Grib confidenciou a Vasya enquanto caminhavam. – Não desde que lá havia aldeias de homens e as crianças sonhavam comigo acordadas quando iam catar cogumelos no outono.

– Aldeias? – perguntou Vasya. – Perto do lago? – Àquela altura, eles estavam caminhando em uma clareira estranha com grama áspera e lama sob os pés. As estrelas estavam baixas e quentes no céu generoso, estrelas de verão.

– Sim – respondeu Ded Grib. – Costumava haver aldeias de homens nos limites do país mágico. Às vezes, quando eram corajosos, homens e mulheres entravam ali buscando aventura.

– Talvez, homens e mulheres pudessem ser convencidos a fazer isso de novo – disse Vasya, empolgada com a ideia. – E eles poderiam viver em paz com os *chyerti*, a salvo das maldades desse mundo.

Ded Grib pareceu em dúvida, e Vasya suspirou.

Seguiam em frente; andavam, paravam e voltavam a andar. Ora a noite estava mais fria, ora mais quente. Ora caminhavam sobre pedras, com o vento assobiando pelos ouvidos de Pozhar, ora bordejavam um lago, com uma lua cheia pousada em seu centro como uma pérola. Tudo estava imóvel, tudo estava silencioso.

Vasya estava cansada, mas o nervosismo e sua longa dormida na casa junto ao lago mantiveram-na andando. Estava descalça, com as botas amarradas em sua cesta. Embora seus pés estivessem machucados, a sensação do solo na pele era boa. Pozhar era um brilho dourado-prateado entre as árvores, um tanto reduzido em sua pata dianteira ferida. Ded Grib era uma presença ainda mais tênue, indo sorrateiro de um toco para uma pedra ou para uma árvore.

Vasya esperava que Meia-Noite estivesse certa quanto ao Urso não segui-la, mas olhava com frequência por sobre o ombro e, uma ou duas vezes, teve que se refrear de dizer à égua que se apressasse.

Caminhando por uma depressão arborizada com pinheiros altos por todos os lados, ela se viu pensando pela primeira vez em como seria agradável fazer uma cama de ramos e dormir até começar a amanhecer.

Procurando às pressas por uma distração, percebeu que fazia tempo que não via o verde do espírito do cogumelo reluzir. Espreitou na escuridão, procurando. – Ded Grib! – Mal ousava falar mais alto que um sussurro, não sabendo que perigos rondavam aquele lugar. – Ded Grib!

O espírito do cogumelo saltou da argila a seus pés, fazendo Pozhar saltar para trás. Até Vasya deu um pulo. – Onde você estava? – perguntou, ríspida de medo.

– Contribuição! – respondeu Ded Grib. Jogou algo em suas mãos. Vasya constatou que era um saco de comida; não alimentos silvestres, como morangos e dentes-de-leão, mas pão chato de campanha, peixe defumado, um odre de hidromel.

– Ah – disse Vasya. Arrancou um naco de pão, deu para ele, deu outro para a ofendida Pozhar e arrancou um terceiro para si mesma. – Onde conseguiu isso? – perguntou, mastigando.

– Tem uns homens ali – replicou Ded Grib. Vasya olhou e viu o brilho fraco de fogueiras entre as árvores. Pozhar recuou, suas narinas dilatando-se, inquietas. – Mas você não deveria se aproximar nem um pouco – acrescentou o espírito do cogumelo.

– Por que não? – perguntou Vasya, intrigada.

– Estão acampados perto de um rio – disse Ded Grib, sem alarde. – E o *vodianoy* de lá pretende matá-los.

– *Matá-los?* – perguntou Vasya. – Como? Por quê?

– Com água e medo, imagino – respondeu Ded Grib. – De que outro jeito ele mataria alguém? Quanto ao motivo, bom, provavelmente o Urso mandou-o fazer isso. A maioria das criaturas aquáticas lhe pertence, e ele agora está estendendo seu poder por toda Rus'. Vamos dar o fora.

Vasya hesitou. Não foi pena dos homens afogados em seu sono o que a fez decidir; foi a vontade de saber por que o Urso quereria matar aqueles em particular. *Você viaja por meia-noite por afinidade.* Que afinidade *a* teria atraído para lá? Neste momento? Ela voltou a espiar por entre as árvores. Muitas fogueiras; não era um acampamento pequeno.

Então, Vasya escutou um ribombar leve, conhecido, como se fossem cavalos aproximando-se a galope sobre pedras. Mas não eram cavalos.

O som fez com que se decidisse. Jogou sua cesta para Ded Grib. – Fiquem aqui vocês dois – ordenou para a égua e o espírito do cogumelo. Descalça, desabalou em direção ao brilho das fogueiras, que queimavam com o fogo baixo, erguendo a voz para gritar na escuridão: – Vocês! O acampamento! Acordem! *Acordem!* O rio está subindo!

Desceu meio correndo, meio escorregando as vertentes íngremes do barranco onde estava montado o acampamento. Os cavalos, amarrados em estacas, puxavam suas cordas. Sabiam o que estava acontecendo. Vasya cortou suas amarras e os animais dispararam para áreas mais altas.

Uma mão pesada desceu sobre o ombro de Vasya: – Está roubando cavalos, garoto? – perguntou um homem, apertando a mão, cheirando a alho e dentes podres.

Vasya desvencilhou-se dele. Em outra ocasião, poderia ter tido medo dele porque o toque e o fedor traziam de volta lembranças brutas, mas agora tinha preocupações mais prementes.

– Pareço estar escondendo um cavalo no meu chapéu? Salvei seus cavalos pra você. Escute. O rio está subindo.

O homem virou a cabeça para olhar exatamente quando uma parede de água negra irrompeu rio abaixo, passando por eles velozmente. O buraco onde o bando tinha instalado o acampamento foi instantaneamente inundado. Homens meio sonolentos corriam para todos os lados aos berros. A água subia numa rapidez anormal, desequilibrando-os e assustando-os com sua profunda estranheza.

Um homem começou a dar ordens: – Primeiro a prata! – gritou. – Depois os cavalos.

Mas a água subia cada vez mais rápido. Um deles foi levado pela enchente, depois outro. Muitos conseguiram chegar a terrenos mais altos. Mas o que andara gritando ordens ainda se debatia na correnteza.

Enquanto Vasya assistia, o *vodianoy*, Rei do Rio, saltou da água diretamente na frente dele.

O homem não podia ver o *chyert*, mas deu um tranco para trás mesmo assim por algum instinto mais antigo do que a visão e quase se afogou.

– Príncipe? – disse o *vodianoy*. Sua risada era o atrito das pedras na enchente. – Eu era rei aqui quando príncipes rastejavam na lama do meu rio e jogavam suas filhas para conseguir meu favor. Agora, afogue-se.

A água negra ondulou e derrubou o homem.

Vasya havia se refugiado em uma árvore, enquanto a corrente rugia abaixo. Agora mergulhou de um galho direto na corrente. A água arrebatou-a com uma força impressionante, e ela pôde sentir a raiva do *vodianoy* naquilo.

Em suas veias havia a mesma força que tinha quebrado as barras da sua jaula em Moscou. Não estava mais sonolenta.

O líder do acampamento veio à tona para pegar ar, arfando. Homens gritavam para ele do alto, xingando uns aos outros. Vasya deu três braçadas, transpondo a corrente. O líder era um homem grande, mas, por sorte, conseguia nadar um pouco. Ela o agarrou sob os braços, e num último surto de energia, carregou-o até a margem. Uma pontada de dor correu pelas suas costelas mal cicatrizadas.

O homem simplesmente ficou deitado na lama, olhando atônito para ela. Vasya podia escutar outros vindos de todos os lados, mas não falou, apenas girou e mergulhou de volta na água, deixando o homem agarrado à margem, olhando fixo para ela.

◊

Vasya deixou-se levar rio abaixo até dar com uma rocha no meio e se agarrar ali, ofegante.

– Rei do Rio! – gritou. – Quero falar com você.

A água desceu rapidamente, levando árvores quebradas em sua enchente. Vasya precisou escalar a rocha mais para o alto para evitar um galho imenso que girava na corrente em sua direção.

O *vodianoy* surgiu da água a, no máximo, um braço de distância. Sua boca sorridente estava cheia de dentes afiados como agulhas, a pele grossa de limo e lama do rio. Água escorria como diamantes por seu corpo verrugoso, espumando e fervendo à volta dele. Ele abriu a boca de dentes pontiagudos e rugiu para ela.

Esta é a hora em que eu deveria gritar, Vasya pensou. *Então ele ri e eu grito de desespero, acreditando na minha própria morte, e é aí que ele finca os dentes em mim e me arrasta para baixo.*

Era assim que os *chyerti* matavam as pessoas, fazendo com que acreditassem que estavam condenadas.

Vasya falou com toda tranquilidade possível, considerando que estava agarrada a uma rocha em uma corrente: – Perdoe minha intromissão.

Não é fácil surpreender o Rei do Rio. Sua boca aberta fechou-se abruptamente. – Quem é você?

– Não importa – disse Vasya. – Por que estava tentando matar esses homens?

A água ondulou e golpeou-a no rosto. Ela cuspiu-a, enxugou os olhos e subiu um pouco mais. Só sabia onde o Rei do Rio estava pelo seu volume escuro contra o céu, o brilho dos olhos.

– Eu não estava – ele respondeu.

Os braços dela começaram a tremer. Ela amaldiçoou sua prolongada fraqueza. – Não? – perguntou, sem fôlego.

– A prata – ele disse. – Era para afundar a prata.

– A *prata*? Por quê?

– O Urso desejou que eu fizesse isso.

– Por que os *chyerti* se importam com a prata dos homens? – ela ofegou.

– Sei lá... Só sei que o Urso me pediu isso.

– Muito bem – disse Vasya. – Agora está feito. Você poderia acalmar a água, Rei do Rio?

O *vodianoy* roncou de desagrado. – Por quê? Esses homens com sua poeira, seus cavalos e sua sujeira emporcalharam meu rio. Não deixaram oferenda, nem reconhecimento. É melhor que se afoguem com sua prata.

– Não – ela retrucou. – Os homens e os *chyerti* podem compartilhar este mundo.

– Não podemos! – retorquiu o *vodianoy*. – Eles não vão parar, os sinos não vão parar, o corte das árvores, a sujeira da água e o esquecimento não terão fim até que não reste nenhum de nós.

– Nós *podemos* – ela insistiu. – Eu estou te vendo. Você não vai se dissipar.

– Você não é o bastante. – Os lábios negros tinham novamente se arregaçado, revelando as agulhas dos seus dentes. – E o Urso é mais forte do que você.

– O Urso não está aqui – replicou Vasya. – Eu estou aqui e *você não vai matar esses homens*. Acalme a água!

O *vodianoy* apenas silvou, escancarando a boca. Vasya não recuou. Estendeu a mão arranhada e tocou em seu rosto verrugoso. Disse: – Escute-me e fique tranquilo, Rei do Rio. – O *vodianoy* parecia água-viva, fria, sedosa e pulsante sob sua mão. Ela memorizou a textura da sua pele.

Ele se retraiu. Sua boca fechou-se. – É preciso? – perguntou a ela num tom diferente. Parecia, repentinamente, temeroso. Mas sob isso, havia um fiapo de esperança agonizante. Vasya pensou no que a bisavó tinha dito, que os *chyerti* não queriam, de fato, lutar.

Respirou fundo. – Sim, é preciso.

– Então vou me lembrar – disse o *vodianoy*.

A força enfurecida da corrente afrouxou. Vasya soltou um suspiro de alívio.

– Você também precisa se lembrar, donzela do mar. – O *vodianoy* afundou-se gorgolejando sob a água e desapareceu antes que ela pudesse perguntar por que ele a tinha chamado assim.

O nível do rio começou a baixar. Quando Vasya chegou em terra firme, ele voltara a ser apenas um riacho lamacento.

O homem salvo por ela estava parado na margem quando ela saiu da água. Estava coberta de lama, ofegante e trêmula, mas pelo menos não estava sonolenta. Parou de um pulo quando o viu esperando, reprimiu um impulso alarmado de fugir.

Ele levantou as mãos. – Não tenha medo, menino. Você salvou a minha vida.

Vasya ficou calada. Não confiava nele. Mas a água estava atrás dela, a noite, a floresta, a estrada da Meia-Noite. Todas prometiam refúgio. Teve um medo instintivo do homem, mas não como em Moscou, onde muros confinavam-na. Então, levantou-se rápido e disse: – Se estiver agradecido, *gospodin*, diga-me seu nome e sua intenção aqui.

Ele a encarou. Vasya percebeu, tardiamente, que ele tinha pensado que ela fosse um camponês, mas que não soava com um.

– Imagino que agora não tenha importância – ele replicou, depois de um silêncio sombrio. – Chamo-me Vladimir Andreevich, príncipe de Serpukhov. Junto com meus homens, eu deveria levar um tributo em prata a Sarai, para o khan-fantoche e seu *temnik*, Mamai. Porque Mamai convocou um exército e não o dispersará até conseguir seu imposto. Mas, agora, a prata foi-se.

Seu cunhado, mandado por Dmitrii em uma missão com o intuito de evitar a guerra, agora frustrada. Vasya entendeu por que a afinidade a havia levado ali; também soube por que o Urso quis afundar a prata. Por que derrubar Dmitrii com as próprias mãos quando podia levar o tártaros a fazerem isso?

Talvez a prata pudesse ser encontrada, mas não no escuro. Poderia forçar o *vodianoy* a recuperá-la? Hesitou entre a floresta e a água.

Vladimir analisava-a com os olhos estreitados. – Quem é você?

– Se eu dissesse, você não acreditaria – garantiu a ele com total sinceridade.

Os olhos cinzentos e aguçados do príncipe assimilaram os cortes e hematomas enfraquecidos em seu rosto. – Não pretendo lhe fazer mal – disse. – Não vou te mandar de volta, seja lá de onde quer que tenha fugido. Gostaria de comer alguma coisa?

A generosidade inesperada quase trouxe lágrimas aos olhos de Vasya. Percebeu o quanto estivera desconcertada e assustada, e ainda estava. Mas não tinha tempo para lágrimas.

– Não. Agradeço. – Tinha decidido. Para acabar com a maldade do Urso de uma vez por todas, precisava do Rei do Inverno.

Então, fugiu, um espectro na escuridão.

15

PAÍSES MAIS DISTANTES, MAIS ESTRANHOS

A LUA PENDIA PRÓXIMO AO HORIZONTE E AINDA ERA NOITE, INTERMInável, exaurida. Vasya estava descalça e agora sentia frio.

Ded Grib surgiu por detrás de um toco, agarrando a cesta de Vasya. Parecia ofendido. – Você está *molhada* – disse. – E tem sorte de eu ter te mantido à vista. E se você, eu e o cavalo tivéssemos pegado meias-noites diferentes? Estaria perdida.

Os dentes de Vasya batiam. – Não pensei nisso – confessou a seu pequeno aliado. – Você é muito esperto.

Ded Grib pareceu um pouco mais calmo.

– Vou ter que achar um lugar para secar minhas roupas – Vasya conseguiu dizer. – Onde está Pozhar?

– Ali – respondeu Ded Grib, apontando um brilho na escuridão. – Mantive *vocês duas* à vista.

Agradecida, Vasya curvou-se profundamente e com sinceridade à sua frente e depois perguntou: – Você consegue achar um lugar onde ninguém veja se eu fizer uma fogueira?

Resmungando, ele encontrou. Ela montou uma fogueira e depois hesitou, olhando para a mata, sentindo a raiva e o terror – e as chamas – em sua alma, apenas esperando para serem liberados.

Os galhos incendiaram-se em uma chuva de fagulhas quase antes de ela pensar nisso, e a realidade imediatamente deu uma guinada a seus pés. A escuridão infinita daquele lugar já pesava sobre ela; agora, parecia cem vezes pior.

Sua mão trêmula foi até o calombo em suas roupas, onde a *domovaya* tinha costurado o rouxinol de madeira. Fechou-a em torno dele. Era como se fosse uma âncora.

Uma luz reluziu entre as árvores grossas. Pozhar saiu do escuro, pisando delicadamente sobre as samambaias. Sacudiu a crina. *Pare de fazer magia, menina tola. Você vai ficar tão louca quanto a velha. É mais fácil do que você pensa perder-se em Meia-Noite.* Suas orelhas mexeram-se. *Se você enlouquecer, te deixo aqui.*

— Por favor, não faça isso. Tentarei não enlouquecer — Vasya replicou com a voz rouca, e a égua bufou. Depois, foi pastar. Vasya despiu-se e deu início ao processo tedioso de secar suas roupas.

Como queria dormir agora e acordar com claridade. Mas não podia. Assim, levantou-se e ficou andando de um lado para outro, nua, beliscando os braços, afastando-se do fogo para que o frio deixasse-a alerta.

Estava parada, pensando se suas roupas já estariam secas o bastante para ela não congelar, quando ouviu um guincho de Pozhar. Virou-se e viu o cavalo negro da Meia-Noite, quase indistinguível da noite, surgir na luz do fogo.

— Você trouxe sua cavaleira aqui para me dar *mais* conselhos? — Vasya perguntou ao cavalo de modo não muito gentil.

Não seja boba, disse Pozhar a Vasya. *Eu o chamei. Voron.* Ela dirigiu ao cavalo um olhar maligno, e o garanhão lambeu os lábios, submisso. *A Cisne está mais longe do que eu pensava, e Voron sabe melhor do que eu como chegar até ela. Está mais habituado aos costumes deste lugar. Estou ficando cansada de vagar por aí, especialmente quando você me dificulta mantê-la à vista. Com esta velocidade, não vamos conseguir chegar antes que você tenha que dormir.* Ela voltou ambas as orelhas para Vasya. *Você me salvou duas vezes: em Moscou e perto da água. Agora, eu também terei te salvado duas vezes e não haverá mais dívidas entre nós.*

— Nenhuma — concordou Vasya numa onda de gratidão e fez uma reverência.

A Demônio da Meia-Noite seguiu para o clarão do fogo atrás do seu cavalo parecendo irritada. Vasya conhecia aquela expressão. Ela mesma já a tinha usado quando Solovey aborrecia-a com alguma coisa. Quase riu.

— Pozhar — disse Meia-Noite. — Tenho assuntos longe daqui e não posso ficar...

— Atrasada porque seu cavalo a está ignorando? — interrompeu Vasya.

Meia-Noite dirigiu-lhe um olhar pérfido.

— Bom, então me ajude agora — disse Vasya. — E poderá ir mais cedo cuidar dos seus assuntos.

O cavalo negro contraiu as orelhas. Pozhar parecia impaciente. *Vamos lá*, ela disse. *No começo estava divertido, mas estou cansada desta escuridão.*

O rosto da Meia-Noite demonstrou relutância. – O que espera fazer, Vasilisa Petrovna? Ele está enclausurado num lugar inacessível, confinado na memória, no lugar e no tempo, todos três.

Vasya estava francamente incrédula. – Serei tão vaidosa a ponto de pensar que o Rei do Inverno se permitiria ser aprisionado pela eternidade pelo meu bem? Ele não é um príncipe de história de fadas, meio imbecil, e Deus sabe que não sou Helena, a Bela. Assim, ele deve ter tido um motivo, sabendo que haveria uma saída. O que significa que posso libertá-lo.

Meia-Noite inclinou a cabeça de lado. – Pensei que você estivesse apaixonada e que por isso estava arriscando as profundezas do meu reino em nome dele. Mas não é isso, é?

– Não – respondeu Vasya.

Então a Demônio da Meia-Noite pareceu resignada. – É melhor calçar suas botas. – Olhou para as roupas úmidas de Vasya com um olhar crítico. – Você vai sentir frio.

◇

Ficou realmente frio. A primeira sensação que Vasya teve desse frio foram cristais de gelo quebrando sob suas botas à medida que ela caminhava entre meias-noites. O cheiro vegetal do verão assumiu um tom terroso, mais selvagem; as estrelas tornavam-se afiadas como pontas de espadas quando não eram levadas rapidamente por nuvens desabaladas. O farfalhar suave das folhas de verão tornou-se um chacoalhar seco, e depois nada, apenas árvores desfolhadas contra o céu. E a seguir, entre uma meia-noite e outra, os pés de Vasya romperam uma crosta de neve líquida. Ded Grib estacou abruptamente.

– Não posso continuar, vou definhar. – Olhava a matéria branca com pavor.

Vasya ajoelhou-se frente ao pequeno espírito do cogumelo. – Você consegue voltar para o lago sozinho? Eu preciso seguir em frente.

Ele parecia miserável. Seu brilho verde apagado oscilou. – Eu sempre consigo voltar para o lago. Mas prometi.

– Você manteve sua promessa. Você me arrumou comida, me encontrou depois da enchente. – Ela tocou em sua cabeça, deu-lhe mais um pedaço de pão da sua cesta, e disse, numa súbita inspiração: – Talvez você pudesse falar com os outros *chyerti* em meu nome. Diga a eles que eu... que eu...

Ded Grib animou-se. – Sei o que vou dizer a eles.

Sob certo aspecto, isso era preocupante. Ela abriu a boca, depois pensou melhor. – Tudo bem – concordou. – Mas...

– Tem certeza de que não quer voltar para o lago? – perguntou Ded Grib. Olhou para a neve com aversão. – Está escuro, frio e o chão é duro.

– Não posso. Ainda não – respondeu Vasya. – Mas um dia. Quando isso terminar. Talvez você possa me mostrar onde crescem os *lisichki*.

– Muito bem – disse Ded Grib com tristeza. – Lembre-se de dizer a quem perguntar que fui o primeiro. – Ele desapareceu, não sem alguns olhares para trás.

Vasya endireitou-se e olhou adiante. As meias-noites invernais espalhavam-se à frente deles: bosques gelados, cursos d'água imobilizados pelo gelo e talvez perigos que ela não podia ver, escondidos nas trevas. Um vento gelado passou rápido sobre eles, fazendo com que Pozhar, em sua pelagem de verão, abanasse o rabo energicamente e abaixasse as orelhas.

– Estamos avançadas em seu país agora? – Vasya perguntou a Polunochnitsa.

– Estamos – ela respondeu. – Estas são as meias-noites invernais, e começamos no verão.

– A *domovaya* disse que eu não poderia voltar se a estação mudasse.

– Nas terras junto ao lago – observou Polunochnitsa. – Mas aqui é Meia-Noite. Você pode ir aonde quiser em Meia-Noite. Qualquer lugar, qualquer estação. Só que, nesta distância de onde você começou, não deve adormecer.

– Então vamos em frente – disse Vasya, dando uma olhada para o céu congelado.

Caminharam em silêncio. Ocasionalmente, havia um tinido quando o casco de Pozhar acertava uma pedra sob a neve. Mas só isso. Passavam como fantasmas sobre a terra silenciosa.

Num momento, andavam por uma escuridão rasgada por nuvens, mas, no momento seguinte, a lua reluzia, quase clara demais para os olhos de Vasya ajustados à noite. Então uma grande lufada de vento fustigava seu cabelo. Foi ficando ainda mais frio conforme andavam, a região mais selvagem. A neve ferroava seu rosto.

A certa altura, Polunochnitsa disse, abruptamente. – Se você tivesse tentado usar seu próprio vínculo com o Rei do Inverno, morreria rapidamente, perdida. Você tinha razão; é muito instável de mortal para imortal, e há muitas meias-verdades entre vocês. Mas eu nunca... o Urso nunca... pensei nos cavalos.

Vasya retrucou: – Não existe vínculo algum agora entre mim e o Rei do Inverno. O colar foi destruído.

– Absolutamente nenhum? – Meia-Noite parecia se divertir.

– Desejo mal colocado foi tudo que sempre houve – Vasya insistiu. – Não o amo.

Quanto a isso, Meia-Noite não fez comentário.

Vasya desejou que elas pudessem demorar-se porque começou a perceber lampejos de coisas a distância, cidades em festa no topo de altas colinas, de onde os gritos de foliões à luz de tochas chegavam com clareza a seus ouvidos.

– Existem países mais distantes, mais estranhos – relatou Meia-Noite. – Lugares onde, para se chegar, é preciso viajar por muito tempo no escuro. Lugares onde talvez você nunca conseguisse ir porque sua alma não os compreenderia. Lugares que não são parte do seu período de vida de meias-noites. Eles são de quando seu ancestral mais antigo nasceu, ou de quando seu descendente mais distante morrer. Nem eu consigo chegar a todos eles. Por isso, sei que um dia deixarei de existir e nem toda meia-noite na vida do mundo conhecerá meu poder.

Vasya sentiu certa excitação bem lá no fundo. – Gostaria de ver os limites mais extremos do seu país – comentou. – Banquetear em cidades estranhas, partir o pão da meia-noite em uma casa de banhos antes de um casamento, ou ver a lua sobre o mar.

Meia-Noite olhou-a de esguelha. – Você é uma menina estranha para querer esse perigo. E tem muito a fazer antes de pensar em viajar por Meia-Noite ou qualquer outro lugar.

– E, no entanto, pensarei no futuro – Vasya replicou. – Para me lembrar que o presente não dura para sempre. Um dia, pode ser que reveja meu irmão Alyosha e minha irmã Irina. Posso ter uma casa que seja minha, um lugar, um propósito, uma vitória. O que é o presente sem o futuro?

– Não sei – respondeu Meia-Noite. – Os imortais não têm futuro, só o agora. É nossa bênção e nossa grande maldição.

Estava ficando cada vez mais frio. Vasya começou a tremer. Estrelas grandes e glaciais brilhavam no alto. O céu estava claro por entre as árvores desnudas. Agora, a cada passo, seus pés penetravam em neve profunda.

Vasya começou a cambalear, zonza de cansaço. Apenas o medo mantinha-a acordada.

Por fim, Voron e Pozhar pararam. Um córrego estreito, azul de gelo, estendia-se à frente. Além dele, havia uma pequena aldeia cercada por paliçada. Era uma noite de inverno totalmente clara. As estrelas estendiam-se ao alto, densas como água derramada de um balde descuidado.

As casas tinham buracos para a fumaça, não chaminés. Os lugares sob os beirais eram entalhados, mas não pintados, e a paliçada era baixa e simples, projetada para manter as vacas e as crianças dentro, não os saqueadores fora. O mais estranho de tudo: não havia igreja. Em toda sua vida, Vasya nunca tinha visto uma comunidade sem igreja. Era como ver uma pessoa sem cabeça.

– Onde estamos? – perguntou.

– No lugar que você buscava.

16

AS AMARRAS DO REI DO INVERNO

— Morozko está aqui? – Vasya perguntou. – *Isso* é uma prisão para um Demônio do Inverno?

– É – respondeu Meia-Noite.

Vasya olhou para a aldeia. O que *ali* poderia manter o Rei do Inverno aprisionado?

– A égua branca, a cisne, está perto? – perguntou a Pozhar.

A égua levantou sua cabeça dourada. *Está*, disse. *Mas tem medo. Tem esperado por ele há muito tempo no escuro. Vou encontrá-la. Ela precisa de mim.*

– Muito bem – concordou Vasya. Colocou a mão no pescoço de Pozhar. A égua nem ao menos mordeu. – Obrigada. Quando a vir, diga que vou tentar salvá-lo.

Pozhar bateu o pé. *Direi*. Virou-se e saiu galopando, levantando neve e derretendo-a, o corte em sua perna já quase curado.

– Obrigada – disse Vasya a Polunochnitsa.

– Você está indo para a sua morte, Vasilisa Petrovna – retrucou Meia-Noite. Mas, agora, havia dúvida em sua voz. Seu garanhão negro arqueou o pescoço e soprou de leve. Ela coçou sua cernelha, cismada.

– Mesmo assim – insistiu Vasya –, obrigada. – Começou a seguir seu doloroso caminho em direção à aldeia. Podia sentir Meia-Noite observando-a. Pouco antes de estar fora do alcance de suas palavras, Meia-Noite gritou, como se não pudesse evitar. – Vá para a casa grande. Mas não diga a ninguém quem você é.

Vasya olhou para trás, acenou com a cabeça e prosseguiu.

Ela poderia esperar que a prisão de Morozko fosse parecida com a clareira do Urso. Ou talvez fosse uma torre trancada e vigiada, ele preso no alto, como uma princesa. No mínimo, teria esperado que fosse um lugar estival no qual ele estivesse fraco e impotente. Mas aquilo era apenas uma aldeia. No inverno. Jardins encontravam-se adormecidos debaixo de neve: animais cochilavam em seus estábulos aquecidos. Apenas uma casa bem no centro emitia luz e barulho. A fumaça saía de um buraco no telhado. Ela pôde sentir o cheiro de carne assando.

Como Morozko poderia estar ali?

Vasya ultrapassou a paliçada e foi sorrateira até a casa grande.

Estava bem perto quando a neve recém-caída do pátio da entrada estremeceu e surgiu um *chyert*. Vasya estacou abruptamente. Era o *dvorovoi*, o guardião do pátio, e não era minúsculo como todos os outros *dvorovoiye* que ela conhecia. Era alto como ela, os olhos intensos.

Vasya fez uma reverência num respeito cauteloso.

– Forasteira, o que faz aqui? – ele rosnou.

Ela tinha a garganta e a boca secas, mas conseguiu responder: – Avô, vim para o banquete. – Não era bem uma mentira. Estava com fome. As rações de acampamento de Ded Grib pareciam coisas do passado.

Silêncio. Então, o *dvorovoi* disse: – Você veio de muito longe só para o banquete.

– Também estou aqui pelo Rei do Inverno – ela admitiu, em voz baixa. Era difícil enganar um espírito doméstico, e estúpido tentar.

Os olhos do *dvorovoi* analisaram-na. Ela prendeu a respiração. – Então, passe pela porta – ele disse, simplesmente, e desapareceu dentro da neve mais uma vez.

Poderia ser tão simples? Impossível, mas Vasya foi em direção à porta. Houve época em que adorava banquetes. Agora tudo o que escutava era um excesso de barulho, só conseguia sentir cheiro de fogo. Com estranho distanciamento, olhou para sua mão e viu que tremia.

Juntando coragem, subiu a escada em meio a hastes com luzes de lampião. Um cachorro começou a latir, depois outro, um terceiro, todo um coro. No minuto seguinte, a porta abriu-se, rangendo no frio.

Mas não foi um homem que saiu ou, como Vasya temia, vários homens com espadas. Foi uma mulher, sozinha. Veio acompanhada por uma enxurrada de ar quente e fumacento impregnado com cheiro de comida.

Vasya ficou parada, todo seu ser concentrado em não fugir para as sombras.

O cabelo da mulher tinha cor de bronze dourado. Seus olhos eram como contas de âmbar. Era quase tão alta quanto Vasya. A *grivna* em seu pescoço era de ouro. Também havia ouro em seus pulsos e nas orelhas, incrustado em seu cinto, trançado em seu cabelo.

Vasya sabia como devia ser sua aparência para aquela mulher: com olhos espantados depois da longa escuridão, lábios trêmulos de frio e terror, roupas estalando de gelo. Tentou soar perfeitamente lúcida ao dizer "Deus esteja convosco", mas sua voz estava rouca e fraca.

– O *domovoi* contou que tínhamos uma visita – a mulher disse. – Quem é você, forasteira?

O domovoi? Ela podia ouvir...? – Sou uma viajante – Vasya respondeu. – Vim pedir jantar e um lugar para dormir.

– O que uma donzela está fazendo viajando sozinha em pleno inverno? E vestida desse jeito?

Lá se foram suas roupas de menino. Vasya replicou, com cuidado: – O mundo não é gentil com uma donzela sozinha. É mais seguro se vestir como menino.

O vinco entre os olhos da mulher aprofundou-se. – Você não tem uma funda, nem uma trouxa, nem animal. Não está vestida para passar nem mesmo uma noite ao relento. De onde você vem, menina?

– Da floresta – Vasya improvisou. – Caí no rio e perdi tudo que tinha.

Era quase verdade. A mulher franziu o cenho. – Então, por quê... – Fez uma pausa. – Consegue *ver*? – perguntou num tom diferente. Subitamente, parecia numa mescla de medo e ansiedade.

Vasya sabia o que ela queria dizer. *Não diga a ninguém quem você é.* – Não – disse de imediato.

A expressão ansiosa diminuiu nos olhos da mulher. Ela suspirou. – Bom, era esperar demais. Venha, há senhores visitando de todos os cantos com seus criados; você não será notada. Pode comer no salão e ter um lugar quente para dormir.

– Obrigada – agradeceu Vasya.

A mulher fulva abriu a porta. – Sou Yelena Tomislavna – apresentou-se. – O lorde é meu irmão. Entre.

Com o coração disparado, Vasya acompanhou-a para dentro da casa. Podia sentir o *dvorovoi* às suas costas. Observando.

◆

YELENA TOCOU NO OMBRO de uma criada. Elas trocaram algumas palavras. Vasya só conseguiu escutar de Yelena "voltar para nosso convidado". Uma expressão estranha de empatia cruzou o rosto da velha criada.

Então, a criada precipitou-se com Vasya para dentro de um porão cheio de arcas, trouxas e barris. Murmurando consigo mesma, começou a vasculhar. – Nada de mal vai lhe acontecer aqui, pobre donzela – ela disse. – Tire essas roupas; vou lhe arrumar algo limpo.

Vasya percebeu que argumentar poderia fazer com que fosse posta para fora. – Como quiser, *babushka* – aceitou, e começou a se despir. – Mas gostaria de guardar minhas velhas roupas.

– Bom, é claro – concordou a velha criada, com delicadeza. – Nunca jogue fora deliberadamente. – Ao ver os machucados de Vasya, estalou a língua e disse: – Obra de marido ou pai, não me importa. Menina corajosa, vestir-se como menino e fugir. – Voltou o rosto cortado de Vasya para a luz e franziu a testa em dúvida. – Talvez, se você ficar aqui e der duro, o senhor lhe dê um pequeno dote e você possa achar um novo marido.

Vasya não sabia se deveria rir ou se sentir envergonhada. A criada enfiou um camisolão de linho grosso pela cabeça da garota. Por cima dele, foi posto um pedaço de tecido, solto na frente e atrás, depois preso com um cinto. Para os pés, *bast*, sapatos de fibras de casca de árvore. A criada deu um tapinha na cabeça de cabelos pretos e rentes de Vasya e arrumou um lenço. – O que passou pela sua cabeça, menina, para cortar seu cabelo?

– Eu estava viajando como menino – Vasya lembrou a ela. – É mais seguro. – Enfiou o rouxinol de madeira dentro da manga do seu camisolão. As roupas cheiravam a cebola e à sua dona anterior, mas eram quentes.

– Venha para o salão – a criada disse, depois de um silêncio piedoso. – Vou te arrumar um jantar.

◇

O CHEIRO DO BANQUETE atingiu-a primeiro: suor, hidromel e carne gordurosa assada em um grande buraco com carvões no centro de um longo salão. O cômodo estava lotado de pessoas ricamente vestidas; seus adereços reluziam cobre e ouro no enevoado da fumaça. O calor subia, fazendo o ar dançar, até um buraco no centro do telhado. Uma única estrela brilhava no escuro, engolida pela fumaça ascendente. Criados traziam cestos de pão fresco, salpicados de neve. Vasya, tentando olhar em todas as direções ao mesmo tempo, quase tropeçou em uma cadela de caça que, resmungando, tinha se retirado para um canto com sua ninhada e um osso.

A serviçal fez Vasya sentar-se em um banco. – Fique aqui – pediu, interceptando um pão e uma xícara. – Beba à vontade e veja o que puder do pessoal abastado. A festa durará até o amanhecer. – Ela pareceu notar o nervoso da menina e acrescentou, com delicadeza – Ninguém te fará mal. Logo você será posta para trabalhar. – Dizendo isso, foi embora. Vasya foi deixada a sós com sua refeição e a mente cheia de perguntas.

– É a própria irmã do lorde que ele quer – disse um homem a outro, passando às pressas, pisando em um dos filhotes da cadela.

– Bobagem – retrucou o companheiro num tom grave, controlado. – Ela está para se casar. *Ele* não abrirá mão dela nem mesmo para o Rei do Inverno.

– Não terá escolha – disse a primeira voz, expressivamente.

Vasya pensou: *Então, Morozko está aqui*. Franzindo o cenho, enfiou o pão na manga e levantou-se. A comida fez um leve peso reconfortante em seu estômago. O vinho esquentou e relaxou seus membros.

Ninguém reparou nela se levantando; ninguém nem mesmo olhou em sua direção. Por que deveriam?

Exatamente então, a multidão abriu-se e permitiu que ela olhasse as pessoas ao redor do buraco de fogo.

Morozko estava ali.

Sua respiração ficou presa na garganta.

Ela pensou: *ele não é prisioneiro*.

Estava sentado no melhor lugar, junto ao fogo. As chamas douravam seu rosto, lançavam brilhos de ouro na escuridão cacheada do seu cabelo. Estava vestido como um príncipe: jaqueta e camisa, ambas duras de bordados; pele nos punhos e no colarinho.

Os olhos deles encontraram-se.

Mas o rosto de Morozko não mudou; não demonstrou tê-la reconhecido. Virou a cabeça para falar com alguém sentado a seu lado. Então, a brecha entre a multidão fechou-se com a mesma rapidez que abriu. Vasya ficou abalada, esticando a cabeça em vão.

O que o mantém aqui, senão a força?

Teria ele, sinceramente, não a reconhecido?

A cadela no chão rosnou. Vasya, a quem a multidão empurrava cada vez mais para perto da parede, viu-se tentando não pisar no animal. – Não daria para você amamentar num lugar mais calmo? – perguntou à cadela, e então um homem foi de encontro a ela, bêbado. Vasya cambaleou junto à parede, fazendo a cadela levantar-se, tentando morder.

O homem imprensou Vasya contra a madeira escurecida pela fumaça. Desajeitado pela bebida, correu a mão pelo seu corpo. – Bom, você tem olhos como poças verdes ao crepúsculo – disse, enrolando as palavras. – Mas sua patroa não te dá comida?

Cutucou com o dedo indicador a lateral do seu seio, como que inclinado a descobrir por si mesmo. Sua boca aberta desceu sobre a dela.

Vasya sentiu sua pulsação acelerar-se furiosa de encontro ao peito do homem. Sem uma palavra, jogou todo seu peso contra ele, alheia à tensão das suas costelas ainda doloridas, e escapou por entre o homem e a parede.

Ele quase caiu. Ela tentou desaparecer no meio das pessoas, mas o homem recuperou-se, agarrou seu braço e a girou de volta. Uma expressão de orgulho ferido substituíra seu sorriso. À volta deles, cabeças viraram-se.

– É assim que me trata? – ele perguntou. – Na noite do solstício também! Que homem iria querer você com essa boca de sapo, pequena fuinha? – ele parecia ardiloso. – Dê o fora. Devem estar querendo hidromel ali, na mesa alta.

Vasya não respondeu, mas buscou a lembrança do fogo. As chamas do buraco do fogo arderam, estalando. Os que estavam mais próximos afastaram-se do calor; toda a multidão ondulou. Perdendo o equilíbrio, o aperto do homem relaxou. Vasya livrou-se dele, misturando-se com as pessoas. O calor e o cheiro forte de pessoas aglomeradas deu-lhe enjoo; às cegas, foi até a porta e saiu para a noite aos tropeços.

Por longos momentos, ficou parada na neve, lutando para respirar. A noite estava límpida e fria. Por fim, ela se acalmou.

Não queria voltar para dentro, mas Morozko estava lá, de certo modo aprisionado. Precisava aproximar-se. Precisava descobrir a natureza das suas amarras.

Então, pensou, talvez o homem estivesse certo. Que jeito melhor de se aproximar do Rei do Inverno sem ser notada do que como uma criada trazendo vinho?

Deu uma última respirada na noite gélida. O aroma do inverno parecia perdurar à sua volta como uma promessa.

Voltou a mergulhar no turbilhão lá de dentro. Estava vestida como criada; não foi difícil conseguir um odre. Carregando-o com cuidado, sentindo a tensão do peso em seu corpo surrado, Vasya esgueirou-se por entre as pessoas no salão e chegou ao buraco central do fogo.

O Rei do Inverno estava sentado o mais perto das chamas.

A respiração travou na garganta de Vasya.

Morozko tinha a cabeça descoberta; o fogo dourava o negrume do seu cabelo. Seus olhos eram de um azul sem profundidade e belo. Mas quando o olhar dos dois se encontrou, o dele ainda não demonstrou reconhecimento.

Seus olhos estavam... jovens?

Jovens?

A última vez em que Vasya o vira, ele estava frágil como um floco de neve, com o olhar inacreditavelmente velho, no inferno de Moscou em chamas. *Chame a neve*, ela havia lhe implorado. *Chame a neve*. Ele chamou e depois esvaiu-se com o amanhecer.

Suas últimas palavras foram uma confissão relutante: *Amei você da maneira que pude.* Ela jamais esqueceria sua aparência então. Sua expressão e as marcas das suas mãos estavam impressas em sua memória.

Mas não na memória dele. Os anos haviam desaparecido do seu olhar. Ela não sabia o quanto eles haviam pesado até ver que tinham desaparecido.

Seu olhar ocioso encontrou o de Vasya, desviou-se e acendeu-se na mulher ao seu lado. A expressão de Yelena pairava entre o medo e... algo mais. Ela era linda. O ouro em seus pulsos e na garganta reluzia baço à luz do fogo. Enquanto Vasya observava, Morozko inclinou sua cabeça escura e selvagem para murmurar ao ouvido de Yelena, e ela se inclinou mais para perto dele.

O que poderia aprisionar um Demônio do Gelo? Vasya pensou, subitamente irritada. Amor? luxúria? Era por isso que ele estava ali enquanto toda Rus' corria perigo? Uma mulher de cabelo dourado? Ele estava muito claramente ali porque desejava estar.

E, no entanto, Rus' corria perigo porque Morozko tinha cedido sua liberdade para salvá-la da fogueira. *Por que ele fez isso? Por quê? E como pode ter esquecido?*

Então ela pensou: *Se eu quisesse aprisionar alguém até o fim dos dias, não seria melhor usar uma prisão de onde ele não quisesse escapar? Aqui, neste palácio, nesta meia-noite, a humanidade pode vê-lo; eles o temem e o amam em igual medida. O que mais ele pode desejar? O que mais ele sempre quis em todos os anos da sua vida?*

Todos esses pensamentos passaram rapidamente pelo seu cérebro, e então Vasya se recompôs e aproximou-se do lugar onde o Rei do Inverno estava sentado ao lado da irmã do lorde. Segurava o odre à sua frente como um escudo.

O Rei do Inverno inclinou-se novamente para a mulher, segredando mais palavras em seu ouvido.

Um movimento súbito atraiu o olhar de Vasya. Outro homem observava o casal do outro lado do buraco do fogo. Seu bordado e seus ornamentos indicavam alto nível hierárquico; seus olhos estavam grandes e escuros de dor. O movimento súbito tinha sido o precipitar involuntário da sua mão para o punho da sua espada. Enquanto Vasya observava, ele foi soltando, dedo por dedo. Vasya não soube o que o que pensar daquilo.

Seus pés aproximaram-na do Rei do Inverno e da mulher fulva a seu lado. Imaginou que deveria baixar os olhos, encher os copos e retirar-se furtivamente. Mas, em vez disso, se adiantou naturalmente, seus olhos nos olhos do Demônio do Gelo.

Ele ergueu o olhar e então, parecendo se divertir, assistiu-a se aproximando.

No último segundo, Vasya abaixou o olhar e inclinou a pele para encher os copos.

Uma mão fina, fria e conhecida fechou-se em seu pulso. Vasya deu um salto para trás, espirrando hidromel sobre todos eles.

Yelena conseguiu virar-se, evitando que o vinho manchasse seu vestido. Então, reconheceu Vasya: – Volte – disse a ela. – Não é sua função servir-nos, menina.

Para Vasya, pareceu que ela estava transmitindo um aviso por trás dessas palavras: Morozko, orgulhoso, jovem, com a morte em suas longas mãos, era perigoso.

Ele não tentou reter seu pulso quando ela pulou para longe dele. Agora ela tinha certeza de que ele não a conhecia. Qualquer vínculo que tivessem compartilhado, fome, paixão relutante, já não existia.

– Desculpe-me – Vasya disse à mulher. – Só queria retribuir sua hospitalidade.

Seus olhos não se desviaram dos olhos do Demônio do Gelo. O olhar dele, sem pressa e sem admiração, percorreu seu rosto magro, seu corpo. Ela se sentiu enrubescer.

– Não conheço você – Morozko disse.
– Eu sei que não – respondeu Vasya.

Yelena enrijeceu-se, seja pelas palavras de Vasya, seja pelo seu tom. Morozko olhou para o braço da garota. Ela também olhou, viu a pele marcada de branco no lugar onde ele a tocara.

– Você veio me pedir um favor? – ele perguntou.

– Pretende me conceder um? – perguntou Vasya.

Yelena disse asperamente: – Tolinha, vá embora.

Ainda nenhuma centelha de reconhecimento nos olhos do Demônio do Gelo, mas ele estendeu um único dedo e tocou na parte interna do pulso dela. Vasya sentiu seus batimentos acelerarem-se sob seu dedo, embora só um pouco. O andar do seu coração havia considerado vida, morte e coisas no espaço entre uma e outra sem, contudo, falhar.

O olhar de Morozko estava bem frio. – Peça – ele disse.

– Venha embora comigo – pediu Vasya. – Meu povo precisa de você.

Horror e choque no rosto de Yelena.

Ele apenas riu. – Meu povo está aqui.

– Está. E também em outro lugar. Você esqueceu – ela replicou.

Os dedos frios soltaram-na abruptamente. – Não esqueço de nada.

Vasya perguntou: – Se estou mentindo, Rei do Inverno, então por que arriscaria minha vida vindo até você neste salão no solstício de inverno?

– Por que você não tem medo de mim? – ele não tentou tocá-la novamente, mas um vento gelado agitou o salão, azulando a luz do fogo e diminuindo o falatório.

Yelena passou os braços em torno de si mesma. Um silêncio perpassou pela multidão barulhenta. Vasya quase riu. *Isso* tinha a intenção de deixá-la com medo? Fogo azul? Depois de todo o resto?

– Não tenho medo de morrer – respondeu. Não tinha. Caminhara por aquela estrada. Não havia nada em sua gélida imobilidade, na vastidão de estrelas, que pudesse amedrontá-la. O sofrimento era para os vivos. – Por que deveria temê-lo?

Os olhos dele estreitaram-se. Vasya percebeu que uma quietude tinha se instalado ao redor do fogo, como os passarinhos quando um falcão vem planando.

– Por que, de fato? – Morozko questionou, sustentando seu olhar. – Os tolos frequentemente são corajosos porque não entendem. Deixe-nos, menina, como manda sua senhora. Respeitarei sua coragem e esquecerei sua tolice. – Ele se virou para outro lado.

Yelena esmoreceu. Parecia pega entre o desapontamento e o alívio.

Sem saber o que fazer, Vasya escapuliu de volta para a multidão, a mão melada de hidromel, o pulso formigando onde a mão dele havia pousado. Como poderia fazê-lo se lembrar?

– Ela o desagradou, senhor? – Vasya escutou Yelena perguntar, num misto de curiosidade e censura.

– Não – disse o Demônio do Gelo. Ela podia senti-lo observando-a ir. – Mas nunca encontrei ninguém que não tivesse medo.

As pessoas afastaram-se de Vasya quando ela passou entre elas, como se estivesse acometida de alguma doença. A velha criada apressou-se atrás dela, pegou em seu cotovelo, livrou-a do odre e resmungou em seu ouvido: – Sua maluca, o que foi que te deu para se aproximar do Rei do Inverno desse jeito? A senhora é quem lhe serve hidromel. Ela concentra o olhar dele em si mesma; este é o seu dever. Você sabe o que acontece com meninas que chamam sua atenção?

Sentindo, subitamente, frio, Vasya perguntou: – O quê?

– Ele poderia ter escolhido você, sabia? – murmurou a mulher exatamente quando Yelena levantava-se. Estava pálida, mas controlada.

Fez-se um silêncio mortal.

O sangue começou a pulsar nos ouvidos de Vasya. No conto de fadas, um pai levou as filhas para a floresta e deixou-as ali, primeiro uma, depois outra, noivas do Rei do Inverno. O Rei do Inverno mandou uma para casa com seu dote. Matou a outra.

– *Houve tempo em que donzelas eram estranguladas na neve* – Morozko havia dito. – *Para pleitear a minha bênção.*

Houve tempo? Ou agora? Que meia-noite é esta? Vasya conhecia a história de fadas, mas nunca a havia imaginado: uma mulher separada do seu povo, o Demônio do Gelo sumido na floresta.

Sumido, mas não sozinho.

Houve tempo em que se nutriu de sacrifícios.

Morozko e Medved já foram iguais, ela pensou, com os lábios frios. No rosto do Rei do Inverno havia uma alegria clara e impensável, a fome do falcão quando estraçalha o coelho.

Ele se levantou e pegou a mão da mulher.

A toda volta, nova tensão começou a se formar.

Em meio ao silêncio, ouviu-se um único som; o tilintar de uma espada desembainhada. Cabeças viraram-se. Era o homem de olhos escuros, que não conseguira manter a mão longe do punho da sua espada. Seu rosto era pura agonia.

– Não – ele protestou –, escolha outra; você não deve ficar com ela.

Muitas mãos tentaram refreá-lo, mas ele se soltou, lançou-se à frente e girou a espada para o Rei do Inverno em um único golpe cego.

Morozko não estava armado, mas não tinha importância. Com a mão vazia, pegou a espada que descia. Um puxão e uma torção e a espada retiniu no chão, envolta em gelo. A mulher fulva gritou. O homem de olhos escuros empalideceu.

A mão de Morozko verteu água como se fosse sangue, mas só por um momento. O lugar do corte viu-se coberto de gelo, vedado.

O Rei do Inverno disse baixinho: – *Atreva-se*.

Yelena caiu de joelhos. – Por favor – implorou. – Não o machuque.

– Não leve ela – pediu o homem, encarando o Rei do Inverno com mãos vazias. – Precisamos dela. Eu preciso dela.

Silêncio mortal.

Morozko, com uma ruga entre as sobrancelhas, poderia ter hesitado.

Naquele momento, a própria Vasya adentrou o espaço aberto a passos firmes. Seu lenço tinha caído da cabeça. Todos se viraram para ela.

Ela disse: – Deixe-os ir, Rei do Inverno.

Lembrava-se de Moscou, caminhando pela neve enlameada em direção à sua própria morte. Era uma lembrança amarga, que a fez ter raiva na voz ao dizer: – É esse o seu poder? Pegar mulheres no salão dos seus pais no solstício de inverno? Matar seus amantes também quando tentam te impedir?

Sua voz ressoou pelo salão. Ergueram-se gritos de raiva. Mas ninguém ousou invadir o espaço ritual mais próximo do buraco do fogo.

A mão de Yelena surgiu furtivamente e agarrou a do homem. Seus nós dos dedos estavam brancos como ossos. – Meu senhor – sussurrou –, é apenas uma menina tola, louca, que veio da neve como mendiga na noite do solstício de inverno. Não lhe dê atenção. Sou o sacrifício para o meu povo. – Mas não soltou a mão do homem.

Morozko encarava Vasya. – Não é o que essa menina pensa – disse.

– Não, não é – replicou Vasya. – Escolha a mim. Depois, faça seu sacrifício, se puder.

Todos no salão recuaram. Mas Morozko riu; livre e selvagem, tão parecido com o Urso que ela mesma se encolheu. Nos olhos dele havia uma centelha de uma alegria inconsciente.

– Então venha cá – ele disse.

Ela não se moveu.

Ele fixou os olhos nos dela. – Pretende *lutar*, pequena donzela?

– Pretendo – respondeu Vasya. – Se quer o meu sangue, tome-o.

– Por que deveria, quando existe outra mais bela do que você à minha espera?

Vasya sorriu. Algo na irracional alegria dele, no desafio, na batalha, ecoou em seu coração. – Que prazer há nisso, Rei do Inverno?

– Muito bem – ele disse. Tirou uma faca e investiu. Ao se mover, a faca captou a luz com uma centelha ondulante, como se a lâmina fosse feita de gelo.

Vasya recuou com os olhos na arma. Morozko havia lhe dado sua primeira faca e ensinado como usá-la. A maneira como ele se movia estava impregnada em sua consciência, mas aquele ensinamento paciente era muito diferente da...

Ela puxou uma faca do cinto de um dos espectadores. O homem olhou para ela espantado, sem palavras. A faca tinha cabo curto; era um ferro simples e mortal contra o gelo cintilante do Rei do Inverno.

Vasya abaixou-se perante o golpe de Morozko e levantou-se no lado oposto da fogueira, amaldiçoando seus sapatos rústicos. Chutou-os para longe, sentindo o chão gelado sob os pés.

A multidão ficou calada, assistindo.

– Por que veio até mim? – ele perguntou a ela. – Está tão ansiosa para morrer?

– Julgue por si mesmo – Vasya sussurrou

– Não... – ele disse. – Então por quê?

– Porque pensei que te conhecesse.

O rosto dele endureceu. Ele se moveu novamente, mais rápido. Ela se defendeu, mas mal; a lâmina dele pegou-a desprevenida e raspou no seu ombro. Sua manga rasgou-se e o sangue escorreu pelo seu braço. Ela não poderia se equiparar a ele, mas não precisava. Só precisava fazê-lo se lembrar. De algum jeito.

À toda sua volta, as pessoas ficaram em silêncio, assistindo como na arena do lobo quando o cervo é encurralado.

O cheiro forte do seu sangue deixou claro para Vasya que aquela encenação era real para eles. Parecera uma história de fadas para ela, um jogo num país distante. Talvez ele jamais se lembrasse dela. Talvez a matasse.

Meia-Noite sabia que isso aconteceria. *Bom*, Vasya pensou, melancolicamente, *afinal de contas, eu sou o sacrifício.*

Ainda não. Ela se viu tomada pela fúria. Atacou repentinamente sob a defesa de Morozko e arrastou a faca pelas suas costelas. O ferimento verteu água gelada. Da multidão, veio um som abafado de espanto.

Ele caiu para trás. – Quem é você?

– Sou uma bruxa – respondeu Vasya. Sangue corria por sua mão, agora, atrapalhando sua empunhadura. – Colhi campânulas brancas no solstício de inverno, morri por minha livre escolha e chorei por um rouxinol. Agora, estou além da profecia. – Pegou a faca dele no travessão da dela, punho com punho. – Atravessei três vezes nove reinos para encontrá-lo, meu senhor. E descubro-o se divertindo, esquecido.

Ela o sentiu hesitar. Algo mais profundo do que a lembrança atravessou seus olhos. Poderia ter sido medo.

– Lembre-se de mim – pediu Vasya. – Uma vez você me pediu para me lembrar de você.

– Eu sou o Rei do Inverno – ele disse, e com ferocidade: – Que necessidade tenho da lembrança de uma menina? – Moveu-se novamente, agora sem brincar. Pressionou a lâmina de Vasya para baixo, deixando-a sem defesa; a faca dele cortou os tendões do seu punho. – Não te conheço. – Estava imóvel como o inverno bem antes do degelo. Em suas palavras, ela escutou o eco do seu fracasso.

E, no entanto, ele tinha os olhos em seu rosto. Sangue escorria pela ponta dos seus dedos. Ela esqueceu que o fogo não era azul e, num instante, ele irrompeu num dourado brilhante. Todos gritaram.

– Você poderia se lembrar de mim se tentasse. – ela retrucou, tocando-o com a mão sangrenta.

Ele hesitou. Ela poderia jurar que ele hesitou. Mas não passou disso. A mão dela abaixou. O Urso havia vencido.

Tentáculos de um nevoeiro escuro insinuaram-se nas bordas da sua visão. Seu pulso tinha um corte profundo, a mão estava inútil, o sangue escorria para abençoar as tábuas daquela casa.

– Vim te encontrar – ela disse. – Mas se você não se lembra de mim, então fracassei. – Houve um bramido em seus ouvidos. – Se algum dia você voltar a ver seu cavalo, diga a ele o que aconteceu comigo. – Ela oscilou e caiu no limite da consciência.

Ele a segurou antes que ela fosse ao chão. Em seu aperto frio, ela se lembrou de uma estrada de onde não havia volta, uma estrada em uma floresta cheia de estrelas. Podia ter jurado que ele blasfemou baixinho. Em seguida, pôde sentir seu braço sob seus joelhos, sob seus ombros, e ele a ergueu.

Carregando-a, ele deixou a passos firmes o grande salão do banquete.

17

LEMBRANÇA

Ela não estava exatamente inconsciente, mas o mundo tinha ficado cinza e imóvel. Sentiu cheiro de pinheiro e de noite tingida de fumaça. Ao inclinar a cabeça para trás, viu estrelas, todo um mundo de estrelas, como se voasse entre o céu e a terra como aquele diabo errante. Os pés do Demônio do Gelo não rangiam na neve, sua respiração não soltava fumaça na noite fria. Escutou o estalo de dobradiças endurecidas de gelo. Cheiros novos, bétulas verdes, fogo e putrefação. Foi colocada sem cuidado sobre algo duro e chiou quando o impacto do gesto abalou seus ossos e ferimentos. Levantou o braço e viu a mão grudenta de sangue, o punho com um corte profundo.

Então lembrou-se: – Meia-noite – arquejou. – Ainda é meia-noite?

– Ainda é meia-noite.

Velas reluziram repentinamente; tocos de cera em nichos na parede. Ergueu o olhar e viu o Demônio do Gelo observando-a.

O ar estava quente e denso. Para sua surpresa, viu que estavam em uma casa de banhos. Tentou sentar-se, mas sangrava rápido demais; era um esforço permanecer consciente. Rangendo os dentes, procurou rasgar um pedaço da sua saia, mas descobriu que não conseguia estando com uma das mãos imprestável.

Levantando a cabeça, disse a ele com rispidez: – Você me trouxe aqui pra me ver sangrando até a morte? Vai ficar decepcionado. Estou me acostumando a cuspir na cara das pessoas com a minha sobrevivência.

– Posso imaginar – ele respondeu com suavidade. Estava em pé, junto a ela. Seu olhar, sardônico, ainda curioso, assimilou seu rosto ferido, desceu até o pulso ensanguentado. Ela o segurava num aperto de ferro, tentando estancar o fluxo de sangue. O rosto dele, o manto e suas mãos brancas estavam sujos com o sangue dela. Usava seu poder como uma outra pele.

— Por que uma casa de banhos? — ela lhe perguntou, tentando controlar a respiração. — Apenas bruxas ou feiticeiras maldosas vão a uma casa de banhos à meia-noite.

— Então está adequado — ele comentou secamente. — E você ainda não sente medo? Com seu sangue esvaindo? De onde vem, forasteira?

— Meus segredos me pertencem — respondeu Vasya entre dentes trincados.

— No entanto, você me pediu ajuda.

— Pedi — ela disse. — E você cortou o meu pulso.

— Você sabia que isso aconteceria no momento em que me desafiou.

— Tudo bem — ela assentiu. — Está tentando descobrir quem sou? Então me ajude ou jamais saberá.

Ele não respondeu, e quando se mexeu, ela não o ouviu, apenas sentiu um sopro de ar frio estranho no calor do cômodo. Ele se ajoelhou em frente a ela. Seus olhos se encontraram. Ela viu uma centelha de desconforto percorrê-lo, como se uma fenda, uma pequena fenda tivesse se aberto no muro de gelo da sua mente. Sem dizer uma palavra, ele colocou a mão em concha e sua palma encheu-se de água. Deixou que a água caísse dentro da ferida do pulso de Vasya.

Onde a água tocava sua carne viva, a dor ardia. Ela mordeu o interior da bochecha para não gritar. A dor passou com a mesma rapidez com que veio, deixando-a abalada com um pouco de enjoo. O corte do pulso desapareceu, restando apenas uma linha branca captando a luz, como se houvesse gelo incrustado na cicatriz.

— Você está curada — ele disse. — Agora, me diga... — Ele se calou. Vasya acompanhou seu olhar. Havia outra cicatriz na palma da sua mão, onde ele a tinha ferido e curado em um outro tempo.

— Eu não menti — replicou Vasya. — Você me conhece.

Ele continuou calado.

— Uma vez, você cortou minha mão com a sua — ela continuou. — Lambuzou seus dedos com o meu sangue. Mais tarde, curou a marca que havia feito. Não se lembra? Você se lembra do escuro, da coisa morta, da noite em que entrei na floresta atrás de campânulas brancas?

Ele se levantou. — Diga-me quem é você.

Vasya forçou-se a também se levantar, embora ainda estivesse zonza. Ele recuou. — Sou Vasilisa Petrovna. Acredita, agora, que te conheço? Acho que sim. Está com medo.

– De uma donzela ferida? – perguntou com menosprezo.

Ela sentiu escorrer suor por sua curva lombar. Uma fogueira no cômodo interno estalava dedos de fogo e mesmo ali, no vestíbulo, estava quente.

– Se *não* pretende me matar – perguntou Vasya – e não se lembra de mim, por que estamos aqui? O que o senhor do inverno tem a dizer a uma criada?

– Você é tanto uma criada quanto eu.

– Pelo menos não sou prisioneira nesta cidade – retrucou Vasya. Estava próxima o suficiente para encará-lo e sustentar seu olhar.

– Sou um rei – ele disse. – Eles fazem banquete em meu louvor, entregam-me sacrifícios.

– Nem sempre as prisões são feitas de muros e correntes. Pretende passar a eternidade banqueteando-se, senhor?

Ele tinha a expressão gelada. – Apenas uma noite.

– Eternidade – ela retrucou. – Você também esqueceu disso.

– Se não consigo me lembrar, então para mim não é eternidade. – Estava ficando zangado. – Que diferença faz? Eles são o meu povo. Você não passa de uma louca que veio atormentar pessoas boas numa noite de solstício de inverno.

– Pelo menos eu não estava planejando matar nenhuma delas!

Ele não respondeu, mas correu um ar frio pela casa de banhos, fazendo as chamas das velas oscilarem. Havia pouco espaço no vestíbulo; eles estavam quase gritando no rosto um do outro. A fenda nas defesas dele alargou-se. Ela não conseguia entender que magia mantinha-o esquecido, mas a emoção trouxe sua memória um pouco mais para perto da superfície. O toque dela também. E seu sangue. O sentimento entre eles ainda estava ali. Ele não precisava se lembrar; sentia, exatamente como ela. E a tinha levado para lá. Apesar de tudo que dissera, a tinha levado para lá.

Vasya sentiu a pele fina, como se um sopro pudesse feri-la. Sempre tinha sido impulsiva em batalha e essa mesma impulsividade tinha-a sob suas garras agora. *Mais profundo do que a memória*, pensou. *Mãe de Deus, perdoe-me*.

Estendeu a mão, que com suas cicatrizes brancas parou a um sopro do rosto dele. Morozko ergueu a dele e fechou os dedos ao redor do punho de Vasya. Por um segundo, ambos ficaram imóveis. Então ele afrouxou o aperto, e ela tocou em seu rosto, os ossos delicados, perenes. Ele não se mexeu.

Em voz baixa, Vasya disse: – Se eu puder adiar minha morte em uma hora, Rei do Inverno, vou me banhar, já que você me trouxe à casa de banhos.

Ele não reagiu, mas sua imobilidade bastou como resposta.

◇

O CÔMODO INTERNO ESTAVA completamente escuro, a não ser pelo brilho das pedras quentes da fornalha. Vasya deixou-o parado atrás dela. Estava abalada com sua própria temeridade. Numa vida cheia de decisões questionáveis, perguntava-se se estaria fazendo a coisa mais idiota de todas.

Tirou suas roupas com determinação, deixando-as em um canto. Despejou água nas pedras e sentou-se com os braços envolvendo os joelhos. Mas o langor abençoado do calor não conseguiu atingi-la. Não sabia se sentia mais medo de que ele fosse embora ou de que não fosse.

Morozko se esgueirou pela porta. No escuro, ela mal podia vê-lo; só sabia da sua presença pela mudança no vapor conforme ele se movimentava por ele.

Vasya levantou o queixo para esconder um medo súbito e disse: – Você não vai derreter?

Ele pareceu ofendido. Mas depois, inesperadamente, caiu na risada. – Tentarei não. – Largou-se com a mesma graça no banco em frente a ela e inclinou-se sobre os joelhos com as mãos entrelaçadas. O olhar dela demorou-se em seus longos dedos.

A pele dele era mais pálida do que a dela. Não deu importância à nudez. Seu olhar era frio e sincero. – Você percorreu uma longa estrada – comentou.

Ela não podia ver seus olhos nas sombras, mas sentiu seu olhar como uma mão. O que quer que ele não tivesse visto da sua pele antes, via agora.

– E não terminou – ela disse. Com dedos hesitantes, tocou na cicatriz do rosto, voltou os olhos para ele indagando-se se estaria medonha, indagando-se se isso teria importância. Ele continuou imóvel. A luz tênue iluminava-o em partes: um ombro, uma reentrância entre as costelas. Ela percebeu que estava analisando-o da cabeça aos pés e que ele a observava fazendo isso. Enrubesceu.

– Você não vai me contar seu segredo? – ele perguntou.

– Que segredo? – retorquiu Vasya, esforçando-se para manter a voz firme. As mãos dele estavam imóveis, mas o olhar ainda traçava as linhas do seu corpo. – Já te disse. Meu povo precisa de você.

Ele sacudiu a cabeça e voltou os olhos para os dela. – Não, tem algo mais. Algo aí em seu rosto todas as vezes em que você me olha.

Amei você da maneira que pude.

– Meus segredos me pertencem, *gosudar* – disse Vasya secamente. – Nós, sacrificados, podemos levar coisas para o túmulo como qualquer pessoa.

Ele ergueu uma sobrancelha. – Nunca conheci uma donzela que parecesse menos propensa a morrer.

– Não estou – replicou Vasya. Ainda sem fôlego, acrescentou. – Mas eu queria mesmo um banho e estou conseguindo um; isso já é alguma coisa.

Ele tornou a rir e seus olhos encontraram-se.

Ele também, Vasya pensou. *Ele também está com medo. Porque tem tanta dúvida quanto eu de onde isso terminará. Mas me trouxe aqui. Ficou. Feriu-me e curou-me. Ele se lembra e não se lembra.*

Antes que perdesse a coragem, Vasya escorregou do banco e ajoelhou-se entre os joelhos de Morozko. A pele dele não tinha se aquecido com o calor. Mesmo na casa de banhos cheirando a vapor, o aroma de pinho, de água fria pairava à sua volta. Seu rosto não mudou, mas a respiração acelerou-se. Vasya se percebeu tremendo. Mais uma vez, estendeu o braço e tocou o rosto dele com a palma da mão.

Pela segunda vez, ele pegou no seu punho. Mas, dessa vez, sua boca roçou na cicatriz no oco da sua mão.

Eles se encararam.

A madrasta de Vasya gostava de assustar a ela e Irina com histórias sobre os horrores da noite de núpcias. Dunya lhe havia assegurado que não era bem assim.

A sensação foi de que a intensidade a consumiria de dentro para fora.

Ele traçou seu lábio inferior com o polegar. Ela não conseguiu decifrar sua expressão.

– Por favor – ela disse, ou pensou ter dito, assim que ele acabou com a distância entre eles e beijou-a.

O fogo mal passava de brasas na fornalha, mas eles não precisavam da luz. A pele dele estava fria sob as mãos dela; o suor dela escorreu em ambos. Estava toda arrepiada, sem saber o que fazer com as mãos. Era excessivo: pele e espírito, fome e sua solidão desesperada, e a onda crescente de sentimento entre eles.

Talvez Morozko sentisse a incerteza sob o desejo porque se afastou, olhando para ela. O único som era o da respiração deles, uma tão pesada quanto a outra.

– Com medo *agora*? – ele sussurrou. Tinha-a a trazido com ele para o banco de madeira; ela estava montada em seu colo, um dos braços dele envolvendo sua cintura. Com a mão livre, ele traçou linhas de fogo frio em sua pele, da orelha ao ombro, seguindo pela clavícula, afundando-se entre os seios. Ela não conseguia controlar a respiração.

– Eu deveria estar assustada – Vasya replicou com mais rispidez do que o necessário porque, de fato, estava assustada, além de irritada, porque mal conseguia pensar, muito menos falar enquanto a mão dele subiu novamente, desta vez descendo pela sua espinha, curvando-se de leve ao redor das costelas, encontrando seu seio e demorando-se ali. – Sou uma donzela e você... – não continuou.

A mão suave parou. – Tem medo que eu te machuque?

– Você pretende machucar? – ela perguntou. Ambos escutaram o tremor em sua voz. Nua em seus braços, ela estava mais vulnerável do que nunca.

Mas ele também tinha medo. Ela sentiu na tensão contida do seu toque, podia vê-lo agora em seus olhos sombreados de negro.

Mais uma vez, eles se encararam.

Então ele deu um meio sorriso, e Vasya percebeu subitamente qual era a outra sensação sob o medo e o desejo que crescia entre eles. Era uma alegria ensandecida.

A mão dele amoldou a curva da cintura dela. Ele puxou sua boca mais uma vez para a dele. Respondeu com mais respiração do que palavras, respirou em seu ouvido.

– Não, não vou te machucar – disse.

◇

– Vasya – disse em meio à escuridão.

No fim, tinham consumado o ato no vestíbulo. Quando ele a trouxe para o chão, foi sobre um monte de cobertores empilhados que cheiravam como a floresta invernal. Àquela altura, estavam além da fala, mas não importava. Ela não precisava de palavras para chamá-lo de volta, apenas o deslizar dos seus dedos, o calor da sua pele ferida. As mãos dele lembraram-se dela quando sua mente não. Estava em seu toque, aliviando seus ferimentos mal curados; estava em seu aperto, na expressão dos seus olhos, antes que as velas estivessem quase consumidas.

Depois, deitada num semichochilo no escuro, ela ainda podia sentir a pulsação do corpo dele dentro dela, o gosto de pinho em seus lábios.

Então ela se sentou de um pulo. – Ainda é...?

– Meia-noite – ele completou. Soava cansado. – Sim, é meia-noite. Não vou deixar que você perca.

A voz dele tinha mudado. Havia dito seu nome.

Ela se apoiou em um cotovelo sentindo-se enrubescer. – Você se lembrou.

Ele não disse nada.

– Você libertou o Urso para salvar a minha vida. Por quê?

Ele continuou sem dizer nada.

– Vim à sua procura – ela contou. – Aprendi a fazer magia. Tive ajuda do Pássaro de Fogo, você não me matou... *Pare de olhar para mim deste jeito.*

– Eu não pretendia... – ele começou e, no mesmo instante, ela ficou brava, para encobrir uma mágoa que se acumulava.

Ele se sentou, afastou-se dela, a linha da sua coluna quase rígida na penumbra.

– Eu quis isso – ela disse para as suas costas, tentando não pensar em cada regra de decência que haviam lhe ensinado. Castidade, paciência, mentir para os homens só para parir filhos e, acima de tudo, não gostar daquilo. – Pensei... pensei que você também quisesse. E você... – Não conseguiu dizê-lo. Em vez disso, comentou: – Você lembrou. Um custo bem pequeno pra isso. – Não parecia pequeno.

Ele se virou, de modo a que ela pudesse ver seu rosto; não parecia acreditar nela. Agora Vasya desejou não estar sentada nua a um palmo de distância dele.

Ele disse: – Obrigado.

Obrigado? A palavra soou fria depois do calor das últimas horas. *Talvez você desejasse não ter se lembrado*, ela pensou. *Em parte você estava feliz aqui, temido e amado, nesta prisão.*

Não disse isso, mas relatou:

– O Urso está à solta em Rus'. Fez os mortos caminharem. Precisamos ajudar meu primo, ajudar meu irmão. Vim buscar sua ajuda.

Morozko permaneceu calado. Não tinha se afastado dela, mas seu olhar estava recolhido, remoto, indecifrável.

Ela acrescento numa súbita raiva: – Você nos deve sua ajuda; para começo de conversa, é por sua causa que o Urso está solto. Você não precisava barganhar com ele. Saí da pira por minha conta.

Seu rosto iluminou-se ligeiramente. – Eu me perguntava se você faria isso, mas, mesmo assim, valeu a pena. Eu soube quando você me chamou de volta a Moscou.

– Soube o quê?

– Que você poderia ser uma ponte entre os homens e os *chyerti*, impedir que desvanecêssemos, que os homens nos esquecessem. Que, afinal de contas, não estávamos condenados se você vivesse, se assumisse seu poder. E eu não tinha outra maneira de salvá-la. Acredito que valeu o risco, seja lá o que aconteceu depois.

– Você deveria ter confiado que eu me salvaria.

– Você pretendia morrer. Vi isso em você.

Ela se encolheu. – É – disse baixinho. – Acho que eu pretendia morrer. Solovey tinha caído, morreu nas minhas mãos e... – Ela se interrompeu. – Mas meu cavalo teria me achado idiota se eu desistisse. Então, mudei de ideia.

A simplicidade enlouquecida da noite estava esmorecendo em complicações infindáveis. Ela jamais havia imaginado que ele poria seu reino e sua liberdade em risco unicamente por amor a ela. Em parte, surpreendeu-se mesmo assim, mas logicamente ele era rei de um reino oculto e não podia tomar sua decisão dessa maneira. O que ele queria era o poder que ela tinha no sangue.

Vasya estava cansada, gelada e dolorida. Sentia-se mais sozinha do que antes.

Então ficou zangada com sua autopiedade. Para o frio, havia um remédio e que se danasse essa nova estranheza entre eles. Enfiou-se novamente debaixo da pilha dos pesados cobertores e deu as costas para ele. Morozko não se mexeu. Ela se encolheu em si mesma, tentando se aquecer sozinha.

Uma mão, leve como um floco de neve, roçou seu ombro. Os olhos dela estavam cheios de lágrimas. Piscou várias vezes tentando afastá-las. Era demais: a presença dele, fria e silenciosa, as explicações razoáveis e práticas contrastando com a lembrança avassaladora da paixão.

– Não, não sofra esta noite, Vasya – ele pediu.

– Você jamais teria feito isso – ela replicou, sem olhar para ele. – Isto... – Um gesto vago abarcou a casa de banhos e eles. – Se tivesse conseguido se lembrar de quem eu era. Jamais teria salvado minha vida se eu não tivesse sido... Se eu não tivesse sido...

A mão dele deixou o seu ombro. – Tentei deixá-la ir – ele disse. – Tentei repetidas vezes. Porque todas as vezes em que eu a tocava, até quando olhava para você, isso me trazia mais perto da mortalidade. Eu tinha medo. E, no entanto, não consegui. – Ele fez uma pausa e continuou: – Talvez, se você não fosse quem é, eu tivesse encontrado meios dentro de mim para deixá-la morrer, mas... escutei seu grito. Por entre todas as névoas da minha fraqueza, depois do incêndio em Moscou, eu te escutei. Disse a mim mesmo que estava sendo prático, disse a mim mesmo que você era nossa última esperança. Disse tudo isso a mim mesmo. Mas pensei em você na fogueira.

Vasya virou-se de frente para ele. Ele apertou os lábios, como se tivesse dito mais do que pretendia.

– E agora? – ela perguntou.

– Estamos aqui – ele respondeu, simplesmente.

– Sinto muito – ela disse. – Eu não sabia mais o que fazer para trazê-lo de volta.

– Não havia outro jeito. Por que você acha que meu irmão confiava tanto em sua prisão? Ele não conhecia nenhuma amarra forte o suficiente para me trazer de volta a mim mesmo. Nem eu.

Morozko não parecia feliz quanto a isso. Ocorreu a Vasya que ele poderia se sentir exatamente como ela: exposto. Estendeu a mão. Ele não olhou para a garota, mas seus dedos fecharam-se sobre os dela.

– Ainda tenho medo – ele confessou. Era uma verdade oferecida nua e crua. – Estou feliz que você esteja viva. Estou feliz em vê-la novamente, contra toda esperança. Mas não sei o que fazer.

– Eu também tenho medo – ela disse.

As pontas dos dedos dele encontraram seu punho, onde o sangue avolumou-se de encontro à pele dela. – Está com frio?

Ela estava. Mas...

– Acho que, levando-se em conta tudo que aconteceu, deveríamos poder dividir o mesmo cobertor mais algumas horas – ele disse, com ironia.

– Precisamos ir – Vasya retrucou. – Temos muito a fazer; não há tempo.

– Uma hora ou três não farão grande diferença neste país de Meia-Noite – disse Morozko. – Você está exausta, Vasya.

– Fará diferença – ela discordou. – Não posso adormecer aqui.

– Agora você pode – ele disse. – Vou mantê-la em Meia-Noite.

Dormir, dormir de verdade... Mãe de Deus, estava cansada. Já estava debaixo dos cobertores; depois de um tempo, ele também entrou, escorregou para debaixo deles. A respiração dela ficou mais curta; apertou os punhos num impulso de tocá-lo.

Eles se contemplaram com cautela. Morozko foi o primeiro a se mover. Aproximou devagar a mão do rosto dela, acompanhou a linha bem definida do seu queixo, roçou na risca grossa da ferida da pedra. Ela fechou os olhos.

– Posso curar isso pra você – ele ofereceu.

Ela assentiu uma vez, vaidosa o bastante para ficar satisfeita de que, pelo menos, haveria apenas uma cicatriz branca em vez de uma vermelha. Ele colocou a mão em concha, pingou água em sua face enquanto ela travava os dentes para resistir ao fogo da agonia.

– Conte-me – ele pediu depois.

– É uma longa história.

– Garanto a você que não vou envelhecer enquanto conta.

Ela contou. Começou pelo momento em que ele a tinha deixado na tempestade de neve em Moscou e terminou com Pozhar, Vladimir, sua jornada por Meia-Noite. Estava esgotada, no final, mas também mais calma. Como se tivesse estendido as meadas da sua vida com cuidado e houvesse menos emaranhados em sua alma.

Quando se calou, ele soltou um suspiro. – Sinto muito – disse. – Por Solovey. Só pude olhar.

– E me mandar seu irmão louco – ela enfatizou. – E uma prova. Eu poderia me virar sem seu irmão, mas a escultura me trouxe um conforto.

– Você a guardou?

– Guardei. Ela o traz de volta quando eu... – Vasya não continuou. Ainda era muito recente.

Ele enfiou um cacho curto do cabelo dela atrás da sua orelha, mas não disse nada.

– Por que você está com medo? – ela perguntou.

Ele abaixou a mão. Ela não achou que ele responderia. Ao fazê-lo, foi tão baixinho que ela mal captou as palavras. – O amor é para aqueles que conhecem as dores do tempo, porque ele vai de mão em mão com perda. Uma eternidade tão sobrecarregada seria um tormento. E, no entanto... –

Ele fez uma pausa, respirou fundo. – No entanto, do que mais chamar isso, este terror e esta alegria?

Dessa vez, foi mais difícil chegar perto dele. Antes era descomplicado, descuidado, alegre, mas agora a emoção permeava o ar entre os dois.

A pele de Morozko tinha se aquecido com a dela sob os cobertores: ele poderia ser um homem, exceto pelos olhos, antigos e perturbados. Foi a vez dela tirar o cabelo dele da testa e colocá-lo para trás. Ele enrolou-se áspero e frio entre seus dedos. Ela tocou no ponto aquecido atrás do seu maxilar e na reentrância da garganta; pousou os dedos abertos sobre seu peito.

Ele cobriu a mão dela com a sua, percorreu seus dedos, seu braço, depois o ombro, deslizou a mão por sua coluna até a cintura como se quisesse conhecer seu corpo pelo toque.

Ela soltou um ruído gutural. A frieza da respiração de Morozko tocou seus lábios. Não sabia se ele havia se mexido, ou ela, para ficarem mais juntos. E a mão dele continuava se movendo, com delicadeza, induzindo-a à flexibilidade. Vasya não conseguia respirar. Agora que eles já não falavam, ela podia sentir a tensão concentrando-se nele, dos ombros às mãos, onde seus dedos cravavam-se em sua pele.

Uma coisa era tomar o estranho indomável para si mesma; outra era olhar no rosto de um adversário-aliado-amigo e...

Ela enrolou os dedos em seu cabelo. – Venha cá – disse. – Não... mais perto.

Ele, então, sorriu; aquele sorriso lento e indecifrável do Rei do Inverno. Mas nele havia um traço de risada que ela nunca havia visto.

– Seja paciente – ele pediu em sua boca.

Mas ela não podia nem mais um instante; em vez de responder, pegou-o pelos ombros e o deitou. Então sentiu a força em seu corpo, viu a mudança e a conduta dos músculos à tênue luz da vela: dela e dele. Inclinou-se para frente e sussurrou em seu ouvido: – Jamais me dê ordens.

– Então assuma o comando – ele sussurrou de volta.

As palavras percorreram-na como vinho. Seu corpo soube o que fazer, e ela o levou para dentro de si mesma; neve, frio, poder e anos, e aquela fragilidade ilusória. Ele disse o nome dela uma vez e ela mal o ouviu, perdida como estava. Mas depois, quando se viu dócil, curvada sob seu corpo, sussurrou: – Você não está mais só.

– Eu sei – ele disse. – Nem você.

E então, finalmente, ela dormiu.

18

NA GARUPA DE CAVALOS MÁGICOS

Algumas indefinidas horas depois, ele se levantou da pilha emaranhada de peles de neve coloridas. Ela não o viu sair, mas sentiu sua ausência. Ainda era meia-noite. Abriu os olhos, tremendo, e sentou-se. Por um instante, não soube onde estava. Depois, lembrou-se e levantou-se abruptamente, com medo. Ele tinha saído, desaparecido noite adentro, ela tinha sonhado aquilo tudo...

Controlou-se. Será que ele iria mesmo desaparecer sem uma palavra? Não sabia. A loucura passou; agora estava apenas gelada, os dentes travados perante um surto de vergonha. As vozes de sua repreensão soaram altas em seus ouvidos, todas acusatórias.

Com os dentes fincados em seu lábio inferior, foi buscar suas roupas. Que se danem a vergonha e a escuridão. Virou a cabeça e a luz brilhou imediatamente na vela do nicho da parede. Acendê-la não chocou Vasya nem um pouco, como se sua mente tivesse finalmente aceitado um mundo onde ela conseguia fazer coisas queimarem.

Tateando, encontrou seu camisolão e enfiou-o pela cabeça. Estava parada na entrada entre os cômodos, indecisa e gelada, quando a porta externa abriu-se.

A luz da vela destacou os ossos dele e encheu seu rosto de sombras. Ele tinha nas mãos a trouxa de suas roupas de menino. Ela captou o som de vozes e passos rangendo do lado de fora da casa de banhos.

Vasya foi tomada por um medo inesperado. – O que está acontecendo lá fora?

Ele parecia pesaroso. – Acho que, entre nós, selamos a fama obscura das casas de banho.

Vasya não respondeu. Em sua mente, voltava a ouvir o som da turba em Moscou. Viu que ele entendia.

— Naquela vez você estava sozinha, Vasya — ele disse. — Agora não. — Ela tinha as duas mãos no batente interno da porta, como se houvesse homens vindo arrastá-la para fora. — Mesmo então, você escapou da fogueira.

— Paguei por isso — ela retrucou, mas a mão retorcida do medo afrouxou o aperto em sua garganta.

— A aldeia não está zangada — Morozko explicou. — Estão encantados. Existe poder nesta noite. — Ela sentiu um rubor insinuando-se em suas maçãs do rosto. — Quer ficar? Pra mim é difícil permanecer agora.

Ela fez uma pausa. Devia ser como vir a um lugar que já tivesse sido um lar, mas já não era. Como tentar se encaixar de volta em uma pele já trocada.

— Suas terras fazem divisa com as da minha bisavó? — Vasya perguntou-lhe subitamente.

— Fazem — Morozko respondeu. — Como é que você acha que houve vez em que minha mesa tinha morangos, peras e campânulas brancas para você?

— Então você conhecia a história? — ela pressionou. — Da bruxa e suas meninas gêmeas? Sabia que Tamara era minha avó?

— Sabia — ele respondeu. Agora, parecia cauteloso. — E antes que você pergunte, não, não pretendia contar a você. Não até a noite da nevasca em Moscou, e àquela altura, era tarde demais. A própria bruxa estava morta ou perdida em Meia-Noite. Ninguém sabia o que tinha acontecido com as gêmeas, e eu não conseguia me lembrar de coisa alguma do feiticeiro, que fez magia para se apartar da morte. Todas essas coisas, eu soube depois.

— E você achou que eu não passava de uma criança, um instrumento para seus propósitos.

— Achei — ele concordou. O que quer que ele pensasse, sentisse ou esperasse estava enterrado bem fundo e bem trancado.

Não sou mais uma criança, ela poderia ter dito, mas *esta* verdade estava escrita nos olhos dele sobre ela. Em vez disso, ela ordenou: — *Nunca mais minta para mim.*

— Não mentirei.

— O Urso saberá que você está livre?

— Não, a não ser que a Meia-Noite conte a ele.

— Não acredito que ela vá intrometer-se a esse ponto — disse Vasya. — Ela observa.

No silêncio de Morozko, Vasya pôde escutar um pensamento não expresso.

– Conte-me – ela pediu.

– Você não precisa voltar a Moscou – ele disse. – Já viu horror em demasia e causou dor suficiente. Agora o Urso fará o possível para te ver morta; a pior morte que ele possa conceber, especialmente se descobrir que eu me lembrei. Ele sabe que eu me afligiria.

– Não importa – ela replicou. – Ele está livre por nossa culpa. Precisa ser novamente amarrado.

– Com o quê? – Morozko perguntou. A vela soltou uma chama violeta. Os olhos dele estavam da cor do fogo; seu contorno pareceu esmaecer, até ele virar vento e noite transformado em carne. Então, desvencilhou-se do manto do poder e disse: – Sou o inverno. Acha que terei algum poder em Moscou durante o verão?

– Você não precisa congelar o ambiente apenas para mostrar que tem razão – retrucou Vasya, ressentida. – Temos que fazer *alguma coisa*. – Ela pegou suas roupas das mãos dele. – Obrigada por elas – acrescentou e foi para o cômodo interno se vestir. Na soleira, ela o chamou de volta: – Você não pode nem mesmo estar no mundo na época do verão, Rei do Inverno?

Às suas costas, a voz dele pareceu relutante: – Não sei. Talvez. Por pouco tempo. Se estivermos juntos. O colar está destruído, mas...

– Mas não precisamos mais dele – ela concluiu ao se dar conta. O vínculo entre eles agora, camadas de paixão e raiva, medo e esperança frágil, era mais forte do que qualquer joia mágica.

Vestida, ela voltou para a entrada. Morozko estava parado onde ela o havia deixado. – Talvez pudéssemos ir a Moscou, mas com qual finalidade? – ele perguntou. – Se o Urso descobrir que estamos indo, vai adorar montar uma armadilha, de modo a eu ter que assistir, impotente, enquanto você é morta. Ou talvez, uma em que *você* tenha que assistir enquanto sua família sofre.

– Só teremos que ser espertos – disse Vasya. – Pusemos Muscovy nisso, vamos livrá-la.

– Deveríamos voltar para minhas próprias terras, chegar a ele no inverno, quando estou mais forte. Então teríamos uma chance de vitória.

– Com certeza ele sabe disso – Vasya replicou. – O que significa que o que quer que esteja tramando, deve fazê-lo neste verão.

– Pode ser a sua desgraça.

Ela sacudiu a cabeça. – Pode. Mas não vou abandonar a minha família. Você vem comigo?

– Eu disse que você não está sozinha, Vasya, e falei sério – ele respondeu. Mas parecia infeliz.

Ela conseguiu esboçar um sorriso. – Você também não está sozinho. Para todos os efeitos, vamos continuar repetindo isso até que um de nós acredite. – Rapidamente, ela conseguiu perguntar sem vacilar: – Se eu for lá fora, a aldeia tentará me matar?

– Não – respondeu Morozko, sorrindo em seguida. – Mas poderá dar início a uma lenda.

Ela corou. Mas quando ele estendeu a mão, ela a pegou.

A aldeia tinha, de fato, se reunido em frente à casa de banhos. Quando a porta se abriu, todos recuaram. Seus olhos vagaram de Vasya para Morozko de mãos dadas, mal-arrumados.

Yelena estava à frente das pessoas, ombro a ombro com o homem que tentara salvá-la. Encolheu-se quando Morozko virou-se para ela. Foi para Yelena que o Demônio do Gelo falou, embora toda a aldeia escutasse. – Perdoe-me – disse.

Ela pareceu chocada. Depois, recuperou sua dignidade e fez uma reverência. – Era seu direito. Mas... – Olhou com mais intensidade para seu rosto. – Você não é o mesmo – segredou.

Assim como Vasya notara a ausência dos anos nos seus olhos, aquela mulher pôde perceber o peso da volta deles.

– Não – replicou Morozko. – Fui salvo do esquecimento. – Ele olhou para Vasya e falou de modo que toda a aldeia escutasse. – Eu a amava e uma maldição fez com que eu esquecesse. Mas ela veio até mim e quebrou a maldição, e agora preciso ir. Minha bênção a todos vocês neste inverno.

Murmúrios de surpresa, até de alegria. Yelena sorriu. – Estamos duplamente abençoados – disse a Vasya. – Irmã. – Tinha um presente nas mãos, uma longa capa magnífica, a parte externa de lobo, a interna de coelho. Deu-a à Vasya, abraçando-a. – Obrigada – cochichou. – Posso ter sua bênção no meu primeiro filho?

– Saúde e vida longa – desejou Vasya, um pouco sem jeito. – Para seu filho, alegria no amor e uma morte corajosa, daqui a muito tempo.

Zimnyaya Koroleva, eles disseram. A Rainha do Inverno. Isso assustou-a. Tentou controlar seu semblante.

Morozko ficou a seu lado numa falsa calma, mas ela podia perceber a sensação que fluía entre ele e seu povo: uma atração, como uma corrente. Seus olhos estavam de um azul profundo, impressionante. Talvez mesmo então ele desejasse voltar, ocupar seu lugar no banquete, alimentar-se para sempre daquela adoração. Mas se duvidou do seu curso, não deixou transparecer em seu rosto.

Vasya ficou aliviada quando todas as pessoas viraram-se ao som da batida de cascos. Uma dúzia de rostos resplandeceu de prazer. Dois cavalos passaram sobre a paliçada, um branco e outro dourado. Atravessaram a multidão e trotaram até eles dois. Sem uma palavra, Morozko encostou a testa no pescoço da égua branca. O animal voltou a cabeça e lambeu sua manga. Vasya sentiu uma pontada de dor ao ver isso. – Eu também esqueci você – ele disse baixinho para a égua. – Perdoe-me.

A égua branca empurrou-o com a cabeça, as orelhas para trás. *Não sei por que esperamos vocês. Estava muito escuro.*

Pozhar raspou um casco na neve numa concordância explícita.

– Você também esperou – Vasya disse-lhe, surpresa.

Pozhar mordeu o braço de Vasya e bateu o pé. *Não vou esperar de novo.*

Vasya retrucou, esfregando o novo machucado. – Estou feliz em vê-la, senhora.

Morozko disse com certa perplexidade: – Em todos esses seus anos de vida, ela nunca aceitou de bom grado um cavaleiro.

– Ela não carregou um agora – Vasya retrucou rapidamente – Mas ajudou a me guiar até aqui. Sou grata. – Agradou a cernelha de Pozhar, que, contra a vontade, inclinou-se para ser coçada. *Você demorou demais*, repetiu a égua, só para mostrar que não gostava de modo algum de ser acarinhada, e voltou a bater o pé.

A nova capa de Vasya pesava em seus ombros. – Adeus – disse ao povo. Eles olhavam, fascinados. – Eles acham que estão vendo um milagre – Vasya comentou em voz baixa a Morozko. – Não parece um.

– E, no entanto, uma garota sozinha resgatou do esquecimento o Rei do Inverno e levou-o embora com cavalos mágicos. Isto é milagroso o bastante para um solstício de inverno.

Vasya viu-se sorrindo enquanto ele pulava para o dorso da égua branca.

Antes que ele pudesse oferecer, ou não, colocá-la à sua frente, ela disse com firmeza: – Vou caminhar. Afinal de contas, vim até aqui com meus próprios pés. – Caminhar tinha sido um árduo pesadelo de avançar em neve alta sem sapatos de neve, mas ela não disse isso.

Os olhos pálidos analisaram-na. Vasya preferiu que não tivesse feito isso. Era óbvio que ele via além do seu orgulho – o de não querer ser levada em seu arção – até a emoção mais profunda. O choque de Solovey fraturando-se, caindo, ainda estava muito vivo em sua memória. Agora, parecia errado ir embora cavalgando em triunfo.

– Tudo bem – ele concordou e surpreendeu-a desmontando.

– Você não precisa – ela disse. Os corpos dos dois cavalos protegeram-nos do povo. – Você não está pretendendo sair da aldeia como um boiadeiro!? Está abaixo da sua dignidade.

– Vi inúmeros mortos – ele respondeu com frieza. – Toquei neles, mandei-os ir. Mas nunca fiz nada para que fossem lembrados. Posso andar agora com você porque você não pode cavalgar Solovey ao meu lado. Porque ele era valente e se foi.

Ela não tinha chorado por Solovey. Não da maneira adequada. Sonhara com ele, acordara gritando para que ele corresse, sentia sua ausência como uma dor imprecisa e venenosa, mas não tinha chorado, exceto algumas lágrimas reprimidas depois de quase matar o espírito do cogumelo. Agora, sentia as lágrimas brotando, ardendo. De leve, Morozko tocou na primeira com o dedo enquanto ela escorria até o maxilar de Vasya. Ela congelou ao seu toque e caiu.

De algum modo, o ato de sair daquela aldeia de Meia-Noite andando, enquanto os cavalos caminhavam ao lado deles, enfatizou a perda de Solovey de uma maneira que nenhum choque dos últimos dias havia feito. Quando passaram pela paliçada e voltaram a entrar na floresta de inverno, Vasya afundou o rosto na crina da égua branca e chorou todas as lágrimas reprimidas que uma noite em Moscou deixara dentro dela.

A égua ficou parada, paciente, soprando bafo quente em suas mãos, e Morozko esperou em silêncio, exceto por um momento, quando pousou os dedos frios na parte detrás do seu pescoço.

Quando, finalmente, as lágrimas pararam, Vasya sacudiu a cabeça, enxugou o nariz, que escorria, e tentou pensar com clareza. – Temos que voltar a Moscou. – Sua voz estava rouca.

– Como quiser – Morozko disse. Ainda não parecia feliz em relação a isso, mas não voltou a objetar.

Se formos fazer todo o caminho de volta a Moscou, a égua branca observou, inesperadamente, *Vasya precisa montar nas minhas costas. Posso carregar os dois. Será mais rápido.*

Vasya abriu a boca para recusar, mas notou a expressão de Morozko.

– Ela não vai deixar você dizer não – disse com brandura. – E ela está certa. Você só vai se exaurir caminhando. É você quem tem que manter Moscou em mente; se formos guiados por mim, chegaremos no inverno.

Pelo menos, agora, eles estavam fora das vistas da aldeia. Vasya pulou para as costas da égua, e Morozko montou atrás dela. A égua branca tinha uma constituição mais elegante do que Solovey, mas a maneira como se movia lembrou-a... Tentando não pensar no garanhão baio, Vasya olhou para a mão de Morozko, relaxada sobre o joelho, e se lembrou daquelas mãos em sua pele, do seu cabelo áspero e frio tombando escuro sobre seus seios.

Estremeceu com a lembrança e afastou-a também. Eles tinham roubado aquelas horas em Meia-Noite; agora, precisavam pensar apenas em passar a perna em um inimigo esperto e implacável.

Mas... para se distrair, ela se forçou a fazer uma pergunta, cuja resposta temia. – Para amarrar o Urso... eu preciso me sacrificar, como fez meu pai?

Morozko não disse não de imediato. Vasya começou a se sentir um pouco nauseada. A égua seguia leve pela neve; do céu, mais neve caía, flutuando. Vasya perguntou-se se ele a invocara em sua angústia, se era involuntário, como o batimento do coração.

– Você prometeu que não voltaria a mentir para mim – disse Vasya.

– Não mentirei – replicou Morozko. – Não é tão simples quanto trocar sua vida pelo ato de amarrá-lo, as duas coisas intercambiáveis. Sua vida não está vinculada à liberdade do Urso; você não é apenas uma... garantia em nossa guerra.

Ela esperou.

– Mas dei a ele poder sobre mim – explicou Morozko – quando cedi minha liberdade. Meu irmão gêmeo e eu não seremos iguais em uma luta agora. – As palavras saíram rascantes. – O verão é a estação dele. Não sei como amarrá-lo, a não ser com o poder de uma vida entregue de bom grado ou uma artimanha...

Pozhar disse, repentinamente: *E a coisa dourada?* A égua tinha se aproximado o bastante para se inteirar da conversa.

Vasya piscou. – Que coisa dourada?

A égua jogou a cabeça para cima e para baixo. *A coisa dourada feita pelo feiticeiro! Quando a usei, não conseguia voar. Tinha que fazer o que ele dizia. Aquela coisa é poderosa.*

Vasya e Morozko entreolharam-se.

– O bridão dourado de Kaschei – Vasya concluiu, lentamente. – Se ele a amarrou... poderia amarrar seu irmão?

– Talvez – respondeu o Rei do Inverno, franzindo o cenho.

– Estava em Moscou – disse Vasya, falando cada vez mais rápido na sua excitação. – No estábulo, no estábulo de Dmitrii Ivanovich. Eu o puxei da cabeça dela e o joguei no chão na noite em que Moscou incendiou-se. Será que continua no palácio? Talvez tenha derretido no fogo.

– Não derreteria – Morozko respondeu. – Existe uma chance.

Ela não conseguiu ver seu rosto, mas a mão dele, que estava sobre o joelho, fechou-se lentamente em um punho.

Sem pensar, Vasya inclinou-se e coçou o pescoço de Pozhar com prazer.

– Obrigada – disse.

A égua tolerou aquilo por um momento, antes de se afastar de lado.

PARTE QUATRO

19

ALIADOS

O VERÃO CHEGOU COM UMA BRUSQUIDÃO REPENTINA, CAINDO EM Moscou como um exército conquistador. Irromperam incêndios na floresta e a cidade ficou encoberta por fumaça, e ninguém conseguia enxergar o sol. Pessoas enlouqueceram com o calor, afogaram-se no rio procurando se refrescar, ou simplesmente caíam onde estavam, com o rosto escarlate, os corpos úmidos de um suor pegajoso.

Ratos vieram com o calor, saindo sorrateiros de barcos mercantes enquanto homens descarregavam prata, tecidos e ferro forjado para os mercados grudentos e abafados de Moscou. Prosperaram na nuvem densa de fumaça, atraídos para o fedor dos monturos da cidade.

As primeiras pessoas a adoecer viviam na *posad*, nas cabanas lotadas, mal ventiladas, junto ao rio. Começaram a tossir, suar e depois a ter calafrios. Em seguida, apareceram os inchaços suaves, na garganta e na virilha, e depois pontos negros.

Peste. A palavra ondulou pela cidade. Moscou já tinha visto peste. O tio de Dmitrii, Semyon, morrera disso, juntamente com a esposa e os filhos em um verão terrível.

– Feche as casas dos doentes – ordenou Dmitrii a seu capitão de guarda. – Não é para eles saírem, nem mesmo à igreja. Se for possível achar um padre para abençoá-los, ele poderá entrar, mas só isso. Diga aos guardas nos portões da cidade: não é permitido a ninguém que pareça doente atravessar os muros.

As pessoas ainda segredavam sobre a morte do tio de Dmitrii: inchado como um carrapato, com manchas pretas, seus próprios serviçais com medo de chegar perto dele.

O homem aquiesceu, mas estava com o semblante carregado.

– O que foi? – perguntou Dmitrii.

A noite do ataque tártaro tinha dizimado a guarda da cidade de Dmitrii. Após os distúrbios e a queima de Vasya, ele a tinha refeito, maior do que antes, mas eles ainda eram inexperientes.

– Esta doença é a maldição de Deus, *gosudar* – disse o capitão. – Tem certeza de que não é justo que os homens tenham permissão para ir rezar? As orações de todos juntos ainda podem chegar aos ouvidos do Todo-Poderoso.

– É uma praga que voa de homem em homem – respondeu Dmitrii. – Para que servem os muros de Moscou, senão para impedir a entrada do mal?

Um dos boiardos que estava na antessala disse: – Desculpe-me, *gosudar*, mas...

Dmitrii voltou-se, de cara fechada: – Será que eu não posso dar ordens sem debater com metade da cidade?

Normalmente, ele cedia a seus boiardos. Eram bem mais velhos do que ele e lhe haviam garantido a herança de um trono quando chegou à fase adulta. Mas o calor chocante consumiu suas forças, provocando uma raiva doentia, exaustiva. Não tinha notícias de nenhum dos seus primos. O príncipe de Serpukhov havia arrebanhado toda prata que Muscovy poderia juntar e partira para o sul para pleitear seu caso perante o *temnik* Mamai. Esperava-se que Sasha trouxesse de volta padre Sergei, mas Sasha não havia voltado, e relatos vindos do sul informavam que Mamai continuava reunindo suas hordas como se jamais tivesse recebido a mensagem de Vladimir.

– As pessoas estão com medo – relatou o boiardo, cauteloso. – Por três vezes a morte veio andando desde que a estação mudou. Agora isso? Se você fechar os portões de Moscou e negar a igreja aos doentes, não sei o que farão. Já existe muito falatório de que a cidade está amaldiçoada.

Dmitrii entendia de guerra e da condução de homens, mas as maldições não faziam parte da sua experiência. – Levarei em consideração o conforto da cidade – disse –, mas não estamos amaldiçoados. – No entanto, no fundo do seu coração, Dmitrii não tinha certeza. Queria o conselho de padre Sergei, mas o velho monge não estava lá. Então, em seu lugar, o grão-príncipe virou-se para seu camareiro, e a contragosto pediu: – Mande vir o padre Konstantin.

◊

– O PRÍNCIPE DE CABELOS LOIROS não é idiota – disse o Urso –, mas é jovem. Mandou um mensageiro vir te chamar. Quando for até ele, precisa convencê-lo a deixar que você reze missa na catedral. Chame o povo e reze por chuva, salvação ou o que quer que os homens peçam a seus deuses nessa época. Mas junte todos.

Konstantin estava sozinho no *scriptorium* do Arcângelo, vestido apenas com a mais leve das batinas; o suor umedecia sua testa, seu lábio superior.

– Estou pintando – ele replicou. Virou um pote de cor para a luz. Suas tintas estavam à sua frente como um cordão de joias; algumas eram, de fato, feitas de pedras preciosas. Em Lesnaya Zemlya, tinha feito as tintas com cortiça, frutos silvestres e folhas. Agora, boiardos ansiosos inundavam-no com lápis para seus azuis e jaspe para seus vermelhos. Pagavam os melhores ourives em Moscou para fazerem tampas de imagens para ele de prata martelada incrustada de pérolas.

Na terceira vez em que coisas mortas vieram murmurando pelas ruas, foi preciso toda uma noite para afastá-las: primeiro uma, depois outra e finalmente uma terceira. – Não pode parecer ser fácil demais – O Urso disse-lhe depois, quando Konstantin acordou aos berros de um sonho com rostos mortos. – Você acha que a derrota de uma única criança *upyr* seria suficiente para triunfar sobre toda Moscou, camponeses e boiardos? Beba vinho, homem de Deus, e não tema as trevas. Eu não cumpri com todas as minhas promessas?

– Do começo ao fim – Konstantin respondeu, desolado, arrepiando-se com o suor frio. Estava prestes a se tornar sagrado bispo. Tinham-lhe garantido posses de acordo com sua dignidade. O povo de Moscou adorava-o com fervor alucinado. Mas isso não o ajudava à noite, quando sonhava com mãos mortas esticando-se.

Agora, no *scriptorium*, Konstantin deu as costas para seu painel de madeira e encontrou o diabo parado logo atrás dele. Sua respiração deixou-o silenciosamente. Jamais poderia se acostumar com a presença do demônio. A besta conhecia seus pensamentos, acordava-o dos pesadelos, cochichava conselhos em seu ouvido. Konstantin nunca ficaria livre dele.

Talvez eu não queira ficar, pensava Konstantin em seus momentos mais lúcidos. Sempre que encontrava o único olho do diabo, a criatura o encarava firme de volta.

A besta via-o.

Durante muito tempo, Konstantin esperara ouvir a voz de Deus, mas Deus era silencioso.

O diabo nunca parava de falar.

No entanto, nada acalmaria os pesadelos de Konstantin. Tentou tomar hidromel para adensar seu sono, mas a bebida só fez sua cabeça doer. Por fim, em desespero, Konstantin pediu aos monges pincéis e painéis de madeira, óleo, água e pigmentos, e se pôs a escrever imagens. Quando pintava, sua alma parecia existir apenas em seus olhos e mãos; sua mente aquietava-se.

– Estou vendo que você está pintando – disse o Urso com rispidez. – Em um monastério, sozinho. Por quê? Pensei que quisesse glórias terrenas, homem de Deus.

Konstantin abarcou com a mão a imagem do painel. – Eu tenho minhas glórias terrenas. E isto? Também não é glorioso? – Sua voz estava carregada de uma ironia amarga; a imagem pintada por um homem sem fé.

O Urso espiou sobre o ombro de Konstantin. – É uma pintura estranha – comentou. Seu dedo grosso estendeu-se para traçar a imagem.

A imagem era de São Pedro. Tinha cabelo escuro, olhar desvairado, mãos e pés vertendo sangue, os olhos voltados cegamente para o céu, onde anjos aguardavam. Mas os anjos tinham olhos tão chatos e hostis quanto as espadas em suas mãos. O grupo que recebia o apóstolo no céu mais parecia um exército protegendo os portões. Pedro não tinha a expressão serena de um santo. Seus olhos viam, as mãos gesticulavam, expressivas. Estava tão vivo quanto o talento de Konstantin, e a fome crua e miserável que o padre não conseguia extirpar da sua alma, podia fazê-lo.

– É muito lindo – elogiou o Urso. Seu dedo acompanhou as linhas quase sem tocá-las. Parecia quase perplexo. – Como é que você faz isso tão vivo? Você não tem magia.

– Não sei – respondeu Konstantin. – Minhas mãos movem-se sem mim. O que você sabe sobre beleza, monstro?

– Mais do que você – rebateu o Urso. – Vivi mais tempo e vi mais coisas. Posso fazer coisas mortas viverem, mas apenas para caçoar dos vivos. Isto... é outra coisa.

Aquilo naquele único olho sarcástico seria encantamento? Konstantin não poderia ter certeza.

O Urso estendeu a mão e virou o painel de madeira da imagem para a parede. – Você ainda precisa ir rezar missa na catedral. Esqueceu do nosso trato?

Konstantin jogou o pincel para o lado. – E se eu não for? Vai me amaldiçoar? Roubar minha alma? Me torturar?

– Não – respondeu o Urso, e tocou em seu rosto de leve. – Desaparecerei, irei embora, me atirarei de volta no buraco ardente e te deixarei só.

Konstantin ficou parado. Só? Sozinho com seus pensamentos? Às vezes, o diabo parecia a única coisa real naquele mundo quente de tormentos.

– Não me deixe – pediu Konstantin. Soou como um sussurro angustiante.

Os dedos grossos roçaram seu rosto com uma delicadeza surpreendente. Os olhos grandes e profundamente azuis ergueram-se para encontrar um único olho cinza, um rosto unido por cicatrizes. O Urso segredou sua resposta no ouvido de Konstantin: – Fiquei só por cem vidas humanas, preso em uma clareira debaixo de um céu imutável. Você pode criar vida com suas mãos de um jeito que nunca vi. Por que o deixaria?

Konstantin não soube se ficava aliviado ou apavorado.

– Mas – murmurou o Urso –, a catedral.

◇

Dmitrii não concordou. – Um serviço religioso para toda Moscou? – perguntou. – Padre, seja razoável. As pessoas desmaiarão com o calor ou talvez sejam pisoteadas. As emoções já estão bem exacerbadas sem que se chamem todos para suar juntos, rezar e beijar imagens, agradando como se deve a Deus. – Esta última observação veio como uma reflexão tardia.

O Urso, observando, invisível, disse com satisfação. – Adoro homens sensatos. Eles sempre tentam dar um sentido ao impossível e não conseguem. Então, fazem bobagem. Vamos lá, padrezinho. Engane-o com eloquência.

Konstantin não fez sinal de ter escutado além de um aperto na boca, mas em voz alta retrucou, num tom de reprovação: – É a vontade de Deus, Dmitrii Ivanovich. Se houver alguma chance de livrar Moscou desta maldição, devemos pegá-la. Os mortos estão infestando Moscou com medo, e se eu for chamado tarde demais? E se acontecer pior do que os *upyry* e minhas orações não impedirem? Não, acho melhor que toda a cidade reze junta e talvez ponha um fim a esta maldição.

Dmitrii continuava com o cenho franzido, mas concordou.

◇

Para Konstantin, o mundo parecia menos real quando ele vestia seus novos mantos branco e escarlate, o colarinho alto e duro na parte de trás.

O suor escorria como rios por sua espinha quando ele pôs a mão na porta do santuário.

O Urso disse: – Quero entrar.

– Então entre – replicou Konstantin com a mente em outro lugar.

O diabo fez um som de impaciência e pegou na mão de Konstantin. – Você tem que me levar junto.

A mão de Konstantin curvou-se na do demônio. – Por que você não pode entrar sozinho?

– Sou um diabo – respondeu o Urso. – Mas também sou seu aliado, homem de Deus.

Konstantin levou o Urso para dentro do santuário e olhou com rancor para os santos. *Está vendo o que eu faço quando você não fala comigo?* O Urso olhou ao redor com curiosidade: para as tampas das imagens, douradas e cheias de joias, para o escarlate e azul do teto, para as pessoas.

Porque a catedral estava lotada com uma multidão que se empurrava, agitava-se, cheirando a suor azedo. Amontoados perante a iconóstase, eles choravam e rezavam, observados pelos santos e também por um diabo silencioso, caolho.

Porque o Urso saiu com o clero, quando as portas da iconóstase foram abertas. Avaliando a multidão, ele disse: – Isto é um bom presságio. Venha agora, homem de Deus. Mostre-me sua habilidade.

Ao começar a cerimônia, Konstantin não sabia para quem cantava: para o povo que assistia ou para o demônio que escutava. Mas colocou naquilo todo o tormento de sua alma em frangalhos até que toda a catedral chorava.

Depois, Konstantin voltou para sua cela no monastério, mantida em contraste com o mobiliário de sua própria casa, e deitou-se, mudo, em seu lençol ensopado de suor. Tinha os olhos fechados, e o Urso não disse uma palavra sequer, mas estava ali. Konstantin podia sentir a presença sulfurosa, impressionante.

Por fim, o padre exclamou sem abrir os olhos: – Por que você está calado? Fiz o que pediu.

O Urso respondeu, quase rugindo: – Você andou pintando as coisas que não dirá: vergonha, tristeza e todo o resto tedioso. Está tudo ali, no rosto do seu São Pedro. E hoje você cantou o que não se atreve a proferir. Pude sentir isso. E se alguém perceber? Está tentando quebrar a promessa?

Konstantin sacudiu a cabeça com os olhos ainda fechados. – Eles ouvirão o que querem ouvir e verão o que querem ver. – retrucou. – Farão o que sinto ser próprio deles, sem compreender.

– Bom, então os homens são uns grandes idiotas. – replicou o Urso. Deixou passar. – De qualquer modo, aquela cena na catedral deve bastar. – Agora, ele parecia satisfeito.

– Bastar para o quê? – perguntou Konstantin.

Àquela altura, o sol tinha baixado; o crepúsculo verde deu alguma trégua ao calor violento. Ele ficou deitado imóvel, respirando e buscando em vão uma lufada de ar fresco.

– Bastar para as mortes – respondeu o Urso, implacável. – Todos eles beijaram a mesma imagem. Tenho um uso para os mortos. Amanhã você tem que ir até o grão-príncipe. Afirmar sua posição com ele. Aquele monge influenciado pela bruxa, irmão Aleksandr, vai voltar. Você precisa garantir que o lugar que tem ao lado do grão-príncipe não esteja esperando por ele.

Konstantin ergueu a cabeça. – O monge e o grão-príncipe são amigos de infância.

– Sim – afirmou o Urso. – E o monge fez por bem mentir para Dmitrii mais de uma vez. Sejam quais forem os juramentos de pés juntos feitos por ele desde então, garanto a você, não bastarão para recuperar a confiança do príncipe. Ou isso é mais difícil do que fazer uma turba matar uma menina?

– Ela mereceu – murmurou Konstantin, jogando um braço sobre os olhos. A escuridão por detrás das suas pálpebras devolveu-lhe um olhar verde escuro, ferido, e ele tornou a abrir os olhos.

– Esqueça-a – disse o Urso. – Esqueça a bruxa. Você vai acabar enlouquecendo de luxúria, orgulho e arrependimento.

Aquilo doeu. Konstantin sentou-se e protestou: – Você não pode ler a minha mente.

– Não – retorquiu o Urso – Mas posso ler seu rosto, o que é praticamente a mesma coisa.

Konstantin voltou para os cobertores grosseiros. Baixinho, disse: – Pensei que ficaria satisfeito.

– Não é da sua natureza ficar satisfeito – replicou o Urso.

– A princesa de Serpukhov não estava na catedral hoje – disse Konstantin. – Nem as pessoas da sua casa.

– Deve ter sido por causa da criança – disse o Urso.

– Marya? O que tem ela?

– Foi avisada – respondeu o Urso. – Os *chyerti* preveniram-na. Você pensou que tinha matado todas as bruxas de Moscou quando queimou aquela? Mas não tenha medo. Não haverá mais bruxas em Moscou antes da primeira neve.

– Não? – Konstantin prendeu o fôlego. – Como?

– Porque você trouxe toda Moscou para a catedral hoje – respondeu o Urso, satisfeito. – Eu precisava de um exército.

◆

– Eles não devem ir! – Marya gritou para a mãe. – Ninguém!

Mãe e filha estavam com os camisolões mais finos, seus rostos úmidos de suor, olhos escuros idênticos, vítreos de cansaço. No terem naquele verão, todas as mulheres viviam no lusco-fusco. Não havia fornalhas acesas dentro de casa, nem lampiões ou velas; o calor teria sido insuportável. Elas abriam as janelas à noite, mas deixavam-nas bem fechadas durante o dia para conservar todo frescor possível. Assim, as mulheres viviam numa escuridão cinzenta e isso refletia em todas elas. Marya estava pálida sob o suor, magra e prostrada.

Com delicadeza, Olga disse para a filha: – Se as pessoas quiserem ir rezar na catedral, dificilmente consigo impedi-las.

– Você tem que fazer isso – pediu Marya com urgência. – Tem. O homem no forno disse. Ele disse que as pessoas sairão doentes.

Olga analisou a filha, intrigada. Marya andava fora de si desde que o calor as atingira. Normalmente, Olga teria saído da cidade com a família, indo para a cidadezinha rústica de propriedade de Serpukhov, onde, pelo menos, poderiam esperar um pouco de sossego e ar mais fresco. Mas nesse ano, havia relatos de incêndios no sul e se alguém chegava a pôr o nariz para fora, via uma bruma branca infernal e respirava a fumaça. Agora, havia peste na *posad* fora dos muros e aquilo decidiu. Manteria a família onde estava. Mas...

– Por favor – implorou Marya. – Todos precisam ficar aqui. Com nossos portões fechados.

Olga continuava de cenho franzido. – Não posso manter nossos portões fechados para sempre.

– Você não vai precisar – retrucou Marya, e Olga notou, com desconforto, a franqueza do olhar da filha. Estava crescendo rápido demais. Algo em relação ao incêndio e suas consequências a tinha mudado. Via coisas que a mãe não via. – Só até Vasya voltar.

– Masha... – Olga começou, com cuidado.

– Ela está voltando – continuou a filha. Não gritou isso num desafio, não chorou, nem implorou que a mãe entendesse. Apenas disse. – Eu sei.

– Vasya não se atreveria – rebateu Varvara, entrando com panos úmidos e uma jarra de vinho que havia estado embalada em palha na adega fria. – Mesmo assumindo que ainda esteja viva, ela sabe o risco que seria para todos nós. – Estendeu o pano a Olga, que tocou de leve as têmporas.

– Alguma vez isso impediu Vasya? – Olga perguntou, pegando o copo que Varvara lhe oferecia. As duas mulheres trocaram olhares preocupados. – Não deixarei as criadas irem à catedral, Masha – Olga disse. – Mas elas não me agradecerão. E... se você... souber... que Vasya chegou, você me conta?

– Claro – concordou Marya na mesma hora. – Temos que ter um jantar pronto para ela.

Varvara disse a Olga:

– Não acho que vá voltar. Ela foi para muito longe.

20

O BRIDÃO DOURADO

A CABEÇA DE VASYA ESTAVA CHEIA DE MEIAS-NOITES INVERNAIS, E ELA vibrava com a necessidade de luz. Não tinha certeza de que algum dia acabariam saindo dali. Cavalgaram sem parar, passando sobre cordilheiras e vales vítreos de gelo, plenos de escuridão, como se jamais tivessem visto o dia. Ali, a presença de Morozko atrás dela não era um conforto; ele era parte da longa e solitária noite, imperturbado pelo gelo.

Tentou pensar em Sasha, pensar em Moscou e na luz do dia, em sua própria vida esperando por ela do outro lado da escuridão. Mas os critérios da sua vida tinham ficado todos desordenados, e foi ficando cada vez mais difícil focar a mente enquanto cavalgavam pela noite gélida.

— Fique acordada — Morozko pediu em seu ouvido. A cabeça dela pendia em seu ombro. Ela se endireitou de um pulo, meio em pânico, fazendo a égua branca abanar uma orelha em reprovação. — Se eu guiar, acabaremos em algum lugar nas minhas próprias terras no auge do inverno — ele prosseguiu. — Se você ainda quiser ir até Moscou no verão, precisa permanecer acordada. — Eles estavam atravessando uma clareira cheia de campânulas brancas, estrelas ao alto e a leve doçura das flores aos pés dela.

Rapidamente, Vasya endireitou as costas e tentou focar a mente. A escuridão parecia caçoar dela. Como poderia separar o Rei do Inverno do inverno? Impossível até mesmo tentar. Sua cabeça flutuava.

— Vasya — ele disse de um modo mais gentil. — Venha comigo para minhas terras. O inverno logo chegará em Moscou. Caso contrário...

— Ainda não adormeci — ela replicou, subitamente determinada. — Você libertou o Urso; precisa me ajudar a prendê-lo.

— Com prazer. No inverno — ele disse. — É apenas um piscar de olhos, Vasya. O que são duas estações?

– Para você, pouco talvez, mas para mim e para os meus é muita coisa – ela respondeu.

Ele não voltou a argumentar.

Vasya estava pensando naquele esquecimento, no estranho lapso de realidade que fazia fogo do nada, ou impediu os olhos de toda Moscou de enxergá-la. Era impossível que o Rei do Inverno devesse caminhar por outras terras no verão. Impossível, impossível.

Ela cerrou os punhos. *Não*, pensou. *Não é*.

– Um pouco mais longe – anunciou, e sem palavras, a égua branca seguiu a meio galope.

Por fim, quando a concentração de Vasya oscilava como uma chama em ventania, quando a exaustão a consumia e o braço de Morozko em sua cintura era a única coisa que a mantinha ereta, o frio ficou um pouco menos rigoroso. A lama apareceu debaixo da neve. Depois, eles estavam em um mundo de folhas farfalhantes. Os cascos da égua branca cobriam as folhas de gelo, onde elas caíam, e mesmo assim, Vasya aguentou firme.

Então ela, Morozko e os dois cavalos caminharam entre uma noite e a próxima, e Vasya viu uma fogueira abrigada na curva de um rio.

No mesmo instante, todo o peso de um calor estival caiu sobre o seu corpo como uma mão, e o último sinal de inverno perdeu-se atrás deles.

Morozko esmoreceu etéreo de encontro às costas de Vasya. Ela ficou alarmada ao ver a mão dele cada vez mais leve, como gelo que se dissolve ao toque da água morna.

Vasya virou metade do corpo e pegou em suas mãos. – Olhe pra mim – pediu. – *Olhe pra mim*.

Ele ergueu olhos totalmente incolores para os dela, fixos em um rosto igualmente incolor, sem profundidade, da maneira que a luz abranda-se em uma nevasca.

– Você prometeu não me deixar – ela recordou. – *Você não está só*, você disse. Você trai com tanta facilidade a sua palavra, Rei do Inverno? – Suas mãos apertaram as dele.

Ele se endireitou. Ainda estava ali, embora fraco. – Estou aqui – replicou, e o gelo da sua respiração agitou de maneira inconcebível as folhas de uma floresta no verão. Um toque de humor irônico revestiu sua voz. – Mais ou menos. – Mas ele tremia.

Vocês estão de volta em sua própria meia-noite agora, Pozhar informou-os, indiferente a impossibilidades. *Vou indo. Minha dívida está paga.*

Com cuidado, Vasya soltou as mãos de Morozko. Ele não desapareceu de imediato, então ela escorregou pelo ombro da égua branca. – Agradeço – disse à égua dourada. – Mais do que posso dizer.

Pozhar mexeu uma orelha, girou e saiu trotando sem mais uma palavra.

Vasya contemplou a égua se afastando, um pouco perdida, tentando mais uma vez não pensar em Solovey. A fogueira junto ao rio brilhava forte na escuridão. – Viajar pela meia-noite não tem problemas – Vasya murmurou –, mas envolve aproximar-se sorrateiramente de pessoas, incontáveis vezes, no escuro. Quem você acha que seja?

– Não faço ideia – respondeu Morozko, brevemente. – Não enxergo. – Disse isso sem alarde, mas parecia abalado. No inverno, seus sentidos ficavam bem mais aguçados.

Chegaram mais perto, de mansinho, e pararam fora do alcance da luz do fogo. Uma égua cinzenta estava sem amarras do outro lado das chamas. Levantou a cabeça, inquieta, escutando a noite.

Vasya conhecia-a. – Tuman – disse baixinho, e então viu três homens acampados além da égua, ao relento. Três ótimos cavalos e um de carga. Um dos homens era apenas uma trouxa escura enrolada em uma capa, mas os outros estavam sentados firmes ao lado do fogo, conversando, apesar do avançado da hora. Um deles era seu irmão, o rosto emagrecido por dias de viagem, curtido pelo sol. Havia fios brancos em seu cabelo. O outro era o homem mais santo de Rus', Sergei Radonezhsky.

A cabeça de Sasha ergueu-se, vendo o desassossego dos cavalos. – Tem alguma coisa na mata – ele anunciou.

Vasya não sabia como um monge, até mesmo seu irmão, reagiria a ela naquele momento, mergulhada como estava em magia e escuridão, de mãos dadas com um demônio do gelo. Mas criou coragem e avançou. Sasha virou-se e Sergei levantou-se ágil, apesar da idade. O terceiro homem sentou-se de um pulo, piscando. Vasya reconheceu-o, Rodion Oslyabya, um irmão da lavra da Trindade.

Três monges, sujos dos dias na estrada, acampando em uma clareira na noite de verão. Dolorosamente comum. Faziam as meias-noites de inverno às suas costas parecerem sonho.

Mas não era. Tinha juntado os dois mundos.

Não sabia o que aconteceria.

◆

A primeira coisa que irmão Aleksandr viu da irmã foi uma figura esguia de rosto machucado. Blasfemou interiormente; embainhou sua espada, ergueu preces e correu para ela.

Estava muito magra. Todas as partes do seu rosto estavam afiadas como lâmina; uma caveira identificada pela luz do fogo. Mas ela retribuiu seu abraço com força, e quando ele olhou para ela, viu seus cílios molhados.

Talvez ele também estivesse chorando. – Marya disse que você estava viva. Eu... Vasya... Me desculpe. Me perdoe. Quis ir à sua procura. Eu... Varvara disse que você tinha partido para além do nosso alcance, que você...

Ela interrompeu a enxurrada de palavras. – Não há nada para perdoar.
– O fogo.
O rosto dela endureceu-se. – Acabou, irmão. Os dois fogos.
– Onde você esteve? O que aconteceu com o seu rosto?

Ela tocou a cicatriz em sua maçã do rosto. – Isso é da noite em que a multidão veio me pegar em Moscou.

Sasha mordeu o lábio. Padre Sergei interveio, a voz seca. – Tem um cavalo branco ali na mata. E uma... sombra.

Sasha virou-se, a mão indo novamente para o punho da sua espada. No escuro, apenas alcançada pelas bordas da luz do fogo, havia uma égua branca como a lua em uma noite de inverno.

– É sua? – Sasha perguntou à irmã, e depois olhou novamente. Ao lado da égua, a sombra observava-os.

Mais uma vez, pôs a mão no punho da espada.

– Não – disse a irmã. – Não é preciso isso, Sasha.

Sasha percebeu que a sombra era um homem. Um homem cujos olhos eram dois pontos de luz, incolores como água. Não era um homem. Um monstro.

Sacou a espada. – Quem é você?

◊

Morozko não respondeu, mas Vasya sentiu sua raiva. Ele e os monges eram inimigos naturais.

Captando o olhar do irmão, viu com uma sensação desagradável que a fúria de Sasha não era apenas o desdém impessoal de um monge por um diabo.

– Vasya, você conhece esta... criatura?

Vasya abriu a boca, mas Morozko veio para a luz e falou primeiro. – Eu a distingui desde a infância – ele relatou friamente. – Levei-a para minha própria casa, liguei-a a mim com magia antiga e coloquei-a a caminho de Moscou.

Vasya olhou, sem palavras, para Morozko. O desdém do irmão não era, obviamente, parcial. *De todas as coisas que ele deveria ter dito antes a Sasha.*

– Vasya – Sasha disse. – O que quer que ele tenha feito a você...

Vasya tomou a palavra. – Não importa. Cavalguei por Rus' vestida como menino; caminhei sozinha para dentro das trevas e saí viva. É tarde demais para seus escrúpulos. Agora...

– Sou seu irmão – retrucou Sasha. – Tem a ver comigo; tem a ver com cada homem da nossa família que este...

– Você foi embora quando eu era uma criança! – ela interrompeu. – Você se entregou primeiro à sua religião e depois a seu grão-príncipe. Minha vida e minha sina estão além do seu julgamento.

Rodion interveio, atiçando: – Somos homens de Deus – disse. – Aquele é um diabo. Com certeza não é preciso dizer mais nada.

– Acho – refutou Sergei – que há um pouco mais a ser dito. – Ele não falou alto, mas todos viraram-se para ele. – Minha filha – disse calmamente –, escutaremos sua história desde o começo.

◊

Eles se sentaram ao redor do fogo. Rodion e Sasha não embainharam suas espadas. Morozko não se deu ao trabalho de se sentar. Andou de um lado para outro, inquieto, como se não soubesse o que mais o desagradava: os monges e sua luz hostil da fogueira, ou a escuridão do verão quente.

Vasya contou toda a história, ou as partes que podia. Terminou rouca. Morozko não falou. Ela teve a impressão de que toda sua concentração estava sendo necessária para ele não desaparecer. O toque dela poderia ter ajudado, ou seu sangue, mas seu irmão mantinha o olhar cismado no Demônio do Gelo, e ela achou melhor não provocá-lo. Manteve os braços ao redor dos joelhos.

Quando sua voz deteve-se exausta, Sergei disse: – Você não nos contou tudo.

– Não – ela replicou. – Para algumas coisas, não existem palavras. Mas contei a verdade.

Sergei ficou em silêncio. A mão de Sasha brincava com o punho da sua espada. O fogo estava morrendo. Paradoxalmente, Morozko parecia mais real no tênue brilho vermelho do que na luz plena das chamas. Sasha e Rodion olhavam para ele com escancarada hostilidade. Para Vasya pareceu, subitamente, que sua esperança era tola, que era impossível que esses dois poderes tivessem uma causa comum. Tentando pôr toda sua convicção na voz, anunciou: – O mal anda à solta em Moscou. Temos que enfrentá-lo juntos ou sucumbiremos.

Os monges ficaram calados.

Então, lentamente, Sergei perguntou: – Se houver uma criatura diabólica em Moscou, então o que há para ser feito, minha filha?

Vasya sentiu um sopro de esperança. Rodion fez um som de protesto, mas Sergei ergueu a mão, calando-o.

– O Urso não pode ser morto, mas pode ser amarrado – ela respondeu, e contou a eles tudo o que sabia sobre o bridão dourado.

– Nós o encontramos – disse Sasha, interrompendo inesperadamente. – Nas ruínas do estábulo incendiado na noite, na noite do...

– Sim – interrompeu Vasya rapidamente. – Naquela noite. Onde está agora?

– Na sala do tesouro de Dmitrii, se ele não o derreteu por causa do ouro – disse Sasha.

– Se você e Sergei lhe disserem, juntos, pra que ele serve, ele o dará a você?

A boca de Sasha estava aberta no que obviamente era um *sim*. Depois, ele ficou cismado. – Não sei. Não tenho... Dmitrii não confia em mim como antes. Mas tem enorme fé no padre Sergei.

Vasya sabia que admitir isso doía. E também sabia o motivo de Dmitrii não confiar no irmão.

– Sinto muito – disse.

Ele sacudiu a cabeça uma vez, mas não disse nada.

– Vocês não podem confiar na fé do grão-príncipe em ninguém – Morozko interveio pela primeira vez. – O grande dom de Medved é a desordem, e suas armas são o medo e a desconfiança. Ele saberá que vocês dois estão chegando e terá planejado para isso. Até ele ser amarrado, vocês não podem confiar em ninguém, nem em vocês mesmos, porque ele enlouquece os homens.

Os monges entreolharam-se.

– O bridão pode ser roubado? – Vasya perguntou.

Todos os monges pareceram tementes a isso e não responderam. Ela teve vontade de puxar os cabelos de exasperação.

◇

Eles levaram um bom tempo para conceber seus planos. Quando terminaram, Vasya estava desesperada para dormir. Não apenas pelo descanso, mas porque dormir ali, em sua própria meia-noite, significava que haveria luz quando acordasse. O tempo todo em que conversaram, ela continuava em Meia-Noite. Todos estavam presos na escuridão com ela. Imaginou se Sasha estaria se perguntando o que teria retardado o amanhecer.

Quando já não aguentava mais, Vasya disse: – Podemos voltar a conversar pela manhã. – Levantou-se e deixou a fogueira. Arrumou um lugar cheio de velhas agulhas de pinheiro e se enrolou em sua capa.

Morozko cumprimentou os monges com um aceno de cabeça. Uma leve zombaria no gesto deixou Sasha com o rosto afogueado.

– Até de manhã – disse o Rei do Inverno.

– Aonde você vai? – Sasha perguntou.

Morozko respondeu simplesmente: – Vou até o rio. Nunca vi o amanhecer em água corrente.

E desapareceu na noite.

◇

Sasha queria se atirar no chão de frustração e medo. Queria abater aquela criatura-sombra, livrar sua mente da ideia de ela cochichar no escuro com sua irmã donzela. Olhou para o lugar de onde o demônio havia desaparecido, enquanto Rodion observava-o, preocupado, e Sergei com compreensão.

– Sente-se, meu filho – disse Sergei. – Não é hora para raiva.

– Então devemos fazer um trato com um demônio? É pecado, Deus ficará zangado...

Sergei retrucou, reprovando: – Não é dado a homens e mulheres presumirem o que o Senhor deseja. Este é o caminho do mal, quando os homens dão-se demasiada importância dizendo saber o que Deus quer porque também é o que querem. *Você* pode detestar aquele a quem ela chama de Rei do Inverno por causa da maneira como ele olha para a sua irmã, mas ele não a feriu; ela diz que ele salvou sua vida. Você não conseguiu fazer o mesmo.

Aquilo foi duro, e Sasha encolheu-se. – Não – disse em voz baixa. Não pude. Mas talvez ele a tenha amaldiçoado.

– Não sei – replicou Sergei. – Não podemos saber. Mas nossa obrigação é com homens e mulheres, os desamparados e os receosos. É por isso que estamos indo a Moscou.

Sasha ficou em silêncio por um bom tempo. Por fim, exausto, jogou uma tora no fogo e declarou: – Não gosto dele.

– Acho que ele não dá a mínima – disse Sergei.

◇

VASYA ACORDOU COM UMA LUZ DO DIA ESPLENDOROSA. Ficou em pé de um pulo e voltou o rosto para o sol. Finalmente, fora do país da Meia-Noite; esperava nunca voltar a seguir por aquele caminho escuro.

Por um instante, usufruiu do calor. Depois, ele começou a saturar, inexorável. O suor escorreu entre seus seios e pela espinha. Ela ainda estava usando o camisolão de lã da casa na beirada do lago, embora, agora, desejasse linho.

Seus pés nus embeberam-se do frescor da terra úmida de orvalho. Morozko estava a apenas alguns passos cuidando da égua branca. Ela se perguntou se ele teria ficado perto deles naquela noite ou se tinha saído vagando, tocando a terra estival com um gelo estranho. Os monges ainda dormiam, da maneira fácil que os homens dormem à luz do dia no verão.

A pele de Morozko e sua seda bordada haviam sumido, como se ele não pudesse manter as pompas do poder à dura luz do dia. Poderia ser qualquer camponês, descalço na relva, a não ser por seus passos, que salpicavam a terra com gelo e pelos punhos da sua camisa, que gotejavam água fria. Pairava certa friagem à sua volta, mesmo na manhã úmida. Ela inspirou-a, confortada, e disse: – Mãe de Deus, o calor.

Morozko parecia sombrio. – Isso é tarefa do Urso.

– No inverno, frequentemente desejei manhãs como essa – Vasya disse, para ser justa. – Ficar aquecida da cabeça aos pés. – Ela foi até a égua branca afagar seu pescoço. – E no verão, lembro-me de como tais manhãs são sufocantes. Você sente calor?

– Não – ele respondeu brevemente. – Mas o calor tenta me desfazer.

Com remorso, ela pôs a mão sobre a dele onde ela se movia na cernelha da égua. A ligação entre eles ganhou vida, e o contorno dele pareceu um pouco menos vago. Ele curvou a mão em volta da dela. Ela estremeceu e ele sorriu. Mas seus olhos estavam distantes; não podia gostar da lembrança de sua própria fraqueza.

Ela abaixou a mão. – Acha que o Urso sabe que você está aqui?

– Não – respondeu Morozko. – Vou tentar manter assim. É melhor levarmos dois dias na estrada e entrarmos em Moscou com a manhã clara.

– Por causa das coisas mortas? – perguntou Vasya. – Dos *upyry*? Dos servos dele?

– Eles só caminham à noite – ele respondeu. Seus olhos incolores estavam alucinados. Vasya mordeu o lábio.

Uma guerra antiga, era como Ded Grib havia chamado aquilo. Teria ela se feito uma terceira força nisso, como sugerira o *chyert*? Ou simplesmente assumido o lado do Rei do Inverno? O muro dos anos entre eles repentinamente pareceu tão intransponível quanto tinha sido antes da noite na casa de banhos.

Mas ela se obrigou a dizer, secamente: – Imagino que no final do dia até meu irmão venderá sua alma por água fria. Por favor, não o atormente.

– Eu estava bravo – ele replicou.

– Não viajaremos com eles por muito tempo – ela disse.

– Não – ele respondeu. – Suportarei o verão o quanto puder, mas, Vasya, não posso aguentá-lo para sempre.

◊

NÃO COMERAM NADA; estava quente demais. Todos eles estavam ruborizados e suando, mesmo antes de partirem. Pegaram a trilha estreita que serpenteava ao longo do Moskva, aproximando-se da cidade pelo leste. O estômago de Vasya dava nós de nervosismo. Agora que eles tinham decidido, ela não queria voltar para Moscou. Estava morta de medo. Caminhava pesadamente pela poeira tentando se lembrar de que podia fazer magia, tinha aliados. Mas era difícil de acreditar sob a luz inclemente do dia.

Morozko deixara a égua branca solta para pastar ao lado o rio e ficar fora da vista dos homens. Ele próprio estava fora do campo de visão; mal passava de uma brisa fresca farfalhando as folhas.

O sol subiu mais e mais sobre o mundo desfalecido. Sombras cinzentas estendiam-se como barras de ferro ao longo da trilha. À esquerda deles corria o rio. À direita, havia um vasto campo de trigo dourado-avermelhado como o pelo de Pozhar, zunindo quando um vento quente achatava os talos. O sol era como uma marreta entre os olhos. O caminho cobriu os pés deles de poeira.

Eles foram indo, indo, ainda passando pelo trigo. Parecia interminável. Parecia... Repentinamente, Vasya parou, protegendo os olhos com a mão, e perguntou: – Qual é o tamanho deste campo?

Os homens pararam quando ela parou; agora, entreolhavam-se. Ninguém sabia dizer. O dia quente parecia interminável. Morozko não estava à vista. Vasya observou o campo de trigo. Um redemoinho de poeira rodopiou pelas plantas dourado-avermelhadas; o céu estava baço com uma névoa amarela, o sol sobre a cabeça, ainda sobre a cabeça... Há quanto tempo ele estava sobre a cabeça?

Agora que tinham parado, Vasya viu que os monges estavam afogueados e com a respiração acelerada. Mais acelerada do que antes? Acelerada demais? Estava muito quente.

– O que foi? – Sasha perguntou, enxugando o suor do rosto.

Vasya apontou para o rodamoinho. – Acho...

De súbito, com um arquejo abafado, Sergei deslizou sobre a crina do seu cavalo e tombou de lado. Sasha pegou-o; o plácido cavalo de Sergei não se mexeu, apenas inclinou uma orelha intrigada. A pele de Sergei estava escarlate; tinha parado de suar.

Atrás dos monges, Vasya viu uma mulher de pele clara e cabelo platinado levantando uma tesoura de poda em uma mão cor de osso.

Não era uma mulher. Sem pensar, Vasya saltou, pegou o pulso da *chyert* e forçou-o para trás.

– Conheci Lady Meia-Noite – Vasya disse para ela, sem soltar seu pulso. – Mas não sua irmã Poludnitsa, cujo toque dizem que atinge os homens com insolação.

Sasha estava agora ajoelhando-se no chão, abraçando Sergei e parecendo abalado. Rodion tinha corrido para buscar água. Vasya não tinha certeza de que fosse encontrá-la. O campo de trigo ao meio-dia era o reino de Meio-Dia, e eles o tinham adentrado.

– Solte-me! – sibilou Poludnitsa.

Vasya não relaxou o aperto. – Deixe-nos ir – ordenou. – Não temos desavença com você.

– Não têm? – O cabelo branco da *chyert* estalou como palha no vento quente. – Os sinos deles serão o nosso fim. Isso é desavença bastante, não acha?

— Os sineiros só desejam viver — respondeu Vasya. — Como todos nós.

— Se eles só conseguem viver matando — retorquiu Lady Meio-Dia —, é melhor que morram todos.

Rodion voltou com água. Sasha tinha se levantado com uma mão no punho causticante da sua espada, mas não podia ver com quem Vasya conversava.

Vasya disse a Meio-Dia: — A morte deles é a sua; homens e *chyerti* estão interligados para o bem ou o mal. Mas pode ser para o bem. Podemos compartilhar este mundo.

Para mostrar suas boas intenções, Vasya estendeu a mão e sangrou o polegar na tesoura de poda. Atrás dela, viu os monges prenderem a respiração e percebeu que o toque do seu sangue tinha permitido que vissem o demônio.

Meio-Dia riu estridente. — *Você* vai salvar a gente, criancinha mortal? Quando o Urso prometeu-nos guerra e vitória?

— O Urso é um mentiroso — replicou Vasya.

Justo então, a voz fraca de Sergei murmurou atrás dela: — Tema e fuja, espírito impuro e amaldiçoado, visível por enganação, escondido por fingimento. Seja você da manhã, do meio-dia, da meia-noite ou noite, eu te expulso.

Meio-Dia gritou, dessa vez com uma dor real, largou sua tesoura, caiu para trás, sumindo, sumindo...

— Não! — Vasya gritou para os monges. — Não é o que vocês pensam. Não é o que *eles* pensam. — Ela se precipitou e agarrou o pulso de Meio-Dia, impedindo-a de desaparecer completamente.

— Eu te vejo — disse a ela, em voz baixa. — Continue viva.

Meio-Dia parou um instante, ferida, temerosa, pensando. Depois, foi arrebatada por um rodamoinho e desapareceu.

Morozko saiu da claridade do meio-dia. — Sua ama não a preveniu sobre os campos de trigo no verão? — perguntou.

— Padre! — Sasha gritou, no momento em que Vasya se voltava novamente para os monges. Sergei respirava rápido demais; sua pulsação vibrava na garganta. Morozko poderia ter hesitado, mas, murmurando algo, ajoelhou-se na terra e colocou seus longos dedos na pulsação frenética no pescoço do monge. Ao fazer isso, ele expirou e seu outro punho fechou-se com força.

— O que você está fazendo? — Sasha perguntou.

– Espere – pediu Vasya.

O vento levantou-se, primeiro preguiçoso, depois mais rápido, achatando o trigo. Era um vento frio, vento de inverno, cheirando a pinheiro, impossível em todo calor e poeira.

O maxilar de Morozko estava firme; seu contorno ficou mais fraco, mesmo enquanto o vento ficava mais forte. Ele desapareceria em um momento, sua presença tão inimaginável quanto um floco de neve no alto verão.

Vasya agarrou-o pelos ombros. – Ainda não – disse em seu ouvido.

Ele lhe lançou um breve olhar e esperou.

Conforme o ar esfriou, a respiração e a pulsação rápidas de Sergei começaram a se tornar mais lentas. Sasha e Rodion também pareciam melhores. Vasya sorvia o ar frio em grandes goles, mas o contorno de Morozko agora oscilava muito, apesar de estar seguro por ela.

Inesperadamente, Sasha perguntou: – O que posso fazer? – A esperança triunfara sobre a censura em seu rosto.

Vasya olhou para ele, surpresa, e disse: – Veja-o e se lembre.

Os lábios de Morozko estreitaram-se, mas ele não disse nada.

Sergei respirou fundo. O ar à volta deles estava fresco o bastante para secar o suor por debaixo do camisolão sufocante de Vasya. O vento amainou para uma brisa. O sol tinha se movido; o calor continuava intenso, mas não mortal. Morozko abaixou a mão, curvou-se para frente, cinza como neve na primavera. Vasya manteve as mãos em seus ombros. Pelos seus dedos, escorria água gelada sobre os ombros dele.

Todos estavam em silêncio.

– Não acho que seguiremos mais adiante por um tempo – Vasya disse, olhando do demônio do gelo para os monges exaustos de suor. – Não tem sentido fazer o trabalho do Urso para ele e perecer antes de chegarmos lá.

Ninguém fez qualquer comentário a respeito.

◇

ELES ENCONTRARAM UMA PEQUENA CAVIDADE perto do rio, fresca com grama e água corrente. O rio deslizava marrom a seus pés, correndo rápido em direção a Moscou, onde o Moskva e o Neglinnaya juntavam-se. À distância, densa de névoa, eles podiam ver a própria cidade soturna. Um pouco além deles, o rio estava cheio de barcos.

Estava quente demais para comer, mas Vasya pegou um pãozinho do irmão e salpicou migalhas na água. Pensou ter visto um lampejo de salientes olhos de peixe, uma onda que não fazia parte da corrente, mas foi tudo.

Observando-a, Sasha disse, abruptamente: – A mãe... a mãe também punha pão na água, às vezes. "Para o rei do rio", ela dizia. – Em seguida, cerrou os lábios com força. Mas para Vasya aquilo soou como entendimento, soou como um pedido de desculpas. Ela sorriu, hesitante, para ele.

– A demônio pretendia nos matar – Sergei comentou com a voz rouca.

– Ela estava com medo – disse Vasya. – Todos eles estão com medo. Não querem desaparecer. Acho que o Urso está deixando-os com mais medo, e então eles atacam. Não foi culpa dela. Padre, exorcismos só vão levar um maior número deles para o lado do Urso.

– Pode ser – disse Sergei –, mas eu não queria morrer em um campo de trigo.

– Não morreu – replicou Vasya. – Porque o Rei do Inverno salvou sua vida.

Ninguém disse nada.

Ela os deixou à sombra, levantou-se e foi corrente abaixo, fora do alcance de ser ouvida. Largou-se no mato alto, molhou os pés na água e disse em voz alta: – Você está bem?

Silêncio. Então, a voz dele respondeu na quietude do verão: – Já estive melhor.

Morozko passou pela relva sem ruído e se largou no chão ao lado dela. De certa forma, agora era mais difícil olhar para ele, uma vez que os olhos deslizam, sem compreensão, sobre qualquer coisa impossível. Ela estreitou seus olhos e continuou fitando até a sensação passar. Ele se sentou com os joelhos puxados, olhando para a água reluzente. Com amargura, perguntou: – Por que meu irmão deveria temer a minha liberdade? Sou menos do que um fantasma.

– Agora ele sabe?

– Sabe – respondeu Morozko. – Como não saberia? Chamando o vento de inverno tão... Eu não poderia ter deixado um sinal mais claro da minha presença, a não ser que gritasse na frente dele. Se ainda pretendemos ir a Moscou, teremos que ir hoje, apesar do risco do pôr do sol. Eu esperava evitar ao mesmo tempo a noite e os *upyry*, mas se, de qualquer maneira, ele for mandar seus serviçais para tentarem matá-la, é melhor pegarmos o bridão primeiro.

Vasya estremeceu ao sol do meio-dia. Então, contou a ele: – Existe um motivo para que *chyerti* como Lady Meio-Dia estejam do lado do Urso.

– Talvez muitos, não a maioria – Morozko replicou. – Os *chyerti* não querem desaparecer, mas a maioria de nós sabe a loucura que é entrar em guerra com os homens. Nossos destinos estão interligados.

Ela não disse nada.

– Vasya, quão perto o meu irmão chegou de te convencer a se juntar a ele?

– Ele não chegou *perto* – ela respondeu. Morozko ergueu uma sobrancelha. Em tom mais baixo, ela acrescentou: – Pensei nisso. Ele me perguntou que lealdade eu poderia ter para com Rus'. A turba de Moscou matou meu cavalo.

– Você libertou Pozhar, que incendiou Moscou – Morozko disse. Estava novamente olhando a água. – Você provocou a morte do bebê da sua irmã, embora ela estivesse disposta a morrer para dar vida ao filho. Talvez você só tenha pago pelas suas bobagens.

O tom dele era agressivo, as palavras, afiadas como lâmina em sua brusquidão.

Atônita, ela disse: – Eu não pretendia...

– Você entrou na cidade como um pássaro em uma gaiola de bambu, debatendo-se contra as barras e quebrando-as. Não faz ideia do motivo de ter terminado como terminou?

– Aonde eu deveria ter ido? – ela replicou. – Para casa e ser queimada como bruxa? Deveria ter seguido seus conselhos, exibir o seu charme, me casar, ter filhos e me sentar às vezes junto à janela, lembrando-me com ternura dos meus dias com o Rei do Inverno? Deveria ter deixado...

– Você deveria pensar antes de agir. – Ele soltou as palavras, como se tivesse sido incitado pela última pergunta dela.

– Isso vindo do Demônio do Gelo, que deixou todo seu reino em risco para salvar a minha vida?

Ele não disse nada. Ela engoliu mais palavras agressivas. Não entendia o que estava acontecendo entre eles. Não era inteligente, nem bonita. Nenhuma das histórias falava em desejo e ressentimento, em grandes gestos e erros terríveis.

– Os *chyerti* seriam venerados – Vasya disse, moderando o tom – se o Urso fizesse o que tem vontade.

— *Ele* seria venerado se fizesse o que tem vontade – retrucou Morozko. – Não acho que ele se incomode com o que acontece com os *chyerti*, desde que eles se prestem a seus objetivos. – Ele fez uma pausa. – Ou com o que acontece com os próprios homens e mulheres mortos em seu esquema.

– Se eu quisesse me juntar ao Urso, não teria ido à sua procura, para começo de conversa – Vasya rebateu. – Mas, sim, às vezes acho penoso voltar e tentar salvar a cidade.

– Se você passar a vida arcando com o fardo de erros inesquecíveis, vai apenas se machucar.

Ela olhou para ele, e ele a encarou de volta com os olhos estreitos. Por que estava bravo? Por que ela estava? Vasya sabia sobre casamentos arranjados com cuidado: sabia de camponeses namorando camponesas de cabelos loiros ao lusco-fusco do solstício de verão. Tinha escutado contos de fadas desde antes de conseguir falar. Nenhum deles a preparara para isso. Teve que apertar as mãos em punhos para se impedir de tocá-lo.

Ele se afastou bruscamente, bem quando ela respirou fundo, entrecortado, e dirigiu novamente o olhar para a água.

– Vou dormir em plena luz do dia – ela disse –, até que padre Sergei esteja apto a continuar. Você desaparecerá se eu fizer isso?

– Não – ele respondeu, soando como se se ressentisse disso. Mas ela estava com calor e sonolenta e não conseguiu chegar ao ponto de se preocupar. Enrodilhou-se na grama perto dele. A última coisa que sentiu foi seus dedos leves e gelados em seu cabelo, como um pedido de desculpas, e, de repente, adormeceu profundamente.

◇

SASHA ENCONTROU-OS UM pouco depois. O Demônio do Gelo sentado com as costas retas, vigilante. A inclinada luz do verão parecia brilhar através dele. Levantou a cabeça, com a aproximação de Sasha, que ficou surpreso com a expressão do seu rosto naquele momento, com a guarda baixa, ali e em lugar incerto. Vasya mexeu-se.

– Deixe-a dormir, Rei do Inverno – pediu Sasha.

Morozko não disse nada, mas moveu uma mão para ajeitar o desgrenhado cabelo preto de Vasya.

Observando-os, Sasha perguntou: – Por que você salvou a vida do padre Sergei?

Morozko respondeu: – Não sou nobre, se é isso que está pensando. O Urso precisa ser novamente amarrado, e não podemos fazer isso sozinhos.

Sasha ficou em silêncio, remoendo o assunto. Depois, disse, abruptamente: – Você não é uma criatura de Deus.

– Não sou. – Sua mão livre, relaxada, tinha uma imobilidade sobrenatural.

– Mas você salvou a vida da minha irmã. Por quê?

O olhar do diabo foi direto. – De início, para meus próprios planos, mas depois porque não pude suportar vê-la ser assassinada.

– Por que, agora, você cavalga com ela? Não pode ser fácil, um demônio do inverno no alto verão.

– Ela me pediu. Por que todas essas perguntas, Aleksandr Peresvet?

O epíteto foi dito meio a sério, meio como zombaria. Sasha precisou reprimir um surto de raiva.

– Porque depois de Moscou – ele relatou, tentando manter a voz equilibrada –, ela foi para um... país escuro. Disseram-me que eu não poderia segui-la ali.

– Não poderia.

– E você?

– Eu poderia.

Sasha assimilou isso. – Se ela entrar nas trevas novamente, você jura que não vai abandoná-la?

Se o demônio ficou surpreso, não demonstrou. Com a expressão distante, respondeu: – Não irei abandoná-la. Mas um dia, ela irá para onde nem mesmo eu posso segui-la. Sou imortal.

– Então... Se ela pedir... Se houver um homem que possa aquecê-la, rezar por ela e dar-lhe filhos..: Então, deixe-a ir. Não a mantenha na escuridão.

– Você precisa decidir-se – disse Morozko. – Jurar não abandoná-la ou desistir dela para um homem vivo? O que vai ser?

Seu tom era cortante. A mão de Sasha vagou para sua espada, mas ele não a segurou. – Não sei – respondeu. – Nunca a protegi; não sei por que conseguiria agora.

O demônio não disse nada.

Sasha disse:

– Um convento acabaria com ela. – Com relutância, acrescentou: – Até um casamento, não importa o quanto o homem fosse bondoso, o quanto a casa fosse boa.

Morozko continuou sem dizer nada.

– Mas temo pela sua alma – confessou Sasha, erguendo a voz contra a vontade. – Temo por ela sozinha em lugares escuros e temo por ela com você ao lado. É pecado. E você é um conto de fadas, um pesadelo, você não tem alma alguma.

– Talvez não – concordou o Rei do Inverno, mas os dedos esguios continuaram enredados no cabelo de Vasya.

Sasha cerrou os dentes. Queria exigir promessas, juramentos, confissões, ainda que apenas para adiar a compreensão de que certas coisas ele não poderia mudar. Mas conteve as palavras. Sabia que não fariam nenhum bem. Ela tinha sobrevivido ao gelo e ao fogo, tinha encontrado um abrigo, embora breve. Talvez isto fosse tudo que alguém pudesse pedir nas voltas enlouquecidas do mundo.

Recuou.

– Rezarei por ambos – disse, com a voz apertada. – Partiremos logo.

21

INIMIGO AO PORTÃO

ERA COMEÇO DA NOITE, LUMINOSA E QUIETA, AS SOMBRAS CINZENTAS longas e atenuando para violeta, quando eles seguiram pela margem ressecada do Moskva e conseguiram uma balsa para atravessá-los.

O balseiro só tinha olhos para os monges. Vasya manteve a cabeça baixa. Com o cabelo batido, as roupas grosseiras, seu desalinhamento, passava por um cavalariço. No começo, foi fácil esquecer quem era, já que se ocupava em fazer os cavalos ficarem quietos no balanço do barco, mas viu seu coração bater mais e mais rápido ao se aproximarem da outra margem do rio.

Em sua mente, o Moskva estava coberto de gelo, vermelho com a luz do fogo. Homens e mulheres fervilhavam ao redor de uma pira construída às pressas. Talvez mesmo agora estivessem pairando sobre o mesmo lugar, onde suas últimas cinzas teriam afundado na água indiferente.

Mal conseguiu chegar até o lado do barco e já estava vomitando no rio. O balseiro riu. – Pobre camponês, nunca esteve num barco antes?

Padre Sergei, com mãos bondosas, segurou sua cabeça enquanto ela tinha ânsias. – Olhe para a praia – disse. – Viu como está calma? Aqui está um pouco de água limpa. Beba. Assim é melhor.

Foi o toque gelado na parte detrás do seu pescoço, dedos frios, invisíveis, que a fizeram se recuperar. *Você não está sozinha*, ele disse, numa voz que só ela poderia ouvir. *Lembre-se.*

Ela se sentou com o rosto grave e limpou a boca. – Estou bem, padre – disse a Sergei.

O barco rangeu de encontro a um deque. Vasya pegou o cabresto do cavalo de carga e levou-o para terra firme. A corda escorregou em suas mãos suadas. Pessoas empurravam-se para entrar na cidade antes que os portões se fechassem para a noite. Não foi difícil ficar um pouco atrás dos três monges. A presença fria de Morozko caminhava invisível ao seu lado. Esperando.

Alguém a reconheceria, a bruxa que achavam que tinham queimado? Havia pessoas à frente e atrás; pessoas por toda volta. Ficou com medo. O ar cheirava a poeira, peixe podre e doença. O suor pingou por entre seus seios.

Manteve a cabeça baixa, tentando parecer insignificante, tentando controlar seu coração acelerado. O fedor da cidade trazia lembranças com mais rapidez do que ela conseguia afastá-las: de fogo, terror, mãos rasgando suas roupas. Rezou para ninguém especular por que ela usava um camisolão grosso e jaqueta no calor. Nunca na vida tinha se sentido tão terrivelmente vulnerável.

Os três monges pararam no portão. As sentinelas do portão seguravam sachês de ervas secas junto à boca e ao nariz enquanto cutucavam carroças e faziam perguntas aos viajantes. O rio lançava pontos de luz em seus olhos.

– Digam seus nomes e seus negócios, estrangeiros – disse o capitão da guarda.

– Não sou estrangeiro. Sou o irmão Aleksandr – respondeu Sasha. – Voltei para Dmitrii Ivanovich, acompanhando o santo padre Sergei Radonezhsky.

O capitão franziu o cenho. – O grão-príncipe ordenou que você seja levado a ele ao chegar.

Vasya mordeu o lábio. Com suavidade, Sasha replicou: – Vou até o grão-príncipe no devido tempo, mas o santo padre precisa ir antes até o monastério para descansar e dizer orações de agradecimento por ter chegado a salvo.

As mãos de Vasya estavam escorregadias na corda que levava o cavalo.

– O santo padre pode ir aonde quiser – disse o capitão, secamente, mas *você* vai até o grão-príncipe, segundo ordens. Farei com que seja escoltado. O grão-príncipe foi aconselhado a não confiar em você.

– Quem o aconselhou? – Sasha perguntou.

– O milagreiro – disse a sentinela, e sua voz seca ganhou um pouco de emoção. – Padre Konstantin Nikonovich.

– *Agora o Urso sabe que estamos chegando* – Morozko havia dito a Sergei e Sasha enquanto eles seguiam ao longo do Moskva em direção à cidade na tarde abafada. – *É possível que vocês sejam retardados no portão. Se isso acontecer...*

Vasya mal conseguia respirar com o pânico em sua garganta, mas deu um jeito de murmurar para o cavalo de carga ao seu lado: – Empine!

O animal entrou num frenesi de solavancos de pernas pesadas. No momento seguinte, Tuman, a égua de Sasha, treinada para batalhas, também empinou, atacando com seus cascos dianteiros. O cavalo de Rodion também começou a corcovear energicamente bem junto ao portão, e então Sergei ergueu a voz, encorpada e forte apesar da idade, para dizer: – Venha, irmão, vamos todos rezar... – exatamente quando Tuman chutou um dos guardas. No auge da confusão, Vasya esgueirou-se pelo portão, Morozko em seu encalço.

Esqueça. Exatamente como naquela outra noite no mesmo rio. Esqueça que eles poderiam vê-la. Claro, os guardas poderiam não tê-la visto mesmo sem mágica, tal a eficiência com que os três monges atraíram todos os olhares.

Esperou à sombra do portão. Esperou que Sasha entrasse com Sergei para assim poder segui-los, invisível, até o palácio do grão-príncipe, conseguir entrar com eles, sem ser vista, depois ir roubar o bridão.

– Sou um idiota completo, irmão? – perguntou uma voz conhecida. Em algum lugar em sua leve entonação, estava o confronto de exércitos, a gritaria de homens. O Urso estava à sombra do portão e parecia ter crescido desde a última vez em que ela o vira, como que alimentado pelo miasma de medo e doença rodopiando por Moscou. – A cidade é minha – ele disse. – O que espera fazer vindo aqui como um fantasma na companhia de um bando de monges? Trair-me para a nova religião? Ver-me exorcizado? Não, sou mais forte. Desta vez, você não terá uma agradável prisão de esquecimento; serão correntes e longas trevas. Depois que eu matá-la e fizer dela minha criada na sua frente.

Morozko não disse nada. Tinha uma faca de gelo, embora a lâmina pingasse água, quando ele se movia. Seus olhos encontraram os dela, uma vez, sem palavras.

Ela correu.

– Bruxa! – berrou o Urso, na voz que os homens podiam ouvir. – Bruxa, tem uma bruxa ali! – Cabeças começaram a se virar; então, sua voz foi cortada abruptamente. Morozko atirara sua faca na garganta do irmão; o Urso batera nela com força, jogando-a para o lado, e então os dois estavam atracados como lobos, invisíveis na poeira.

Vasya fugiu, o coração martelando na garganta, apagando-se à sombra das construções.

◇

Ela tentou não pensar no que estava acontecendo às suas costas; Sasha e Sergei determinados a distrair Dmitrii; Morozko detendo o Urso.

O resto era por conta dela.

– *Se chegar a esse ponto, não posso mantê-lo distraído para sempre* – Morozko havia dito. – *Até o pôr do sol, não mais. E ao pôr do sol, não fará diferença. Ele terá os mortos, terá o poder dos medos humanos que se erguem na escuridão. Ele precisa estar amarrado ao pôr do sol, Vasya.*

Assim, ela correu, o suor ardendo em seus olhos. Os olhares dos *chyerti* recaíram sobre ela como uma saraivada de pedras, mas ela não se virou para olhar. As pessoas cuidavam intensamente dos seus afazeres, arfando, ensopadas de suor, segurando sachês de flores secas para afastar a doença, prestando pouca atenção em um menino esquisito, desacompanhado. Um homem morto jazia encolhido em um canto, entre duas construções, com moscas em seus olhos abertos. Vasya engoliu a náusea e continuou correndo. A cada passo, tinha que combater o pânico de estar novamente em Moscou, e sozinha. Cada som, cada cheiro, cada esquina traziam de volta lembranças paralisantes; sentia-se como uma menina em um pesadelo tentando correr por lama viscosa.

Os portões do palácio de Serpukhov tinham sido reforçados e novamente reforçados; a parte de cima apresentava fileiras de espetos de madeira e havia guardas no portão. Vasya parou, ainda lutando contra aquele medo de apertar o estômago, imaginando como iria...

Uma voz falou do alto do muro. Ela precisou olhar três vezes antes de ver quem falava. Era o *dvorovoi* de Olga. Ele estendeu as duas mãos para ela.
– Venha – murmurou. – Venha, venha.

Ao pegar nas mãos estendidas do *dvorovoi*, ela viu que eram estranhamente sólidas. Antes, os espíritos domésticos de Olga mal passavam de névoa, mas agora as mãos do *chyert* puxaram-na com força. Vasya esforçou-se para se içar, colocou uma das mãos no alto do muro e passou por cima.

Caiu no chão do outro lado e encontrou um pátio silencioso e acobreado com apenas alguns criados movendo-se em silêncio. Respirou fundo, buscou o esquecimento que os impedia de vê-la. Mal conseguia lidar com isso. Logo ali, Solovey tinha...

– Preciso falar com Varvara – Vasya disse ao *dvorovoi* por entre dentes cerrados.

Mas o *dvorovoi* pegou-a pela mão e levou-a às pressas na direção da casa de banhos. – Você precisa ver nossa senhora – ele retrucou.

◊

Ela estava deitada, enrodilhada como um cachorrinho filhote, na casa de banhos. O *bannik* devia estar fazendo o possível por ela, Vasya pensou. Todos os *chyerti* da casa deviam estar fazendo o possível por ela. Porque ela...

Marya sentou-se e Vasya ficou chocada ao ver o rosto da criança; seus olhos puseram-se a funcionar com círculos como hematomas.

– Tia! – Marya gritou. – Tia Vasya! – e se atirou, aos soluços, nos braços da tia.

Vasya pegou a criança e abraçou-a. – Masha, amor, diga-me o que aconteceu.

Explicações abafadas soaram de algum lugar próximo ao esterno de Vasya. – Você foi embora. Solovey foi embora e o homem no forno disse que o Comedor mandaria pessoas mortas para dentro das nossas casas se conseguisse. Então, falei com os *chyerti*, dei pão a eles, cortei minha mão e dei sangue, como você pediu, e a mamãe manteve todos nós em casa, em vez de ir à igreja...

– Sim – Vasya disse com orgulho, interrompendo o fluxo de palavras. – Você fez muito bem, minha menina valente.

Marya endireitou-se, abruptamente. – Vou buscar a mamãe e Varvara.

– É uma boa ideia – Vasya replicou, atenta ao declinar do dia. Não gostou da ideia de se esconder na casa de banhos enquanto Marya fazia o papel de mensageira, mas não se atrevia a permitir que as criadas a vissem e não estava totalmente no controle de si mesma para confiar em magia parcialmente entendida. O terror continuava à espera para agarrá-la pela garganta.

– Os *chyerti* disseram que você voltaria – Marya contou, feliz. – Disseram que você voltaria, e iríamos a um lugar junto ao lago onde não faz calor e tem cavalos.

– Espero que sim – retrucou Vasya fervorosamente. – Agora, rápido, Masha.

Marya saiu correndo. Depois que ela se foi, Vasya respirou fundo algumas vezes lutando para se recompor. Virou a cabeça para o *bannik*. – Chorei por um rouxinol – ela disse. – Mas Marya...

— É sua herdeira e seu espelho – completou o *bannik*. – Ela terá um cavalo e os dois vão se amar, assim como a mão esquerda ama a direita. Cavalgará para longe e rápido quando estiver crescida. – Ele fez uma pausa. – Se vocês duas sobreviverem.

— É um bom futuro – Vasya disse, e depois mordeu o lábio, lembrando-se.

— O Urso menospreza os *chyerti* domésticos como se fossem ferramentas dos homens – contou o *bannik*. – Vamos ajudá-la como for possível. O devoto dele tem medo de nós.

— O devoto dele?

— O padre de cabelo dourado – relatou o *bannik*. – O Urso aceitou o padre como se fosse dele e deu-lhe a segunda visão que tanto o apavora agora. Eles estão ligados um ao outro.

— Ah – disse Vasya. Subitamente, muita coisa ficou óbvia para ela. – Vou matar aquele padre. – Não era nem mesmo um juramento, era uma declaração de fato. – Isso enfraquecerá o Urso?

— Sim – respondeu o *bannik*. – Mas pode não ser tão fácil. O Urso o protegerá.

Justamente então, Marya voltou correndo pela escurecida casa de banhos. – Elas estão vindo – anunciou, e franziu o cenho. – Acho que ficarão felizes em ver você.

Olga e Varvara vieram em seu encalço. Olga parecia mais abalada do que satisfeita. – Parece que você está fadada a me surpreender com encontros repentinos, Vasya – disse. A voz estava seca, mas pegou nas mãos de Vasya e segurou-as com força.

— Sasha disse que você sabia que eu tinha sobrevivido.

— Marya soube – respondeu Olga. – E Varvara. Elas nos contaram. Tive dúvidas, mas... – Ela parou de falar, perscrutando o rosto da irmã. – Como você escapou?

— Não importa – interrompeu Varvara. – Você colocou todos nós em perigo uma vez, menina. Agora, está fazendo isso de novo. Alguém te viu?

— Não – respondeu Vasya. – Também não me viram pular da minha própria pira e não vão me ver agora.

Olga empalideceu. – Vasya – ela começou. – Sinto muito...

— Não importa. O Urso pretende destronar Dmitrii Ivanovich – Vasya contou – para mergulhar toda esta terra no caos. Temos que impedi-lo. – Ela engoliu com dificuldade, mas conseguiu dizer com firmeza: – Preciso entrar no palácio de Dmitrii Ivanovich.

22

A PRINCESA E O GUERREIRO

A DISTRAÇÃO DE SASHA FUNCIONOU MELHOR DO QUE ELE ESPERAVA. Tuman, irritada com os gritos e treinada para a guerra, empinou, investiu, tornou a empinar. Vieram mais e mais guardas, até que os três monges estavam no centro de uma multidão barulhenta.

– Ele voltou.
– O irmão da bruxa.
– Aleksandr Peresvet.
– Quem é aquele com ele?

Não havia chance de alguém ver Vasya, Sasha pensou, taciturno. Todos olhavam para ele. Mais e mais pessoas aglomeravam-se. Parecia agora que os guardas não sabiam se deveriam se voltar para ele ou para fora, de modo a não dar as costas para a multidão furiosa. Uma alface foi arremessada, podre, de algum ponto em meio ao povo, caindo aos pés do cavalo de Sergei. Os cavalos puseram-se em movimento, começando a subir a colina do Kremlin. Mais vegetais voaram; depois, uma pedra. Sergei, ainda sentado imperturbável em seu cavalo, ergueu a mão e abençoou a multidão. Sasha levou sua égua ao lado do mestre, protegendo Sergei com seu corpo e o de Tuman. – Isso é loucura – murmurou. – Rodion, vocês dois, vão até o Arcângelo. A situação pode piorar. Padre, por favor. Mandarei notícias.

– Tudo bem – concordou Sergei. – Mas tome cuidado.

Sasha ficou satisfeito quando Rodion e seu grande cavalo abriram caminho em meio ao povaréu, e eles se foram. Agora os guardas apressavam-no em direção ao palácio de Dmitrii. Estava se tornando uma competição ver se ele chegaria lá antes da multidão ficar densa demais.

Mas eles conseguiram, e Sasha ficou contente ao ouvir o portão fechar-se atrás dele, desmontando na poeira do pátio. O grão-príncipe estava do lado de fora observando um homem analisar as habilidades de um potro de três anos. Não parecia bem, foi a primeira impressão de Sasha. Parecia pesado e abatido, o maxilar mole e seu rosto tinha uma estranha raiva embrutecida.

O padre de cabelo dourado estava parado logo atrás de Dmitrii e parecia mais bonito do que nunca. Seus lábios e mãos eram delicados como os de uma mulher; os olhos, absurdamente azuis. Estava vestido como bispo, a cabeça erguida, escutando o clamor de uma cidade inquieta. Não havia triunfo em seu rosto, apenas uma certeza de poder, o que Sasha achou infinitamente pior.

Dmitrii avistou Sasha e enrijeceu-se. Não havia acolhimento em seu rosto, somente uma tensão nova e desconhecida.

Sasha atravessou o pátio mantendo um olhar atento no padre. – *Gosudar* – cumprimentou Dmitrii, formalmente. Não queria falar do padre Sergei, não com aquele homem de olhar gélido à escuta.

– Voltou *agora*, Sasha? – Dmitrii explodiu. – Agora, quando a cidade está tomada pela doença e agitada, e tudo que o povo precisa é de uma desculpa? – Parou para ouvir o barulho que aumentava do lado de fora; estavam se apinhando nos portões.

– Dmitrii Ivanovich... – Sasha começou.

– Não – interrompeu Dmitrii. – Não vou escutar você. Será trancafiado e reze para que isto baste para aquietar a multidão. Padre... poderia dizer a eles?

Konstantin respondeu, com o tom perfeito de uma aflição corajosa: – Direi.

Sasha, odiando o homem, retrucou: – Primo, preciso falar com você.

Os olhos de Dmitrii encontraram os seus, e Sasha poderia jurar que havia algo neles, um aviso. Então a expressão de Dmitrii ficou gélida. – Ficará trancado – disse. – Até que eu consulte os religiosos e decida o que fazer com você.

◆

– Eudokhia está mais uma vez grávida e com medo – Olga contou à Vasya. – Qualquer diversão fará bem a ela. Posso te fazer atravessar pelo portão.

– É um risco – Vasya replicou. – Pensei que poderíamos ir eu e Varvara. Duas criadas com um recado. Quem perceberá? Ou mesmo sozinha. Ou você poderia me mandar um homem de sua confiança para me levantar sobre o muro. – Brevemente, ela lhes contou sobre a invisibilidade inconstante que tinha descoberto em si mesma na noite do fogo.

Olga persignou-se e, depois, com o cenho franzido, sacudiu a cabeça. – Sejam quais forem os poderes estranhos que você tenha descoberto, Dmitrii ainda possui uma grande guarda no portão. E o que acontecerá ao servo se *ele* for visto? Moscou está meio enlouquecida. Todos temem a peste, os mortos e as maldições. Na verdade, Moscou tem estado muito temerosa neste verão. Sou a princesa de Serpukhov; posso passar pelo portão com mais facilidade. Vestida como minha serva, você será pouco notada se alguém *chegar a vê-la*.

– Mas você...

– Diga-me que não é necessário – Olga replicou. – Diga-me que deixar as coisas como estão não colocará meus filhos em risco, meu marido, minha cidade. Diga isso e ficarei alegremente em casa.

Vasya não poderia, em sã consciência, dizer nada parecido.

◇

OLGA E VARVARA FORAM EFICIENTES. Mal dizendo uma palavra, encontraram para Vasya os trajes de uma criada. Olga pediu que seus cavalos fossem arreados com rapidez. Marya implorou que lhe fosse permitido ir, mas Olga disse: – Minha querida, as ruas estão cheias de doença.

– Mas *você* está indo – observou Marya com rebeldia.

– Estou – respondeu Olga. – Mas você pode não ser poupada, minha corajosa querida.

– Tome conta dela – Vasya pediu ao *dvorovoi* de Olga e deu um abraço apertado em Marya.

As irmãs deixaram o palácio de Serpukhov quando o lusco-fusco adensava-se para crepúsculo. A carruagem fechada estava abafada; o sol pairava vermelho. De fora vinham murmúrios de desassossego, o cheiro de putrefação da cidade abarrotada. Vasya, vestida como criada, sentia-se mais nua do que jamais se sentira em suas roupas de menino.

– Temos que voltar para dentro dos seus muros antes do pôr do sol – disse a Olga, esforçando-se para manter a voz equilibrada. O medo tinha novamente começado a aflorar dentro dela quando entraram de volta em Moscou. – Olya, se eu me atrasar, vá para casa sem mim.

– Claro que vou – concordou Olga. O que para ela não era um enorme e tolo sacrifício; Vasya sabia que ela já estava correndo mais riscos do que queria. Rodaram por um tempo em silêncio. Então... – Não sei o que fazer por Marya – Olga admitiu abruptamente. – Estou fazendo o possível para protegê-la, mas ela se parece demais com você. Fala com coisas que eu não consigo ver; a cada semana, fica mais esquiva.

– Você não pode protegê-la de sua própria natureza – replicou Vasya. – Ela não pertence a este lugar.

– Talvez não – Olga disse. – Mas, em Moscou, posso pelo menos protegê-la daqueles que lhe desejam o mal. O que acontecerá se as pessoas descobrirem seu segredo?

Vasya respondeu, lentamente: – Existe uma casa junto a um lago em um país selvagem. Foi para lá que eu fui depois das queimadas em Moscou. É de lá que veio nossa avó e nossa bisavó. Está no nosso sangue. Vou voltar para lá quando isso terminar. Construirei um lugar seguro para seres humanos e *chyerti*. Se Marya vier comigo, crescerá livre. Poderia cavalgar e, se quiser se casar, pode. Ou não. Olya, ela murchará aqui. Passará a vida toda lamentando algo que não sabia ter perdido.

As rugas de preocupação aprofundaram-se na boca e nos olhos de Olga, mas ela não respondeu.

Um novo silêncio caiu sobre elas. Então, Olga voltou a falar, surpreendendo a irmã. – Quem era ele, Vasya?

Os olhos de Vasya ergueram-se no mesmo instante.

– Dê-me o crédito de, no mínimo, um pouco de percepção – disse Olga, respondendo ao seu olhar. – Já vi meninas casando-se em número suficiente.

– Ele – respondeu Vasya, vendo-se subitamente mais uma vez nervosa, de um jeito diferente. – Ele é... – Ela hesitou e parou. – Ele não é um homem – admitiu. – É... um dos seres invisíveis.

Esperou que Olga ficasse chocada. Mas Olga apenas franziu o cenho. Seus olhos perscrutaram o rosto da irmã. – Você queria?

Vasya não sabia se Olga ficaria mais horrorizada se dissesse que sim ou que não. Mas a verdade era só uma. – Queria – respondeu. – Ele salvou minha vida. Mais de uma vez.

– *Você* está casada?

Vasya respondeu: – Não, não estou... Não sei se podemos casar. Que sacramento o comprometeria?

Olga pareceu triste. – Então você está vivendo além da visão de Deus. Temo pela sua alma.

– Eu não – retrucou Vasya. – Ele... – ela hesitou e foi em frente: – Ele tem sido uma alegria para mim. – E, secamente: – E também um grande motivo de frustração.

Olga deu um leve sorriso. Vasya lembrou-se que, anos antes, sua irmã tinha sido uma menina que sonhava com amor e príncipes-corvos. Olga deixara de lado o sonho, como é necessário para as mulheres. Talvez não se arrependesse disso. Porque o príncipe-corvo era estranho e secreto; levaria você a um mundo perigoso.

– Você gostaria de conhecê-lo? – Vasya perguntou de repente.

– Eu? – Olga perguntou, parecendo chocada. Então, firmou os lábios. – Sim. Mesmo uma menina apaixonada por um diabo precisa de alguém para negociar por ela.

Vasya mordeu os lábios sem ter certeza se deveria ficar feliz ou preocupada.

Agora, elas estavam chegando ao portão de Dmitrii. A barulheira generalizada da cidade tinha aumentado. Uma multidão clamava em frente ao portão. Sua pele arrepiou-se.

Então, uma única voz, musical, ergueu-se acima da gritaria. Silenciou a turba. Controlou-a.

Uma voz que ela conhecia. Vasya sentiu o maior sobressalto que já havia sentido. Sua respiração ficou mais curta; a pele irrompeu em gotas pegajosas de suor. Apenas a mão impiedosa de Olga em seu braço conteve-a.

– Não se atreva a desmaiar – ela disse. – Você disse que pode se tornar invisível. *Ele* conseguirá te ver? É um religioso. E já desejou vê-la morta uma vez.

Vasya tentou pensar independentemente do medo que batia como asas em seu crânio. Konstantin não era um religioso, mas... agora ele podia ver *chyerti*. O Urso dera-lhe tal poder. Poderia vê-la? – Não sei – ela admitiu.

Elas estavam chegando a uma parada. Vasya pensou que fosse sufocar-se se não conseguisse respirar um pouco de ar puro.

A voz de Konstantin voltou a soar, fria e calculada, bem ali fora. Vasya precisou trincar os dentes e apertar os punhos para evitar emitir algum som. Todo seu corpo tremia.

Agora vinham sons de uma multidão que se abria, a contragosto, para deixá-las passar. Olga ficou imóvel em sua almofada de lã, parecendo imperturbável. Mas olhou com certa preocupação para Vasya, lívida e suando.

Vasya conseguiu falar por entre os dentes cerrados. – Estou bem, Olga. Só... me lembrando.

– Eu sei – replicou Olga, e respirou fundo. – Tudo bem – disse com firmeza. – Faça o que eu mandar. – Não houve tempo para mais. O portão rangeu, e então elas estavam no pátio do grão-príncipe de Moscou.

◊

O SOL DO FIM DE TARDE ESTAVA DECLINANDO, e Olga, ofuscante em seu toucado cravejado de pedras, o longo cabelo trançado com seda trazendo ornamentos de prata. Foi a primeira a sair. Vasya, agarrando-se à sua coragem com toda força possível, saiu atrás dela. Imediatamente, Olga segurou no braço da irmã como um apoio ostensivo, mas quem estava no controle era a princesa de Serpukhov; arrastava Vasya em direção à escada do terem, sustentando-a quando ela baqueava.

– Não olhe para trás – Olga murmurou. – Ele entrará de volta pelo portão em um minuto. Mas o terem é seguro. Espere um pouco, e eu te mando sair com uma incumbência; mantenha-se fora das vistas e ficará bem.

Aquilo soava sensato, mas um olhar para o sol mostrava-o ainda mais inclinado. Elas tinham no máximo uma hora, e Vasya viu-se tão tomada pelo medo e por lembranças apavorantes, que mal conseguia pensar.

Lá estava o novo estábulo, construído sobre as ruínas do antigo. Agora elas estavam na escada do terem, que Vasya subira a última vez no escuro para resgatar Marya. Em algum lugar às suas costas estava Konstantin Nikonovich, que quase a matara da maneira mais cruel possível. E agora ele tinha o Rei do Caos como aliado.

Onde estava Morozko agora? Onde estavam Sasha e Sergei? Como...?

Olga apressou-as a entrar, suntuosa. Subiram a escada, foram admitidas. Vasya, lutando por autocontrole, sentiu-se aliviada por um momento quando a porta do terem foi fechada atrás delas. Mas agora estavam na oficina que Kaschei tinha enchido de ilusões, onde ele quase matara Marya e ela...

A tomada de ar de Vasya foi quase um soluço, e Olga lançou-lhe um olhar severo, *não ouse fraquejar agora, irmã*, exatamente quando Eudokhia Dmitreeva, a grã-princesa de Moscou, recebia Olga, encantada. Mantidas em cômodos abafados, Eudokhia e suas mulheres ansiavam desesperadas por qualquer diversão.

Vasya saiu de mansinho para ficar junto à parede com as outras servas. Mal conseguia respirar por completo com a garra de medo em seus pulmões. Em um instante, Olga julgaria seguro e...

A porta do terem abriu-se. Vasya ficou paralisada.

O cabelo dourado de Konstantin reluziu na penumbra. Seu rosto estava sereno como sempre, mas o olhar era intrigado, atento.

Vasya espremeu-se nas sombras, perto da parede, quando Olga levantou os olhos, avistou Konstantin e imediatamente desfaleceu com precisão e habilidade admiráveis. Caiu diretamente sobre uma mesa de doces e vinho, mandando tudo pelos ares em uma grande onda pegajosa.

Se a representação de Sasha no portão tinha sido um pouco rebuscada, todos ficaram convencidos pela atuação de Olga. Imediatamente, as mulheres juntaram-se; até Konstantin, na entrada da sala, deu alguns passos para dentro. Havia apenas espaço suficiente para Vasya passar por ele.

Ele não pode te ver. Acredite, acredite...

Ela correu para a porta.

Mas ele podia vê-la. Ela escutou sua respiração suspensa e virou a cabeça.

Os olhos deles encontraram-se.

Um misto de choque, horror, raiva e medo cruzou o rosto dele. As pernas dela tremeram, o estômago encheu-se de ácido. Em um instante, como um relâmpago, ambos ficaram paralisados, encarando-se.

Então ela se virou e correu. Não era algo tão nobre quanto correr para encontrar o bridão e pôr um fim naquilo tudo. Não, ela estava correndo pela sua vida.

Atrás dela, escutou a porta do terem abrir-se com força, a bela voz de Konstantin elevada, gritando. Mas já tinha ultrapassado a porta mais próxima, passado por um cômodo cheio de tecelãs como um espectro, voltado novamente lá para fora, descendo. Todo o pânico palpitante das últimas horas tinha irrompido; ela só queria correr.

Passou por outra entrada, encontrou o cômodo vazio, e com uma torção de esforço desesperado, parou e se obrigou a pensar.

O bridão. Precisava pegar o bridão. Antes do crepúsculo. Se ao menos pudesse manter todos a salvo até a meia-noite, talvez a estrada da Meia-Noite pudesse salvá-los. Talvez. Ou talvez ela fosse morrer, gritando.

Vozes soaram bem em frente à porta externa. Havia uma segunda porta que levava mais para dentro do palácio de Dmitrii. Fugiu por ali. O lugar era uma confusão; tetos baixos, cômodos escuros, muitos deles cheios de mercadorias: peles e barris de farinha, tapetes trabalhados em seda. Outros cômodos continham oficinas de tecelagem e carpintaria, o sapateiro, o artesão de botas.

Ainda correndo, Vasya chegou a um cômodo cheio de fardos de lã e escondeu-se atrás do maior. Ajoelhada, tirou sua faquinha de cinto e, com os dedos trêmulos, cortou sua mão, virando a palma para que as gotas tamborilassem no chão.

– Mestre – disse para o ar, numa voz entrecortada –, você vai me ajudar? Não quero mal a esta casa.

Abaixo dela, no pátio, Vasya escutou xingamentos, chamados masculinos, gritos de mulheres. Uma serva entrou correndo no quarto dos fardos.

– Estão dizendo que tem alguém no palácio.

– Uma bruxa!

– Um fantasma.

O *domovoi* enfraquecido de Dmitrii saiu de detrás de um dos fardos de lã. Cochichou: – Aqui você corre perigo. O padre te matará por raiva, e o Urso para contrariar o irmão.

– Não me importo com o que aconteça comigo – disse Vasya, sua valentia desmentida pela respiração curta na voz –, desde que minha irmã e meu irmão vivam. Onde fica a sala do tesouro?

– Siga-me – respondeu o *domovoi*, e Vasya respirou fundo e seguiu. Ficou repentinamente grata por cada pedaço de pão que tinha dado a um espírito doméstico porque agora todos aqueles tributos singelos, pão e sangue, aceleravam os pés do *domovoi* enquanto ele a levava mais para dentro da desordem louca do palácio de Dmitrii.

Mais e mais para baixo, até uma passagem com cheiro de terra e uma grande porta blindada de ferro. Vasya pensou em cavernas e armadilhas. Ainda respirava mais rápido do que o esforço exigia.

– Aqui – disse o *domovoi*. – Depressa.

No momento seguinte, Vasya ouviu o som de passos pesados pisando duro. Sombras moveram-se nas paredes; ela só tinha um momento.

Novamente tomada pelo terror, esqueceu-se que poderia ficar invisível; esqueceu-se de pedir ao *domovoi* para abrir a porta. Em vez disso, cambaleou para frente, levada pelo som de passos acima, e pôs a mão na porta da sala do tesouro. A realidade alterou-se; a porta cedeu. Com espanto, caiu para dentro e arrastou-se para um canto atrás de alguns escudos entalhados em bronze.

Soaram vozes no corredor.

– Ouvi alguma coisa.

– É sua imaginação.

Uma pausa.

– A porta está entreaberta.

Um rangido, enquanto a porta era escancarada. Um passo firme. – Não tem ninguém aqui.

– Que idiota deixou a porta destrancada?

– Um ladrão?

– Vasculhe a sala.

Depois de tudo aquilo? Eles iriam encontrá-la, arrastá-la para Moscou, onde Konstantin estaria esperando?

Não. Não iriam.

Um estrondo de trovão soou subitamente lá fora, como que para dar voz a seu pânico e sua coragem ao mesmo tempo. O palácio estremeceu. Lá veio um súbito bramido de chuva.

As tochas dos homens apagaram-se. Vasya ouviu-os praguejando.

As mãos dela tremiam. Os sons da tempestade, a escuridão a toda volta, a grande porta abrindo-se ao seu toque eram como três peças de um pesadelo. A realidade estava mudando rápido demais para ser entendida.

O choque dos homens com o barulho e a escuridão inesperada concedeu a ela um adiamento, mas não passava disso. Eles acenderiam de novo suas tochas, procurariam e a encontrariam. Será que *conseguiria* se fazer invisível dessa vez quando eles estivessem procurando por ela naquela salinha?

Não tinha certeza. Então, em vez disso, Vasya cerrou os punhos e pensou em Morozko. Pensou no sono parecido com a morte que o Rei do Inverno segurava nas mãos. Sono. Os homens dormiriam. Se ao menos ela pudesse esquecer que estavam acordados!

Esqueceu. E eles esqueceram. Encolheram-se no chão de terra batida da sala do tesouro. Seus gritos extinguiram-se.

Morozko estava ali, entre uma piscada e outra. Ela não tinha feito os homens dormirem. *Ele* tinha. Estava ali, o próprio, real, na sala do tesouro com ela.

Agora o Rei do Inverno voltava seus olhos claros para ela. Vasya o encarou. Era mesmo ele. Trazido para ela, de algum modo, enquanto ela lembrava de seu poder. Como se atraí-lo para ela fosse mais fácil do que invocar o sono ela mesma.

Invocar. Ela tinha invocado o Rei do Inverno como um espírito desgarrado.

Ambos perceberam isso ao mesmo tempo. O choque no rosto dele espelhou a sensação no dela.

Por um instante, ficaram mudos.

Então, ele falou: – Uma tempestade, Vasya? – disse com esforço.

Falando por entre lábios secos, ela sussurrou: – Não fui eu. Simplesmente aconteceu.

Morozko sacudiu a cabeça. – Não, não aconteceu simplesmente. E agora, com a chuva, está suficientemente escuro lá fora. Ele não precisa de um adiamento maior. Tola, não posso mantê-lo distraído daqui, de um porão! – Morozko não estava ferido, mas parecia alquebrado, de uma maneira que ela não podia definir, e seus olhos estavam alucinados. Era como se ele tivesse lutado. Provavelmente lutara, até que ela o afastou sem saber.

– Não foi minha intenção – ela disse baixinho. – Eu estava com muito medo. – A realidade ondulava ao seu redor como roupa em uma ventania. Não tinha certeza se ele realmente estava ali ou se estava apenas imaginando-o. – *Estou* com muito medo...

Sem pensar, ela pôs as mãos em concha e, repentinamente, viu-as cheias de chamas azuis e conseguiu ver o rosto dele precisamente. Fogo em suas mãos... Não a queimou. Estava à beira de uma risada histérica, o terror cego mesclando-se com um poder recém-descoberto.

– Konstantin me viu – ela contou. – Fugi. Fiquei com muito medo. Não consegui parar de lembrar. Então chamei uma tempestade. E agora você está aqui. Dois diabos e duas pessoas... – Ela sabia que não estava fazendo sentido. – Onde está o bridão? – Olhou em volta, segurando o fogo com as duas mãos, como se fosse um lampião comum.

– Vasya – disse Morozko. – Basta de magia. Esqueça isso. É o bastante para um dia. Você vai vergar tanto a sua mente, que ela vai acabar quebrando.

– Não é a minha mente que está vergando – ela retrucou, erguendo o fogo entre eles. – Você está aqui, não está? É todo o resto, é o mundo todo se *vergando*. Ela tremia; as chamas saltitavam para frente e para trás.

– Não existe diferença entre o mundo externo e o mundo interno – disse o Rei do Inverno. – Feche as mãos. Solte. – Ele empurrou a porta trancada um pouco mais para que eles tivessem um pouco de luz do corredor. Depois, voltou-se para Vasya, colocou as mãos ao redor das mãos dela, dobrou os dedos dela em volta das chamas. Elas sumiram com a mesma rapidez com que tinham vindo. – Vasya, a própria presença do meu irmão provoca medo e, em seguida, ele traz loucura. Você precisa...

Ela mal o escutou. Trêmula, olhou à sua volta à procura do bridão dourado. Onde estava Olga? O que Konstantin fizera? O que ele estaria fazendo agora? Soltou-se de Morozko, ajoelhou-se ao lado de uma grande arca revestida de ferro. Ao empurrar a tampa, ela cedeu. Claro que cedeu. Não havia fechaduras em um pesadelo. Aquilo era um sonho. Ela podia fazer o que quisesse. Estaria mesmo em um porão, uma fugitiva de volta a Moscou teria invocado o Deus da Morte?

– *Basta* – ordenou Morozko atrás dela. – Você vai se levar à loucura com impossibilidades. – Suas mãos frias e incorpóreas pousaram em seus ombros. – Vasya, escute, escute, *me escute*.

Ela ainda não o escutava; olhava o conteúdo da arca mal reparando no tremor das suas mãos.

Dessa vez, ele a ergueu fisicamente, virou-a, viu seu rosto.

Sussurrou algo duro, baixinho, e disse: – Diga-me coisas que são reais. *Diga-me*!

Ela olhou para ele cegamente e respondeu, começando um riso histérico. – Nada é real. Meia-Noite é um lugar, e tem uma tempestade lá fora depois de uma noite clara, e você não estava aqui, agora está, e estou *muito apavorada*...

Sombrio, ele disse: – Seu nome é Vasilisa Petrovna. Seu pai era um senhor rural chamado Pyotr Vladimirovich. Quando criança, você roubava bolos de mel... Não, olhe para mim. – Ele ergueu, à força, o rosto dela para ele e continuou com sua estranha litania. Dizendo-lhe coisas verdadeiras, não partes do pesadelo.

Implacável, continuou: – E então seu cavalo foi morto pelo povaréu.

Ela estremeceu nas garras dele negando a verdade daquilo. Talvez, pensou repentinamente, ela poderia fazer de um jeito que Solovey jamais tivesse morrido, ali, naquele pesadelo onde tudo era possível. Mas ele a sacudiu, levantou seu queixo de modo a ela ter que olhá-lo novamente nos olhos, falou ao seu ouvido, a voz do inverno naquele porão abafado lembrando-lhe suas alegrias e seus erros, suas paixões e seus fracassos, até que ela se viu de volta à própria pele, abalada, mas com capacidade de raciocinar.

Percebeu o quanto chegara perto de enlouquecer naquela sala escura do tesouro, com a realidade desmoronando como uma árvore podre. Percebeu, também, o que havia acontecido com Kaschei, como ele tinha se transformado em um monstro.

– Mãe de Deus – ela murmurou. – Ded Grib... Ele disse que a magia deixa os homens loucos. Mas eu não entendi muito bem...

Os olhos de Morozko buscaram os dela, e então certa tensão indefinível pareceu esvair-se dele. – Por que você acha que tão poucas pessoas fazem magia? – perguntou, recompondo-se, recuando. Ela ainda podia sentir a pressão dos dedos dele, dando-se conta da força com que ele a segurara. Tanta força quanto a que ela o segurara.

– Os *chyerti* fazem.

– Os *chyerti* fazem truques – ele corrigiu. – Os homens e as mulheres são muito mais fortes. – Ele fez uma pausa. – Ou enlouquecem. – Ele se ajoelhou ao lado da arca que ela abrira. – E é mais fácil sucumbir ao medo e à loucura quando o Urso está à solta.

Ela respirou fundo e ajoelhou-se ao lado dele, em frente à arca aberta. Nela, encontrava-se o bridão dourado.

Vasya o tinha visto duas vezes, uma, à luz do dia, na cabeça de Pozhar, e uma segunda vez em um estábulo escuro, onde o ouro reduzia-se a nada perante o brilho da égua. Mas dessa vez ele estava pousado em uma almofada requintada, reluzindo com um brilho desagradável.

Morozko pegou o objeto nas mãos, de modo que suas peças se derramassem feito água pelos seus dedos. – Nenhum *chyert* poderia ter feito isso – disse, virando-o. Não sei como Kaschei o fez. – Parecia dividido entre a admiração e o horror. – Mas acho que prenderia qualquer coisa em que fosse colocado, carne ou espírito.

Ela estendeu as mãos vacilantes. O ouro era pesado, maleável, o freio uma coisa horrível, pontiaguda. Vasya estremeceu com empatia pensando nas cicatrizes na cara de Pozhar. Rapidamente, soltou as correias e fivelas, rédeas e testeira, só ficando com duas cordas de ouro. Atirou o freio no chão. As cordas estavam em suas mãos como serpentes em repouso.

– Você consegue usar isso? – ela perguntou, oferecendo-as a Morozko.

Ele colocou a mão no ouro e hesitou.

— Não — disse. — É uma magia feita por mortais e para eles.
— Tudo bem — disse Vasya. Enrolou uma corda dourada em cada um de seus pulsos, assegurando-se de poder soltá-las em um estalo, se necessário. — Então vamos atrás dele.

Do lado de fora, veio outro estrondo de trovão.

23

FÉ E MEDO

KONSTANTIN TERMINOU DE AQUIETAR A MULTIDÃO NOS PORTÕES DO grão-príncipe de Moscou. A carruagem da princesa de Serpukhov estava sendo desarreada; a própria mulher já tinha desaparecido com suas serviçais, subindo a escada do terem.

Um dia, pensou Konstantin, taciturno, ele não iria mais acalmar o povo de Moscou, mas incitá-lo à violência mais uma vez. Lembrou-se do poder daquela noite; todos aqueles milhares de pessoas receptivas à sua palavra mais doce.

Ansiava por aquele poder.

Logo, o diabo havia prometido. *Logo*. Mas agora ele precisava voltar para o grão-príncipe e garantir que Dmitrii não desse ouvidos a Aleksandr Peresvet.

Virou-se para atravessar o pátio e viu uma criaturinha tênue bloqueando sua passagem.

– Pobre joguete – disse o *dvorovoi* de Olga.

Konstantin ignorou-o, contraindo os lábios, e cruzou o pátio a passos decididos.

– Ele mentiu para você, sabia? Ela não morreu.

Contra a vontade, Konstantin diminuiu os passos e virou a cabeça. – Ela?

– Ela – repetiu o *dvorovoi*. – Entre no terem agora e veja por você mesmo. O Urso trai todos que o seguem.

– Ele não me trairia – retrucou Konstantin, olhando o *dvorovoi* com aversão. – Ele precisa de mim.

– Veja por você mesmo – voltou a cochichar o *dvorovoi*. – E lembre-se, você é mais forte do que ele.

– Não passo de um homem; ele é um demônio.

– E dependente do seu sangue – sussurrou o *dvorovoi*. – Quando chegar a hora, lembre-se disso. – Com um lento sorriso, ele apontou para a escada do terem.

Konstantin hesitou, mas depois se virou em direção ao terem.

Mal soube o que disse para o servo, mas deve ter funcionado porque passou pela porta e, por um momento, ficou piscando na penumbra. Sem olhar uma única vez para onde ele estava, a princesa de Serpukhov desmaiou. Konstantin sentiu uma repulsa momentânea. Apenas uma mulher vinha visitar suas companheiras.

Então, uma criada correu para a porta e ele a reconheceu: Vasilisa Petrovna. Estava viva.

Por um longo momento eletrizante, ele a encarou. Uma cicatriz no rosto, o cabelo preto cortado curto, mas era ela. Então, Vasilisa disparou e ele chamou, mal sabendo o que disse. Seguiu-a, às cegas, olhando ao redor para ver aonde ela havia ido, mas o que viu foi o Urso no pátio.

Medved arrastava um homem atrás dele. Ou... não um homem, outro diabo. O segundo diabo tinha olhos atentos e incolores e era estranhamente familiar. Suas bordas pareciam sangrar nas sombras do dia que minguava.

– Ela está aqui – disse Konstantin, irritado, para o Urso. – Vasilisa Petrovna.

Por um segundo, pareceu que o segundo diabo sorria. O Urso girou e golpeou-o no rosto.

– O que está planejando, irmão? – perguntou. – Vejo nos seus olhos. Tem alguma coisa. Por que deixou que ela voltasse para cá? O que ela está fazendo? – O diabo não disse nada. O Urso voltou-se para Konstantin. – Convoque os homens; vá buscá-la, homem de Deus.

Konstantin não se mexeu. – Você sabia – ele acusou. – Você sabia que ela estava viva. Você mentiu.

– Eu sabia – admitiu o diabo, impaciente. – Mas que diferença faz? Agora ela morrerá. Nós dois garantiremos isso.

Konstantin ficou sem palavras. Vasya sobrevivera. Tinha vencido-o, afinal de contas. Mesmo seu próprio monstro estivera do lado dela, guardara segredo. Seria possível que todos estivessem contra ele? Não somente Deus, mas o diabo também? Para que servira tudo aquilo, o sofrimento e os mortos, a glória e as cinzas, o calor e o opróbrio daquele verão?

O Urso havia preenchido a lacuna da sua fé com sua simples presença eletrizante, e Konstantin tinha passado a acreditar em algo novo como que contra a sua vontade. Não na fé, mas na realidade do poder. Em sua aliança com *seu* monstro.

Agora a crença estilhaçava-se a seus pés.

– Você mentiu para mim – ele repetiu.

– Eu não minto – retrucou o Urso, mas agora estava com o cenho franzido.

O segundo diabo ergueu a cabeça e olhou de um para o outro. – Eu poderia ter te prevenido, irmão – disse, com a voz seca e exausta. – Contra mentir.

Naquele momento, aconteceram duas coisas: o segundo diabo desapareceu de repente, como se nunca houvesse estado ali. O Urso ficou boquiaberto com sua mão vazia. E Konstantin, em vez de sair e ir se juntar à guarda palaciana na procura de Vasya, precipitou-se de volta para dentro do terem sem um som, sua alma ardendo com um propósito desesperado.

◇

O *DOMOVOI* DE OLHAR ALUCINADO ENCONTROU Vasya e Morozko logo em frente à sala do tesouro.

Vasya perguntou: – O que está acontecendo?

– Agora está escuro; o Urso vai deixá-los entrar! – exclamou o *domovoi*, com os pelos arrepiados. – O *dvorovoi* não pode segurar os portões, e não acredito que eu possa defender a casa.

Soou mais um estrondo de trovão. – Meu irmão terminou com as sutilezas – explicou Morozko.

– Vamos lá – disse Vasya.

Eles irromperam para fora do palácio sobre um patamar e olharam abaixo uma paisagem transformada. Chovia forte e persistentemente com a iluminação esporádica do brilho de um relâmpago. O pátio já nadava em lama, mas no centro havia um ajuntamento de homens numa imobilidade estranha.

Vasya viu que eram guardas perscrutando através da chuva. Guardas de Olga e de Dmitrii, parados, desnorteados.

O ajuntamento desmembrou-se.

Vasya vislumbrou Konstantin Nikonovich no meio do pátio, sua cabeça dourada molhada de chuva. Segurava sua irmã pelo braço com uma faca na garganta da princesa. Sua linda voz gritava o nome de Vasya.

Vasya pôde ver que os guardas estavam divididos entre o medo pela princesa e uma submissão aturdida ao louco religioso. Ficaram parados; se algum deles argumentou com Konstantin, ficou perdido no barulho da chuva que caía. Se um guarda se aproximava, Konstantin recuava segurando a faca bem junto à garganta de Olga.

– Saia! – ele urrava. – Bruxa! Saia ou eu a mato!

O primeiro instinto avassalador de Vasya foi correr até a irmã lá embaixo, mas se obrigou a esperar e pensar. Será que o fato de se revelar proporcionaria alguma trégua a Olga? Talvez, se Olga a repudiasse. No entanto, Vasya hesitou. O Urso estava parado atrás do padre, mas, de fato, não observava Konstantin. Seu olhar estava voltado para a escuridão encharcada de chuva.

– Chamando os mortos – disse Morozko com os olhos no irmão. – Você precisa tirar sua irmã do pátio.

Aquilo definiu as coisas. – Venha comigo – Vasya pediu, juntando coragem e saindo na chuva com a cabeça descoberta. Os guardas poderiam não tê-la reconhecido na penumbra tempestuosa: uma menina que, supostamente, estava morta, mas os olhos de Konstantin cravaram-se nela no instante em que entrou no pátio, e ele ficou totalmente em silêncio observando-a vir em sua direção.

Primeiro, a cabeça de um dos guardas virou-se, depois outra. Ela ouviu vozes: – É aquela...?

– Não, não pode ser.

– É. O santo padre sabia.

– Um fantasma?

– Uma mulher.

– Uma bruxa.

Agora suas armas empunhadas voltavam-se para ela, mas Vasya ignorou-os. O Urso, o padre, sua irmã, esses eram os únicos que ela podia ver.

Uma tal torrente de raiva e de amarga lembrança correu entre ela e Konstantin, que até mesmo os guardas devem tê-la sentido porque abriram caminho para ela. Mas voltaram a fechar fileiras às suas costas, espadas em punho.

Na mente de Vasya era gritante a última vez em que ela encarara Konstantin Nikonovich. O sangue do seu cavalo e sua própria vida jaziam entre eles.

Agora, era Olga que estava enredada no ódio dos dois; Vasya pensou em uma jaula de fogo e sentiu um medo mortal, mas sua voz não tremeu:

– Estou aqui – disse. – Solte minha irmã.

◇

Konstantin não se pronunciou imediatamente. O Urso sim. Era imaginação dela ou seu rosto demonstrava um momento de desconforto?

– Ainda está em seu juízo perfeito? – o Urso perguntou a Vasya. – É uma pena. Prazer em vê-lo de novo, irmão – acrescentou a Morozko. – Que magia arrancou-o das minhas garras antes...? – Ele se calou, olhando de Vasya para o Rei do Inverno. – Ah – disse baixinho. – É mais forte do que eu imaginava; o poder dela e o vínculo entre vocês dois. Bom, não importa. Esperando ser vencido mais uma vez?

Morozko não respondeu. Seus olhos estavam no portão, como se pudesse ver além da madeira cravejada de bronze. – Rápido, Vasya – ordenou.

– Você não pode impedir – disse Medved.

Konstantin encolheu-se ao som da voz do Urso. Sua faca roçava o tecido do véu sobre o rosto de Olga. Como se estivesse falando com um cavalo assustado, Vasya perguntou a Konstantin: – O que quer, *batyushka*?

Konstantin não respondeu; ela percebeu que, na verdade, ele não sabia. Todas suas preces tinham obtido apenas o silêncio de Deus. Entregando sua alma ao Urso não havia conseguido nem a honestidade daquela criatura, nem sua lealdade. Nas garras torturantes do seu ódio por si mesmo, queria machucá-la de algum modo e não tinha pensado além disso.

Suas mãos tremiam. Apenas o toucado de Olga e o véu impediam-na de ser cortada por acidente. O Urso lançou um olhar benevolente para a cena, saboreando a emoção intrínseca daquilo, mas a maior parte da sua atenção ainda estava voltada para o mundo do lado de fora dos muros de Dmitrii.

Olga estava lívida até nos lábios, mas ainda digna. Seus olhos encontraram os de Vasya sem um tremor. Com confiança.

Vasya disse a Konstantin, mostrando-lhe as mãos abertas. – Eu me rendo a você, *batyushka*, mas precisa deixar minha irmã subir no terem, deixá-la voltar para as mulheres.

– Está me enganando, bruxa? – A voz de Konstantin não tinha perdido nem um pouco da sua beleza, mas perdera o controle; retumbava e falhava. – Você também se rendeu ao fogo, mas era tudo um truque. Devo cair nele novamente? Você e seus diabos. Amarrem as mãos dela – acrescentou à guarda. – Amarrem as mãos e os pés. Vou mantê-la em uma capela, onde os diabos não podem entrar sem ser convidados, e ela não poderá me enganar de novo.

Os guardas remexeram-se, inquietos, mas nenhum deles fez um movimento decisivo à frente.

— Agora! — berrou Konstantin, batendo o pé. — Para que não venham os diabos dela para todos nós! — Seu olhar passou, com horror, de Morozko, junto ao ombro de Vasya, para o Urso, do seu próprio lado, para os *chyerti* domésticos reunidos no pátio observando...

Não observava o drama no pátio, mas sim o portão. Apesar da chuva, Vasya captou uma lufada de podridão. Um leve alçar de triunfo brincou nos lábios do Urso. Não havia tempo. Ela precisava tirar Olya de lá...

Uma nova voz fez-se ouvir no silêncio tenso. — Santo padre, o que é isso?

Dmitrii Ivanovich adentrou o pátio a passos firmes. Criados correram, ignorados, atrás dele; seu longo cabelo loiro estava escuro pela água, encaracolando sob seu barrete. Os guardas abriram caminho para a passagem do grão-príncipe. Ele parou no centro do círculo e olhou diretamente para Vasya. Em seu rosto havia fascínio, mas não surpresa, Vasya notou. Encontrou os olhos de Dmitrii com súbita esperança.

— Vê? — replicou Konstantin, sem relaxar seu aperto em Olga. Tinha recuperado algum controle na voz; a palavra disparou como um soco.

— Aí está a bruxa que incendiou Moscou. Pensávamos que tivesse sido justamente punida, mas por magia negra aqui está ela. — Desta vez, os guardas rosnaram em concordância. Uma dúzia de lâminas apontou para o peito de Vasya.

— Segure-os por mais alguns instantes — disse o Urso a Konstantin — e conseguiremos a vitória.

Um espasmo de raiva atravessou o rosto do padre.

— Vasya, diga a Dmitrii que você precisa se retirar. — pediu Morozko. — Não há tempo.

— Dmitrii Ivanovich, temos que entrar no palácio — disse Vasya. — Agora.

— Uma bruxa de fato — replicou-lhe Dmitrii com frieza. — Você voltará para o fogo, arrisco meu reino nisso. Não toleramos que bruxas vivam. Santo padre — disse a Konstantin —, por favor, estas duas mulheres enfrentarão a justiça mais impiedosa. Mas precisa ser justiça perante todo o povo, não na lama do pátio.

Konstantin hesitou.

O Urso arreganhou os dentes subitamente. — Mentiras; ele está mentindo. Ele sabe. O monge contou a ele.

O portão tremeu. Gritos vieram da cidade. Um trovão relampejou no céu que jorrava. – Para trás! – vociferou Morozko de repente. Desta vez, os homens escutaram-no. Cabeças voltaram-se inquietas, perguntando-se quem teria falado. Havia horror em seu rosto. – De volta, agora, atrás das paredes, ou vocês todos morrerão ao nascer da lua.

Um cheiro vinha com o vento, arrepiando cada pelo no corpo de Vasya. Mais gritos vieram da cidade. Em um relampejar, o *dvorovoi* pôde ser visto, então, com ambas as mãos contra o portão que balançava. – *Batyushka, eu lhe imploro* – Vasya disse a Konstantin, e se atirou, em súplica, na lama a seus pés.

Os olhos do padre acompanharam-na só por um instante, mas foi o suficiente. Dmitrii saltou para Olga, arrancou-a do padre justo quando o portão escancarou-se. A faca de Konstantin, presa no véu de Olga, rasgou-o de um lado na altura do queixo, mas Olga saiu incólume, e Vasya voltou a se levantar, recuando com dificuldade.

Os mortos entraram no pátio do grão-príncipe de Moscou.

◇

NAQUELE VERÃO, A PESTE NÃO TINHA SIDO tão grave quanto poderia ter sido. Não tão grave quanto dez anos antes; ela apenas crepitou entre os pobres de Moscou como uma mecha que se recusa a se incendiar completamente.

Mas os mortos morreram com medo e foram esses que o Urso conseguiu usar. Agora, o resultado da tarefa de verão passou pelo portão. Alguns usavam suas mortalhas, alguns estavam nus, os corpos marcados pelos edemas enegrecidos que os tinham matado. Pior de tudo, em seus olhos ainda havia aquele medo. Eles continuavam com medo, procurando, na escuridão, qualquer coisa familiar.

Um dos guardas de Dmitrii gritou, olhando fixo: – Santo padre, salve-nos!

Konstantin não proferiu um som. Estava paralisado com a faca ainda na mão. Vasya quis matá-lo como nunca tinha querido matar ninguém. Queria enterrar a faca em seu coração.

Mas não havia tempo. Sua família significava mais para ela do que sua própria tristeza.

Confrontados com o silêncio de Konstantin, os guardas recuavam, sua coragem vacilando.

Dmitrii continuava amparando Olga. Inesperadamente, perguntou a Vasya com a voz clara e calma: – Essas coisas podem ser mortas como homens, Vasya?

Vasya repetiu a resposta de Morozko enquanto ele a cochichava em seu ouvido: – Não. O fogo os retardará, e ferimentos, mas só isso.

Dmitrii lançou um olhar irritado para o céu. Continuava chovendo a cântaros. – Fogo não. Então, ferimentos – decidiu, e ergueu a voz para dar ordens concisas.

Dmitrii não tinha o controle de Konstantin, a beleza líquida no tom, mas sua voz era alta e vigorosa, até animada, encorajando seus homens. De repente, eles já não eram um punhado de homens apavorados recuando de algo horroroso. Subitamente, eram guerreiros reunidos para enfrentar um inimigo.

Bem na hora. Suas espadas firmaram-se justo quando as coisas mortas correram para eles de boca aberta. Mais e mais coisas mortas entravam pelo portão. Uma dúzia... mais.

– Morozko! – Vasya chamou com energia. – Você pode...?

– Posso derrubá-los se tocar neles – ele respondeu –, mas não posso comandar todos.

– Temos que entrar no palácio – Vasya disse. Agora, era ela quem segurava Olga. Sua irmã, acostumada com os chãos polidos do seu próprio terem, estava sem ação no pátio ensopado. Dmitrii tinha avançado com seus homens e os de Olga: formaram um quadrado vazio, empunhando armas ao redor das mulheres, todos eles recuando juntos em direção à porta do palácio.

Konstantin ficou parado na chuva, como que paralisado. O Urso permaneceu a seu lado, olhos brilhantes, incentivando a entrada do seu exército, contente.

O primeiro *upyry* colidiu com os guardas de Dmitrii. Um homem berrou. Konstantin encolheu-se. Mal passando de um menino, o homem já estava no chão com a garganta rasgada.

O toque de Morozko foi gentil, mas tinha o rosto furioso ao mandar o *upyr* de volta para a morte e girar rapidamente para fazer o mesmo com outros dois.

Vasya sabia que ela e Olga não conseguiriam chegar à porta. Mais e mais *upyry* acorriam para dentro do pátio iluminado por relâmpagos. O quadrado oco dos guardas estava cercado e apenas seus frágeis corpos encontravam-se entre Olga e...

Eles precisavam amarrar o Urso. Precisavam.

Vasya apertou a mão da irmã. – Tenho que ajudá-los, Olya – ela disse.

– Ficarei bem – replicou Olga com voz firme. – Deus te acompanhe. – Suas mãos uniram-se em oração.

Vasya soltou a mão da irmã e foi para o lado de Dmitrii Ivanovich, alinhado com seus homens.

Os homens mantinham as coisas mortas à distância com lanças e expressões de terror doentio nos rostos, mas Dmitrii teve que avançar para degolar um, e outro acorreu, tirando vantagem da quebra na fileira.

Vasya apertou os punhos e esqueceu que a coisa morta não estava queimando.

A criatura incendiou-se como uma tocha, depois outra, uma terceira. Não queimaram por muito tempo; a chuva apagou o fogo, e elas continuaram vindo, enegrecidas e gemendo.

Mas Dmitrii viu. Conforme a coisa morta mais próxima incendiou-se, sua espada atravessou água e chamas, reluzente, e cortou fora a cabeça da coisa.

Dirigiu a Vasya um sorriso de prazer sincero. Havia sangue em seu rosto. – Eu sabia que você tinha poderes impuros – declarou.

– Seja grato, primo – Vasya replicou.

– Ah, eu sou – disse o grão-príncipe de Moscou, e seu sorriso insuflou-lhe força, apesar da chuva copiosa, do pátio lotado de criaturas de pesadelo. Ele analisou o pátio. – Mas espero que você tenha coisa melhor do que pequenos incêndios... prima.

Ela se viu sorrindo perante o reconhecimento do parentesco, mesmo quando Dmitrii enfiou sua espada em outro *upyr*, pulando para trás no último instante, para a proteção das lanças dos seus homens. Ela pôs fogo em mais três, terrivelmente, mas a chuva extinguiu-o mais uma vez. Agora as coisas mortas estavam atentas às lâminas dos homens e mortalmente temerosas das mãos de Morozko. Mas o Deus da Morte era apenas um espectro na chuva, uma forma escura, remota e terrível, e já havia seis dos homens vivos abatidos, imóveis.

O Urso tinha agigantado-se, engordado com o calor estival, com a doença e o sofrimento, e para Vasya sua voz parecia mais alta do que o trovão conclamando seu exército a avançar. Medved não parecia mais um homem; assumira a forma de um urso com os ombros largos o bastante para encobrir as estrelas.

Dmitrii enfiou sua espada em mais um, mas ela ficou presa. Recusou-se a soltá-la, e Vasya arrastou-o para trás, para a segurança do quadrado de guardas, bem a tempo. O quadrado encolhera.

– Vocês dois estão sangrando – Olga anunciou apenas com um leve tremor na voz, e Vasya, olhando para baixo, viu que era um fato; seu braço e o rosto de Dmitrii estavam esfolados.

– Não tenha medo, Olga Vladimirova – Dmitrii disse a ela. Ainda sorria, animado e calmo, e Vasya entendeu por que seu irmão era tão leal àquele homem.

Do grupo de guardas, um homem gritou, e Morozko pulou, tarde demais para salvá-lo. O Urso riu até quando Morozko arremessou a coisa morta ao chão. Mais delas entravam no pátio.

– Onde está Sasha agora? – Vasya perguntou a Dmitrii.

– Foi para o monastério buscar Sergei, é claro – respondeu o grão-príncipe. – Mandei-o assim que o padre enlouqueceu. Uma boa coisa também. Aquele é o trabalho de religiosos, não de guerreiros. Vamos morrer se não tivermos ajuda. – Disse isso com naturalidade; um general avaliando as chances dos seus comandados. Mas, então, seu olhar perscrutador descobriu Konstantin parado, imóvel, ao lado da sombra avantajada do Urso. Havia morte naquilo. Os mortos não tomaram conhecimento do padre.

– Eu sabia que o padre estava tramando alguma coisa pela maneira com que insistiu na maldade da minha prima – relatou Dmitrii. Arrancou a cabeça de outra coisa morta, falando em grunhidos. – Mandei Sasha para a prisão só para atrair Konstantin. Quando fui vê-lo, Sasha contou-me tudo. Bem a tempo, também. Eu achava que o padre era um tanto charlatão, mas nunca pensaria...

Para Dmitrii, parecia que Konstantin estava fazendo tudo aquilo sozinho, controlando os mortos. Não conseguia ver o Urso. Vasya tinha mais consciência. Podia ver o rosto atormentado de Konstantin nos lampejos dos relâmpagos; também podia ver o Urso, feroz, feliz, indômito.

Vasya disse: – Tenho que ir até Konstantin. Ele está parado ao lado do diabo que está provocando tudo isso. Mas não consigo atravessar o pátio viva.

Dmitrii comprimiu os lábios, mas não falou. Depois de uma breve pausa, assentiu uma vez, virou-se e começou a dar ordens enérgicas a seus homens.

◆

— Você não tem poder sobre os mortos — cochichou a voz do *dvorovoi* no ouvido de Konstantin. O padre mal estremeceu com o som de tão imerso em horror. — Mas você tem poder sobre ele.

Lentamente, Konstantin virou-se. — Tenho?

— Seu sangue limitará o diabo — respondeu o *dvorovoi*. — Você não é impotente.

◇

O NARIZ DE VASYA ESTAVA TOMADO pelo cheiro de terra, putrefação e sangue seco. O ar estava tomado pelo chiado da chuva e o arrastar de passos. Todo o cenário foi chocantemente iluminado pelo brilho de um relâmpago. Ela podia escutar Olga, ainda protegida pelo grupo de homens, rezando baixinho e sem parar.

Houve um terrível fulgor de luz branco-azulada no rosto de Morozko, seu cabelo grudado no crânio por causa da chuva. Não parecia humano. Ela pôde ver as estrelas da floresta além da vida refletida em seus olhos. Agarrou seu braço quando ele passou próximo ao grupo de homens. Ele a rodeou. Por um instante, todo o peso do seu estranho poder, seus anos infindáveis dirigiram-se a ela por meio do seu olhar. Então um pouco de humanidade infiltrou-se novamente em seu rosto.

— Temos que pegar o Urso — declarou Vasya.

Ele concordou com a cabeça. Ela não tinha certeza de que ele pudesse falar.

Dmitrii continuava dando ordens. Disse a Vasya: — Estou dividindo os homens em dois grupos. Metade ficará com a princesa; a outra metade formará uma cunha e atravessará o pátio. Faça o que puder para nos ajudar.

Dmitrii terminou de dar ordens, e os homens dividiram-se de imediato. Olga ficou cercada por um círculo encolhido, que se arrastava em direção à porta do palácio.

O restante formou uma cunha e avançou aos gritos, em direção ao Urso e Konstantin em meio ao amontoado de mortos.

Vasya correu com eles, e uma dúzia de *upyry* resplandeceu em chamas dos dois lados. Morozko rapidamente pegou os mortos pelos pulsos e pela garganta, banindo-os.

Eram muitos. O progresso deles retardou-se, mas mesmo assim aproximaram-se do Urso. Agora os homens fraquejavam. Em seus rostos, havia um pavor doentio. Até Dmitrii pareceu, subitamente, receoso.

O Urso estava provocando a reação; sorria. Enquanto os homens vacilavam, os *upyry* investiam com força renovada. Um dos soldados de Dmitrii caiu com a garganta cortada, e depois outro. Um terceiro gritou de horror quando dentes afiados enterraram-se em seu pulso.

Vasya retesou o maxilar. O medo também a golpeava, mas não era real. Ela sabia disso. Era um truque do Urso. Soltou, mais uma vez, o fogo da sua alma, e desta vez ele fulgurou no pelo molhado do Urso.

Medved virou a cabeça num estalo, e o fogo morreu instantaneamente. Mas ela usou seu momento de distração. Enquanto Morozko mantinha as coisas mortas longe dela, Vasya venceu os últimos passos, desenrolou a corda dourada do pulso e atirou-a sobre a cabeça de Medved.

O Urso esquivou-se, de certo modo. Esquivou-se aos laços que voavam. Rindo, investiu de boca aberta para abocanhar Morozko. Embora o Demônio do Gelo se abaixasse, Vasya não teve tempo para outra tentativa porque o movimento afastou Morozko do seu lado, e as coisas mortas cercaram-na.

– Vasya – Morozko gritou.

Uma mão viscosa agarrou o cabelo dela. Ela não se preocupou em olhar antes de incendiar a criatura, que caiu para trás, uivando. Mas eram muitas. A cunha de Dmitrii tinha se fragmentado; homens lutavam individualmente por todo pátio. O Urso mantinha Morozko longe dela, e os mortos estavam se fechando mais uma vez.

Uma nova voz ecoou da direção do portão. Não era de um *chyert* ou de uma coisa morta.

Era seu irmão ali parado com a espada em punho. A seu lado estava seu mestre, Sergei Radonezhsky. Ambos estavam desgrenhados, como se tivessem tido uma cavalgada difícil por ruas perigosas. A chuva escorria pela espada desembainhada de Sasha.

Sergei ergueu a mão e fez o sinal da cruz. – Em nome do Pai – disse.

Surpreendentemente, as coisas mortas paralisaram-se. Até o Urso parou ao som daquela voz. Em algum lugar, no escuro, um sino começou a tocar.

Um toque de medo surgiu até nos olhos do Rei do Inverno.

O relâmpago brilhou mais uma vez, iluminando o rosto de Konstantin, totalmente sem energia num fascínio horrorizado. Vasya pensou: *Ele acreditava não haver nada mais neste mundo além de diabos e sua própria vontade.*

A prece de Sergei era calma e controlada, mas sua voz atravessava o martelar da chuva, e cada palavra ecoava com clareza pelo pátio.

Os mortos continuaram imóveis.

— Fiquem em paz — concluiu Sergei. — Não voltem a perturbar o mundo dos vivos.

E, inacreditavelmente, todos os mortos desabaram no chão.

Morozko soltou um único suspiro entrecortado.

Vasya viu o rosto do Urso contorcer-se de raiva. Tinha subestimado a fé dos homens e, sem mais nem menos, seu exército sumiu. Mas o próprio Medved continuava solto, continuava livre. Agora ele fugiria noite adentro, tempestade adentro.

— Morozko — Vasya disse. — Rápido...

Mas houve novo relâmpago, mostrando-lhes Konstantin, seu cabelo dourado escurecido pela chuva, parado diante da sombra gigante do Urso. Uma lufada trouxe a voz do padre claramente a seus ouvidos. — Você também mentiu sobre isso então — disse Konstantin em voz baixa, mas clara. — Você disse que Deus não existia, mas o santo padre rezou e...

— Não existe um Deus — Vasya escutou o Urso dizer. — Existe apenas fé.

— Qual é a diferença?

— Não sei. Venha, temos que ir.

— Diabo, você mentiu. *Mentiu mais uma vez.* — Uma quebra na voz perfeita, um som rouco como um velho tossindo. — Deus estava ali... O tempo todo ali.

— Pode ser — retrucou o Urso. — E pode ser que não. A verdade é que ninguém sabe, homem ou diabo. Agora, venha comigo. Eles te matarão se ficar.

Os olhos de Konstantin estavam fixos no Urso. — Não — ele retrucou. — Não matarão. — Ele ergueu uma lâmina. — Volte para onde quer que você tenha saído — ordenou. — Tenho um poder. Os diabos também me disseram isso, e já fui também um homem de Deus.

A mão fechada do Urso disparou, mas o padre foi mais rápido. Passou a faca rapidamente por sua própria garganta.

O Urso pegou a faca, arrancou-a para longe. Tarde demais. Nenhum deles soltou um som. O relâmpago brilhou novamente. Vasya viu o rosto do Urso, viu-o pegar Konstantin ao cair, colocar mãos, agora humanas, no sangue que jorrava da pele dividida da garganta do padre.

Vasya aproximou-se e enlaçou rapidamente o pescoço do Urso, puxando com força.

Dessa vez, ele não se esquivou. Não podia, já preso pelo sacrifício do padre. Apenas estremeceu com a cabeça baixa sob o poder da corda.

Vasya enrolou a outra coisa dourada ao redor dos pulsos dele. Ele não se mexeu.

Ela deveria ter se sentido triunfante então. Estava acabado, e eles haviam ganhado. Mas, quando o Urso ergueu os olhos para os dela, já não havia qualquer raiva em seu rosto. Em vez disso, olhou além dela e encontrou seu irmão. – Por favor – disse.

Por favor? Por favor, tenha piedade? Liberte-me mais uma vez? De qualquer modo, Vasya não concordava. Não entendia.

Os olhos do Urso foram novamente até o padre que morria na lama; mal parecia notar a corda dourada.

Triunfo na voz de Morozko e um tom estranho, como uma compreensão a contragosto. – Você sabe que não vou.

A boca do Urso retorceu-se. Não era um sorriso. – Sei que não – ele replicou. – Eu tinha que tentar.

A cabeça dourada e azul estava escura com a chuva, pálida com a morte. A mão de Konstantin levantou-se, vertendo sangue na escuridão.

O Urso vociferou à Vasya: – *Deixe-me tocá-lo, sua maldita* – e ela recuou, desconcertada, permitindo que o Urso se ajoelhasse e pegasse na mão vacilante do padre. Ele fechou com força seus próprios dedos grossos ao redor dela, ignorando os pulsos amarrados. – Você é um tolo, homem de Deus – disse. – Nunca entendeu.

Konstantin perguntou num sussurro cheio de sangue: – Nunca entendi o quê?

– Que eu realmente tenho fé à minha maneira – respondeu o Urso. Um retorcer dos lábios. – Eu amava de verdade as suas mãos.

A mão de artista, com seus dedos expressivos e cruéis, unhas afiladas, estava flácida como um pássaro morto na garra do *chyert*. Nos olhos de Konstantin, já leitosos, fixos no Urso, havia uma expressão de perplexidade. – Você é um diabo – ele repetiu, arfando enquanto o sangue deixava seu corpo. – Eu não... Você não está derrotado?

– Estou derrotado, homem de Deus.

Konstantin olhou fixo, mas Vasya não entendeu para o que ele olhava. Talvez estivesse vendo o rosto acima dele: uma criatura que ele amava e odiava, como amava e odiava a si mesmo.

Talvez só estivesse vendo uma madeira sob a luz das estrelas e um caminho sem retorno.

Talvez houvesse paz para ele, ali, no fim.

Talvez só houvesse silêncio.

O Urso abaixou a cabeça de Konstantin na lama, o cabelo não mais dourado, mas escuro de sangue e água. Vasya percebeu que tinha a mão apertada contra a boca. Não era de se esperar que o malévolo lamentasse, se arrependesse, ou finalmente visse o Deus silencioso na solidez da fé de outra pessoa.

Lentamente, o Urso soltou sua mão da do padre e se levantou. A corda dourada parecia pressioná-lo para baixo, reluzindo seu brilho pálido. Ainda envoltas pela corda dourada, as mãos do Urso fecharam-se firmemente ao redor das do Rei do Inverno. – Irmão, conduza o padre com gentileza – ele pediu. – Agora ele é seu, não meu. – Seus olhos voltaram-se para a forma desmoronada na lama.

– De nenhum de nós, no fim – replicou Morozko.

Vasya viu suas mãos movendo-se para se persignar quase sem se dar conta.

Os olhos abertos de Konstantin estavam cheios de água da chuva derramando-se, escorrendo por suas têmporas como lágrimas.

– A vitória é sua – o Urso disse a Vasya, e curvou-se, abrangendo com um gesto o campo de mortos. Sua voz era mais fria do que jamais escutara em Morozko. – Desejo-lhe a alegria disto.

Ela não disse nada.

– Você assistiu ao nosso fim nas orações daquele homem – o Urso continuou. Seu queixo apontou para Sergei. – Irmão, você e eu permaneceremos presos em nossa guerra infinita, mesmo quando nos esvairmos em cinzas e gelo, e o mundo estiver mudado. Não existe esperança agora para os *chyerti*.

– Nós vamos compartilhar este mundo – Vasya retrucou. – Haverá espaço para todos nós, homens, diabos e sinos também.

O Urso apenas sorriu de leve para ela. – Vamos, meu gêmeo?

Sem uma palavra, Morozko estendeu a mão e pegou o ouro que amarrava os pulsos do outro. Um vento gélido ergueu-se, e os dois desvaneceram na escuridão.

◊

A ÁGUA ESCORRIA PELO cabelo de Dmitrii, pelo braço sangrento com que empunhava a espada. Atravessou o pátio a passos pesados tirando o cabelo ensopado dos olhos. – Estou feliz que não esteja morta, prima – disse a Vasya.

Ela disse com ironia.

– Eu também.

Dmitrii falou para Vasya e seu irmão:

– Levem a princesa de Serpukhov para casa. E depois... voltem, os dois. Em segredo, pelo amor de Deus. Isto não terminou. O que vem a seguir será pior do que alguns homens mortos.

Sem dizer mais nada, ele os deixou, chapinhando, enquanto atravessava o *dvor* já dando ordens.

– O que está a caminho? – Vasya perguntou a Sasha.

– Os tártaros – ele respondeu. – Vamos levar Olya para casa; preciso de roupas secas.

PARTE CINCO

24

REVIRAVOLTAS

Depois de Olga estar a salvo no terem do seu próprio palácio, Vasya e Sasha trocaram suas roupas imundas e encharcadas e correram de volta até o grão-príncipe. Vasya jogou sobre os ombros a capa que havia ganhado em Meia-Noite; a chuva tinha amenizado o calor, e fazia frio na escuridão úmida.

Eles foram admitidos discretamente pela poterna e levados imediatamente em silêncio até a pequena antecâmara de Dmitrii. O vento rugia pelas janelas escancaradas. Não havia servos, apenas uma mesa posta com uma jarra e quatro xícaras, pão, peixe defumado e cogumelos em conserva. Uma refeição simples em atenção a Sergei. O velho monge estava com Dmitrii esperando por eles. Bebia seu hidromel lentamente e parecia muito cansado.

Dmitrii levantou-se, vigoroso e inquieto, incansável entre as vinhas, flores e os santos pintados nas paredes.

– Sentem-se os dois – disse quando Sasha e Vasya apareceram. – Terei que consultar meus boiardos amanhã, mas, antes, quero ter minha própria mente decidida.

Foi servido vinho, e Vasya, que só tinha engolido alguns bocados sem gosto quando eles pararam para descansar junto ao rio, agora servia-se continuamente de pão e do bom peixe gordo, escutando o tempo todo.

– Eu deveria saber – começou Dmitrii. – Aquele charlatão de cabelo amarelo precipitando-se por Moscou para exorcizar as coisas mortas. Pensamos que fosse poder divino. E o tempo todo ele estava associado ao diabo.

Vasya desejou que Dmitrii não tocasse no assunto. Continuava vendo o rosto de Konstantin como ele se mostrava na chuva.

— Estamos livres dele, felizmente – Dmitrii prosseguiu.

Sergei repreendeu: – Você não nos convocou a todos, cansados como estamos, para se regozijar.

— Não – replicou Dmitrii, esmorecendo em seu ânimo triunfante. – Tenho recebido relatórios; os tártaros estão no baixo Volga marchando para o norte. Mamai continua vindo. Não tenho notícias de Vladimir Andreevich. A prata...

— A prata foi perdida – disse Vasya, recordando-se.

Todas as cabeças na sala giraram.

— Foi perdida numa enchente – ela continuou. Deixou de lado sua xícara e endireitou as costas. – Se a prata era nosso resgate de Muscovy, Dmitrii Ivanovich, então Muscovy não foi resgatada.

Eles ainda olhavam fixo. Vasya olhou de volta. – Juro que é verdade. Não querem saber como eu sei?

— Eu não quero – Dmitrii disse, persignando-se. – Prefiro saber mais. Vladimir está morto? Vivo? Capturado?

— Isso eu não sei – retrucou Vasya. Ela fez uma pausa. – Mas poderia descobrir.

Dmitrii apenas franziu o cenho perante isso, pensativo, e caminhou pela sala, taciturno, inquieto, majestoso. – Se meus espiões confirmarem o que você diz sobre a prata, então mandarei avisar os príncipes de Rus'. Não temos escolha. Temos que nos reunir em Kolomna antes da escuridão da lua, depois marchar para o sul para lutar. Ou devemos permitir que toda Rus' seja devastada? – Dmitrii falou para todos eles, mas seus olhos estavam em Sasha, que uma vez lhe havia implorado para não entrar em combate com os tártaros.

Agora, Sasha apenas disse, com uma preocupação que correspondia à de Dmitrii: – Quais príncipes virão ao encontro?

— Rostov, Starodub – respondeu Dmitrii, assinalando os principados nos dedos. Continuava andando de um lado a outro. – Os da minha vassalagem. Nizhny Novgorod, porque seu príncipe é meu sogro. Tver, para honrar o tratado. Mas desejaria ter o príncipe de Serpukhov. Ele é esperto no conselho, leal, e preciso dos seus homens. – Parou de andar, com os olhos em Vasya.

— E Oleg de Ryazan? – Sasha perguntou.

— Oleg não virá – disse Dmitrii. – Ryazan fica próxima demais de Sarai, e Oleg é cauteloso por natureza; não arriscará isso, não importa o que seus boiardos queiram. Marchará com Mamai, se for o caso. Mas lutaremos de qualquer jeito, sem Ryazan e sem Serpukhov, se for necessário. Temos escolha? Tentamos resgatar Muscovy, mas não conseguimos. Devemos nos submeter ou *lutar*? – Dessa vez, a pergunta era dirigida a todos três.

Ninguém disse nada.

– Mandarei avisar os príncipes amanhã – declarou Dmitrii. – Padre – agora ele se virava para Sergei –, o senhor virá conosco e abençoará o exército?

– Irei, meu filho – respondeu Sergei. Parecia exausto. – Mas você sabe que até uma vitória terá seus custos.

– Eu evitaria a guerra se pudesse – disse o grão-príncipe. – Mas não posso, e assim sendo... – Seu rosto animou-se. – Lutaremos, enfim, depois de um verão de medo e retraimento. Se Deus quiser, será nossa vez de nos vermos livres desse fardo.

E Deus ajude a todos eles, Vasya pensou. Quando Dmitrii falava daquele jeito, todos acreditavam nele. Ela sabia, sem perguntar, que os príncipes viriam a seu encontro. *Deus ajude a todos nós.*

O grão-príncipe voltou-se abruptamente para Vasya. – Tenho a espada do seu irmão – relatou –, e tenho a bênção do santo padre. Mas o que terei de você, Vasilisa Petrovna? Lamentei quando pensei que estava morta. Mas, depois, soube que pôs fogo na minha cidade.

Ela levantou-se para encará-lo. – Sou culpada perante você, *gosudar* – ela assumiu. – Mas, por duas vezes, ajudei a derrotar os inimigos desta cidade. O incêndio foi minha culpa, mas a nevasca que se seguiu também foi invocada por mim. Quanto à punição? Fui punida. – Ela virou a cabeça de modo que a marca em sua face ficasse destacada à luz do fogo. Sutilmente, sua mão fechou-se ao redor do rouxinol esculpido que estava em sua manga, mas aquela não era uma tristeza que ela tencionava exibir perante aqueles homens. – O que quer de mim?

– Por duas vezes você foi quase queimada viva – replicou Dmitrii –, mas voltou para salvar esta cidade do mal. Talvez devesse ser recompensada. O que *você* quer, Vasilisa Petrovna?

Ela sabia sua resposta e não economizou palavras. – Existe uma maneira de saber se Vladimir Andreevich está vivo ou morto. Se estiver vivo, vou encontrá-lo. Vocês se reúnem daqui a duas semanas?

– Sim – respondeu Dmitrii, cauteloso. – Mas...

Ela interrompeu-o: – Estarei lá – disse. – E se Vladimir Andreevich estiver vivo, também estará lá com seus homens.

– Impossível – retrucou Dmitrii.

Vasya disse: – Se eu conseguir, considerarei minha dívida paga a você e a esta cidade. E agora? Pediria sua confiança. Não para um menino chamado Vasilii Petrovich, que nunca existiu, mas para mim mesma.

– Por que deveria confiar em você, Vasilisa Petrovna? – perguntou Dmitrii, mas seu olhar era intenso. – Você é uma bruxa.

– Ela defendeu a igreja contra o mal – intercedeu Sergei, e fez o sinal da cruz. – Estranhos são os caminhos de Deus.

Vasya persignou-se a seguir. – Posso ser bruxa, Dmitrii Ivanovich, mas as forças de Rus' precisam ser aliadas agora; príncipe e igreja precisam juntar-se ao mundo invisível ou não haverá chance de vitória.

Primeiro eu precisei de homens que me ajudassem a vencer um diabo, ela pensou. *Agora precisarei de diabos que me ajudem a vencer homens*.

Mas quem poderia fazer isso a não ser ela? *Você pode ser uma ponte entre homens e chyerti*, Morozko tinha dito. Agora ela achava que entendia isso.

Por um momento, não houve um som além do vento triunfante entrando pelas janelas. Então, Dmitrii disse simplesmente: – Confiarei em você – e colocou uma mão leve sobre a cabeça dela, um príncipe abençoando um guerreiro. Ela ficou muito quieta sob o toque. – Do que você precisa?

Vasya pensou. Ainda estava resplandecendo com as palavras *Confiarei em você*. – Roupas como as que um filho de mercador pudesse usar – ela respondeu.

– Primo – interrompeu Sasha. – Se ela for, então devo ir com ela. Já fez viagens suficientes sem um parente.

Dmitrii pareceu surpreso. – Preciso de você aqui. Você fala tártaro e conhece o país entre aqui e Sarai.

Sasha não disse nada.

Subitamente, o rosto de Dmitrii demonstrou entendimento. Talvez tivesse se lembrado da noite do fogo, a irmã de Sasha levada à força no escuro sozinha. – Não te impedirei, Sasha – declarou com relutância –, mas você precisa estar presente no encontro, quer ela tenha êxito ou não.

– Sasha... – Vasya começou bem quando ele foi até ela e disse, em voz baixa: – Chorei por você. Mesmo quando Varvara me disse que estava viva, eu chorei. Desprezei-me por ter deixado minha irmã enfrentar tal horror sozinha e mais ainda quando você reapareceu no acampamento tão mudada. Não vou deixá-la ir sozinha.

Vasya pôs a mão no braço do irmão. – Então, se você vier comigo esta noite... – Apertou o braço do irmão com mais força; seus olhos se encontraram. – Eu te aviso, a estrada segue em meio à escuridão.

Sasha retrucou: – Então iremos pela escuridão, irmã.

◇

Quando eles voltaram ao palácio de Olga, Varvara estava à espera na casa de banhos. Sasha banhou-se rapidamente e buscou sua cama. Meia-noite chegaria logo, hora da partida deles. Mas Vasya demorou-se.

– Nunca agradeci – disse a Varvara – por aquela noite no rio. Você salvou a minha vida.

– Eu não teria salvado – replicou Varvara. – Não sabia o que poderia fazer por você a não ser lamentar, mas Polunochnitsa falou comigo. Fazia muito tempo que eu não ouvia a voz dela. Ela me disse o que era necessário; então, fui até a pira.

– Varvara – disse Vasya –, no país da Meia-Noite conheci sua mãe.

Os lábios de Varvara comprimiram-se. – Imagino que ela tenha pensado que você fosse como Tamara. Apenas uma filha que ela pudesse controlar, que não estivesse apaixonada por um feiticeiro.

Vasya não tinha resposta para isso. Em vez disso, perguntou: – Por que você veio a Moscou, afinal? Por que ser uma criada?

Uma raiva antiga estampou-se no rosto de Varvara. – Não tenho o dom da visão – admitiu. – Não consigo ver os *chyerti*; posso ouvir os mais fortes e falar um pouco a linguagem dos cavalos, mas não passa disso. Não havia fascínio para mim no reino da minha mãe, apenas frio, perigo e isolamento, e mais tarde a cólera da minha mãe. Ela tinha sido muito severa com Tamara. Então deixei-a, fui em busca da minha irmã. Acabei chegando a Moscou, esta cidade de homens. Encontrei Tamara aqui, mas já além da minha ajuda, fraca e perdida, prostrada por uma tristeza além das suas forças. Tinha parido uma criança, que protegi como pude. – Vasya assentiu. – Mas quando a criança foi para o norte para se casar, não fui junto. Ela tinha sua ama, e seu marido era um homem bom. Eu não queria viver em outras terras apenas com florestas, sem pessoas. Gostava do som dos sinos, da cor e da agitação de Moscou. Então fiquei e esperei. Com o tempo, veio outra menina do meu sangue, e fiquei novamente completa cuidando da sua irmã e dos filhos dela.

– Mas por que como criada?

– Você pergunta? – Varvara indagou. – As criadas têm mais liberdade do que as nobres. Eu podia andar por aí como quisesse, sair para o sol com minha cabeça descoberta. Fiquei feliz. As bruxas morrem sós. Minha mãe e minha irmã mostraram-me isso. Seu dom trouxe-lhe alguma felicidade, donzela do fogo?

– Trouxe – respondeu Vasya, sem entrar em detalhes –, mas também sofrimento. – Um tanto de raiva perpassou por sua voz. – Como você conheceu os dois, Tamara e Kasyan, por que não fez nada por ela depois que ela morreu? Por que não nos avisou quando Kasyan veio a Moscou?

Varvara não se mexeu, mas repentinamente seu rosto exibiu linhas acentuadas e reentrâncias, ecos de um pesar antigo. – Eu sabia que minha irmã assombrava o palácio; não consegui fazê-la ir embora, e não sabia por que ela permanecia. Não soube quando Kasyan veio. Ele tinha um rosto diferente em Moscou do que o que usava ao seduzir Tamara junto ao lago, no solstício de verão.

Ela deve ter vislumbrado dúvida no rosto de Vasya, porque explodiu: – Não sou como você, com seus olhos imortais, sua coragem louca. Sou apenas uma mulher, indigna dos meus ascendentes, e tenho feito o possível para cuidar de mim mesma.

Vasya não disse nada, mas estendeu a mão e pegou a de Varvara. Nenhuma delas falou por um instante. Então, Vasya perguntou, com esforço: – Você vai contar para a minha irmã?

Varvara abriu a boca para o que seria, obviamente, uma resposta seca, e então hesitou. – Nunca me atrevi – respondeu, relutante. Agora, havia um fio de dúvida em sua voz. – Por que ela acreditaria em mim? Não pareço velha o bastante para ser tia-avó de ninguém.

– Acho que Olga já viu assombros o bastante ultimamente para acreditar em você – replicou Vasya. – Acho que deveria contar a ela; isso a deixaria alegre. Embora eu entenda o seu lado. – Vasya olhou para Varvara com um novo olhar. Ela tinha o corpo forte, o cabelo loiro, mal salpicado de branco. – Quantos anos você tem?

Varvara deu de ombros. – Não sei. Sou mais velha do que aparento. Nossa mãe nunca me contou quem nos gerou, mas sempre deduzi que minha longa vida era algum dom vindo dele. Fosse quem fosse. Sou feliz aqui, sinceramente, Vasilisa Petrovna. Nunca quis poder, só pessoas para cuidar. Salve Moscou para eles e leve minha selvagem Marya para algum lugar onde ela possa respirar, e ficarei feliz.

Vasya sorriu. – Farei isso... tia.

◇

VARVARA SAIU, E VASYA terminou seu banho e se vestiu. Limpa, foi para a passagem coberta que ligava a casa de banhos ao terem. A chuva continuava caindo, mas mais calma. Os relâmpagos estavam mais esparsos, agora, enquanto a tempestade se afastava.

Demorou um instante para Vasya perceber a sombra. Ficou imóvel, com a áspera porta da casa de banhos em suas costas.

Com a voz fina, perguntou: – Está feito?

– Está feito – Morozko respondeu. – Ele está restrito pelo meu poder, pelo sacrifício do seu próprio devoto e pelo bridão dourado de Kaschei; todos os três juntos. Nunca mais se libertará.

Agora a chuva caía fria, suprimindo a poeira de verão.

Vasya soltou a porta. A chuva tamborilava no telhado. Atravessou a passagem até poder ver o rosto dele, até poder fazer uma pergunta que a incomodava: – O que o Urso quis dizer quando pediu *"Por favor"*?

Morozko franziu o cenho, mas em vez de responder com palavras, ergueu sua mão em concha. Sua palma ficou cheia de água. – Eu estava em dúvida se você perguntaria – disse. – Dê-me a sua mão.

Vasya deu. Ele deixou a água correr levemente sobre os cortes do braço e dos dedos dela. Eles sararam com aquela assustadora pontada de agonia, estavam ali e não mais. Ela puxou a mão de volta.

– Água da morte – explicou Morozko, deixando as gotinhas restantes espalharem-se. – Este é meu poder. Posso restaurar a carne, viva ou morta.

Ela sabia que ele tinha o poder da cura desde a primeira noite em que o conhecera, e ele curara seu enregelamento. Mas não tinha ligado isso ao conto de fadas, não tinha levado em consideração...

– Você disse que só poderia curar ferimentos infligidos por você.

– Disse.

– Outra mentira?

Ele enrijeceu a boca. – Uma parte da verdade.

– O Urso queria que você salvasse a vida de Konstantin?

– Não salvá-la – ele corrigiu. – Posso recompor carne, mas ele já estava longe demais. Medved queria que eu reparasse a carne do padre para que *ele* pudesse trazê-lo de volta. Juntos, meu irmão e eu, podemos restaurar os mortos porque o dom de Medved é a água da vida. Foi por isso que ele disse *"Por favor"*.

Com o cenho franzido, Vasya analisou seus dedos curados, as cicatrizes na palma da mão e no pulso.

– Mas – Morozko acrescentou – nunca agimos juntos. Por que agiríamos? Ele é monstruoso, tanto ele quanto seu poder.

– O Urso lamentou – disse Vasya. – Lamentou quando o padre Konstantin...

Morozko emitiu um som de impaciência. – Os malévolos ainda podem lamentar, Vasya.

Ela não respondeu. Ficou parada enquanto a chuva caía à volta deles, oprimida mais uma vez por todas as coisas que não sabia. O Rei do Inverno era parte da tempestade prolongada; sua humanidade, apenas uma sombra da sua verdadeira identidade, seu poder crescendo enquanto o verão se esvaía. Seus olhos reluziam na escuridão. Ainda assim, ele se preocupava com ela, conspirava por ela. Por que Vasya deveria dedicar ao Urso ou a Konstantin um pensamento momentâneo? Ambos eram assassinos e ambos tinham ido embora.

Livrando-se do seu desconforto, ela perguntou: – Você vai conhecer minha irmã? Eu prometi.

Morozko pareceu surpreso. – Ir até ela como seu pretendente e pedir sua permissão? – ele perguntou. – Isso vai mudar alguma coisa? Pode ser para pior.

– Mesmo assim – insistiu Vasya. – Caso contrário, eu...

– Não sou um homem, Vasya – ele disse. – Nenhum sacramento me prenderá. Não posso me casar com você sob as leis do seu deus ou do seu povo. Se está procurando dignidade aos olhos da sua irmã, não encontrará.

Ela sabia que era verdade. Mas...

– Gostaria que você a conhecesse mesmo assim – repetiu Vasya. – Pelo menos... Talvez ela não sinta medo por mim.

Fez-se um silêncio, e então ela percebeu que ele estava se sacudindo com uma risada silenciosa. Cruzou os braços, ofendida.

Ele olhou para ela com um olhar cristalino. – Não sou o mais indicado a tranquilizar a irmã de ninguém – disse, quando parou de rir. – Mas se você quiser, eu vou.

◆

Olga estava no quarto de Marya contemplando o sono da filha. Os sinais de longa tensão sombreavam o rosto magro e pálido da menina.

Tinha assumido jovem demais uma tarefa de extrema importância, e Olga parecia quase tão exausta quanto a filha.

Vasya parou na entrada, subitamente insegura de ser bem recebida.

A cama estava coberta com um tecido encorpado recheado de penas, além de peles e tecido de lã. Por um momento, Vasya quis voltar a ser criança para entrar na cama ao lado de Marya e adormecer enquanto sua irmã acariciava seu cabelo. Mas Olga virou-se com a aproximação dos passos leves de Vasya, e o desejo foi-se. Não era possível voltar atrás.

Vasya atravessou o quarto e tocou no rosto de Marya. – Ela ficará bem? – perguntou.

– Acho que só está cansada – respondeu Olga.

– Ela foi muito corajosa – disse Vasya.

Olga afagou o cabelo da filha e não disse nada.

– Olya – Vasya disse, desconfortável. Toda compostura que tinha encontrado no saguão de Dmitrii parecia tê-la abandonado. – Eu... Eu te disse que você o conheceria. Se quisesses.

Olga franziu o cenho. – *Ele*, Vasya?

– Você pediu. Ele está aqui. Quer recebê-lo?

Morozko não esperou uma resposta, nem passou pela porta como uma pessoa. Simplesmente saiu das sombras. O *domovoi* estava sentado ao lado do fogão; agora, ele ficou prontamente em pé, arrepiando-se; Marya agitou-se no sono.

– Não vou lhes fazer mal, pequenino – Morozko garantiu, falando primeiro com o *domovoi*.

Olga também tinha se levantado bruscamente; estava em pé em frente à cama de Marya como que para defender a criança do mal. Vasya, rígida de apreensão, viu subitamente o Demônio do Gelo como sua irmã via: uma sombra de olhos frios. Começou a duvidar de sua própria conduta. Morozko deu as costas para o *domovoi* e se inclinou para Olga.

– Eu te conheço – Olga sussurrou. – Por que veio aqui?

– Não em busca de uma vida – Morozko respondeu. Sua voz estava equilibrada, mas Vasya sentiu-o cauteloso.

Olga disse a Vasya: – Lembro-me dele. Eu me lembro. *Ele levou minha filha embora.*

– Não... Ele... – começou Vasya, sem jeito, e Morozko dirigiu-lhe um olhar duro. Ela se aquietou.

O rosto dele não havia mudado, mas todo seu corpo estava tenso. Vasya entendeu o motivo. Ele quisera aproximar-se o bastante da humanidade para ser lembrado e poder continuar existindo, mas Vasya tinha-o trazido cada vez mais para perto, como uma mariposa ao redor da chama de uma vela. Agora, ele precisava olhar para Olga, entender o tormento em seus olhos e levar aquilo consigo pelos longos caminhos da sua vida.

Não queria isso, mas não se moveu.

— É de pouco consolo — Morozko disse com cuidado —, mas sua filha mais velha tem uma longa vida pela frente. E a mais nova... Vou me lembrar dela.

— Você é um diabo — retrucou Olga. — Minha filhinha nem mesmo tinha um nome.

— Vou me lembrar dela mesmo assim — disse o Rei do Inverno.

Olga olhou para ele por um instante e então desmoronou. Todo seu corpo arqueou de dor. Colocou o rosto entre as mãos.

Vasya, sentindo-se perdida, foi até a irmã e envolveu-a com braços hesitantes. — Olya? — disse. — Olya, sinto muito. Sinto muitíssimo.

Olga não respondeu, e Morozko ficou onde estava. Não voltou a falar.

Fez-se um longo silêncio. Olga respirou fundo. Tinha os olhos molhados. — Nunca chorei — admitiu. — Não desde a noite em que a perdi.

Vasya abraçou a irmã com força.

Delicadamente, Olga desvencilhou-se da irmã. — Por que minha irmã? — perguntou a Morozko. — Por que, dentre todas as mulheres do mundo?

— Por causa do sangue dela — respondeu Morozko. — Mas, depois, pela sua coragem.

— Você tem algo a lhe oferecer? — Olga perguntou. E com certa aspereza: — Além de sussurros no escuro?

Vasya reprimiu seu som de protesto. Se a pergunta pegou Morozko de surpresa, não transpareceu. — Todas as terras do inverno — ele respondeu. — As árvores negras e o gelo prateado. Ouro e riquezas feitas pelo homem; se quiser, ela pode encher as mãos de opulência.

— Você lhe negará a primavera e o verão?

— Não lhe negarei nada. Mas há lugares aonde ela pode ir e que não posso acompanhar com facilidade.

— Ele não é um homem — Olga disse a Vasya, sem tirar os olhos do Rei do Inverno. — Não será um marido para você.

Vasya abaixou a cabeça. – Nunca quis um marido. Ele veio comigo, deixando o inverno pelo bem de Moscou. Isso é o suficiente.

– E você acha que ele não acabará te machucando? Lembre-se da menina morta no conto de fadas!

– Não sou ela – replicou Vasya.

– E se esta... ligação significar danação?

– Já sou maldita – Vasya respondeu. – Por todas as leis de Deus e do homem. Mas não quero ficar só.

Olga suspirou e disse com tristeza: – Como quiser, irmã. – Abruptamente, arrematou: – Muito bem. Minha bênção aos dois... Agora, mande-o embora.

◆

VASYA SAIU JUNTAMENTE COM MOROZKO. Dessa vez, ele até passou pela porta de um jeito normal. Mas lá fora, parou com a cabeça baixa, como um homem depois de um trabalho duro.

Conseguiu dizer a ela por entre dentes cerrados: – A casa de banhos.

Ela pegou na mão dele e o levou para lá; fechou a porta na escuridão, esqueceu-se de que não havia vela acesa. Quatro acenderam-se na mesma hora. Ele se largou em um dos bancos do vestíbulo e inspirou entrecortadamente. Uma casa de banhos era um lugar de nascimento e morte, de transformação e magia, e talvez de lembranças. Conseguia respirar melhor ali. Mas...

– Você está bem? – ela perguntou.

Ele não respondeu. Em vez disso, falou: – Não posso ficar. – Seus olhos estavam claros como água, as mãos entrelaçadas, os ossos de ambas nítidos à luz das velas. – Não posso. Ainda não chegou meu tempo aqui. Preciso voltar para minhas próprias terras. Eu... – Ele se interrompeu, depois continuou: – *Sou* inverno e estive tempo demais separado de mim mesmo.

– É este o único motivo? – ela perguntou

Agora ele não olhava para ela. Forçosamente, relaxou as mãos cerradas, pousou-as nos joelhos. De um jeito quase inaudível, respondeu: – Não posso aprender mais nenhum nome. Isso me leva perto demais...

– Perto demais do quê? Da mortalidade? Você pode se tornar mortal? – ela perguntou.

Ele levou um susto. – Como? Não sou feito de carne. Mas isso... me emociona.

— Então sempre irá te emocionar, eu acho – disse Vasya. – Enquanto nós... a não ser... que você me esqueça.

Ele se levantou. – Já fiz essa escolha – replicou. – Mas tenho que voltar para as minhas terras. Não é só você que pode ser levada à loucura com impossibilidades. Não posso mais aguentar essa. Não pertenço ao mundo do verão. Vasya, você já fez tudo o que precisava. Venha comigo.

Com essas palavras, um desejo inesperado trespassou-a, por céus azuis e neve profunda, por lugares selvagens e silêncio, pela casa dele à luz do fogo no bosque de abetos, por sua mão na escuridão. Ela poderia ir com ele e deixar todos os afazeres humanos para trás, deixar aquela cidade que tinha custado a vida de Solovey.

Mas mesmo enquanto pensava isso, ela disse: – Não posso. Não terminou.

— Sua parte nisso tudo terminou. Se Dmitrii combater os tártaros, será uma guerra de homens, e não de *chyerti*.

— Uma guerra provocada pelo Urso!

— Uma guerra que poderia ter acontecido de qualquer jeito – retrucou Morozko. – Uma guerra que vem sendo ameaçada há anos.

Ela levou a mão ao rosto, onde estava a cicatriz provocada por uma pedra atirada quando estava sendo levada à morte. – Eu sei – disse. – Mas sou russa, e eles são meu povo.

— Eles te puseram na fogueira – retrucou Morozko. – Você não lhes deve nada. Venha comigo.

— Mas... Quem serei eu se for com você? – ela perguntou. – Apenas uma donzela da neve, noiva do Rei do Inverno, esquecida pelo mundo todo, exatamente como você!

Ela o viu estremecer perante essas palavras. Mordendo os lábios, Vasya perguntou numa voz mais calma. – Quem sou eu se não posso ajudar meu povo?

— Seu povo é mais do que uma simples batalha mal concebida.

— Você libertou seu irmão por pensar que eu poderia impedir os *chyerti* de desaparecer do mundo. Talvez eu possa. Mas a outra Rus', a Rus' de homens e mulheres, pagou o preço, e vou fazer a coisa certa mais uma vez. A maldade do Urso não acabou com Moscou; minha tarefa não terminou.

— E se isso te levar à morte? Você acha que quero suportar sua distância no escuro e depois nunca mais vê-la?

— Sei que não. – Ela respirou fundo. – Mas, mesmo assim, preciso tentar.

Pelo bem de Vasya, Morozko tinha feito um acordo com o irmão dela, pedido perdão à irmã, ido a Moscou no verão e amarrado o Urso. Mas ela tinha chegado aos limites das forças e da vontade dele. Não lutaria a guerra de Dmitrii.

Mas ela sim. Por querer ser mais do que uma donzela da neve. Queria a fé de Dmitrii e a mão dele em sua cabeça. Queria uma vitória resultante da sua coragem.

Mas também queria o Rei do Inverno. Na fumaça, poeira e fedor de Moscou, ele era um sopro de pinho, água fria e quietude. O fato de querê-lo impedia-a de pensar.

Ele a viu oscilando. Os olhos dos dois encontraram-se na escuridão, e ele anulou a distância entre eles.

Não foi gentil. Estava zangado, e ela também, desnorteada e desejosa, e as mãos deles foram ásperas na pele um do outro. Quando ela o beijou, ele pareceu carne sob suas mãos, trazido abruptamente para a realidade pelo lugar, pela hora e por sua própria paixão. O silêncio estendeu-se enquanto as mãos deles diziam as coisas que lhes eram vedadas, e Vasya quase lhe disse sim, então quase deixou que ele a carregasse até seu cavalo branco e levasse-a embora noite adentro. Não queria pensar mais.

Mas precisava. Tamara deixara seu próprio demônio acalentá-la com sonhos de amor até ela ter perdido tudo que importava.

Não era Tamara. Vasya soltou-se, arfando para respirar, e ele a soltou.

– Volte para o inverno, então – ela se ouviu dizendo, a voz rouca. – Tomarei a estrada por Meia-Noite para encontrar meu cunhado, se estiver vivo. Ajudarei Dmitrii Ivanovich a vencer sua guerra.

Morozko ficou parado. Aos poucos, a raiva, a confusão e o desejo foram se apagando em sua expressão. – Vladimir Andreevich está vivo – disse apenas. – Mas não sei onde está. Vasya, não posso caminhar por essa estrada a seu lado.

– Vou encontrá-lo – ela replicou.

– Vai encontrá-lo – Morozko disse, com uma certeza cansada. Inclinou-se, distante, os sentimentos trancados no fundo dos olhos. – Procure-me na primeira geada.

Esgueirou-se para fora da casa de banhos como um espectro. Ela correu para segui-lo, ainda zangada, mas sem querer que ele partisse daquele jeito, com uma ferida não curada entre eles. Tinha lançado-o contra sua própria natureza, um antagonista grande demais.

Ele saiu para o pátio e ergueu o rosto para a noite. Por um instante, o vento foi o verdadeiro vento intenso do inverno, que congela a respiração nas narinas.

Subitamente, ele se virou de volta para ela, e o sentimento estava novamente ali, em seu rosto, como se não pudesse evitá-lo.

– Fique bem e não se esqueça, *snegurochka* – pediu.

– Não esquecerei. Morozko...

Ele só estava ali pela metade; o vento parecia soprar através dele.

– Também amei você da maneira que pude – ela sussurrou.

Os olhos dos dois se encontraram. Então ele se foi, partiu no vento que se erguia, soprando pelo ar selvagem.

25

A ESTRADA PELA ESCURIDÃO

Sasha e Vasya partiram pouco antes da meia-noite.

– Sinto muito – Sasha disse a Olga, antes de partirem. – Pelo que eu falei na nossa última despedida.

Olga quase sorriu, mas os cantos da sua boca curvaram-se para baixo.
– Eu também estava brava. Era de se pensar que eu estivesse acostumada com despedidas, irmão.

– Se der errado para nós no sul – Sasha replicou –, vocês não devem ficar em Moscou. Leve as crianças para Lesnaya Zemlya.

– Eu sei – assentiu a princesa de Serpukhov, e os dois irmãos trocaram olhares soturnos. Olga tinha sobrevivido a três cercos; Sasha vinha lutando as batalhas de Dmitrii desde que os dois mal tinham saído da meninice.

Observando-os, Vasya lembrou-se com desconforto que, embora tivesse presenciado muita coisa, nunca tinha visto a guerra.

– Vão com Deus, vocês dois – Olga desejou.

Vasya e Sasha saíram sorrateiramente de Moscou. Abaixo do portão, a *posad* dormia. O vento frio e ligeiro tinha afastado o fedor da doença. Pelo menos, os mortos descansariam em paz.

Vasya conduziu o irmão para dentro da mata, para o mesmo lugar onde Varvara a tinha mandado passar por Meia-Noite pela primeira vez. Há quanto tempo tinha sido isso? Duas estações haviam passado por Rus' desde aquela noite, mas Vasya perdera a conta dos dias vividos.

Em algum lugar em Moscou, um sino tocou. Os muros da cidade avultavam brancos, além das árvores. Vasya pegou na mão do irmão. Era meia-noite. A escuridão assumiu uma textura mais bravia, uma nova ameaça e uma beleza mais profunda. Ela foi em frente puxando o irmão com ela.

— Pense no nosso primo – pediu. Um passo, dois, e então Sasha soltou um suspiro leve e surpreso.

Moscou havia desaparecido. Estavam em um bosque de olmos seco e tépido. Havia poeira em vez de lama entre os dedos dos pés nus de Vasya, e as grandes estrelas do final de verão pendiam baixas sobre a cabeça. Uma meia-noite diferente.

— Mãe de Deus – Sasha murmurou. – Estes são os bosques próximos a Serpukhov.

— Eu te disse – replicou Vasya. – É uma estrada rápida, mas... – Ela se calou.

O garanhão negro Voron apareceu por entre duas árvores. Os olhos de estrela-d'alva do seu cavaleiro reluziram na escuridão.

A mão de Sasha foi para o punho da sua espada. Talvez o país da Meia--Noite tivesse despertado algo em seu sangue, porque conseguiu ver cavalo e cavaleiro.

— Esta é Lady Meia-Noite – apresentou Vasya, sem tirar os olhos da *chyert*. – Este é seu reino. – Ela inclinou a cabeça.

Sasha persignou-se. Polunochnitsa sorriu para ele, zombando, e desceu do seu cavalo.

— Deus esteja com você – Sasha disse, cauteloso.

— Sem dúvida espero que não – respondeu Polunochnitsa. Voron sacudiu sua cabeça negra, as orelhas dispostas de um jeito infeliz. Virando-se para Vasya, Meia-Noite indagou: – Novamente no meu reino? E orgulhosa da sua vitória?

— Vencemos, de fato – Vasya disse, desconfiada.

— Não – discordou Meia-Noite. – Não venceram. O que você pensa que seja a verdadeira batalha, sua tola arrogante? Você nunca entendeu, não é?

Vasya não disse nada.

Por entre dentes, Meia-Noite disse: – Esperávamos... *Eu* esperava que você fosse diferente. Que fosse quebrar o círculo infindável de vingança e aprisionamento. Mas você *incentivou* a guerra deles, daqueles gêmeos idiotas.

— Do que você está falando? – Vasya perguntou. – Salvamos Moscou dos mortos. Não sei por que está zangada. Ele é mal, o Urso. Mal. Agora está amarrado. Rus' está salva.

— Está? – Meia-Noite perguntou. – Você continua sem entender. – Fúria, desgosto e decepção lampejaram em seus olhos. – Você não pode comandar os *chyerti*, manter a casa do lago ou nos salvar de desaparecer da vida. Você fracassou. O caminho até o lago está fechado para você. Estou fechando-o e arriscando a ira da velha. Ela não terá herdeira. Adeus, Vasilisa Petrovna.

Então ela se foi tão rápido quanto tinha surgido, um turbilhão de cabelos claros saltando para as costas de Voron. A última coisa que Vasya escutou foi o som de cascos à distância. Abalada, olhou para o lugar onde ela havia estado. Sasha parecia apenas intrigado. – O que isso quis dizer?

– Não entendo por que ela está brava – disse Vasya, mas estava desconfortável. – Temos que seguir em frente. Acompanhe-me de perto. Não podemos nos separar.

Caminharam com cautela porque Vasya temia a raiva da Meia-Noite naquele lugar onde ela imperava. Sasha seguiu-a, assustando-se com as sombras, atônito com as transformações das noites. Mesmo assim, seguia-a. Confiava nela.

Vasya culpou-se mais tarde.

26

A HORDA DOURADA

Não tiveram aviso. Não viram um clarão ao longe, não escutaram barulho. Simplesmente, saíram da escuridão para uma luz de fogueira cheia de risadas.

Por um instante, os dois ficaram paralisados.

Os que estavam festejando também ficaram imóveis. Vasya teve uma breve impressão de armas: espadas curvas e arcos curtos sem corda. Sentiu cheiro de cavalos, viu o brilho dos seus olhos espreitando além da fogueira.

Por toda volta, homens levantaram-se de um pulo. Não falavam russo. Soava como as palavras que ela tinha escutado em uma noite escura de inverno ao resgatar meninas de... de...

– Vá para trás! – Vasya disse a Sasha. Com o canto dos olhos, vislumbrou o cabelo claro, o rosto triunfante e determinado de Meia-Noite. Pensou ter escutado um sussurro: – Aprenda ou morra, Vasilisa Petrovna.

Espadas nas mãos de uma dúzia de homens. A espada do seu irmão refletiu o fogo ao ser desembainhada. – Tártaros! – Sasha anunciou rapidamente. – Vasya, fuja.

– Não! – Ela ainda tentava puxá-lo para trás. – Não, só precisamos recuar para Meia-Noite...

Mas os homens estavam fechando o cerco à volta deles; ela não conseguia ver a estrada de Meia-Noite.

– Vasya – disse Sasha, numa voz mais terrível por causa da sua calma –, sou um monge, eles não me matarão. Mas você... Corra. *Corra*!

Ele se atirou sobre os homens, derrubando-os de lado. Ela recuou da briga, concentrou-se em transformar a fogueira do acampamento em uma súbita tempestade de luz. O fogo reavivado afastou os tártaros exatamente quando a espada do seu irmão encontrava mais uma, faiscando.

Ali estava a estrada de Meia-Noite, logo depois da luz. O fogo fulgurou novamente, assustando os homens, e ela chamou: – Sasha, por aqui...

Ou começou a chamar. Porque o punho de uma espada bateu na sua têmpora, e o mundo escureceu.

◇

VENDO A IRMÃ CAIR, SASHA largou a espada e disse, em tártaro, ao homem que a havia derrubado: – Sou um homem de Deus, e este é meu servo. Não o machuque.

– De fato, você *é* um homem de Deus – replicou o tártaro. Falava russo com um leve sotaque. – Você é Aleksandr Peresvet. Mas este não é seu servo.

A voz era vagamente familiar, mas Sasha não conseguia ver o rosto do tártaro. O homem ficou acima de Vasya, do outro lado do fogo, e colocou a menina de pé. As pálpebras dela tremulavam; um corte em sua testa vertia um labirinto de sangue pelo seu rosto.

– *Esta* é sua irmã bruxa – disse o tártaro. Parecia satisfeito e fascinado. – Como é que vocês dois chegaram aqui? Espionando para Dmitrii? Por que ele investiria seus primos assim?

Um silêncio surpreso, Sasha não disse nada. Tinha reconhecido o outro homem.

– Vamos lá – acrescentou o tártaro em sua própria língua. Levantou Vasya sobre seu ombro. – Amarrem as mãos do monge e sigam-me. O general vai gostar de saber disso.

◇

ALGUÉM A CARREGAVA. Cada passada fazia sua cabeça vibrar. Vomitou. Uma dor como cacos de gelo atravessavam seu crânio. O homem que a carregava exclamou com repulsa: – Faça isso de novo – ameaçou uma voz meio conhecida –, e eu mesmo te espanco depois do general.

Vasya tentou olhar à volta procurando pela estrada de Meia-Noite, mas não conseguiu vê-la. Devia tê-la perdido ao ficar inconsciente. Agora a noite aproximava-se, e ela e Sasha estavam presos até a meia-noite do dia seguinte.

Seus sentidos flutuaram. Não poderia fazer com que ela e o irmão desaparecessem debaixo dos olhos de todo o acampamento. Talvez pudesse, mas mesmo enquanto tentava planejar, seus pensamentos rompiam-se.

Algo assomou à sua frente, uma visão vaga, justo quando ela retomava aos poucos a consciência. Era uma construção redonda, feita de feltro. Uma aba estava jogada de lado, e ela foi levada pela fresta. Sua garganta e seu estômago ficaram travados pelo terror. Onde estava seu irmão?

Homens lá dentro. Não saberia dizer quantos. Dois encontravam-se no centro, elegantemente vestidos, iluminados por um pequeno forno e um candeeiro pendente. A pessoa que a carregava deixou-a cair. Debatendo-se, ela conseguiu se ajoelhar. Teve uma impressão de opulência: o candeeiro era de prata trabalhada; havia um aroma de carne gorda, e tapete sob seus joelhos. Por toda volta, havia o burburinho desnorteante de uma língua que ela não entendia. Sasha foi atirado ao lado da irmã.

Um dos homens vestidos com elegância era tártaro; o outro, russo. Foi este quem falou primeiro: – O que é isso? – perguntou.

– Isso... – ecoou aquela voz quase familiar atrás dela. Vasya tentou virar-se, mas teve que ficar imóvel, arfando, tal a dor em sua cabeça. Mas o homem adiantou-se e pôde ver seu rosto. Conhecia-o. Ele quase a tinha matado uma vez em uma floresta fora de Moscou. Com a ajuda de um feiticeiro malévolo, quase depusera Dmitrii Ivanovich.

– Parece – disse Chelubey em russo, sorrindo para ela – que Dmitrii Ivanovich inventou um novo meio de se livrar dos primos.

◆

O ALTO, A QUEM CHAMAVAM DE *TEMNIK* – general – tinha que ser Mamai, embora Sasha só o conhecesse pela fama. Não reconheceu o russo.

– Primos? – perguntou o *temnik* em sua própria língua. Mamai era um homem de meia-idade, cansado, respeitável, grisalho. Tinha sido leal a Berdi Beg, um dos inúmeros *khans*, mas Berdi manteve-se no trono por apenas dois anos. Desde então, Mamai andara planejando recuperar sua posição perdida, prejudicado pelo fato de ele mesmo não descender do Grande Khan. Sasha sabia, provavelmente todo o exército tártaro sabia, que Mamai precisava obter uma vitória decisiva sobre Dmitrii ou uma facção rival na horda combatente se ergueria e acabaria com ele.

Homens com tudo em risco eram perigosos.

– Este homem é o religioso Aleksandr Peresvet; com certeza você ouviu falar dele – apresentou Chelubey, mas seus olhos estavam em Vasya. – E este outro... Quando o conheci, em Moscou, disseram-me que era de linhagem nobre, irmão de Aleksandr Peresvet. Mentira. – Lentamente, Chelubey continuou: – *Isto* não é de jeito nenhum um menino, mas uma menina, uma pequena menina-bruxa. Disfarçada de menino, enganou toda Moscou. Fico me perguntando por que Dmitrii mandou-os aqui, um monge e uma bruxa. Espiões? Você vai me contar, *devushka*? – A pergunta foi feita a Vasya quase com delicadeza, mas Sasha percebeu a ameaça por detrás dela.

Sua irmã olhou nos olhos de Chelubey, muda. Estava com os olhos imensos e apavorados, o rosto, ensanguentado. – Você me machucou – sussurrou, num tom trêmulo, abjecto, que Sasha jamais tinha escutado vindo dela.

– Vou te machucar ainda mais – declarou Chelubey, calmamente. Não era tanto uma ameaça, mas uma afirmação. – Por que está aqui?

– Fomos atacados – ela murmurou, com a voz ainda trêmula. – Nossos homens foram mortos. Viemos até a fogueira em busca de ajuda. – Seus olhos estavam enormes e escuros, confusos e aterrorizados, a face emplastrada de sangue. Ela inclinou a cabeça e depois voltou a olhar para Chelubey. Dessa vez, duas lágrimas abriram caminho pelo sangue em seu rosto.

Sasha achou que ela estivesse exagerando, representando a menina indefesa, mas depois viu o rosto de Chelubey passar de desconfiança para desprezo. Em sua mente, murmurou uma prece de gratidão. Atraindo a atenção de Chelubey para si mesmo, disse: – Não a amedronte. Chegamos até vocês por acaso. Não somos espiões.

– *É mesmo?* – questionou Chelubey, suavemente, virando-se. – E sua irmã também está viajando com você, sozinha, vestida de maneira tão pouco recatada *por acaso*?

– Eu a estava levando para um convento – mentiu Sasha. – O grão-príncipe pediu-me isso. Nossa caravana foi atacada por ladrões; fomos deixados sós, sem ajuda. Eles rasgaram seu vestido, nos deixaram sem nada, a não ser o que você está vendo. Vagamos famintos por alguns dias, vimos suas fogueiras e viemos. Achávamos que receberíamos ajuda, não afrontas.

– Mas fico intrigado – disse Chelubey com ácida ironia. – Por que o conselheiro mais próximo do grão-príncipe estaria levando a irmã para uma casa religiosa numa época destas?

– Eu aconselhei Dmitrii Ivanovich a não entrar em guerra – respondeu Sasha. – Com raiva, ele me afastou do seu lado.

– Bom – interrompeu Mamai, com energia. – Se isso é verdade, então você não terá problema em nos informar as intenções e disposições do seu primo, assim poderá voltar para suas orações.

— Não sei nada sobre as disposições de Dmitrii – replicou Sasha. – Eu te disse...

Chelubey estapeou-o no rosto com as costas da mão com força suficiente para levá-lo ao chão. Vasya gritou e atirou-se aos pés de Chelubey, pondo-se na frente dele antes que ele pudesse chutar Sasha no estômago.
— Por favor – gritou. – Por favor, não o machuque.

Chelubey a afastou para o lado, mas olhou com o cenho franzido enquanto ela se ajoelhava perante ele com as mãos postas. Vasya jamais seria considerada uma mulher bonita, mas seus ossos fortes e os olhos grandes captaram seu olhar de algum modo e o sustentaram. Sasha, com os lábios sangrando, perturbou-se ao ver, mais uma vez, a atenção dos homens voltada para ela de uma maneira que antes não estava. E ela os encorajava, maldita, para mantê-los longe dele.

— Desculpe-me – disse Chelubey calmamente – se não acreditamos em seu irmão.

— Ele apenas falou a verdade – ela sussurrou, baixinho.

Mamai voltou-se abruptamente para o russo: – O que você acha, Oleg Ivanovich? Estão mentindo?

O rosto barbado do russo era inescrutável, mas Sasha reconheceu o nome. O grão-príncipe de Ryazan, que tinha se aliado aos tártaros.

Oleg comprimiu os lábios. – Não sei dizer se estão mentindo. Mas a história do monge parece mais provável do que não. Por que Dmitrii Ivanovich mandaria dois dos seus próprios primos espionar e uma menina vestida como homem? – Seu olhar para Vasya era totalmente reprovador.

— Ela é uma bruxa; tem poderes estranhos – insistiu Chelubey. – Fez nosso acampamento se incendiar de maneira não natural; enfeitiçou meu cavalo em Moscou.

Todos os olhares voltaram-se para Vasya. Seu olhar estava sem foco; os lábios tremiam. Ainda saía sangue do corte na cabeça e estava se formando um galo. Chorava baixinho.

— De fato – disse Oleg, depois de um silêncio expressivo –, ela é uma visão assustadora. Qual é o nome da menina? – A última parte foi dita em russo.

Vasya olhou sem expressão e não respondeu. Chelubey ergueu a mão mais uma vez, mas a voz de Oleg atingiu-o antes que ele desse a bofetada.
— Agora você bate em meninas rendidas?

— Eu te disse. Ela é uma bruxa! – retrucou Chelubey, irritado.

– Não vejo prova disso – disse Oleg. – Acrescentaria que é tarde e talvez possamos decidir o destino deles pela manhã.

– Eu me encarregarei deles – replicou Chelubey. Em seus olhos havia um brilho de ansiedade, a fresca lembrança da humilhação em Moscou. Talvez estivesse curioso em relação à menina de olhos verdes que se vestia como menino. Talvez até estivesse lá, naquele dia no rio, quando Kasyan expôs o segredo dela perante toda Moscou da maneira mais cruel possível.

– Dmitrii Ivanovich a resgatará se estiver ilesa – disse Sasha.

Eles o ignoraram.

– Muito bem – concordou Mamai. – Ocupe-se deles e conte-me o que ficar sabendo. Oleg Ivanovich...

– O metropolitano se pronunciará, se ele morrer sob tortura – disse Oleg.

Sasha começou a respirar mais calmo.

– Cuide para que ele viva – Mamai acrescentou a Chelubey.

– General – Oleg disse a Mamai, com os olhos mais uma vez em Vasya. – Ficarei com a menina esta noite. Talvez, separada do irmão, sozinha e com medo, ela me conte mais.

Chelubey pareceu confuso. Abriu a boca para falar, mas Mamai antecipou-se a ele, parecendo se divertir. – Como quiser. Mas é magrela, não?

Oleg inclinou a cabeça e colocou Vasya de pé. Ela não tinha entendido a maior parte da conversa por ter sido, em grande parte, em tártaro. Seus olhos travaram em Sasha.

– Não tenha medo – ele disse.

Grande consolo! Seu medo não era por si mesma; temia por ele.

27

OLEG DE RYAZAN

Em frente à tenda de Mamai, Oleg assobiou por entre os dentes. Dois homens armados surgiram e seguiram-nos. Avaliaram Vasya com curiosidade antes de disciplinarem seus rostos para a indiferença. Ela estava apavorada pelo irmão. Tudo acontecera rápido demais. Meia-Noite podia zombar e ameaçar, mas Vasya nunca havia sonhado que a criada de sua bisavó a trairia com os tártaros. *Por quê*, em nome de Deus?

Você fracassou, Meia-Noite dissera.

Oleg puxou-a adiante. Ela tentou pensar. Se conseguisse escapar, poderia voltar em busca do irmão à meia-noite do dia seguinte? Naquele grande acampamento, com o rosto melado de sangue, a magia parecia tão distante quanto as estrelas indiferentes.

Outra tenda redonda, menor do que a de Mamai, destacava-se no escuro. Oleg empurrou-a pela abertura, seguindo-a e dispensando seus serviçais de ar duvidoso.

Desta vez não havia fogão, apenas um único lampião de barro. Vasya teve uma breve impressão de um espaço austero, uma pilha esmeralda de peles, e então Oleg falou:

— Viajando para um convento, é? Vestida deste jeito? Atacada por bandidos? Então, você e seu irmão foram suficientemente idiotas para dar com a fogueira de Chelubey? Sou algum cretino? Conte-me a verdade, garota.

Ela tentou raciocinar com clareza.

— Meu irmão disse a verdade — respondeu.

— Tenho que reconhecer que você não é covarde. — A voz dele ficou mais baixa. — *Devushka*, posso te ajudar, mas preciso saber a verdade.

Vasya deixou seus olhos marejarem. Não foi difícil. Sua cabeça doía terrivelmente. — Já dissemos — tornou a sussurrar.

— Tudo bem – disse Oleg. – Como quiser. Amanhã, te devolvo a Chelubey e ele conseguirá a verdade com você. – Ele se sentou para tirar as botas.

Vasya observou-o por um momento. – Você é um homem de Rus' lutando ao lado do inimigo. Espera que eu confie em você?

Oleg ergueu os olhos. – Estou lutando ao lado da Horda – respondeu, com muita precisão, colocando uma bota de lado. – Porque não estou ansioso, como parece que Dmitrii Ivanovich está, por ter minha cidade arrasada, meu povo levado como escravos. Isso não significa que não possa ajudá-la. Nem significa que não a farei sofrer enormemente se me contrariar.

A segunda bota juntou-se à primeira, e então ele tirou seu barrete, jogando-o sobre a pilha de peles. Examinou-a com um olhar de avaliação. *Esqueça*, ela pensou. *Esqueça que ele possa te ver*. Mas não conseguiu se concentrar; havia uma barra incandescente de dor em sua cabeça. Com os pés descalços, Oleg caminhou resoluto até ela. Sem uma palavra, pegou com uma das mãos seus pulsos amarrados e apalpou-a com a outra em busca de armas. Estava desarmada. Alguém levara sua faca depois que ela foi atirada ao lado da fogueira de Chelubey.

— Bom – ele disse, enquanto corria a mão pelo seu corpo. – Afinal de contas, deduzo que seja uma menina.

Ela pisou no seu pé. Ele estapeou-a no rosto.

Quando ela voltou a si, encontrou-se esparramada no chão. Ele havia cortado suas amarras. Ela levantou a cabeça. Ele estava sentado em sua pilha de peles passando uma pedra de amolar pela espada desembainhada sobre seus joelhos.

— Acordou? – ele perguntou. – Vamos começar de novo. Conte-me a verdade, *devushka*.

Ela se levantou com esforço. – Ou o quê? Vai me torturar?

Um lampejo de aversão passou pelo rosto dele. – Pode ser que não passe pela sua cabeça, determinada como está a sofrer nobremente, mas sua situação é melhor comigo do que com Chelubey. Ele foi humilhado em Moscou; todo o exército conhece a história. *Ele* vai te torturar. E, se estiver inspirado, talvez te estuprar na frente do seu irmão para passar adiante um pouco da humilhação.

— Então minha escolha é essa? Ser estuprada em público ou aqui em particular?

Ele bufou. – Para sua sorte, prefiro mulheres que pareçam e ajam como mulheres. Diga-me o que quero saber e te protejo de Chelubey.

Os olhares dos dois travaram-se. Vasya respirou fundo e apostou: – Tenho uma mensagem do grão-príncipe de Moscou.

Oleg ficou com uma expressão mais alerta. – É mesmo? Que escolha estranha de mensageiro!

Ela deu de ombros. – Estou aqui, não estou?

Oleg colocou de lado a espada e a mó. – É verdade, mas talvez esteja mentindo. Tem uma prova? Se tinha, você a comeu? Juraria que não está com você agora.

Ela não sabia se poderia fazer isso, mas firmou a voz e disse: – Tenho uma prova.

– Muito bem, mostre-me.

– Mostrarei se você me disser por que Chelubey disse que Dmitrii Ivanovich tinha descoberto uma nova maneira de se livrar dos primos.

Oleg deu de ombros. – O príncipe de Serpukhov também está preso aqui. Dmitrii não estava se perguntando onde ele tinha ido parar? – Oleg fez uma pausa. – Ah, você é mensageira? Ou um grupo de resgate? As duas possibilidades me parecem improváveis.

Vasya não respondeu.

– Seja como for, foi uma má estratégia da parte de Dmitrii – arrematou Oleg. – Agora, Mamai tem *três* dos seus primos em primeiro grau. – Cruzou os braços. – Agora, qual é a sua prova?

Ignorando sua dor de cabeça lancinante, Vasya juntou as mãos em concha e encheu-as com a lembrança do fogo.

Blasfemando, Oleg levantou-se aos tropeções e se afastou do fogo nas mãos dela.

Ela ainda estava ajoelhada no chão e olhou para ele através das chamas. – Oleg Ivanovich, Mamai perderá esta guerra.

– Um exército de Rus', composto por gentalha, perderá para a Grande Horda? – Mas a voz de Oleg estava fraca e sem fôlego; tinha os olhos nas chamas. Estendeu a mão para tocá-las, mas pulou para trás ao sentir o calor. O fogo não machucava Vasya, embora ela pudesse ver os pelos dos seus braços torrando. – Um bom truque – ele disse. – Dmitrii fez aliança com diabos? Isso não vencerá um exército. Sabe quantos cavalos Mamai tem? Quantas flechas, quantos homens? Se todos os homens de Rus' lutarem ao lado de Dmitrii, ele ainda será superado em dois para um.

Mas Oleg não tirava os olhos das mãos de Vasya.

Vasya forçava cada nervo em meio ao mal-estar, em meio à dor de cabeça, para manter seu rosto imperturbável, para manter constante a lembrança do fogo. Oleg tinha se aliado ao inimigo para proteger seu povo. Um homem prático. Alguém com quem, talvez, ela pudesse argumentar.

— Truques com fogo? — questionou. — É isso que você pensa? Não. Fogo, água e escuridão, tudo junto. Os antigos poderes desta terra guerrearão ao lado dos novos. — Vasya esperava que fosse verdade. — Seu general *vai perder*. Sou o sinal e a prova disso.

— Para que Dmitrii Ivanovich vendeu sua alma para a magia negra? — Oleg persignou-se.

— É magia negra defender o solo que nos gerou? — Ela fechou as mãos repentinamente, extinguindo as chamas. — Por que me tirou de Chelubey, Oleg Ivanovich?

— Bondade equivocada — respondeu Oleg. — Além disso, não gosto de Chelubey. — Ele estendeu uma mão vacilante para tocar as palmas das mãos dela, que estavam bem frias.

— O lado de Dmitrii tem poderes que não se veem — ela replicou. — *Nós* temos poderes que não se veem. É melhor lutar para si mesmo, Oleg Ivanovich, do que defender um conquistador. Você vai me ajudar?

Vasya poderia jurar que ele hesitou. Então, um sorriso amargo abriu-se em seu rosto. — Você é muito persuasiva. Agora eu quase poderia acreditar que foi enviada por Dmitrii. Ele é mais inteligente do que eu pensava. Mas faz muito tempo que acreditei em contos de fadas, *devushka*. Vou fazer o seguinte: direi a Mamai que você não passa de uma menina tola destinada ao convento que deveria me ser cedida como criada, e não vendida como escrava. Você pode fazer seus truques com fogo para mim, em Ryazan, depois que a guerra terminar. Não deixe que ninguém te veja fazendo isso. Os tártaros têm horror a bruxas.

A dor na cabeça de Vasya estava, novamente, aumentando. Os cantos da sua visão ficaram escuros. Ela agarrou o pulso dele. Truques, jogos e ilusões deixaram-na. — Por favor — ela implorou.

Em meio à bruma de uma inconsciência que se avizinhava, ouviu sua resposta em um sussurro: — Farei esta troca com você: se conseguir encontrar e salvar seu irmão e o príncipe de Serpukhov sozinha, e fizer isso de tal maneira que meus homens e meus boiardos questionem a aliança que *fizeram*, então talvez isso seja *prova* suficiente e eu te leve em consideração. Até lá, estou do lado dos tártaros.

◊

Ela não teve certeza de ter dormido naquela noite ou se sua dor de cabeça tinha, simplesmente, devolvido-a à inconsciência. Seus sonhos estavam cheios de rostos, todos a observando, aguardando. O de Morozko, preocupado; o do Urso, intenso; o de Meia-Noite, zangado. Sua bisavó, a louca perdida em Meia-Noite. *Você passou por três fogueiras, mas não entendeu o enigma final.*

E, então, sonhou com seu irmão, torturado, até Chelubey, rindo, matá-lo.

Acordou ofegante, na escuridão que precede o amanhecer, e se viu deitada em um lugar quente e macio. Alguém havia até limpado o sangue emplastrado em seu rosto. Ficou quieta. Sua dor de cabeça tinha se reduzido a um murmúrio abafado. Virou a cabeça e viu Oleg deitado de bruços a seu lado, acordado, observando-a.

– Como é que alguém aprende a guardar fogo nas mãos em concha? – perguntou, como se continuasse uma conversa da noite anterior.

A luz pálida do amanhecer infiltrava-se à volta deles. Compartilhavam uma pilha de peles. Sentou-se abruptamente.

Ele não se mexeu. – Virtude ultrajada? Depois de aparecer num acampamento tártaro vestida como menino?

Ela saiu de debaixo das peles como um gato, e talvez a expressão em seu rosto convenceu-o porque acrescentou de bom grado, parecendo se divertir: – Acha que eu tocaria em você, bruxa? Mas faz muito tempo que não durmo no calor de uma menina, mesmo de alguém ossudo. Agradeço-lhe por isso. Ou você teria preferido o chão?

– Teria – ela respondeu, friamente.

– Muito bem – disse Oleg, placidamente, levantando-se também. – Já que está determinada a sofrer, pode caminhar amarrada a meu estribo. Assim, Mamai não pensará que amoleci. Seu dia será longo.

◊

Oleg saiu da tenda, que ele chamava de *ger*. A mente de Vasya disparava. Escapar? Esquecer que podiam vê-la e caminhar pelo acampamento até encontrar seu irmão? Mas poderia esquecer que eles poderiam *vê-lo*? E se ele estivesse ferido? Não, decidiu com relutância. Era melhor, mais prudente, esperar até meia-noite. Não teria duas chances.

Oleg mandou um homem ir até ela levando uma xícara cheia de algo que cheirava mal. Leite de égua fermentado. Era grosso, coalhado, azedo. Seu estômago revirou-se. Quando o próprio Oleg reapareceu, disse: – Eu sei que o cheiro não é grande coisa, mas os tártaros marcham durante dias só com isso e com o sangue dos seus cavalos. Beba, menina-bruxa.

Ela bebeu, tentando não engasgar. Quando Oleg foi, novamente, amarrar suas mãos, ela perguntou: – Oleg Ivanovich, meu irmão está bem?

Ele enrolou as cordas com firmeza ao redor dos pulsos de Vasya parecendo, de início, que não pretendia responder. Depois, disse brevemente: – Ele está vivo, embora pudesse desejar não estar. E não mudou sua história. Eu disse a Mamai que você não sabia de nada, que não passava de uma menina idiota. Ele acreditou em mim, mas Chelubey não. Tenha cautela com ele.

À meia-noite, Vasya disse a si mesma, tentando não tremer. *Temos que sobreviver só até meia-noite.*

Oleg puxou-a para fora da tenda, para o nascer do sol, e ela se retraiu. Em plena luz do dia, o acampamento era maior do que uma cidade média, maior do que uma cidade grande. Tendas e fileiras de cavalos estendiam-se até perder de vista, meio encobertos por árvores raquíticas. Havia centenas de homens. Milhares. Dezenas de milhares. Sua mente não iria além disso. Havia mais cavalos do que homens, carroções por toda parte. Como Dmitrii juntaria um exército que se igualasse àquele? Como poderia esperar vencê-lo?

Oleg tinha uma égua baia, robusta e de cabeça grande. Seus olhos eram gentis e inteligentes. Oleg deu uma batidinha afetuosa em seu pescoço.

Oi, Vasya disse para ela com seu corpo na linguagem dos cavalos.

A égua mexeu uma orelha em dúvida. *Oi*, respondeu. *Você não é um cavalo.*

Não, Vasya replicou, enquanto Oleg amarrava a corda dos seus pulsos em sua sela e subia na égua. *Mas te entendo. Pode me ajudar?*

A égua pareceu intrigada, mas não disposta. *Como?*, perguntou, e seguiu num trote ao toque da panturrilha de Oleg. Vasya, tentando pensar numa maneira de explicar, foi arrastada com eles aos tropeções, rezando para ter forças.

◆

Logo percebeu que Oleg mantinha-a por perto, em parte para humilhá-la, mas também para mantê-la longe dos elementos mais desagradáveis de um exército em marcha. Talvez tivesse acreditado nela mais do que parecia quanto ao fato de ter sido mandada por Dmitrii Ivanovich. Talvez nem fosse tão leal aos tártaros como parecia. Na primeira vez em que alguém jogou estrume de cavalo nela, Oleg virou-se com uma palavra ilusoriamente suave, e ela não foi mais perturbada.

Mas o dia foi puxado, e as horas passaram-se lentamente. Os olhos e a boca de Vasya encheram-se de poeira. Choveu até o meio da manhã, a poeira transformou-se em lama, e ela ficou aliviada por um tempo até começar a tremer, enervando-se com as roupas molhadas. Depois, o sol saiu, e ela voltou a suar.

A égua baia viu-se convencida a tornar o caminho de Vasya tão fácil quanto possível mantendo-se em linha reta para não desequilibrá-la. Mas exigiram-lhe que mantivesse um trote uniforme hora pós hora. Puxava Vasya em seu encalço. A menina ofegava, seus membros em brasa, o corte na cabeça latejando. Oleg não olhou para trás.

Eles não pararam até o sol estar alto, e então apenas brevemente. Assim que o fizeram, Vasya desabou sobre o ombro confortável da égua, estremecendo. Escutou Oleg desmontar.

– Mais feitiçaria? – perguntou-lhe, calmamente.

Ela ergueu a cabeça dolorida e piscou para ele, ressentida.

– Criei esta aqui desde potranca – explicou, dando uma batidinha no pescoço da égua. – Ela ainda não te mordeu, e agora você se recosta nela como se fosse um cavalo de arado.

– Vai ver que ela não gosta de homens – Vasya replicou, enxugando o suor da testa.

Ele bufou. – Talvez. Tome. – Estendeu-lhe um odre de hidromel, e ela bebeu, enxugando a boca com as costas da mão. – Vamos até escurecer – informou, pondo um pé no estribo. – Você é mais forte do que parece – acrescentou. – Para a sua sorte.

Vasya só rezou para conseguir resistir até meia-noite.

Antes que Oleg conseguisse voltar a montar, sua égua inclinou uma orelha, e Chelubey chegou a meio-galope.

Oleg virou-se, parecendo cauteloso.

– Agora não está tão orgulhosa, está, menina? – Chelubey perguntou em russo.

Vasya retrucou: – Quero ver meu irmão.

– Não, não quer. Ele está tendo um dia pior do que o seu – respondeu Chelubey. – Ele poderia facilitar para si mesmo, mas só fica repetindo as mesmas mentiras, não importa o que as moscas façam com suas costas.

Vasya engoliu uma onda de náusea. – Ele é um homem da Igreja – replicou. – Você não tem direito de machucá-lo!

– Se ele tivesse ficado em seu monastério, eu não o machucaria. Os homens da Igreja deveriam se limitar a rezar. – Chelubey inclinou-se mais para perto. Cabeças viravam-se entre os homens de Oleg. – Um de vocês me contará o que quero saber ou eu o matarei – ele ameaçou. – Esta noite.

Chelubey havia trazido seu cavalo lado a lado com o de Oleg. Vasya não se mexeu, mas, repentinamente, a égua baia escoiceou com ambas as patas traseiras, atingindo o cavalo de Chelubey no flanco. O animal guinchou, deu uma guinada, derrubou seu cavaleiro e recuou, com o olhar desvairado, dois talhos no formato de casco em sua pelagem.

A égua de Oleg rodou, empinou e empurrou Vasya para o chão. Vasya ficou satisfeita com isso, mesmo tendo levado um tombo doloroso. Ninguém perceberia que tinha feito isso de propósito. Oleg pulou adiante e pegou o bridão da égua.

Todos os homens riram.

– Bruxa! – vociferou Chelubey, levantando-se do chão. Para surpresa de Vasya, parecia um pouco assustado, além de furioso. – Você...

– Você não pode culpar uma menina pelo mau humor do meu cavalo – intercedeu Oleg calmamente por detrás dela. – Você trouxe o seu perto demais.

– Vou levá-la comigo agora – disse Chelubey. – Ela é perigosa.

– A menina ou a égua? – Oleg perguntou, inocentemente. Os homens tornaram a rir. Vasya mantinha os olhos em Chelubey. Os russos estavam se aproximando de ambos os lados, fechando fileiras contra o tártaro. Alguém segurou o cavalo de Chelubey. Ele olhava para Vasya com uma espécie de fascínio raivoso. Mas então, repentinamente, virou-se de costas, dizendo: – Traga-me a menina ao cair da noite. – Com isso, voltou a montar e esporeou, afastando-se ao longo da coluna empoeirada.

Vasya observou-o indo. Oleg sacudia a cabeça. – Pensei que Dmitrii Ivanovich fosse um homem de bom senso, mas desperdiçar seus primos como água, e para quê? – questionou. Vendo o rosto dela ainda lívido e temeroso, acrescentou com um conforto grosseiro: – Tome – e deu-lhe um pedaço de pão chato. Mas ela não conseguiria comer nem para salvar sua vida; enfiou o alimento em sua manga para mais tarde.

◇

A TARDE ARRASTOU-SE e os homens de Ryazan começaram a vivenciar algo estranho: seus cavalos estavam indo mais devagar. Não era manqueira, nem doença. Mas embora os homens chutassem e esporeassem, os animais só passavam para um galope pesado e, alguns passos depois, detinham-se, com as orelhas abaixadas.

Oleg e seus homens foram sendo ultrapassados pela acelerada coluna tártara. Ao cair da noite, estavam fora da vista do corpo principal. Apenas a poeira, fraca contra o céu amarelo-esverdeado, mostrava a localização do restante do exército.

Vasya sentia as pernas e os braços alquebrados. Sua cabeça latejava com o esforço de negociar, em silêncio, com todos os cavalos da coluna. Por sorte, a égua de Oleg era uma criatura sensata, admirada pelos outros. Foi de uma grande ajuda na criação do atraso de que Vasya precisava. Se tivesse que ser devolvida a Chelubey, queria que fosse à meia-noite, ou perto da meia-noite.

Chegaram a um trecho raso do rio e pararam para deixar os cavalos beberem. A própria Vasya, com uma arfada, ajoelhou-se junto à margem. Engolindo água, estava bem despreparada quando Oleg pegou-a pelos braços, levantando-a e girando-a com as mãos ainda molhadas.

– Tudo bem – disse, severo. – É você?

– Eu o quê? – Vasya perguntou.

Ele a sacudiu uma vez, fazendo seus dentes baterem juntos na língua. Ela sentiu gosto de sangue. Lembrou-se de que, qualquer que fosse a gentileza que aquele príncipe escolhesse lhe demonstrar, trairia Dmitrii Ivanovich para manter seu próprio povo a salvo; matá-la-ia sem remorso.

– Protegi você. Mereço uma velhacaria? – Oleg perguntou. – Chelubey disse que você enfeitiçou um cavalo em Moscou. Tive minhas dúvidas, mas... – Um gesto meio irônico da sua mão abrangeu a coluna desaparecida. – Cá estamos. Você estava fazendo alguma coisa com os cavalos?

– Não saí da sua vista – ela respondeu, e não se preocupou em dissimular a exaustão e a derrota em sua voz. – Como poderia ter feito algo com os cavalos?

Ele a analisou por mais alguns minutos, estreitando os olhos, e disse: – Você está planejando alguma coisa. O que é?

– Claro que estou planejando – Vasya respondeu, cansada – Estou pensando numa maneira de salvar a vida do meu irmão. Ainda não me ocorreu nada inteligente. – Ela deixou seus olhos erguerem-se até ele. – Conhece algum jeito, Oleg Ivanovich? Farei qualquer coisa para salvá-lo.

Ele inspirou rapidamente, parecendo desconfortável a seus olhos. – Qualquer coisa?

Ela não respondeu, mas sustentou seu olhar.

Ele comprimiu os lábios; seu olhar foi dos olhos dela para a boca. Subitamente, soltou-a e se virou. – Verei o que pode ser feito – respondeu, secamente.

Era um homem honrado, ela pensou, e não um tolo; poderia ameaçar, mas não se deitaria com a prima de Dmitrii. Mas o fato de estar zangado significava que estava tentado. E ele *estava* zangado; dava para ver os tendões em seu pescoço. Mas ele não voltou a sacudi-la e parou de pensar nos cavalos, que era o que ela queria.

Quanto ao resto, bom, ela pretendia ter partido, juntamente com o irmão, antes da pergunta ser feita novamente.

Oleg subiu mais uma vez na égua, esporeou-a, tocou-a adiante. Não houve mais paradas.

◊

Era noite plena, bem antes do nascer da lua, quando os russos de Oleg acharam seu lugar no contingente. Seus cavalos estavam descansados, tendo aproveitado imensamente a jogada de Vasya, mas os homens estavam suados, carrancudos, doloridos.

Comentários soando como insultos bem-humorados surgiram de todos os lados quando os russos foram se espalhando pelo acampamento sob o luar. Os homens, exaustos, falaram irritados com seus cavalos inquietos. Nas últimas horas de marcha, Vasya tinha certeza de que Oleg não tirara os olhos dela.

Quando eles finalmente pararam, ele deixou a sela e contemplou-a, soturno. – Preciso te levar para Chelubey.

Um pedúnculo frio de medo rastejou por sua barriga, mas ela conseguiu perguntar: – Onde? Onde está meu irmão?

– Na *ger* de Mamai. – Ele deve ter visto o medo involuntário nos olhos dela, porque acrescentou, bruscamente: – Não vou te deixar lá, menina. Faça a expressão mais ignorante que conseguir. Antes, preciso acomodar os homens.

Vasya foi deixada sentada em uma tora com um vigia por perto. Olhou para a lua, tentou sentir a hora na pele. Com certeza era tarde. Suas roupas, ensopadas de suor pelo calor do dia, agora a enregelavam. Respirou fundo. Estaria perto o bastante da meia-noite? Tinha que estar.

Agora sua cabeça estava clara, embora estivesse muito cansada. A náusea e a dor de cabeça haviam sumido. Tentou afastar o medo pelo irmão e se concentrar. Coisas pequenas. Magia pouca, que não estivesse além das suas forças e não a enlouquecesse.

Sentada na terra aquecida pelo dia, esqueceu-se de que suas amarras estavam apertadas. E sentiu a corda ceder. Só um pouco. Obrigou-se a relaxar. A corda cedeu mais um pouco. Sutilmente. Agora conseguia mover seus pulsos irritados, girá-los.

Olhou em volta, flagrou o amigável olho da égua baia de Oleg. O animal, afavelmente, empinou, relinchando. Todos os cavalos russos imitaram. Simultaneamente, entraram em um verdadeiro êxtase de medo, dando pinotes, ofegando com os olhos desvairados em suas estacas, resistindo às suas amarras. Por toda parte, Vasya escutou homens praguejando. Acorreram para a fileira de cavalos; até mesmo seu vigia. Ninguém estava olhando para ela. Uma torção e ela soltou os pulsos. O caos no acampamento espalhava-se, como se o pânico dos cavalos contaminasse seu pessoal.

Vasya não sabia onde ficava a tenda de Mamai. Enfiou-se na confusão de homens e cavalos agitados, pôs a mão no pescoço da boa égua. Ela ainda estava selada. Havia até uma longa faca acoplada ao alforje.

– Você me leva? – sussurrou.

A égua acenou com a cabeça, bem-humorada, e Vasya pulou para suas costas. Repentinamente, pôde ver acima da confusão. Cutucou o animal para que seguisse olhando por cima do ombro. Poderia jurar ter visto Oleg de Ryazan observando-a ir, sem dizer uma palavra.

28

POZHAR

Vasya sussurrou sobre fogo, lobos e coisas terríveis aos cavalos deles. Onde quer que fosse, deixava o acampamento em caos. Fogueiras fulguravam soltando centelhas. Dúzias de cavalos – mais – entraram em pânico ao mesmo tempo. Alguns saíram em disparada, atropelando homens à sua passagem; outros simplesmente empinaram, pinotearam e se debateram em suas cordas. Vasya cavalgou a égua baia em meio a uma onda de animais enlouquecidos. Mais de uma vez, ficou feliz pelos pés firmes e pelo bom senso da égua. O perigo borbulhava em sua garganta e em seu estômago.

Escuridão e caos, pensou, eram melhores aliados do que magia.

Aproximando-se da tenda de Mamai, Vasya deslizou das costas da égua.

– Espere por mim – pediu ao animal. A égua abaixou o focinho, complacente. Ali, os cavalos também pinoteavam; havia homens por todo canto, blasfemando. Ela criou coragem e infiltrou-se na tenda de Mamai, rezando baixinho.

Seu irmão estava ali, sozinho. Seus braços estavam puxados para cima, e amarrados ao mastro que segurava a tenda. Estava nu até a cintura, as costas em carne viva com marcas de chicote; tinha ferimentos no rosto. Vasya correu para ele.

Sasha ergueu para ela olhos exaustos. Faltavam duas unhas em sua mão direita.

– Vasya – disse. – Vá embora.

– Eu vou. Com você – replicou. Estava com a faca da sela de Oleg. Com um simples golpe, cortou suas amarras. – Vamos lá.

Mas Sasha sacudia a cabeça, confuso. – Eles sabem que você agitou os cavalos – informou. – Chelubey mencionou alguma coisa sobre um garanhão baio e uma égua em Moscou. Sabia que era você assim que o barulho começou. Eles... planejaram para isso. – O suor escorria para a sua barba; reluzia nas suas têmporas, em sua cabeça nua pela tonsura. Ela se virou rapidamente.

Eles estavam parados na entrada da tenda: Mamai e Chelubey, observando, com homens juntando-se atrás deles. Chelubey disse algo em sua própria língua, e Mamai respondeu. Havia certa avidez em seus olhares.

Sem tirar os olhos dos dois homens, Vasya abaixou-se para ajudar a levantar o irmão. Ele se levantou quando ela puxou, mas ficou óbvio que qualquer movimento era uma agonia.

– Afaste-se dele. Devagar – Chelubey ordenou em russo. Ela pôde ver sua própria morte lenta nos olhos dele.

Vasya já tivera o bastante. Agora não estava zonza pelo bofetão na cabeça. Incendiou a tenda.

Chamas brotaram das abas da tenda em uma dúzia de lugares. Os dois homens pularam para trás com gritos de alarme. Vasya pegou o irmão e puxou-o, mancando, até o outro lado da tenda, usando a faca para cortar o feltro.

Em vez de sair, esperou, segurando a respiração contra a fumaça e assobiou por entre os dentes. A bondosa égua baia veio e até se ajoelhou quando Vasya pediu, apesar da fumaça e do fogo que se aglomerava, de modo a Sasha poder subir em suas costas.

Ele não conseguia se segurar no cavalo sozinho. Vasya precisou subir na frente dele, puxar seus braços ao redor da sua cintura. – Segure-se – mandou. A égua disparou justamente quando um grito veio por detrás. Vasya arriscou olhar na direção. Chelubey havia apanhado um cavalo no exato momento em que ela ultrapassava a fumaça. Meia dúzia de homens haviam se juntado a ele; perseguiam-na. Era uma corrida para ver se meia-noite chegaria ou se seus perseguidores a agarrariam primeiro.

No início, ela acreditou que pudesse vencer. Seus ossos diziam-lhe que meia-noite não estava longe, e a égua tinha uma boa deslanchada.

Mas o acampamento estava lotado e em polvorosa; incapazes de abrir caminho em linha reta, tiveram que se desviar e virar. Sasha segurava-se nela com toda força, sua respiração fazendo-o sofrer num silencioso arquejo de dor a cada batida dos cascos da égua. O valente animal começava a ficar em desvantagem sob o peso dos dois.

Vasya respirou e permitiu que toda a lembrança da noite do incêndio em Moscou lhe voltasse. O terror e o poder. A realidade contorceu-se justo quando todas as fogueiras no exército tártaro deram origem a uma triunfante coluna de chamas.

Atordoada, lutando para se manter firme, Vasya arriscou mais um olhar para trás tentando ver ao redor do irmão. A maioria dos homens que os perseguia tinha caído das selas, seus cavalos em pânico. Mas alguns tinham mantido o controle dos animais, e Chelubey não esmorecera. A arrancada da égua de Vasya começava a enfraquecer. Nenhum sinal de Meia-Noite.

Chelubey gritou com seu cavalo. Agora, estava emparelhado com o flanco da égua baia. Empunhava uma espada. Vasya tocou a égua e ela arrancou, as orelhas voltadas para trás, mas isto lhes custou maior velocidade. Chelubey tocava-os mais uma vez para o acampamento, cercando-os. Sasha pesava às suas costas. Agora Chelubey estava mais uma vez emparelhado com eles, seu cavalo sendo o mais rápido. Ele levantou a espada uma segunda vez.

Antes que ela pudesse cair, Sasha lançou-se de lado, agarrou o tártaro e atirou-o ao chão.

– Sasha! – Vasya gritou.

O passo da égua revigorou-se na mesma hora com um peso a menos nas costas, mas Vasya já estava girando o animal. Seu irmão e Chelubey lutavam no chão, mas o tártaro levava a melhor. Seu punho lançou a cabeça de Sasha para trás. Vasya viu um cintilar de sangue no fogo. Em seguida, Chelubey estava se levantando, deixando o irmão onde estava. Chamou seu cavalo, gritando para os outros cavaleiros.

Sasha arrastou-se até ficar de joelhos. Tinha sangue na boca. Seus lábios formaram uma única palavra: *Fuja*.

Ela hesitou. A égua sentiu e diminuiu o passo.

Então, um clarão de fogo disparou pelo céu. Era como uma estrela cadente: escarlate, azul e dourado. O clarão de fogo foi baixando mais e mais, ondulou como uma onda e, repentinamente, lá estava uma égua dourada e alta reluzindo na relva, galopando ao lado deles.

Gritos de raiva e fascínio dos tártaros.

– Pozhar – Vasya murmurou.

A égua inclinou uma das orelhas para o outro animal, virou a outra para trás, para os homens que os perseguiam. *Suba nas minhas costas.*

Vasya não questionou. Levantou-se, equilibrando-se nas costas da égua baia enquanto ela galopava. Pozhar tinha encurtado o passo para se igualar à outra égua, e Vasya moveu-se de lado, levemente, e caiu na cernelha da égua dourada. A pele do animal queimava de tão quente entre seus joelhos.

Alguns dos homens que vinham atrás tinham arcos; uma flecha passou zunindo pela sua orelha. Elas estavam ao alcance do disparo do arco, em ângulo atrás com o lugar onde o irmão jazia. O que fazer? Milagrosamente, Vasya tinha agora a velocidade de Pozhar, mas seu irmão estava no chão. Outra flecha zuniu pela sua face justamente quando vislumbrou a estrada da Meia-Noite.

Teve, então, uma ideia tão temerária que parou de respirar. Com raiva e terror no coração, os limites do seu conhecimento e de sua habilidade numa evidência miserável, não conseguiu pensar em nada mais.

– Temos que voltar para esta mesma meia-noite. Temos que voltar por ele – Vasya disse à égua, sombriamente. – Mas antes, precisamos conseguir ajuda.

Você não entendeu, Meia-Noite dissera.

A égua enveredou pela estrada da Meia-Noite, e elas foram engolidas pela noite.

◇

Eles voltariam para o acampamento dos tártaros na mesma meia-noite, caso contrário, ela não teria partido. Mas a sensação terrível era de que tinha abandonado o irmão para morrer enquanto galopava pela escuridão selvagem com árvores fustigando seu rosto. Soluçou afundada no pescoço da égua por uma ou duas passadas, horrorizada, temendo por Sasha, com absoluta aversão pelo seu próprio desequilíbrio, nos limites da sua capacidade.

A égua dourada não se movia como Solovey. O garanhão tinha o tronco redondo e era fácil de cavalgar. Pozhar era mais rápida, mais esguia, sua cernelha era uma crista dura, sua passada uma grande subida e impulso, como cavalgar a crista de uma enchente.

Depois de alguns momentos, Vasya levantou a cabeça e conseguiu se controlar. Conseguiria fazer isso? Não poderia nem mesmo ter considerado isso se sua mente não estivesse tomada pela visão do irmão ensanguentado, cercado por inimigos. Tentou pensar em outra coisa.

Qualquer coisa.

Não conseguiu.

Então, concentrou-se em onde desejava ir. Essa parte era fácil e rápida. Seu sangue conhecia o caminho, mal precisava pensar nele.

Depois de apenas alguns minutos de galopada, elas irromperam da floresta negra para um campo familiar, zunindo com trigo semicolhido. O céu era um rio de estrelas. Vasya sentou-se ereta. Pozhar diminuiu o passo, dançando, selvagem.

Sobre uma pequena elevação, encontrava-se uma pequena aldeia além dos campos colhidos. Estava indistinta contra as estrelas, mas Vasya conhecia cada dobra sua, cada curva. A saudade fechou sua garganta. Era meia-noite na aldeia onde havia nascido. Em algum lugar próximo, em sua própria casa, estavam seu irmão Alyosha e sua irmã Irina.

Mas não estava lá por causa deles. Um dia, poderia voltar, trazer Marya para conhecer sua gente, comer bom pão sentada na cálida relva de verão. Mas agora não poderia procurar conforto ali. A missão era outra.

– Pozhar – disse Vasya. – Por que você voltou?

Ded Grib, respondeu a égua. *Ele vem recebendo notícias de todos os cogumelos em Rus', tão cheio de si como era de se esperar, dizendo a todos que é seu maior aliado. Hoje ele veio até mim dizendo que você estava novamente em perigo e que eu seria uma grande idiota se não ajudasse. Só fui te procurar para que ele calasse a boca, mas então vi os fogos que você fez. São fogos bons.* A égua soava quase como se aprovasse. *Além disso, você não pesa muito. Não é nem desconfortável.*

– Obrigada – agradeceu Vasya. – Você me leva mais longe?

Isso depende, disse a égua. *Você vai fazer algo interessante?*

Vasya pensou em Morozko lá longe, no silêncio branco do seu mundo invernal. Sabia que lá teria acolhimento, mas não ajuda. Poderia mais uma vez tirá-lo, como uma sombra, do inverno, mas com que fim? Ele não poderia combater um exército de tártaros do jeito que estava e salvar seu irmão.

Só conseguia pensar em um ser que poderia ser capaz de fazer isso.

Disse, sombriamente: – Mais interessante do que você poderia desejar. – Mais uma vez perguntou-se se estaria sendo fatalmente precipitada.

Mas, então, pensou em Meia-Noite. O que ela queria dizer quando falou *Esperávamos que você fosse diferente.*

Vasya achou que soubesse.

Ao seu toque, Pozhar girou e galopou de volta em meio às árvores.

29

ENTRE O INVERNO E A PRIMAVERA

Existe uma clareira no limite entre o inverno e a primavera. Houve tempo em que Vasya teria dito que a cúspide da primavera era um instante, mas agora sabia que também era um lugar à beira das terras do inverno.

No centro da clareira havia um carvalho. Seu tronco era vasto como a cabana de um camponês, seus galhos espalhavam-se como as vigas de uma casa, como as barras de uma prisão.

Sentado ao pé da árvore, recostado no tronco, joelhos puxados junto ao peito, estava Medved. Ainda era meia-noite. A clareira estava escura, a lua mergulhara abaixo do horizonte. Havia apenas a luz de Pozhar, replicada pelo brilho de ouro que amarrava os pulsos e a garganta do Urso. Um silêncio profundo por toda volta da floresta, mas Vasya teve a nítida impressão de olhos invisíveis a observando.

Medved não se mexeu ao vê-las, apenas sua boca retorceu-se em uma expressão muito distante de um sorriso. – Veio tripudiar? – perguntou.

Vasya desceu da égua. As narinas do demônio abriram-se, assimilando sua aparência desarrumada, o corte na têmpora, os pés emplastrados de lama. Pozhar recuou, desconfortável, as orelhas fixas no Urso, lembrando--se talvez dos dentes dos seus *upyry* em seu flanco.

Vasya avançou.

A sobrancelha ilesa do Urso ergueu-se. – Ou veio me seduzir? – perguntou. – Meu irmão não foi o bastante para você?

Ela não disse nada. Ele não podia recuar, imprensado contra a árvore, mas seu único olho arregalou-se. Estava rígido, preso com firmeza pelo ouro. – Não? – perguntou, ainda caçoando. – Então, por quê?

– Você lamentou a morte do padre? – ela perguntou.

O Urso inclinou a cabeça e surpreendeu-a dizendo simplesmente: – Sim.

– Por quê?

– Ele era meu. Era belo. Podia criar e destruir com uma palavra. Punha a alma em seu canto, em sua pintura de imagens. Ele se foi. Claro que lamentei.

– Você o despedaçou – ela disse.

– Pode ser. Mas não fui eu quem fez as rachaduras.

Talvez fosse um epitáfio adequado para padre Konstantin, ser lamentado por um espírito do caos. O Urso recostava a cabeça no tronco da árvore como se estivesse imperturbável, mas seu único olho estava fixo nela. – *Devushka*, você não está aqui para lamentar Konstantin Nikonovich. Então, por quê?

– Meu irmão é prisioneiro do general tártaro Mamai. E meu cunhado também – ela disse.

O Urso bufou. – Muito gentil da sua parte me contar. Espero que os dois morram gritando.

Ela continuou: – Não posso libertá-los sozinha. Tentei e fracassei.

O olho absorveu, mais uma vez, sua aparência desgrenhada. – É mesmo? – Seu sorriso era quase enigmático. – O que isso tem a ver comigo?

As mãos de Vasya tremiam. – Pretendo salvá-los – disse. – E depois devo salvar Rus' da invasão. Não posso fazer isso sozinha. Juntei-me à guerra entre você e seu irmão gêmeo quando ajudei Morozko a te amarrar, mas agora quero que você se junte à *minha* guerra. Medved, você me ajuda?

Ela o surpreendeu. O olho cinza aumentou, mas sua voz ainda estava frívola. – Ajudar você?

– Faço um trato com você.

– O que te leva a crer que vá mantê-lo?

– Porque não acho que queira passar a eternidade debaixo desta árvore.

– Muito bem. – Ele se inclinou para frente, o mais longe que o ouro permitia. As palavras mal passaram de um suspiro em seu ouvido. – Que trato, *devushka*?

– Eu desamarro essa coisa dourada – ela respondeu, traçando a sequência das amarras da garganta ao pulso para a mão. O bridão quis se segurar; tratava-se de uma ferramenta feita para dobrar o desejo de uma criatura a outra. Resistiu a ela, mas quando enfiou um dedo por debaixo e puxou-o só um pouquinho para longe da pele dele, o bridão cedeu.

Medved estremeceu.

Vasya não queria ver esperança nos olhos dele. Queria que fosse um monstro.

Mas monstros eram para crianças. Ele era poderoso à sua própria maneira, e pelo bem do irmão, precisava dele.

Pensando nisso, rasgou a pele do seu polegar com sua adaga. A mão dele estendeu-se, involuntariamente, atraída pela virtude no sangue dela. Ela se afastou, antes que ele pudesse tocá-la.

— Se eu te soltar, você me servirá como Meia-Noite serve minha bisavó — disse Vasya, com severidade. — Lutará minhas batalhas e será conivente com as minhas vitórias; se eu chamar, você atenderá. Jurará jamais mentir para mim e me dará conselhos verdadeiros. Não me trairá, mas sempre manterá a fé. Também jurará nunca mais jogar suas pragas em Rus', nem terror, nem fogo, nem mortos-vivos. Sob essas condições, e somente assim, eu te libertarei.

Ele riu. — Que desaforo! Só porque meu irmão se rebaixou pelo seu rosto feio? Diga-me, por que *eu* deveria ser seu cachorro?

Vasya sorriu. — Porque o mundo é vasto e muito bonito, e você está cansado desta clareira. Vi como olhou para as estrelas na noite junto ao lago. Porque, como você notou, eu mesma sou como um espírito do caos e aonde vou a desordem também vai. Você gosta desse tipo de coisa. Porque a luta entre você e seu irmão acabou, porque vocês dois estão participando da *minha* guerra. E... talvez você goste de me servir. No mínimo, será uma batalha de inteligências.

Ele desdenhou: — *Sua* inteligência, menina-bruxa?

— Está melhorando — Vasya respondeu, e tocou o rosto dele com a mão que tinha cortado na lâmina da sua faca.

Ele deu um pulo para trás, mesmo enquanto sua carne ficava mais sólida entre seus dedos. Suas mãos flexionaram-se sob as amarras douradas.

Ele olhou para ela, respirando superficialmente. — Ah, agora entendo por que meu irmão te desejou — sussurrou. — Donzela do mar, filha de bruxa. Mas um dia você enlouquecerá com magia exatamente como qualquer bruxa, qualquer feiticeira que já viveu. E então, será minha. Talvez eu apenas... espere.

— Um dia – replicou Vasya, calmamente, soltando a mão. – Eu morrerei. Entrarei nas trevas, na floresta entre mundos onde seu irmão guia os mortos. Mas ainda serei eu. Se estiver louca, não serei sua. E morta, não serei dele.

O Urso soltou uma meia risada, mas seu olho cinza estava intenso. – Talvez – retrucou. – Mesmo assim, trocar prisão por escravidão? Usar a corda dourada aqui, preso pelo sangue do padre? Ou usá-la em outro lugar, escravo da sua vontade? Você nem chegou perto de me oferecer o bastante para me levar a ajudá-la.

Pozhar relinchou de repente. Vasya não olhou em volta, mas, de alguma maneira, o som deu-lhe coragem. Ela sabia que jamais teria a lealdade da égua se pegasse um escravo, qualquer escravo, com a ajuda daquela coisa dourada.

Respirou fundo. – Não, você não ficará com a corda. Não sou Kaschei, o Imortal. Vou aceitar sua jura. Ela o sujeitará, Medved?

Ele olhou fixo.

Vasya prosseguiu: – Imagino que seja possível, já que seu próprio irmão gêmeo aceitou sua palavra. Jure para mim e eu te libertarei. Ou prefere ficar aqui sentado a lutar uma guerra?

Uma avidez no rosto do Urso, que veio e foi-se. – Uma guerra – ele murmurou.

Ela lutou contra o nervosismo obrigando-se a falar calmamente: – Entre Mamai e Dmitrii. Você deveria saber. Foi você quem se assegurou de que a prata fosse perdida.

Ele deu de ombros. – Só joguei pão na água, *devushka*. E veja o que veio comê-lo.

— Bom, a guerra está a caminho; Dmitrii não teve escolha. E você, amante de batalhas, pode nos ajudar. Vai jurar para mim e adentrar a noite? – Ela se levantou e se afastou. – Ou vai ver que prefere ficar; talvez esteja abaixo da sua dignidade ser servo de uma menina.

Ele riu e riu, e depois disse: – Em mil vidas de homens, nunca fui servo de ninguém. – Ele lhe deu mais uma longa olhada. – E meu irmão ficará enraivecido. – Ela mordeu o lábio. – Você tem a minha palavra, Vasilisa Petrovna. – Ele levou o pulso amarrado à boca e mordeu sua própria mão repentinamente, bem na junção do indicador com o polegar. Um sangue claro e cheirando a enxofre aflorou. Medved estendeu uma mão de dedos grossos.

– O que o seu sangue faz com quem não está morto? – ela perguntou.

– Karachun te contou, foi? – ele perguntou. – Ele te dá vida, menina selvagem. Não jurei não te machucar?

Ela hesitou e depois agarrou a mão do diabo, seu sangue lento na pele dele, o sangue dele ardendo onde tocava. Sentiu uma descarga de energia desagradável consumindo seu cansaço.

Puxando a mão de volta, ela disse: – Se você perjurar, voltará para esta árvore com a mão, o pé e a garganta amarrados com esta coisa dourada. Arrancarei seu outro olho, e você terá que viver nas trevas.

– Você era uma criança tão doce quando te conheci junto a esta mesma árvore! – observou o Urso. – O que aconteceu? – Falava num tom de escárnio, mas ela podia sentir a tensão nele quando começou a abrir os fechos dourados.

– O que aconteceu? Amor, traição e tempo – respondeu Vasya. – O que acontece com qualquer um que chega a te entender, Medved? A vida acontece. – As mãos dela correram pelo ouro oleoso lidando com as fivelas. Ela se perguntou, brevemente, como Kaschei fizera aquilo. Em algum lugar, talvez, havia uma resposta, em algum lugar havia segredos de magia além de atear fogo, a visão dos *chyerti*.

Um dia, talvez, ela os aprenderia em países distantes, sob céus mais bravios.

Então, o ouro deslizou para longe de uma só vez. O Urso ficou muito quieto, flexionando suas mãos livres com uma incredulidade que quase não conseguia esconder. Vasya ficou de pé. O ouro estava em duas peças: a que havia sido as rédeas e a testeira do bridão. Ela as enrolou em seus pulsos: um resgate terrível de príncipe, brilhando.

O Urso levantou-se e ficou ao lado dela. Tinha as costas retas; seu olho reluzia. – Vamos lá, senhora – ele disse, meio zombando. – Para onde devemos ir?

– Para meu irmão – ela respondeu, severa. – Enquanto ainda é meia--noite e ele ainda está vivo. Mas antes...

Ela se virou buscando na escuridão. – Polunochnitsa – invocou.

Não tinha dúvida da sua conjetura e, de fato, a Demônio da Meia-Noite apareceu imediatamente na clareira. Os grandes cascos de Voron esmagaram as samambaias às suas costas.

– Você me traiu – Vasya disse.

— Mas, por fim, você entendeu – replicou Polunochnitsa. – Nunca foi função sua distinguir o bem do mal. Sua tarefa é nos unir. Somos um só povo. – Já não tinha raiva no rosto.

Vasya avançou. – Você poderia ter me dito. Eles atormentaram meu irmão.

— Não é algo que possa escutar de alguém – retrucou Polunochnitsa. – É uma coisa que você precisa acabar entendendo.

Sua bisavó havia dito a mesma coisa. Vasya podia sentir o Urso observando. Ele soltou uma risada quando ela, muda, desenrolou a corda dourada, estalou-a, e pegou Polunochnitsa pela garganta. A Demônio da Meia-Noite tentou se soltar, mas não conseguiu, presa pelo poder no ouro. Soltou um único som abafado de surpresa e ficou parada com os olhos arregalados.

Vasya disse: – Não gosto de ser traída, Polunochnitsa. Você não teve piedade de mim depois do fogo; não teve piedade do meu irmão. Talvez eu devesse deixar você amarrada em uma árvore.

O garanhão negro empinou, relinchando. Vasya não se mexeu, ainda que os grandes cascos estivessem a um palmo do seu rosto.

— Se você me matar, Voron, levo-a comigo.

O cavalo acalmou-se, e Vasya precisou endurecer o coração. Meia-Noite olhava para ela com medo genuíno.

— Medved me deve lealdade agora e você também, Polunochnitsa. Você não vai me trair de novo.

A Demônio da Meia-Noite olhava para ela com horror e relutante fascínio. – Agora, você é herdeira de Baba Yaga de verdade – disse. – Quando tiver terminado as questões dos homens, volte para o lago. À meia-noite, a bruxa estará esperando.

— Ainda não terminei – Vasya replicou, implacável. – Vou salvar meu irmão. Você também vai me fazer um juramento, Lady Meia-Noite, e vai me ajudar.

— Sou apalavrada com sua bisavó.

— E, como você disse, sou herdeira dela.

Seus olhares se encontraram numa batalha silenciosa de vontades. Meia-Noite foi a primeira a abaixar o dela. – Então eu juro – cedeu.

— O que você jura?

— Juro servir a você e te escutar, além de nunca voltar a te trair.

Com um tranco, Vasya livrou Polunochnitsa da corda dourada.
– Juro amparar vocês como puder – disse. – Com sangue e memória. Não podemos mais nos permitir lutar entre nós.
O Urso retrucou, baixinho, lá detrás:
– Acho que vou gostar disso.

30

O INIMIGO DO MEU INIMIGO

Sasha ficou apenas vagamente ciente do que acontecia depois de jogar Chelubey para fora da sela. Não pensava claramente ao fazê-lo. Apenas que havia uma espada e a garganta vulnerável da sua irmã, e detestava o tártaro como nunca tinha detestado ninguém antes. Detestava suas crueldades impessoais, sua mente esperta, suas perguntas melífluas.

Então, quando o tártaro posicionou-se paralelamente a eles, Sasha viu uma possibilidade e não hesitou. Mas estava ferido, e Chelubey era forte. Um soco em seu queixo fez com que ele visse faíscas, e então Chelubey gritou acima da sua cabeça, incitando os homens a irem em frente. Sasha ficou de joelhos, viu a irmã, ainda montada, girando o cavalo para voltar até ele.

Vasya, tentou gritar. *Fuja*.

Em seguida, o mundo escureceu. Ao voltar a si, ainda estava deitado no chão. Chelubey encontrava-se acima dele. – Ela se foi – Sasha ouviu uma voz dizer. – Sumiu. – Soltou um suspiro de alívio no momento em que Chelubey voltou e chutou-o nas costas. O osso quebrou; Sasha dobrou-se, faltando fôlego para gritar.

– Acho que depois da excitação da noite, o general já não terá objeções a que você morra enquanto te torturo. Ponham-no de pé – ordenou Chelubey.

Mas os homens não mais olhavam para Sasha. Recuavam com expressões de horror.

◊

A estrada de volta por Meia-Noite era curta. O sangue de Vasya clamava pelo irmão, e Pozhar não fez objeções a galopar desenfreadamente pela floresta. Voron corria ao lado delas. O garanhão negro era muito mais rápido do que qualquer cavalo mortal, mas mesmo assim se esforçou para se igualar ao passo da égua dourada.

Vasya lamentava em silêncio, mesmo enquanto se comprazia com a força da égua sob ela. O Pássaro de Fogo não era, e jamais seria, seu outro eu, e a graça de Pozhar lembrou-a mais uma vez da sua perda.

O Urso acompanhava os cavalos em silêncio. Tinha abandonado a forma de homem; corria como um grande animal-sombra, alimentado pelo sangue de Vasya. Enquanto iam, ele farejou para o alto, mal contendo a feroz ansiedade.

– Com vontade de matar? – perguntou Vasya.

– Não – respondeu o Urso. – Pouco me importam os mortos. Para mim, é o sofrimento dos vivos.

– Nossa missão é salvar meu irmão – Vasya disse, secamente. – Não fazer as pessoas sofrerem. Você já está perjurando, Medved?

As duas peças da corda dourada cintilaram sinistramente em seus pulsos. Ele lhes dirigiu um olhar sombrio e retrucou, com um rosnado incorporando-se em sua voz: – Prometi.

– Adiante – informou Meia-Noite.

Vasya estreitou os olhos na escuridão. Fogueiras rompiam a noite à frente deles; o vento trouxe-lhes o cheiro de homens e cavalos.

Vasya relaxou, e Pozhar diminuiu o passo a contragosto. Suas narinas abriram-se numa aversão ao cheiro de homens.

– Deixei meu irmão no lado norte do acampamento, não muito longe de um riacho – Vasya disse a Polunochnitsa. – Ele continua lá?

Em resposta, Meia-Noite escorregou do seu cavalo, pôs a mão de leve em seu pescoço, cochichou. Voron empinou de encontro ao céu, a crina esvoaçando com a leveza de penas, e então um corvo voou pela noite.

– Solovey nunca fez isso – Vasya observou, contemplando o cavalo negro se transformar e voar.

– Assumir sua outra forma? Ele era jovem demais – disse Meia-Noite. – Ainda um potro. Os jovens só mudam com dificuldade. Ele teria aprendido a controlar sua própria natureza se...

– Tivesse tido tempo – Vasya terminou, sem rodeios.

O Urso olhou para ela com um meio sorriso, como se pudesse sentir a dor.

– Temos que seguir Voron – informou Meia-Noite.

— Então suba atrás de mim – ordenou Vasya. – A não ser que... Pozhar, você se incomoda?

A égua olhou como se estivesse pensando em dizer que não só para lembrá-las de que poderia. *Muito bem*, concordou, irritada, fustigando a cauda.

Vasya estendeu um braço, a *chyert* parecia não pesar absolutamente nada. Cavalgando a égua em dupla, elas dispararam, o Urso ao lado de Pozhar. À frente, as árvores diminuíam, e um corvo solitário crocitava na escuridão.

◆

OS TÁRTAROS AINDA ESTAVAM onde ela os deixara. Alguns continuavam montados, outros estavam em um círculo irregular. Dois abaixaram-se, arfando, e Vasya vislumbrou a forma apagada do seu irmão sendo colocado de pé. Estava largado, a cabeça pendida.

— Você pode assustá-los? – Vasya perguntou ao Urso, escutando sua voz tremer, quase fora do seu controle.

— Talvez, senhora – respondeu Medved, e sorriu seu vasto sorriso canino para ela. – Continue em pânico. Isso me ajuda.

Ela apenas olhou para ele com uma expressão impenetrável, e ele cedeu. – Então faça alguma coisa útil. Está vendo aquela árvore? Incendeie-a.

Uma centelha da lembrança do fogo, e a árvore irrompeu em chamas. Era perturbador como aquilo tinha se tornado fácil. Estar perto do Urso arrefecia o caos em seu próprio coração. Os olhos dele encontraram os dela. – Faria bem a você enlouquecer – ele murmurou. – Ficaria mais fácil. Poderia fazer qualquer magia que quisesse se fosse louca. Tempestades, raios, escuridão ao meio-dia.

— Fique quieto! – ela esbravejou. O fogo na árvore cresceu, emitindo um rastro de luz dourada. A realidade oscilou. Vasya afundou as unhas nas palmas das mãos e murmurou seu próprio nome para fazer a coisa parar. Obrigou sua voz a se acalmar.

— Você vai ou não vai assustá-los?

Ainda sorrindo, sem dizer uma palavra, o Urso virou-se para o grupo de homens e começou a se aproximar de mansinho. Os cavalos recuaram, dilatando as narinas. De olhos arregalados, os homens encararam a noite empunhando suas espadas.

À luz do fogo, uma sombra cresceu. Uma sombra estranha. Rastejante, mutável, deslizando em direção aos homens e cavalos. A sombra de um animal invisível.

A voz suave do Urso pareceu vir da própria sombra. – Intrometem-se com o meu servo? – sussurrou. – Põem as mãos no que é meu? Morrerão por isso. Morrerão berrando.

Sua voz entrou nos ouvidos dos homens, em suas mentes. Sua sombra rastejou para mais perto, criando formas retorcidas que dançavam no chão chamuscado pelo fogo. Os homens tremiam. Um rosnado baixo, sobrenatural, preencheu a noite. A sombra pareceu saltar. No mesmo instante, uma centelha de lembrança de Vasya fez as chamas pularem na árvore que queimava.

Os homens perderam a coragem. Fugiram, montados ou a pé, até restar apenas um, parado sobre a forma prostrada do seu irmão, gritando para os homens que corriam. Tinham deixado Sasha cair ao escaparem.

O único homem era Chelubey. Vasya cutucou Pozhar e cavalgou para a luz.

Chelubey empalideceu. A lâmina da sua espada abaixou. – Eu os preveni – ele disse. – Oleg e Mamai, aqueles idiotas. Eu os preveni.

Vasya dirigiu-lhe um sorriso deslumbrante, sem cordialidade. – Você não devia ter contado a eles que eu era uma menina. Aí, eles poderiam acreditar que eu fosse perigosa.

Os olhos de Pozhar eram brasas; sua crina, fumaça e centelhas. Um toque em seu flanco levou-a a empinar. Ela golpeou com suas patas dianteiras, e até Chelubey perdeu a coragem então. Fugiu, saltou para as costas do seu próprio cavalo e saiu desabalado. Pozhar, meio enlouquecida, disparou em sua perseguição. Vasya controlou-a depois de algumas passadas desenfreadas. Estava enlouquecida; tinha que controlar sua própria urgência e a da égua em capturar Chelubey. Era como se a presença do Urso incitasse as duas à temeridade.

Bom, ele podia incitar o quanto quisesse; Vasya tomaria decisões por si mesma. – Meu irmão – ela disse, controlando-se, e com dificuldade Pozhar foi convencida a voltar.

O Urso parecia levemente decepcionado. Ignorando-o, Vasya desceu para o chão, ao lado do irmão. Sasha estava encolhido, com os braços ao redor do corpo. Havia sangue em sua boca e nas costas, negro à luz do fogo.

– Sasha – ela disse, aninhando sua cabeça. – *Bratishka*.

Ele olhou para cima lentamente. – Eu disse para você fugir – ele replicou com a voz rouca.

– Eu voltei.

— Isso foi decepcionante de tão fácil – comentou o Urso, atrás dela. – E agora?

Sasha tentou sentar-se e emitiu um leve som de dor.

— Não – Vasya disse. – Não tenha medo. Ele me ajudou. – Apalpava o irmão com delicadeza. O sangue na mão e nas costas de Sasha estava frio e pegajoso; a respiração, curta de dor, mas ela não conseguiu encontrar ferimentos recentes. – Sasha – disse –, preciso ir até o acampamento encontrar Vladimir Andreevich. Você consegue ficar em pé? Não podemos permanecer aqui.

— Acho que consigo – ele respondeu. Tentou com grande esforço. Quando colocou o peso na mão machucada, emitiu um som não muito diferente de um grito. Mas ficou de pé apoiando-se pesadamente em Vasya. Ela cambaleou sob seu peso; seu irmão mal estava consciente. Talvez isso fosse uma bênção, considerando como se sentiria em relação a seus aliados.

— Você o leva no Voron? – Vasya perguntou a Polunochnitsa. – E esconde-o dos tártaros?

— Você quer que eu seja babá de um monge? – Polunochnitsa questionou, incrédula. Depois, ficou com uma expressão curiosa. Ocorreu a Vasya que um *chyert* poderia ser convencido a tentar qualquer coisa incomum só para amenizar o tédio da eternidade.

— Jure que não vai machucá-lo, ou deixar que o machuquem ou assustem – Vasya pediu. – Encontre-nos aqui. Vamos buscar meu primo.

Com isso, Sasha resmungou: – Por acaso sou um bebê de colo, Vasya, para que ela precise jurar tudo isso? Quem é ela?

— Viajar pela meia-noite despertaria a visão até de um monge – interveio o Urso. – Interessante.

Com relutância, Vasya respondeu a Sasha: – Lady Meia-Noite.

— Aquela que te odeia?

— Chegamos a um acordo.

Meia-Noite mediu Sasha com os olhos.

— Juro, Vasilisa Perovna. Venha, monge, suba no meu cavalo.

Vasya não tinha certeza de que fosse prudente confiar seu irmão a Meia-Noite, mas tinha pouca escolha.

— Vamos – disse ao Urso. – Temos que libertar o príncipe de Serpukhov e depois convencer Oleg de Ryazan de que está lutando para o lado errado.

Seguindo-a, o Urso replicou, pensativo: – É possível que eu até goste disso. Embora dependa bastante do seu método de persuasão.

◇

Os fogos de Vasya tinham queimado até se reduzirem a brasas escarlates, mas reluziam por toda parte, iluminando o acampamento dos tártaros com uma luz demoníaca. Homens exaustos pegavam os cavalos manchados de espuma e murmuravam consigo mesmos. O ar estava desagradável e palpável. O Urso avaliou os resquícios do tumulto com um olhar crítico.
– Admirável – disse. – Ainda hei de fazer de você uma criatura do caos.

Ela temia já estar a meio caminho disso, mas não diria a ele.

O Urso perguntou: – O que pretende fazer?

Vasya contou-lhe seu plano.

Ele riu. – Alguns cadáveres trôpegos funcionariam melhor. Nada é melhor para levar as pessoas a fazerem o que você quer.

– Não vamos mais perturbar nenhuma alma morta! – retorquiu Vasya.

– Você pode acabar achando isso tentador.

– Não esta noite – discordou Vasya. – Você pode provocar incêndios?

– Posso, e apagá-los também. O medo e o fogo são minhas ferramentas, doce donzela.

– Consegue farejar meu primo?

– Sangue russo? – perguntou. – Você acha que sou uma bruxa de conto de fadas?

– Sim ou não.

Ele ergueu a cabeça e farejou a noite. – Sim – disse, resmungando um pouco. – Sim, acho que consigo.

Vasya virou-se para dar uma palavrinha com Pozhar. Depois, seguiu o Urso a pé até o acampamento dos tártaros. Ao fazer isso, respirou fundo e esqueceu que não passava de uma sombra caminhando ao lado de outra sombra. Uma sombra com dentes.

Invisíveis, eles infiltraram-se no caos do acampamento, e o Urso, em seu elemento, pareceu crescer. Moveu-se imperturbável pelo barulho, pelos pequenos grupos de cavalos ainda amedrontados, e por onde passava os cavalos recuavam e fogos acendiam. Os homens voltaram os rostos úmidos para a escuridão. Ele sorriu para eles, soprou fagulhas em suas roupas.

– Basta – ordenou Vasya. – Encontre meu primo ou te restringirei com mais coisas do que apenas promessas.

– Tem mais de um russo aqui – o Urso disse, com irritação. – Não posso... – Ele deu com o olhar dela e arrematou quase com humildade, a não ser por uma insinuação de risada súbita em seus olhos. – Mas o cheiro daquele vem do extremo norte.

Vasya seguiu-o, mais rápida agora. Por fim, ele estacou próximo ao centro do acampamento. Instintivamente, ela quis se abaixar, escondendo-se à sombra de uma tenda redonda, mas isso significaria que acreditava que os soldados pudessem vê-la.

Não podiam. Agarrou-se a essa ideia e ficou onde estava.

Um homem amarrado estava ajoelhado, uma silhueta ao lado de um fogo bem alimentado. Por toda parte, soldados acalmavam seus cavalos inquietos.

Três homens discutiam perto do fogo. Com a luz atrás deles, ela levou um momento para reconhecer Mamai, Chelubey e Oleg. Desejou poder entender o que diziam.

– Estão decidindo se o matam ou não – disse a besta ao lado dela. – Parece que sua fuga deixou-os apreensivos.

– Você entende tártaro?

– Entendo a fala dos homens – respondeu o Urso, justo quando uma nova luz ofuscante estendia-se sobre o acampamento, deixando os cavalos novamente em pânico. Vasya não ergueu os olhos. Sabia o que veria: Pozhar pairando no alto, espalhando fumaça, suas asas ardentes fazendo arcos escarlates, azuis, dourados e brancos.

Não posso fazer a terra pegar fogo como fiz na cidade, Pozhar havia dito, quando Vasya perguntou. *Aquilo foi... Eu estava muito furiosa, enlouquecida de raiva. Não consigo fazer isso de novo.*

– Não é preciso – Vasya respondeu. – Apenas deixe-os ofuscados. Isso mandará um recado a meus conterrâneos. – Ela deu um tapinha carinhoso no cavalo, e Pozhar mordeu-a no ombro.

Agora, por todo acampamento, os homens olhavam para o céu. Irrompeu um burburinho de conversas retomadas. Vasya escutou um estalo de cordas de arcos, viu algumas flechas dispararem noite adentro, mas Pozhar mantinha-se fora do alcance. Um grito de assombro, rapidamente silenciado, ergueu-se de um dos russos: – Zhar Ptitsa!

– Você pode fazer com que te vejam? – Vasya perguntou ao Urso, sem tirar os olhos do general.

– Com o seu sangue – ele respondeu.

Ela lhe deu sua mão esfolada. Ele agarrou-a ávido, depois ela puxou seus dedos de volta.

– No momento certo, então.

Agarrando-se ao conhecimento de que eles não podiam vê-la, ela saiu para a luz. Os três homens continuavam discutindo, gritando uns com os outros agora, enquanto o pássaro brilhante, impossível, pairava no alto.

Vasya caminhou atrás deles, desenrolou sua corda dourada e enrolou-a no pescoço de Mamai.

Ele conseguiu dar uma arfada sufocada, e em seguida ficou paralisado, preso pela magia de Kaschei e a própria vontade de Vasya.

Todos por perto também se imobilizaram. Podiam vê-la agora.

– Boa noite – disse Vasya. Era difícil controlar a respiração para falar com firmeza. Os olhos de duas dúzias de arqueiros experientes estavam nela; muitos deles já tinham seus arcos erguidos.

– Vocês não conseguem me matar antes que eu o mate – ela declarou a eles. – Mesmo que me encham de flechas. – Em uma das mãos, Vasya tinha a corda dourada, mas na outra estava sua faca, pressionada na garganta de Mamai. Pensou ter ouvido a voz de Oleg traduzindo, mas não olhou ao redor para confirmar.

Chelubey sacou sua espada; deu um passo furioso em direção a ela, depois parou ao som dolorido e sem palavras de Mamai.

– Estou aqui pelo príncipe de Serpukhov – Vasya disse.

Mamai soltou outro resmungo indistinto e disse algo que soou como uma ordem.

– Silêncio! – Vasya ordenou rispidamente, e ele ficou rígido quando ela pressionou a adaga um pouco mais em seu pescoço.

Oleg olhava para ela de boca aberta, como um peixe fora d'água. Acima deles, o Pássaro de Fogo gritou novamente, girando, fulgurando de encontro às nuvens. Os cavalos dos tártaros pinoteavam. Com o canto dos olhos, Vasya viu homens erguendo os rostos para a luz como que involuntariamente.

Chelubey foi o primeiro a se recompor. – Você não sairá daqui viva, menina.

– Se eu e Vladimir Andreevich não sairmos, seu líder também não sairá. Quer arriscar?

– Atirem suas flechas – ordenou Chelubey, enquanto Vasya lanhava a garganta do general com dureza suficiente para fazê-lo gritar. O sangue cheirando a cobre correu pelas suas mãos. Os arqueiros hesitaram.

Medved aproveitou a vantagem do momento para surgir da noite caminhando: um enorme urso-sombra. Uma luz infernal de divertimento brilhou em seu olho bom.

Apenas uma corda de arco vibrou num lançamento desordenado. Então, instalou-se uma quietude apavorada.

Vasya falou em meio ao silêncio: – Libertem o príncipe de Serpukhov ou incendeio todo o acampamento e aleijo cada cavalo. E ele comerá o que sobrar. – Ela apontou o queixo para o Urso. A besta, gentilmente, mostrou os dentes.

Mamai resmungou alguma coisa. Seus homens apressaram-se. No momento seguinte, o homem do rio, marido de sua irmã, caminhava até ela com muita cautela. Parecia ileso. Seus olhos arregalaram-se quando reconheceu o menino próximo à água.

Vasya disse: – Vladimir Andreevich. – Ele olhou como se achasse que o resgate poderia ser pior do que o cativeiro. Ela procurou tranquilizá-lo: – Vim a mando de Dmitrii Ivanovich. Você está bem? Pode cavalgar?

Ele abaixou o queixo em uma confirmação receosa, persignou-se. Ninguém se mexeu.

– Venha comigo – ela pediu ao primo. Ele foi, ainda parecendo inseguro. Ela começou a recuar, ainda agarrada a Mamai pela corda dourada.

Oleg não tinha dito nada, mas olhava-a com muita intensidade. Ela respirou fundo.

– Agora – ordenou ao Urso.

Todos os fogos do acampamento apagaram-se ao mesmo tempo, todos os lampiões, todas as tochas. O Pássaro de Fogo era a única luz, plainando no alto. Então, Pozhar deu uma rasante, e todos os cavalos voltaram a pinotear em suas estacas, relinchando com estridência.

Encobrindo o alarido, na escuridão, Vasya cochichou ao ouvido do general: – Continue nesse rumo, e morrerá. Rus' não será conquistada.

Ela o empurrou para os braços dos seus homens, pegou a mão do primo e puxou-o para as sombras justo quando três arcos zuniram. Mas ela já tinha desaparecido noite adentro, e com ela, o Urso e Vladimir Andreevich.

O Urso ria enquanto eles corriam. – Eles ficaram muito apavorados com uma mininha-bruxa esquelética. Foi delicioso. Ah, ensinaremos toda esta terra a temer antes do fim. – Ele virou seu olho bom para ela e acrescentou em tom de censura: – Você deveria ter cortado direito a garganta do líder. Ele viverá sem problemas.

– Eles me entregaram meu primo. Por respeito, eu não poderia...

O Urso escarneceu de maneira desagradável: – Escutem a menina! O grão-príncipe de Moscou dá-lhe uma incumbência, e *ela* decide, de imediato, que é um boiardo, totalmente saturada pelas cortesias da guerra. Eu me pergunto quanto tempo levará até você entender melhor.

Vasya não disse nada. Em vez disso, virou-se para uma fileira de cavalos na beira do acampamento, soltou umas amarras e disse: – Tome, Vladimir Andreevich. Monte.

Vladimir não se mexeu. Tinha os olhos no Urso. – Que magia negra é essa?

Com alegria, o Urso respondeu: – O pior tipo.

Vladimir fez o sinal da cruz com a mão trêmula. Alguém gritou em tártaro. Vasya girou e viu que Medved, saboreando o terror deles, tinha se feito visível contra o céu. Vladimir Andreevich estava à beira de fugir de volta para seus inimigos.

Furiosa, Vasya desenrolou uma corda dourada e questionou: – Somos aliados ou não, Medved? Estou ficando cansada de você.

– Ah, não gosto dessa coisa – respondeu o Urso. Mas sua boca fechou-se; ele pareceu encolher-se. Homens aproximavam-se.

– Suba no cavalo – Vasya disse a Vladimir.

Não havia sela, nem bridão, mas o príncipe de Serpukhov subiu nas costas do castrado no mesmo momento em que Vasya saltava para uma égua malhada.

– Quem é você? – sussurrou Vladimir com a voz gelada de medo.

– Sou a irmã mais nova de Olga – respondeu Vasya. – Vá! – Ela estapeou a anca da montaria de Vladimir, e eles se foram, sobre a relva, fugindo por entre árvores esparsas buscando a escuridão e finalmente deixando os tártaros para trás.

O Urso ria dela enquanto eles galopavam para longe. – Não vá me dizer que não gostou daquilo – disse.

Uma risada como resposta aflorou dentro dela: a alegria vertiginosa de despertar medo no coração dos seus inimigos. Conteve-a, mas não antes de seus olhos encontrarem o olhar do Rei do Caos e ver seu próprio prazer insensato ali refletido.

◆

SASHA E MEIA-NOITE ESTAVAM exatamente onde Vasya os havia deixado, os dois montados em Voron. Pozhar também os encontrou ali sob a forma de um cavalo. Cada pisada sua soltava faíscas; tinha o olhar líquido.

Vasya sentiu uma onda de alívio ao avistá-los.

– Irmão Aleksandr – disse Vladimir, ainda gaguejando. – É possível...

– Vladimir Andreevich – cumprimentou Sasha. – Vasya. – E para surpresa da irmã, desceu de Voron no mesmo momento em que ela descia da égua tártara. Abraçaram-se.

– Sasha – ela disse. – Como... –

As costas dele e a mão haviam sido enfaixadas. Ele se movia rigidamente, mas não tomado pela dor.

Sasha olhou para Polunochnitsa. – Cavalgamos pelo escuro – ele relatou enquanto franzia o cenho, como se fosse difícil se lembrar. – Eu mal estava consciente. Houve um som de água em pedra. Uma casa que cheirava a mel e alho. E ali, uma velha enfaixou minhas costas. Ela disse... Disse que preferia filhas, mas que eu serviria. Gostaria de ficar? Não sei o que respondi. Dormi. Não sei por quanto tempo. Mas todas as vezes em que acordava, ainda era meia-noite. Então, Polunochnitsa veio e disse que eu já havia dormido tempo suficiente e me trouxe de volta. Eu quase... Foi como se a velha tivesse nos chamado, triste, mas eu poderia ter sonhado isso.

Vasya ergueu uma sobrancelha para Polunochnitsa. – Você o levou até o *lago*? Quanto tempo ele ficou ali?

– O suficiente – respondeu Meia-Noite, sem remorso.

– Você não achou que isso *o* enlouqueceria? – Vasya perguntou com certo nervosismo.

– Não – respondeu Polunochnitsa. – Na maior parte do tempo, ele estava adormecido. – E ele é muito parecido com você. – Ela dirigiu a Sasha um olhar de proprietária. – Além do mais, ele não conseguia ficar sentado com as costas retas e fedia a sangue, o que me deixou irritada. Foi mais fácil deixar a bruxa tratar dele. Ela lamenta Tamara tanto quanto se sente zangada, sabia?

Vasya replicou à Demônio da Meia-Noite: – Então, foi gentileza sua, minha amiga.

Polunochnitsa pareceu simultaneamente desconfiada e satisfeita.

– Você conheceu nossa bisavó – Vasya acrescentou ao irmão. – Ela é uma louca que vive em Meia-Noite. É cruel e solitária, e, às vezes, bondosa.

— A velha? – perguntou Sasha. – Eu... não. Com certeza, não. Nossa bisavó deve estar morta.

— Está, mas em Meia-Noite isso não tem importância – respondeu Vasya.

Sasha pareceu pensativo. – Eu voltaria quando isso tudo terminar. Cruel ou não, pareceu que ela sabia de muitas coisas.

— Talvez possamos ir juntos – disse Vasya.

— Talvez – concordou Sasha. Eles trocaram um sorriso como crianças pensando em aventuras, e não uma bruxa e um monge à beira de uma batalha.

Vladimir Andreevich olhava para os dois com uma expressão sombria. – Irmão Aleksandr – interrompeu, rígido, fazendo o sinal da cruz –, esse encontro é estranho.

— Deus esteja contigo– disse Sasha.

— E o que, em *nome* de Deus... – começou o príncipe de Serpukhov antes de Vasya intrometer-se, precipitadamente:

— Sasha explicará enquanto eu levar a cabo uma última missão. Se tivermos sorte, teremos companhia a caminho do norte.

— É melhor se apressar – disse o Urso. Analisava com olhar crítico o acampamento dos tártaros, onde começavam a reacender os fogos. As orelhas de Pozhar estremeceram com o vago ruído daquela gritaria furiosa. – Eles estão como uma colmeia em polvorosa.

— Você vem comigo – Vasya comunicou a ele. – Não confio em você longe da minha vista.

— Muito bem – replicou o Urso, e olhou para o céu com um suspiro de prazer.

◇

QUANDO, FINALMENTE, OLEG DE RYAZAN voltou para sua tenda, parecia um homem que vivenciara eternidades em uma noite. Puxou a aba para o lado, entrou e ficou em silêncio por um tempo. Vasya deu um leve sopro, e sua lamparina de barro ganhou vida.

Oleg não pareceu nem um pouco surpreso. – Se o general te descobrir, vai te matar lentamente.

Ela saiu para a luz da lamparina. – Ele não vai me achar. Voltei por sua causa.

— É mesmo?

– Você viu o Pássaro de Fogo no céu. Viu chamas à noite e cavalos correndo, enlouquecidos. Viu o Urso nas sombras. Viu nossa força. Seus homens já estão cochichando sobre o estranho poder do grão-príncipe de Moscou, que já chegou até o acampamento dos tártaros.

– Estranho poder? Talvez Dmitrii Ivanovich não se importe com *sua* alma imortal, mas devo condenar *minha* alma me aliando aos demônios?

– Você é um homem prático – Vasya respondeu com delicadeza. Aproximou-se. Ele entrelaçou as mãos. – Não escolheu aliar-se aos tártaros por lealdade, mas por sobrevivência. Agora você percebe que o oposto pode ser verdade. Que podemos ganhar. Sob o *khan*, você nunca passará de um vassalo, Oleg Ivanovich. Se vencermos, você será um príncipe em pleno direito.

Foi um esforço manter a voz equilibrada. Tinha começado a tremer por passar tempo demais em Meia-Noite. A presença do Urso também piorava as coisas. O *chyert* era um nó de escuridão mais profunda escutando das sombras.

– Bruxa, você tem seu irmão e seu primo – disse Oleg. – Não está satisfeita?

– Não – respondeu Vasya. – Convoque seus boiardos e venha conosco.

Os olhos de Oleg disparavam pela tenda como se ele pudesse sentir, não ver, a presença do Urso. A lamparina de barro oscilou; a escuridão à volta dela adensou-se.

Vasya lançou um olhar para Medved, e o escuro diminuiu um pouco.

– Venha conosco e conquiste a vitória – Vasya disse.

– Talvez uma vitória – murmurou o Urso atrás dela. – Quem sabe?

Oleg encolhia-se mais para perto da lamparina sem saber o que o amedrontava.

– Amanhã, faça com que seus homens se retardem mais uma vez atrás do corpo principal. Estaremos esperando.

Depois de um longo silêncio, Oleg disse com firmeza: – Meus homens ficarão com Mamai.

Naquelas palavras, ela escutou o eco do seu fracasso, enquanto o Urso soltava um suspiro satisfeito de compreensão.

Então, Oleg arrematou, e Vasya entendeu: – Se for trair o general, é melhor esperar o momento certo.

Seus olhos encontraram-se.

– Adoro um traidor esperto – elogiou o Urso.

Oleg disse: – Meus boiardos querem lutar do lado russo. Achei que era meu dever coibir a tolice deles. Mas...

Vasya assentiu. Teria o convencido a arriscar seu lugar e sua vida com nada além de truques, *chyerti* e sua própria fé obstinada? Olhou-o no rosto e sentiu o ardor da sua fé. – Dmitrii Ivanovich estará em Kolomna daqui a quinze dias – disse. – Você irá até ele, então, e exporá seus planos?

Oleg respondeu: – Mandarei um homem, mas não posso ir eu mesmo. Mamai suspeitaria.

Vaya retrucou: – Pode ir. Levarei você até lá e te trarei de volta em uma única noite.

Oleg a encarou. Então, um humor sombrio tocou seu rosto. – No seu cavalo? Muito bem, bruxa, mas saiba que, mesmo juntando nossas forças, Dmitrii e eu podemos ser dois besouros planejando quebrar uma rocha.

– Onde está a sua fé? – perguntou Vasya, sorrindo subitamente. – Daqui a duas semanas, procure-me à meia-noite.

31

TODAS AS RÚSSIAS

Os homens de Rus' reuniram-se em Kolomna durante quatro dias gélidos e cinzentos. Os príncipes chegaram um a um: Rostov e Starodub, Polotsk, Murom, Tver, Moscou e o restante, enquanto uma chuva fria sussurrava sobre os campos enlameados.

Dmitrii Ivanovich instalou sua tenda no meio do local do encontro, e na primeira noite em que estavam todos reunidos, convocou seus príncipes para se aconselhar.

Estavam taciturnos, exaustos por mobilizar as tropas e marchar às pressas. Foi bem depois de a lua sumir que o último deles entrou na tenda de feltro redonda de Dmitrii, trocando olhares preocupados. Não estava longe da meia-noite. Do lado de fora, estavam as fileiras de cavalos russos, suas carroças e fogueiras espalhando-se por todas as direções.

O dia todo, o grão-príncipe recebera relatórios. – Os tártaros estão reunidos aqui – informou. Tinha um mapa. Apontou para um local pantanoso na curva do rio Don, na boca de um afluente menor. Era chamado de Campo das Narcejas por causa dos pássaros no capim alto. – Estão esperando reforços, unidades de Litva, mercenários de Caffa. Precisamos atacar antes que seus reforços cheguem. Uma marcha de três dias e, no quarto, uma batalha ao amanhecer, se tudo correr bem.

– Eles nos ultrapassam em quantos homens agora? – perguntou Mikhail de Tver.

Dmitrii não respondeu. – Formaremos duas fileiras – prosseguiu. – Aqui. – Tornou a tocar o mapa. – Lanças, escudos para circundar os cavalos e uso da floresta para proteger nossos flancos. Eles não gostam de atacar na mata; ela desvia suas flechas.

— Mas quantos, Dmitrii Ivanovich? – tornou a perguntar Mikhail. Tver tinha sido um principado maior do que Moscou na maior parte de sua história, e rivais na restante; uma aliança não caía facilmente sobre eles.

Dmitrii não pôde evitar responder. – O dobro do nosso contingente – respondeu. – Talvez um pouco mais. Mas...

Um murmúrio percorreu os homens. Mikhail de Tver falou novamente: – Teve notícias de Oleg de Ryazan?

— Marchando com Mamai.

O murmúrio redobrou.

— Não importa – Dmitrii continuou. – Temos homens em número suficiente. Temos a bênção do religioso Sergius.

— Suficiente? – retorquiu Mikhail de Tver. – Talvez uma bênção seja o *suficiente* para salvar nossas almas quando formos massacrados em combate, mas não para vencer essa luta!

Dmitrii levantou-se. Sua voz silenciou, temporariamente, os murmúrios dos homens. – Duvida do poder de Deus, Mikhail Andreevich?

— Como saber se Deus está do nosso lado? Até onde sei, Deus nos quer humildes como Cristo e submissos aos tártaros!

— Talvez – retrucou uma voz calma, vinda da abertura da tenda –, mas se fosse este o caso, teria lhes mandado o príncipe de Serpukhov e de Ryazan?

Cabeças giraram; alguns levaram a mão ao punho de suas espadas. Uma luz reluziu nos olhos do grão-príncipe.

Vladimir Andreevich entrou na tenda. Atrás dele, veio Oleg de Ryazan, e atrás dos dois irmão Aleksandr, que acrescentou: – Deus está conosco, príncipes de Rus', mas não há tempo a perder.

◆

O GRÃO-PRÍNCIPE DE MOSCOU só escutou toda a história tarde da noite, depois de feitos todos os planos. Ele e Sasha saíram silenciosamente do acampamento, cavalgando para além da luz, da fumaça e do barulho até chegarem a uma depressão escondida, onde queimava um fogo baixo.

Enquanto cavalgavam, Sasha notou, com desconforto, que a lua ainda não havia se posto.

Vasya montara um acampamento solitário e esperava por eles. Ainda tinha os pés desnudos, o rosto sujo, mas levantou-se com dignidade e se curvou para o grão-príncipe.

— Deus esteja contigo — cumprimentou. Atrás dela, numa escuridão mais densa, encontrava-se Pozhar, reluzindo.

— Mãe de Deus — exclamou Dmitrii, e persignou-se. — Aquilo é um cavalo?

Sasha teve que engolir uma risada enquanto sua irmã estendia a mão para a égua, que prontamente deitou as orelhas para trás e mordeu.

— Um animal saído de um conto — Vasya respondeu. A égua bufou com desdém e afastou-se para pastar. Vasya sorriu.

— Quinze dias atrás, você saiu à meia-noite para salvar um primo. Voltou com um exército — disse Dmitrii, buscando o rosto dela ao luar.

— Está me agradecendo por isso? — ela perguntou. — Em parte, isso foi conseguido por puro acaso, o restante por agir sem pensar.

Vasya poderia menosprezar aquilo, Sasha pensou, mas tinha sido uma quinzena sofrida. Tinham cavalgado rapidamente até Serpukhov, em meio à escuridão de Meia-Noite, reduzindo Vladimir a orações e murmúrios. Depois, houvera a arregimentação frenética dos homens de Vladimir, as longas marchas debaixo de chuva para chegar a Kolomna a tempo porque Vasya havia dito que não podia levar tantos homens através de Meia-Noite.

— Você ficaria surpresa com quantas vitórias resultam disso — respondeu Dmitrii.

Vasya manteve-se calma sob seu escrutínio. Ela e Dmitrii pareciam se entender.

— Você está se portando de maneira diferente — disse o grão-príncipe. Meio na brincadeira, perguntou: — Entrou em um reino próprio durante suas viagens?

— Acho que sim — ela respondeu. — No mínimo, numa intendência de um povo tão antigo quanto esta terra, de um país estranho muito distante. Mas como percebeu?

— Um príncipe sábio reconhece poder.

Ela não disse nada.

— Você trouxe exércitos para o meu regimento — Dmitrii admitiu. — Se comanda mesmo um reino, trará seu próprio povo para esta luta... *knyazhna*?

A palavra *princesa* agitou Sasha de uma maneira estranha.

— Está ávido por mais homens, Dmitrii Ivanovich? — Vasya perguntou. Seu rosto ganhara um pouco de cor.

— Estou — ele respondeu. — Preciso de cada animal, de cada homem, de cada criatura se quisermos vencer.

Sasha nunca tinha percebido a semelhança entre Dmitrii Ivanovich e sua irmã, mas agora via. Paixão, esperteza, ambição inquieta.

Ela disse: – Paguei minha dívida para com Moscou. Você está me pedindo para juntar meu próprio povo agora e trazê-lo para sua batalha? Seu padre poderia chamá-los de diabos.

– Sim, estou pedindo – respondeu Dmitrii, depois de uma brevíssima pausa. – O que quer de mim em troca?

Ela ficou calada. Dmitrii esperou. Sasha observou a luz na relva onde a égua dourada pastava e cismou com a expressão no rosto da irmã.

Lentamente, Vasya respondeu: – Quero uma promessa; mas não apenas sua. De padre Sergei também.

Intrigado, mas não relutante, Dmitrii disse: – Então iremos até ele pela manhã.

Vasya sacudiu a cabeça. – Sinto muito... Eu respeitaria a idade dele, mas tem que ser aqui. E rápido.

– Por que aqui? – Dmitrii perguntou secamente. – E por que agora?

– Porque é meia-noite, não há tempo a perder e não sou a única que deve ouvir o que ele diz.

◇

Sasha foi a galope em sua Tuman cinzenta, e não muito tempo depois conduziu padre Sergei para a clareira. A lua pendia estranha e imóvel no céu. Esperando o irmão, Vasya perguntou-se se Sasha saberia que ela havia apanhado eles quatro em Meia-Noite até escolher continuar cavalgando... ou ir dormir. Mas ainda não havia sono para ela naquela noite. Enquanto esperavam por Sasha, ela e Dmitrii sentaram-se junto ao fogo que enfraquecia, passando um odre de um para o outro, falando em voz baixa.

– Onde você consegue seus ótimos cavalos? – Dmitrii perguntou. – Primeiro foi o baio, e agora esta. – Ele olhava Pozhar com cobiça. A égua dourada deitou as orelhas para trás e saiu de lado.

Vasya respondeu, secamente: – Ela entende você, *gosudar*. Não a consegui em lugar nenhum; ela escolheu me levar. Se quiser conseguir a fidelidade de um cavalo como ela, terá que sair à procura pela escuridão por três vezes nove reinos. Sugiro que, primeiro, preocupe-se com seu próprio país sitiado.

Dmitrii pareceu irredutível. Tinha a boca aberta para mais perguntas. Vasya levantou-se às pressas quando os monges apareceram, e persignou-se. – A bênção, padre – pediu.

— Que o Senhor te abençoe — replicou o velho monge.

Vasya respirou fundo e disse a eles o que queria.

Sergei ficou calado por um bom tempo depois disso, enquanto Sasha e o príncipe observavam-no com o cenho franzido.

— Eles são cruéis — Sergei disse, finalmente. — São forças impuras da terra.

— Os homens também são cruéis — Vasya replicou com paixão. — E bons, e tudo que existe no meio. Os *chyerti são* exatamente como os homens, como a própria terra. Às vezes são sábios, às vezes bobos, às vezes bons e às vezes cruéis. Deus rege o próximo mundo, mas e quanto a este? Os homens podem buscar salvação no céu e também fazer oferendas a seus espíritos domésticos para que mantenham suas casas a salvo do mal. Deus não criou os *chyerti*, assim como criou tudo mais no céu e na terra?

Vasya abriu as mãos. — Este é o preço da minha ajuda: jurem pra mim que não condenarão bruxas à fogueira; jurem que não condenarão os que deixam oferendas nas bocas dos fornos. Permitam que nosso povo tenha fé nos dois.

Ela encarou Dmitrii. — Enquanto você ou seus descendentes sentarem-se no trono do principado de Moscou. E... — para Sergei — seus monges estão fundando monastérios, construindo igrejas e pendurando sinos. Diga também a eles para deixarem que o povo tenha as duas crenças. Pelas suas promessas, adentrarei a noite agora e trarei o restante de Rus' em seu auxílio.

Ninguém falou por longo tempo.

Vasya ficou em silêncio, firme e severa, esperando. Sergei tinha a cabeça baixa, os lábios movendo-se numa prece silenciosa.

Dmitrii perguntou: — E se eu não concordar?

— Então, eu o deixarei esta noite. Passarei meus dias tentando proteger o que posso pelo tempo que conseguir. Vocês dois farão o mesmo, e nós dois seremos mais fracos.

— Se concordarmos e ganharmos esta luta, o que acontecerá então? — perguntou Dmitrii. — Se eu precisar de você novamente, você virá?

— Se fizer o que peço agora, pelo tempo que seu reino durar, quando me chamar, eu virei.

Mais uma vez, os dois se avaliaram.

— Concordo, se padre Sergei concordar — disse Dmitrii. — Um país forte não pode se permitir ter sua força dividida. Ainda que seus poderes não sejam todos humanos.

Sergei ergueu a cabeça. – Também concordarei. Os caminhos de Deus são estranhos.

– Escutado e testemunhado – Vasya declarou, e então abriu a mão. Havia uma fina linha de sangue na carne do seu polegar, escura à tênue luz da lua. Ela deixou que seu sangue pingasse na terra, e duas figuras apareceram. Uma era um homem com um só olho. A outra era uma mulher com a pele da cor da noite.

Dmitrii pulou para trás; Sasha, que os tinha visto o tempo todo, ficou imóvel. Os olhos de Sergei estreitaram-se e ele murmurou outra oração.

– Todos nós testemunhamos sua promessa e esperamos que cumpram sua palavra.

◇

Parecendo abalados, Dmitrii e Sergei partiram cavalgando de volta para suas camas em Kolomna.

Polunochnitsa disse: – Testemunhei as promessas desses homens. Devo permanecer? Não sou Medved; não gosto infinitamente dos estranhos feitos dos homens.

– Não – respondeu Vasya. – Vá se quiser. Mas se eu te chamar de novo, você vem?

– Venho – replicou Meia-Noite. – Mesmo que seja só para ver o final. Porque você pode ter a promessa deles, mas agora precisa manter a sua e lutar.

Ela fez uma mesura e sumiu pela noite.

Sasha ficou com a irmã. – Aonde você vai?

Ela não levantou os olhos; jogava folhas molhadas no fogo. Ele se apagou crepitando, mergulhando a clareira numa luz cinzenta de estrelas. – Vou buscar Oleg e levá-lo de volta a seus homens – ela respondeu, endireitando-se. – Cuidar para que não se espalhe a notícia de que esteve aqui. Tenho certeza de que existem, no mínimo, alguns espiões no acampamento de Dmitrii. Embora... – Ela sorriu, repentinamente. – Quem acreditaria nisso? Ele esteve com Mamai hoje e estará com ele amanhã. – Ela foi até a égua dourada.

Pacientemente, Sasha seguiu-a e perguntou: – Depois disso... o que pretende fazer?

Ela estava com a mão no pescoço da égua. Olhando por sobre o ombro, contrapôs com outra pergunta: – Onde Dmitrii pretende atacar os tártaros?

– Eles estão levando seus contingentes para um lugar chamado Campo das Narcejas – Sasha respondeu. – Kulikovo. Alguns dias de marcha. Dmitrii precisa atacá-los antes que eles acabem de reunir seus reforços. Três dias, segundo ele.

– Se você ficar com o exército, não terei dificuldade em encontrá-lo. Voltarei para você em três dias – disse Vasya.

– Mas aonde você vai? – o irmão voltou a perguntar.

– Acossar o inimigo.

Não olhava para ele ao dizer isso. Já olhava além dele perscrutando no escuro. Pozhar, com as orelhas para frente e para trás, não tentou mordê-la nem uma vez.

Sasha pegou Vasya pelo braço e girou-a. A égua assustou-se, irritada, bufando. A irmã estava acabada de cansaço, um brilho sobrenatural em sua expressão.

– Vasya. – Ele manteve um tom frio, um antídoto para a risada despreocupada que espreitava nos olhos dela. – O que acha que vai acontecer com você, vivendo nas trevas com diabos e fazendo magia negra?

– Comigo? – ela lançou de volta. – Estou me tornando eu mesma, irmão. Sou uma bruxa e vou nos salvar. Você não ouviu Dmitrii?

Sasha deu uma olhada além da égua dourada, para o lugar de onde o caolho observava, apenas levemente visível sob o brilho das estrelas, na escuridão da meia-noite. Apertou o braço da irmã com mais firmeza. – Você é minha irmã – disse. – É tia de Marya. Seu pai foi Pyotr Vladimirovich, de Lesnaya Zemlya. Se passar muito tempo sozinha no escuro, vai se esquecer de que é mais do que a bruxa da floresta, vai se esquecer de voltar para a luz. Vasya, você é mais do que esta criatura noturna, esta...

– Esta o que, irmão?

– Esta *coisa* – Sasha prosseguiu, implacável, com um gesto do queixo em direção ao atento diabo. – Ele quer que você se esqueça de si mesma, ficaria feliz se você enlouquecesse, ficasse alucinada, se perdesse para sempre em florestas escuras como nossa bisavó. Sabe o risco que está correndo viajando só com essa criatura?

– Não sabe – interferiu o Urso, escutando.

Vasya ignorou-o. – Estou aprendendo – respondeu. – Mas mesmo que não estivesse... tem escolha?

– Tem – Sasha respondeu. – Volte comigo para Kolomna e cuidarei de você.

— Irmão, não posso; não ouviu minha promessa a Dmitrii?

— Maldito Dmitrii, ele só pensa em sua coroa.

— Sasha, não tenha medo por mim.

— Mas eu tenho — ele retrucou. — Pela sua vida e pela sua alma.

— Ambas dizem respeito a mim, não a você — ela replicou com delicadeza. Mas sua expressão perdera um pouco da selvageria. Respirou fundo. — Não esquecerei o que você disse. Sou sua irmã e te amo. Mesmo vagando pelas trevas.

— Vasya — ele disse, com a voz plena de relutância. — É melhor até o Rei do Inverno do que aquela besta.

— Vocês dois têm uma ideia exagerada das boas qualidades do meu irmão — disse o Urso justo quando Vasya retrucava: — O Rei do Inverno não está aqui! — Numa voz mais calma, ela prosseguiu: — Porque não é inverno. Preciso usar as armas que tenho.

A égua sacudiu a crina e pisou duro, claramente ansiosa para ir embora.

— Estamos indo — Vasya disse a ela, como se a égua tivesse realmente falado. Sua voz estava um tanto entrecortada. Ela se afastou. — Adeus, Sasha. — Pulou para as costas da égua e olhou para o rosto perturbado do irmão. — Não esquecerei o que me disse.

Sasha apenas concordou com a cabeça.

— Em três dias — Vasya anunciou.

Então, a égua seguiu em frente aos pinotes, e a irmã sumiu de imediato, noite adentro. O diabo olhou para trás, piscou para Sasha e seguiu-a.

◇

VASYA DEIXOU OLEG ONDE o tinha encontrado, à beira da estepe raquítica, onde seus homens estavam acampados a um dia de marcha de Kulikovo. Pozhar escoiceou de lado o grão-príncipe de Ryazan quando ele descia por seu flanco dourado e disse com muita clareza: *Essa é a última vez que eu carrego alguém do tipo dele. Ele pesa.*

No mesmo instante, Oleg declarou: — Deixarei para você cavalgar cavalos de histórias, menina-bruxa. É como tentar cavalgar uma tempestade.

Vasya apenas riu. Replicou: — Se eu fosse você, adiaria sua marcha para se juntar a Mamai. Eles terão alguns dias ruins. Verei você na batalha.

— Se Deus quiser — retrucou Oleg Ivanovich com uma mesura.

Vasya inclinou a cabeça, virou Pozhar, e elas voltaram pela estrada da Meia-Noite.

◇

MÃE DE DEUS, *estou cansada de escuridão*, Vasya pensou. As patas seguras de Pozhar não acusavam a noite, a mudança de paisagem, mas não havia conforto no ímpeto da corrida da égua, em sua cernelha saliente, nas passadas rápidas. Vasya esfregou o rosto e tentou se concentrar. O aviso do irmão deixara-a abalada. Ele tinha razão. Todas as pedras de sustentação da sua vida tinham sumido: casa e família, e às vezes parecia que seu próprio eu, perdido no fogo. Até mesmo Morozko tinha ido embora para só voltar com a caída da neve. Agora, seu companheiro nas trevas era uma criatura cuja natureza era loucura encarnada. Mas, às vezes, ele parecia comum, até sensato, e sempre que isso acontecia, ela tinha que se lembrar de manter suas defesas.

Agora o Urso, em formato de animal, acompanhava a égua dourada.
– Os homens não vão manter a palavra – disse.
– Não me lembro de ter pedido sua opinião – ela replicou, secamente.
– É melhor os *chyerti* combatê-los antes que eles nos destruam – o Urso continuou. Ela podia ouvir o eco de homens gritando na voz baixa do diabo. – Ou, melhor ainda, deixe que os russos e os tártaros se destruam.
– Dmitrii e Sergei manterão a palavra – ela retrucou.
– Você já pensou no que vai lhe custar interferir na guerra deles? Qual é o preço da promessa de Dmitrii e da sua admiração? Vi a expressão nos seus olhos quando ele a chamou de princesa.
– O ganho não vale o risco?
– Isso depende – respondeu o Urso enquanto eles corriam por Meia-Noite. – Não tenho certeza de que você saiba o que está arriscando.

Ela não respondeu. Confiava tanto em seu aparente bom senso quanto em sua maldade.

◇

O LAGO ESTAVA ESCURO ao luar, encapelando resplandecências brancas e negras na crista de suas ondas. Dessa vez, não fora uma viagem a pé longa e aterrorizante; Vasya encontrou o lago rapidamente, como se fosse uma lembrança em seu sangue.

Vasya, Pozhar e o Urso irromperam das árvores e se viram ao lado da grande extensão de água ao luar. Sua respiração ficou presa na garganta, e ela desceu da égua.

Os cavalos pastavam onde ela os tinha visto pela última vez, próximo à margem. Dessa vez, eles não correram dela, permaneceram fantasmagóricos na bruma gelada da noite de início de outono, levantaram as cabeças perfeitas e olharam. Pozhar espetou as orelhas e saudou os parentes com delicadeza.

A casa vazia da bruxa encontrava-se escura e silenciosa em suas colunas altas, no outro lado do campo. Ainda uma ruína sombria, a *domovaya* adormecida mais uma vez, talvez esperando em seu forno. Vasya deixou-se imaginar brevemente a casa aquecida com luz do fogo, risada, sua família unida e os cavalos, uma grande manada pastando por perto à luz das estrelas.

Um dia.

Mas naquela noite, não estava ali pela casa, nem pelos cavalos.

– Ded Grib! – chamou.

O pequeno *chyert*, com seu brilho verde reluzindo na escuridão, esperava por ela à sombra do grande carvalho. Soltou um gritinho, correu para ela depois estacou a meio caminho. Ou estava tentando aparentar dignidade, ou o Urso deixava-o nervoso, Vasya não soube dizer.

– Obrigada, meu amigo – ela lhe disse e se inclinou. – Por pedir a Pozhar que viesse até mim. Vocês dois salvaram minha vida.

Ded Grib pareceu orgulhoso. – Acho que ela gosta de mim – segredou. – Foi por isso que ela foi. Ela gosta de mim porque nós dois brilhamos à noite.

Pozhar bufou e sacudiu a crina. Ded Grib acrescentou: – Por que você voltou? Vai ficar agora? Por que o Comedor está com você? – Subitamente, o espírito do cogumelo pareceu ameaçador. – Não é para ele chutar nenhum dos meus cogumelos.

– Isso depende – replicou o Urso, incisivamente. Se minha corajosa senhora não me der nada melhor para fazer, além de correr pra lá e pra cá no escuro, vou ficar feliz em chutar todos os seus cogumelos.

Ded Grib arrepiou-se.

– Ele não vai tocar em nada seu – respondeu Vasya a Ded Grib encarando o Urso. – Agora ele viaja comigo. Voltamos por sua causa, precisamos da sua ajuda.

– Eu sabia que você não conseguiria se virar sem mim! – exclamou Ded Grib em triunfo. – Mesmo se agora você tiver aliados *maiores*. – Ele olhou para o Urso com um olhar bem severo.

— Essa guerra será terrível – interveio o Urso. – Que danos você pretende fazer com um cogumelo?

— Você verá – respondeu Vasya, e estendeu a mão para o pequeno espírito do cogumelo.

◇

O EXÉRCITO DE MAMAI ESTENDIA-SE ao longo do Don. A vanguarda já estava instalada em Kulikovo; as reservas acampadas em etapas cobrindo uma grande distância ao sul, prontas para marchar ao nascer do dia. Movendo-se com cuidado por Meia-Noite, Vasya, a égua e os dois *chyerti* venceram uma pequena elevação e espiaram por entre as árvores o local abaixo.

Os olhos de Ded Grib ficaram enormes ao ver o tamanho do inimigo adormecido. Seus membros reluzentes de verde estremeceram. Fogueiras estendiam-se ao longo da margem até onde a vista alcançava. – Eles são muitos – ele sussurrou.

Vasya, avaliando a imensa extensão de homens e cavalos, disse: – Então é melhor começarmos a trabalhar. Mas antes...

Pozhar não aceitaria sela ou alforje. Vasya teve que levar uma bolsa suspensa à sua volta, que incomodava numa cavalgada rápida. Dela, retirou pão e lascas de carne dura defumada, presente de despedida de Dmitrii. Mascou um pouco e, sem pensar, atirou uns bocados para seus dois aliados.

Silêncio profundo. Olhou e viu Ded Grib segurando seu pedaço de pão parecendo satisfeito; mas o Urso olhava fixo para ela segurando a carne na mão sem comer.

— Uma oferenda? – ele perguntou, quase rosnando. – Você tem os meus serviços; quer ainda mais de mim?

— Não no momento – respondeu Vasya com frieza. – É apenas comida. – Olhou-o com uma expressão fechada e voltou a mastigar.

— Por quê? – ele perguntou.

Ela não tinha resposta. Detestava sua devassidão, sua crueldade, sua risada e detestava ainda mais porque algo em sua própria natureza gritava em resposta. Talvez fosse esse o motivo. Não poderia detestá-lo porque, com isso, se arriscaria a detestar a si própria.

— Você ainda não me traiu – Vasya respondeu, por fim.

— Como queira – replicou o Urso. Mas ainda parecia intrigado. Com o olhar fixo nela, comeu. Depois, sacudiu-se e abriu um sorriso sinistro para o acampamento adormecido lambendo os dedos. Com relutância, Vasya levantou-se e foi juntar-se a ele.

– Não entendo de bolor, pequeno cogumelo – disse o Urso para Ded Grib –, mas o medo salta por entre os homens como uma doença. O fato de serem numerosos não ajudará nisso. Venha, vamos começar.

Ded Grib dirigiu ao Urso um olhar amedrontado. Tinha largado o pão. Agora dizia para Vasya com a voz trêmula: – O que quer que eu faça?

Vasya espanou as migalhas do seu camisolão. Um pouco de comida renovara suas forças, mas agora uma tarefa noturna temerosa se avizinhava.

– Se puder, estrague o pão deles – respondeu Vasya, dando as costas para o sorriso do Urso. – Quero que fiquem famintos.

Pé ante pé, eles desceram até o acampamento adormecido. Vasya tinha enrolado alguns trapos ao redor do tênue cintilar de ouro em seus pulsos. Sua faca ou as garras do Urso cortaram as caixas e sacos de comida do exército, e onde Ded Grib enfiava as mãos, a farinha e a carne começavam a amolecer e cheirar mal.

Quando Ded Grib pareceu captar a ideia, ela deixou que ele e o Urso se esgueirassem sem serem vistos por entre as tendas de Mamai, espalhando terror e putrefação em sua passagem. Por sua vez, ela desceu até o rio para chamar o *vodianoy* do Don.

– Os *chyerti* fizeram um pacto com o grão-príncipe de Moscou – contou a ele em voz baixa. Depois de relatar toda sua história, convenceu-o a levantar o rio para que os tártaros não pudessem dormir secos.

◇

Após três noites, o exército tártaro estava em desalinho em toda sua extensão e, mesmo assim, Vasya odiou-se.

– Você não pode matar nenhum deles durante o sono – disse ao Urso quando ele farejou, sorrindo, um homem que se debatia nas garras de um pesadelo. – Mesmo que eles não possam nos ver, não é... – Ela foi se calando, sem palavras para sua repulsa. Medved surpreendeu-a dando de ombros e afastando-se.

– Claro que não – replicou. – Não é por aí. Um assassino no escuro pode ser combatido, encontrado e morto. O medo é ainda mais poderoso, e as pessoas temem o que não conseguem ver nem entender. Vou te mostrar.

Que Deus a ajude. Ele mostrou. Como um vil aprendiz, ela caminhou com o Urso pelo acampamento tártaro, e juntos disseminaram terror.

Vasya incendiou carroças e tendas, fez os homens gritarem ao vislumbrar sombras indistintas. Aterrorizou seus cavalos, embora lhe doesse vê-los correr com um olhar alucinado.

A menina e os dois *chyerti* foram de um extremo a outro do efetivo espalhado. Não deram descanso a Mamai e seu exército. Os cavalos arrebentaram suas estacas e fugiram. Quando os tártaros acendiam fogueiras, as chamas aumentavam sem aviso e mandavam centelhas para rostos desprevenidos. Os soldados cochichavam que estavam sendo assombrados por um animal, por monstros que brilhavam, por uma menina-fantasma com olhos imensos nos planos aguçados do seu rosto.

– Os próprios homens propagam o medo – o Urso contou a Vasya sorrindo. – A imaginação é pior do que qualquer coisa que eles realmente vejam. Bastam sussurros no escuro. Venha comigo agora, Vasilisa Petrovna.

Na terceira noite, ele estava inchado de prazer como um carrapato. Vasya estava por um fio de cansaço, louca pelo amanhecer. – Chega – disse a ambos depois de mais uma percorrida pelo acampamento com todos os sentidos alertas, em parte assustada, em parte compartilhando o regozijo alucinado do Urso com os estragos. – Chega. Vou procurar um lugar para dormir, e depois voltaremos para meu irmão à luz do dia. – Já não suportava mais a escuridão.

Ded Grib ficou aliviado; o Urso, meramente saciado.

O ar estava gelado e branco com uma névoa fria. Vasya encontrou uma depressão protegida na parte mais densa da floresta, bem longe do corpo principal das tropas. Mesmo enrolada em sua pelerine, em um leito de ramos de pinheiro, ela tremia, mas não se atreveu a acender uma fogueira.

O Urso não estava afetado pelo clima. Como animal, tinha aterrorizado o acampamento tártaro, mas agora, relaxado, parecia um homem. Deitou satisfeito sobre as samambaias, olhando noite acima, com os braços atrás da cabeça.

Ded Grib estava se escondendo sob uma pedra, seu brilho verde enfraquecido. Sentia-se cansado e desanimado por estragar a comida dos tártaros. – Eles bebem o leite de suas éguas – dissera. – Não posso estragar isso. Eles não ficarão famintos *demais*.

Vasya não tinha resposta para Ded Grib. Ela mesma estava se sentindo mal. O pânico dos homens e dos animais parecia ecoar em seus ossos, mas mesmo assim, não sabia se todos seus esforços bastariam para mudar o rumo da batalha que se aproximava.

– Você é bem repulsivo – ela disse ao Urso, vendo o brilho dos seus dentes quando ele sorriu.

Ele nem mesmo levantou a cabeça. – Por quê? Por ter me divertido?

O ouro cintilante nos pulsos de Vasya lembrou-a, com desconforto, do pacto entre eles. Não falou.

Ele se virou apoiando-se em seu cotovelo para olhar para ela. Um sorriso brincava em sua boca retorcida. – Ou por *você* ter se divertido?

Negá-lo? Por quê? Isso só lhe daria poder. – Sim – ela respondeu. – Gostei de assustá-los. Eles invadiram meu país, e Chelubey torturou meu irmão. Mas estou com náusea de mim mesma também, envergonhada e muito cansada.

O Urso pareceu levemente decepcionado. – Você deveria se açoitar um pouco mais a esse respeito – disse, e mais uma vez deitou-se de costas.

Era ali que jazia a loucura: escondida dos piores aspectos de sua própria natureza até que, longe da vista, transformava-se em tumores monstruosos que devoravam o restante dela. Vasya sabia disso, e o Urso também.

– Foi isso que padre Konstantin fez. Veja onde ele foi parar – ela retrucou.

O Urso não disse nada.

O exército tártaro estava fora do campo de visão, mas próximo o bastante para se sentir seu cheiro. Mesmo exausta, irritada com a umidade, Vasya sentia-se oprimida pelo peso absoluto dos seus números. Prometera magia a Oleg, mas não sabia se haveria magia suficiente no mundo para conceder a vitória a Dmitrii.

– Você sabe o que dirá a meu irmão quando cair a neve? – perguntou o Urso, ainda olhando para o céu.

– *O quê?* – ela perguntou, abalada com a pergunta.

– Agora o poder dele está aumentando, enquanto o meu está diminuindo. Você pode me atar com ameaças e promessas, mas logo... – O Urso farejou o ar –, muito logo você terá que encarar o Rei do Inverno. Pretende ameaçá-lo? – O Urso sorriu lentamente. – Gostaria de vê-la tentar. Ah, ele vai ficar furioso. Gosto deste mundo: da feiura e da beleza, e de me meter nos feitos dos homens. Karachun não. – O Urso piscou para ela. – Ele gastou sua força para o seu bem, foi a Moscou, lutou contra mim no verão em desacordo com sua natureza. Mas então você deu as costas e me soltou. Ele vai ficar furioso.

– O que eu disser a ele não é da sua conta – Vasya replicou, friamente.

– É óbvio que é – discordou Medved. – Mas posso esperar. Gosto de surpresas.

Desde que o Rei do Inverno a deixara em Moscou, ela não recebera nenhum sussurro dele. Será que sabia que ela tinha libertado seu irmão? Entenderia o motivo? *Ela* entendia?

– Vou dormir – disse ao Urso. – Não vá me trair, nem chamar atenção para nós, ou usar alguém para chamar atenção para nós, nem me acordar, me tocar, ou...

O Urso riu e ergueu a mão. – Basta, menina, você já acabou com a minha imaginação. Vá dormir.

Ela lhe lançou mais um olhar apertado e depois se virou. O Urso razoável e rindo era muito mais perigoso do que a besta na clareira.

◇

Vasya foi acordada por um grito um pouco antes do amanhecer. Com o coração batendo forte, ficou de pé em um pulo. O Urso espiava por entre as árvores, parecendo imperturbável.

– Eu estava me perguntando quando eles iriam notar – ele disse, sem se virar.

– Notar o quê?

– Aquela aldeia ali. Imagino que a maioria dos aldeões pegou o que pôde e fugiu, estando o exército acampado tão próximo. Mas... alguém não fugiu. E os seus tártaros estão cansados de leite de égua.

Sentindo-se nauseada, Vasya foi até sua posição estratégica.

Era apenas um povoado escondido em uma dobra da terra, protegido por árvores grandes. Provavelmente teria passado despercebido, caso os tártaros não tivessem vagado atrás de comida para encher suas barrigas. Nem mesmo ela o tinha visto. Ficou na dúvida se o Urso teria.

Mas agora, estava queimando em dezena de lugares.

Outro grito, agora menor e mais agudo.

– Pozhar – chamou Vasya. A égua veio ao lado dela, bufando contrariada; dessa vez não fez objeção a Vasya pular para as suas costas.

– Longe de mim querer controlar seus impulsos tão encantadores, mas duvido muito que gostará do que vai ver – disse o Urso. – E pode ser morta.

Vasya retrucou: – Se posso colocar as pessoas em tal risco, o mínimo que posso fazer é...

– Os *tártaros* puseram-nas em risco...

Mas Vasya já tinha partido.

Ao chegar ao povoado, as casas estavam quase que totalmente queimadas. Se tinha havido animais, agora não havia nenhum. Silêncio, vazio. Uma esperança involuntária cresceu dentro dela. Talvez *todos* os aldeões tivessem fugido ao primeiro sinal dos tártaros; talvez fosse apenas um porco morrendo que tivesse emitido um som parecido com um grito.

Foi então que escutou o gemido baixo e sufocado, não bem um grito.

As orelhas de Pozhar giraram; ao mesmo tempo, Vasya viu uma forma escura e esguia agachada junto a uma casa que queimava.

Vasya desceu de Pozhar, agarrou a mulher e arrastou-a para longe das chamas. Sua mão ficou melada de sangue. A mulher soltou um som mais fraco de dor, mas não falou. A luz das casas que queimavam iluminou-a impiedosamente. Tinha a garganta cortada, mas não o bastante para matá-la de uma vez.

Além disso, estava grávida. Talvez em trabalho de parto. Por isso não tinha fugido quando seu pessoal o fez. Se alguém ficara com ela, Vasya não conseguiu ver. Restava apenas a mulher com as mãos arranhadas por ter empurrado homens, e sangue, muito sangue, em suas saias.

Vasya colocou a mão em sua barriga, mas ela não se agitava, e ali também havia um grande ferimento que sangrava...

A mulher arfava, seus lábios estavam azulando. Seus olhos mortiços procuraram o rosto de Vasya. A menina segurou suas mãos sangrentas.

– Meu bebê? – a mulher sussurrou.

– Você o verá logo – respondeu Vasya, firme.

– Onde ele está? – perguntou a mulher. – Não escuto seu choro. Surgiram homens... ah! – Um arquejo sufocado. – Eles feriram meu filho?

– Não – replicou Vasya. – Ele está a salvo e você o verá. Venha, vamos rezar a Deus.

Otche Nash – a Oração do Senhor era delicada e familiar, confortante; a mulher acompanhou da maneira que pôde, mesmo quando seu olhar ficou fixo e vazio. Vasya não percebeu que tinha começado a chorar até cair uma lágrima em suas mãos postas. Ergueu a cabeça e viu o Deus da Morte ali parado com seu cavalo branco ao lado.

Os olhos dos dois se encontraram, mas o rosto dele não tinha expressão. Vasya fechou os olhos da mulher, deitou-a na terra e se afastou. Ele não falou. Embora o corpo continuasse sobre a terra, o Deus da Morte pareceu pegar a mulher nos braços com delicadeza e colocá-la em seu cavalo. Vasya persignou-se.

Podemos compartilhar este mundo.

Ele voltou os olhos novamente para o rosto de Vasya. Haveria uma centelha de sentimento ali? Raiva? Uma pergunta? Não... apenas a antiga indiferença do Deus da Morte. Ele pulou para as costas de sua égua branca e saiu cavalgando no mesmo silêncio em que chegara.

Vasya estava ensopada com o sangue da mulher e ardendo de vergonha por ter ficado dormindo na floresta, achando-se esperta enquanto outros arcavam com o fardo da raiva dos tártaros.

— Bom — disse o Urso, chegando a seu lado —, você pôs fim à indiferença do meu irmão, com certeza. Pobre tolo, estará condenado a lamentar toda menina morta que leva sobre seu arção? — O Urso parecia satisfeito com essa perspectiva. — Eu te parabenizo. Venho tentando fazê-lo sentir coisas há anos, principalmente raiva, mas ele é tão frio quanto a sua estação.

Vasya mal o escutou.

— Será uma delícia ver o que acontece quando a neve chegar — o Urso acrescentou.

Vasya apenas virou a cabeça lentamente. — Não há padre — disse, baixinho. — Não pude fazer nada por ela.

— Por que faria? — perguntou o Urso, impaciente. — Sua própria gente logo deixará seu esconderijo, e eles rezarão, chorarão e farão todo o necessário. Além disso, ela está morta, não vai ligar.

— Se eu... Se eu não...

O Urso dirigiu-lhe um olhar de total desprezo. — Não tivesse o quê? Seu desempenho é para todos de Rus', vistos e não vistos, não para a vida de uma camponesa.

Ela apertou os lábios. — Você devia ter me acordado — ela respondeu. — Eu poderia tê-la salvado.

— Poderia? — O Urso perguntou, calmamente. — Pode ser. Mas gostei dos gritos. E você me disse para não te acordar.

Ela deu as costas para ele e vomitou. Depois, levantou-se e pegou água no riacho. Lavou o sangue do corpo da morta e arrumou seus braços e pernas. Em seguida, voltou para o riacho e se limpou à luz dos fogos que morriam, alheia à água gelada. Esfregou a pele com punhados de areia até tremer de frio. Lavou o sangue das suas roupas e vestiu-as molhadas.

Ao terminar, virou-se e viu o Urso e Ded Grib, que a observavam. Ninguém disse uma palavra. Ded Grib parecia solene. O rosto do Urso, por uma vez, não demonstrava zombaria. Parecia intrigado.

Vasya sacudiu a água do cabelo e dirigiu-se primeiramente a Ded Grib. – Pretende vir à batalha, meu amigo?

Ded Grib sacudiu a cabeça lentamente. – Não passo de um cogumelo – sussurrou. – Não gosto do medo e do fogo e estou cansado desses combatentes; eles não se preocupam com as coisas em crescimento.

– Eu gostei disso – disse Vasya, decidida a não se poupar. – Do medo e do fogo dessas últimas noites. Amedrontar os outros fez com que eu me sentisse livre e forte. Outros pagaram pelo meu prazer. Ded Grib, se Deus quiser, vejo você no lago.

Ded Grib acenou com a cabeça e sumiu por entre as árvores. O sol começava a nascer.

Vasya respirou fundo. – Vamos até Dmitrii Ivanovich e pôr um fim nisto.

– A primeira coisa sensata que você disse desde que acordou – observou o Urso.

32

KULIKOVO

Os russos cavalgaram até Kulikovo no final do terceiro dia e montaram acampamento. Até Dmitrii estava calado, a não ser para dar as ordens necessárias, acomodando os homens para a noite, mobilizando suas forças para o amanhecer. É claro que tinha recebido informações dos números, mas era diferente de ver com os próprios olhos.

Mamai tinha acabado de trazer seu principal exército. Eles espalhavam-se pelo campo em uma única fila até onde a vista podia alcançar.

– Os homens estão com medo – Sasha disse a Dmitrii e Vladimir enquanto cavalgavam até a boca do Nepryadva, afluente do Don, para reconhecimento do terreno. – Rezar não vai fazer o medo diminuir. Podemos dizer a eles o dia todo que Deus está do nosso lado, mas os homens podem ver a quantidade pelo campo. Dmitrii Ivanovich, eles têm mais do que o dobro da nossa força, e estão chegando mais.

– Eu posso ver a quantidade pelo campo – interveio Vladimir. – Eu mesmo não estou feliz.

Os imediatos de Dmitrii e Vladimir cavalgavam longe do alcance da voz, mas até eles olhavam o exército oposto e cochichavam, pálidos.

– Agora, não há nada a fazer – disse Dmitrii –, além de rezar, alimentar bem os homens esta noite e fazer com que entrem em batalha amanhã, antes que tenham tempo para pensar demais.

– Tem outra coisa que poderíamos fazer – replicou Sasha.

Seus dois primos viraram-se para olhar para ele.

– O quê? – perguntou Vladimir. Andava desconfiado de Sasha desde a reunião que tiveram, cauteloso com seus aliados profanos e com a existência de Vasya, sua cunhada com poderes estranhos.

– Desafiá-los para um combate individual – respondeu Sasha.

Fez-se silêncio entre os três. Combate individual era uma espécie de presságio. Não impediria a batalha, mas o vencedor teria o favor de Deus, e todos, em ambos os exércitos, saberiam disso.

— Isso daria ânimo aos homens — Sasha disse. — Faria toda diferença.

— Se nosso defensor ganhar — retrucou Vladimir.

— Se nosso defensor ganhar — reconheceu Sasha, mas tinha os olhos em Dmitrii.

Dmitrii não falou. *Seus* olhos estavam na lama, na água do campo aberto e além, onde os tártaros aguardavam, seus cavalos incontáveis como folhas de outono à luz que se punha. Além deles, o rio Don estendia-se como uma barra de prata. Chovera por três dias, chuva pesada e fria. Agora o céu havia escurecido e parecia prometer uma neve prematura.

Lentamente, Dmitrii perguntou: — Você acha que eles concordariam com tal coisa?

— Sim — respondeu Sasha. — Eles vão querer parecer temerosos em mandar um defensor?

— Se eu perguntar e eles concordarem, quem eu deveria designar para lutar por nós? — perguntou Dmitrii, mas falou com o tom de um homem que sabe a resposta.

— Eu — respondeu Sasha.

Dmitrii disse: — Tenho uns cem homens que poderiam fazer isso. Por que você?

— Sou o melhor lutador — respondeu Sasha. Não estava se vangloriando, apenas afirmando um fato. — Sou monge, um servo de Deus. Sou sua melhor chance.

— Preciso de você ao meu lado, Sasha, não...

— Primo — interrompeu Sasha, energicamente — Parti o coração do meu pai saindo de casa quando menino. Não fui fiel a meus votos por nunca conseguir ficar quieto no monastério. Mas *jamais* traí o solo que me nutriu; mantive a fé com ele e defendi-o. Vou defendê-lo agora perante nossos dois exércitos.

Vladimir disse: — Ele tem razão. Poderia fazer toda diferença. Homens apavorados são homens vencidos, você sabe disso tanto quanto eu. — A contragosto, acrescentou: — E ele luta bem.

Dmitrii ainda parecia relutante. Mas tornou a olhar para o exército contrário, agora semiobscuro pela luz que morria. — Não vou negar que você seja o melhor de nós. Os homens sabem disso. — Dmitrii fez uma pausa. —

— Então, amanhã cedo – decidiu, gravemente. – Se os tártaros estiverem dispostos. Mandarei um mensageiro. Mas não vá se deixar matar, Sasha.

— Jamais – replicou Sasha, e sorriu. – Minhas irmãs ficariam zangadas.

◇

Era quase noite escura quando Sasha deixou os príncipes naquela noite. O mensageiro de Dmitrii ainda não havia voltado, mas ele precisava dormir, diante do que quer que o dia trouxesse.

Não tinha *ger*, apenas sua própria fogueira, um pedaço de chão seco e seu cavalo preso por perto. Ao se aproximar, viu a égua dourada parada próxima à sua própria Tuman.

Vasya tinha alimentado seu fogo e se sentado ao lado dele. Parecia cansada e triste. O sobrenatural, criatura insana da noite em Kolomna, desaparecera.

— Vasya – ele disse. – Por onde esteve?

— Assombrando um exército na companhia do mais malvado dos diabos – respondeu Vasya. – Aprendendo mais uma vez os limites do que posso fazer. – Sua voz fraquejou.

— Acho – opinou Sasha, com cuidado – que você fez demais.

Ela esfregou o rosto, ainda recostada na tora entre os pés dos cavalos. – Não sei se foi o suficiente. Até tentei me infiltrar e matar o general, mas ele está bem vigiado agora; aprendeu a lição depois que levei Vladimir embora. Eu... Eu não queria morrer tentando. Mas pus fogo em sua tenda.

Sasha disse com firmeza: – Foi o suficiente. Você nos deu uma oportunidade quando antes não havia nenhuma. Foi o bastante.

— Tentei pôr fogo nos homens – ela contou, numa confissão abafada, as palavras jorrando. – Tentei... enquanto o Urso ria. Mas não consegui. Ele disse que é mais difícil fazer magia em criaturas que têm uma mente própria, e eu não sabia o bastante.

— Vasya...

— Mas incendiei outras coisas, cordas de arcos e carroças. Ri ao vê-las queimando. E... Eles mataram uma mulher. Uma mulher em trabalho de parto. Porque seus mantimentos foram estragados, e eles ficaram bravos e estavam famintos.

Sasha disse: – Então, que Deus repouse o espírito dela. Mas Vasya... basta. Temos uma chance. Sua coragem deu-a para nós, e o seu sangue. É o suficiente. Não lamente o que não consegue mudar.

Vasya permaneceu calada, mas quando seus olhos distraídos pousaram na fogueira de Sasha, as chamas aumentaram, ainda que só houvesse um bocado precioso de madeira para queimar, e seus punhos fecharam-se de modo a suas unhas cravarem-se nas palmas das mãos.

– Vasya – disse Sasha secamente. – Chega disso. Quando foi a última vez que comeu?

Ela pensou. – Eu... Ontem de manhã – respondeu. – Não suportei esperar e voltar para dentro de Meia-Noite, então vim com Pozhar até aqui numa linha reta, ficando fora da vista do exército de Mamai.

– Muito bem – replicou Sasha com firmeza. – Vou fazer uma sopa. Sim, aqui. Tenho minhas próprias reservas e sou capaz. Não temos criadas na Lavra. Você vai comer e depois dormir. Tudo mais pode esperar.

Dava para avaliar o cansaço em que ela estava pelo fato de não argumentar.

Eles não falaram muito enquanto a água fervia, e quando ele lhe serviu a comida, ela disse, quase inaudível: – Obrigada – e tomou a sopa. Três vasilhas com pão chato de pasta de farinha em uma pedra quente devolveram-lhe um pouco de cor ao rosto.

Ele lhe estendeu seu capote. – Vá dormir – mandou.

– E você?

– Esta noite, pretendo rezar.

Pensou em contar a ela, então, o que o dia seguinte poderia acontecer, mas não contou. Vasya parecia muito acabada, muito exausta; a última coisa que precisava era de uma noite de sono interrompido temendo por ele. E era possível que os tártaros recusassem o desafio.

– Pelo menos você fica por perto? – ela perguntou.

– Claro que fico.

Ela acenou com a cabeça uma vez, as pálpebras já pesadas. Sasha, analisando-a, surpreendeu-se dizendo: – Você está muito parecida com a nossa mãe.

Os olhos dela abriram-se ao ouvir isso. Um prazer súbito afastou as sombras do seu rosto. Ele replicou, sorrindo: – Nossa mãe sempre punha pão no forno à noite. Para o *domovoi*.

– Eu fazia a mesma coisa – disse Vasya. – Quando morava em Lesnaya Zemlya.

– O pai caçoava dela por isso. Naqueles dias, ele estava sempre contente. Eles... Eles se amavam muito.

Agora, Vasya estava sentada. – Dunya não falava muito dela. Não quando eu já tinha idade bastante para me lembrar. Acho... Acho que Anna Ivanovna proibia. Porque nosso pai não a amava e tinha amado nossa mãe.

– Eles eram uma alegria mútua – disse Sasha. – Mesmo menino, eu percebia isso.

Era difícil falar sobre aquela época. Ele tinha ido embora no ano seguinte à morte da mãe. Teria ficado se ela vivesse? Não sabia. Desde que fora para a Lavra, tentara esquecer o menino que tinha sido: Aleksandr Petrovich, com sua fé e sua força, seu entusiasmo e seu orgulho tolo. O menino que tinha adorado a mãe.

Mas, agora, via-se lembrando, via-se falando. Contou para a irmã sobre as festas do solstício de inverno e os contratempos da infância, sobre sua primeira espada, seu primeiro cavalo, a voz da mãe rindo alto na floresta à frente dele. Falou das mãos dela, das suas canções e das suas oferendas.

Depois, contou sobre a Lavra no inverno, a calma profunda do monastério, o sino badalando sobre a floresta onírica, o lento giro de orações que assinalava os dias frios; a firme fé do seu mestre, a quem os homens vinham ver numa viagem de muitos dias de todas as direções. Falou dos dias no lombo de um cavalo, e das noites ao redor do fogo; falou de Sarai, Moscou, e dos lugares entre uma e outra.

Falou da Rússia, não do principado de Moscou, de Tver ou Vladimir, principados dos filhos de Kiev, mas da própria Rússia, seus céus, seu solo, seu povo e seu orgulho.

Ela escutou numa imobilidade extasiada, olhos imensos e cheios de sombra, como xícaras.

– É por isso que estamos lutando – disse Sasha. – Não por Moscou, nem mesmo por Dmitrii; não em nome de nenhum dos seus príncipes brigões, mas pela terra que nos gerou, tanto homens quanto diabos.

33

À BEIRA DO INVERNO

Vasya acordou com o toque da neve prematura em seu rosto. Sasha tinha finalmente adormecido, o murmúrio de suas preces silenciado na quietude profunda da noite. O ar tinha uma pungência revigorante; a terra estava coberta de gelo. Por toda parte, as vozes dos homens tinham mergulhado em silêncio. Todos que podiam dormir estavam dormindo para ganhar força contra o amanhecer.

Um vento gelado percorreu o acampamento russo, agitando seus estandartes e mandando redemoinhos de neve sobre a terra.

Vasya respirou fundo e levantou-se, parando para estender o capote sobre seu irmão adormecido. Viu o Urso. Estava em formato de homem, perfeitamente imóvel, em pé além dos carvões vermelhos da fogueira deles. Contemplava os flocos escassos que flutuavam do céu.

– É cedo para neve – comentou Vasya.

Pela primeira vez, houve uma insinuação de medo sob a malícia exaltada no rosto do Urso.

– É o poder do meu irmão crescendo – disse. – Mais um teste, donzela do mar. E pode ser o mais difícil.

Vasya endireitou as costas.

O Rei do Inverno cavalgou para fora do escuro como se o vento frio o tivesse soprado para ela, os cascos da sua égua inaudíveis na terra lamacenta e vitrificada de branco.

Os dois exércitos, até mesmo seu irmão adormecido, poderiam não ter existido. Havia apenas ela mesma, o Rei do Caos e o Rei do Inverno, envolto em um turbilhão de neve fresca. Morozko não era a criatura magra, quase informe, do alto verão; nem era o senhor magnificente envolto em veludo do auge do inverno. Estava todo vestido de branco; o primeiro sopro penetrante da nova estação.

Ele estacou e desceu do seu cavalo.

A garganta dela estava seca. – Rei do Inverno – cumprimentou-o.

Ele analisou-a de alto a baixo. Não olhou para o Urso, mas o fato de não olhar tinha uma força toda própria. – Eu sabia que você pretendia lutar, Vasilisa Petrovna – ele disse depois de um instante. – Não sabia a maneira que escolheria.

Somente aí seu olhar encontrou o irmão. Uma centelha de ódio antigo saltou entre eles.

– Você sempre foi insuportável, Karachun – replicou o Urso. – O que achou que aconteceria quando a deixou para lutar uma guerra que ela não tinha noção de como vencer?

– Pensei que você tivesse adquirido alguma sabedoria – disse Morozko, virando-se de volta para Vasya. – Você viu do que ele é capaz.

– Você sabia do que ele era capaz melhor do que eu – retrucou Vasya. – No entanto, também libertou o Urso porque estava desesperado. Eu também estava desesperada. Assim como ele fez um juramento a você, então, ele fez um a mim agora.

Ela levantou as mãos. As duas cordas reluziram em seus pulsos, poder em repouso no ouro oleoso.

– Fez? – perguntou Morozko com um olhar gélido para eles. – E depois do juramento? O que aconteceu? Você andou vagando por aí aterrorizando homens na companhia dele? Adquiriu gosto por crueldade?

– Você não me conhece? – ela perguntou. – Amei o perigo desde criança, mas nunca amei a crueldade.

Os olhos de Morozko examinaram seu rosto, examinaram, examinaram, até ela desviar os olhos, começando a ficar zangada. Ele ordenou, rispidamente: – Olhe para mim!

Ela respondeu de volta: – O que você está procurando?

– Loucura – ele disse. – Maldade. Você pensa que todos os perigos propostos pelo Urso são óbvios? Ele agirá na sua cabeça até o dia em que você rirá da mortandade e do sofrimento.

– Ainda não estou rindo – ela replicou, mas os olhos dele voltaram para o ouro nos pulsos dela. Era para ela se sentir envergonhada? – Obtive poder onde pude encontrá-lo, mas *não* me voltei para o mal.

– Não? Ele é esperto. Você cairá sem perceber.

— Não tive *tempo* para cair, percebendo ou não. — Agora ela estava realmente furiosa. — Andei correndo pela escuridão tentando salvar todos que precisam de mim. Fiz o bem e o mal, mas não sou nenhuma das duas coisas. Sou só eu mesma. Você não vai me deixar envergonhada, Morozko.

— Sinceramente — disse o Urso para ela —, detesto concordar com ele, mas provavelmente você deveria se sentir mais culpada quanto a isso. Critique-se um pouco.

Ela o ignorou. Aproximou-se do Rei do Inverno até poder ler seu rosto mesmo no escuro. E ali havia sentimento para ela decifrar: raiva, fome, medo, até pesar, a indiferença dele reduzida a trapos.

Sua raiva foi-se. Pegou na mão dele. Ele deixou que pegasse, seus dedos frios e leves nos dedos dela.

Vasya disse, suavemente: — Chamei todos os poderes desta terra à guerra, Rei do Inverno. Tinha que ser feito. Não podemos lutar entre nós.

— Ele matou seu pai — retrucou Morozko.

Ela engoliu com dificuldade. — Eu sei, e agora está atrelado a ajudar a salvar meu povo.

Vasya levantou a mão livre e tocou no rosto dele. Agora estava perto o suficiente para vê-lo respirar. Envolveu seu rosto com os dedos, atraiu seus olhos de volta para ela. A neve caía mais rápido. — Você lutará conosco amanhã? — perguntou.

— Estarei lá pelos mortos — ele respondeu. Seu olhar desviou-se dela para o acampamento ao longe. Ela se perguntou quantos veriam o anoitecer do dia seguinte. — Você não precisa estar lá de jeito nenhum. Não é tarde demais. Fez o possível; manteve sua palavra. Você e seu irmão podem...

— É tarde demais — ela disse. — Agora Sasha jamais deixaria Dmitrii. E eu... também estou comprometida.

— Comprometida com seu orgulho — retrucou Morozko. — Você quer a obediência dos *chyerti* e a admiração dos príncipes, então está assumindo esse risco louco junto com Dmitrii. Mas nunca viu uma batalha.

— Não, não vi — ela replicou com a voz tão gélida quanto a dele. Tinha soltado as mãos, mas não se afastou. — Embora sim, quero a admiração de Dmitrii. Quero uma vitória. Quero até poder sobre príncipes e *chyerti*. Tenho o direito de querer coisas, Rei do Inverno.

Eles estavam próximos o bastante para respirar a respiração do outro.

– Vasya – Morozko disse em voz baixa. – Pense além desta batalha. O mundo fica mais seguro se o Urso estiver em sua clareira, e você precisa viver; não pode...

Ela o interrompeu. – Já fiz. E jurei a seu irmão que ele não teria que voltar. Nós nos entendemos, ele e eu. Às vezes, isso me assusta.

– Não fico surpreso – ele replicou. – Sendo você um espírito do mar e do fogo; ele é as piores partes da sua própria natureza em larga escala. – Agora as mãos dele estavam nos ombros dela. – Vasya, ele é um perigo para você.

– Então me proteja. – Ela ergueu os olhos para ele. – Puxe-me de volta quando ele me arrastar muito para o fundo. Há um equilíbrio a se alcançado aqui, Morozko, entre ele e você, entre homens e *chyerti*. Nasci para ficar no meio. Pensa que não sei disso?

Ele tinha os olhos tristes. – É, eu sei. – Levantou os olhos novamente para o Urso, e desta vez os dois irmãos ficaram em silêncio, medindo-se. – A escolha é sua e não minha, Vasilisa Petrovna.

Vasya escutou o Urso exalar e percebeu que ele realmente sentira medo.

Deixou sua cabeça pender para frente por um instante na lã e na pele do ombro de Morozko, sentiu as mãos dele deslizarem pelas suas costas e segurá-la ali, brevemente, suspensa entre dia e noite, entre ordem e caos. *Leve-me para algum lugar tranquilo*, quis dizer. *Não suporto mais o barulho e o fedor dos homens.*

Mas o tempo para isso havia passado, tinha escolhido seu caminho. Levantou a cabeça e recuou.

Morozko enfiou a mão dentro da manga e tirou algo pequeno e luminoso.

– Trouxe isso para você – disse.

Era uma joia verde em um cordão, mais rústica do que a perfeição formal do colar de safira que já tinha usado. Não tocou nela, mas olhou, desconfiada. – Por quê?

– Fui para muito longe – contou Morozko. – Foi por isso que não vim até você mesmo sonhando, mesmo quando tirou o Urso da sua prisão. Fui para o sul pelas neves do meu próprio reino; peguei a estrada até o mar. Lá, chamei Chernomor, o Rei do Mar, para fora da água, que não tem sido visto por muitas vidas humanas.

– Por que você foi?

Morozko hesitou. – Contei a ele o que ele nunca soube, que a bruxa da floresta tinha lhe dado filhas.

Vasya olhou fixo. – Filhas? Para o Rei do Mar?

Ele concordou com a cabeça. – Gêmeas. E contei a ele que, entre seus bisnetos, havia uma que eu amava. E, sendo assim, o Rei do Mar me deu isso. Para você. – Ele quase sorriu. – Não tem magia agora e nenhum vínculo. É um presente.

Ela ainda não pegou a joia. – Há quanto tempo você sabe?

– Não há tanto tempo quanto você pensa, embora eu me perguntasse de onde vinha a sua força. Eu me perguntava se poderia ser apenas a bruxa, uma mulher mortal com magia, que passara seu talento para as filhas. Mas então vi Varvara, e soube que era mais do que isso. Chernomor gerou filhos, vez ou outra, e frequentemente eles têm a magia do pai e vidas mais longas do que as vidas dos homens. Então, perguntei a verdade a Meia-Noite, e ela me contou. Você é bisneta do Rei do Mar.

– Terei então uma vida longa?

– Não sei. Quem poderia saber? Porque você é bruxa, *chyert* e mulher também; descendente dos príncipes russos e filha de Pyotr Vladimirovich. Chernomor poderia saber; ele disse que responderia perguntas, mas só se você for vê-lo.

Era muito a ser absorvido. Mas ela pegou a joia. Era quente em sua mão; ela sentiu uma leve lufada de sal. Era como se ele tivesse lhe entregado uma chave para si mesma, mas uma que ela não podia examinar. Havia muito mais coisas a serem feitas.

– Então irei até o mar – ela disse. – Se sobreviver ao amanhecer.

Ele replicou, soturnamente. – Estarei na batalha, mas minha tarefa ainda são os mortos, Vasya.

– A minha são os vivos – retrucou o Urso, e sorriu. – Que dupla nós formamos, meu gêmeo.

34

PORTADOR DE LUZ

Dia sombrio, e ao redor deles o exército se agitava; além, lá no grande campo distante de Kulikovo, os tártaros estavam acordados. Os russos podiam escutar os cavalos dos tártaros resfolegando na friagem, mas não se via nada; o mundo estava velado por uma névoa densa.

— Nada de batalha até o nevoeiro se dissipar — Sasha disse. Não tinha estômago para comida, mas bebeu um pouco de hidromel e passou a garrafa para Vasya.

Ao despertar, viu que ela já estava acordada, sentada sozinha frente a seu fogo reavivado, uma ruga entre as sobrancelhas, pálida, mas serena.

Fazia frio. O céu estava cinza acima da névoa, prometendo mais neve prematura. Em seguida, o sol ergueu um aro frio sobre a beirada da terra e a névoa começou a rarear.

Sasha respirou fundo. — Preciso ir até Dmitrii. Ele está aguardando um mensageiro. O que quer que aconteça, encontro você antes da luta começar. Enquanto isso, vá com Deus, irmã. Você deve ir sem ser vista e não correr riscos.

— Não — ela replicou, com um sorriso tranquilizador. — Hoje, meu negócio é com os *chyerti*, não com as espadas dos homens.

— Eu te amo, Vasochka — ele disse, e deixou-a.

◇

O mensageiro tinha voltado, e os tártaros haviam aceitado o desafio de Dmitrii. Também deram o nome do defensor de Mamai. Sasha e Dmitrii ouviram-no com a mesma sensação gelada de raiva.

— Tenho dúzias de homens que ficariam no seu lugar — Dmitrii disse. — Mas...

— Não com esse defensor – Sasha retrucou. – Se não for para ele ser seu, então ele é meu, irmão.

Dmitrii não discordou. Os dois ficaram juntos em sua tenda enquanto serviçais entravam e saíam às pressas. Por todo lado havia relinchos, vibração de aço e gritos do despertar do exército. O grão-príncipe ofereceu pão ao primo, e Sasha obrigou-se a engolir um pouco.

— Além disso – Sasha acrescentou, evitando ter raiva na voz –, outro homem assumiria a glória para sua própria cidade, para Tver, Vladimir ou Suzdal. Tem que ser para Rus' e para Deus, irmão, porque neste campo somos um único povo.

— Um único povo – repetiu Dmitrii, pensativo. – Sua irmã voltou? Com seus... seguidores?

— Voltou – respondeu Sasha, e dirigiu ao primo um olhar sombrio. – Agora ela tem o tempero do aço e ainda tão jovem. Culpo-o por atraí-la para isso.

Dmitrii não pareceu arrependido. – Ela conhece os riscos tanto quanto eu.

Sasha disse: – Ela recomenda que os homens se acautelem com o rio e também para confiar que as árvores os esconderão, e não temer tempestade, nem fogo.

— Não consigo decidir se isso é positivo ou agourento – replicou Dmitrii.

— Talvez os dois – observou Sasha. – Nada em relação a minha irmã é simples. Irmão, se eu...

Dmitrii sacudiu a cabeça enfaticamente. – Não diga isso. Mas sim... Ela será como uma irmã para mim também; ela não precisa temer nada que venha da minha mão.

Sasha inclinou a cabeça e não disse uma palavra.

— Então venha – disse Dmitrii. – Vou armá-lo.

Cota de malha, peitoral, um escudo, uma lança em formato de folha com o punho vermelho, botas boas e coxotes para suas coxas. Um elmo pontudo. Logo estava pronto. As pontas dos dedos de Sasha estavam frias.

— Onde está sua armadura? – ele perguntou a Dmitrii.

O grão-príncipe estava vestido como um boiardo secundário, um entre centenas.

Dmitrii parecia animado como um menino flagrado em uma travessura. Seus serviçais, os que Sasha podia ver, pareciam simultaneamente ansiosos e exasperados.

– Fiz um dos meus boiardos trocar de lugar comigo – ele respondeu. – Acha que quero ficar sentado em uma colina vestido de escarlate? Não. Lutarei decentemente e não darei aos arqueiros tártaros um alvo melhor do que consiga evitar.

– Se você for morto, sua causa está perdida – observou Sasha.

– Minha causa está perdida se eu não for o comandante deste exército – respondeu Dmitrii. – Porque se eu não for o senhor, Rus' se fragmentará. Na derrota, eles serão como folhas espalhando-se em um vento forte ou ficarão demasiado orgulhosos na vitória, cada um tentando reivindicar uma porção maior do que os outros. Não, vou em busca do grande prêmio. O que mais resta?

– O que, de fato? – replicou Sasha. – Servi você, primo, bem como ao Senhor. E tenho tido orgulho em fazê-lo. Por tudo que eu fiz... ou não fiz... perdoe-me.

– Estamos falando de perdão, irmão? – perguntou Dmitrii. – A mão esquerda não pede perdão à direita. – Bateu nas costas de Sasha. – Vá com Deus.

Armados, eles saíram para onde o exército aguardava, concentrado no campo de Kulikovo. A essa altura, era um pouco antes do meio-dia, e a névoa estava se dissipando.

– Preciso achar minha irmã – disse Sasha. – Não me despedi dela de um jeito adequado.

– Não há tempo – replicou Dmitrii. Um homem trouxe seu cavalo, e ele pulou para a sela. Conforme o sol penetrou pelo que restava do nevoeiro, ele levantou a mão para proteger os olhos. – Veja, lá está o defensor deles agora.

Dmitrii tinha razão. O defensor tártaro aparecera, e um urro ergueu-se de cem mil gargantas. Com o coração disparado, Sasha montou em Tuman. A égua firme apenas espetou as orelhas com o barulho.

– Despeça-se dela por mim, já que eu não posso – ele pediu.

Enquanto Sasha cavalgava para o grande campo encharcado perante os dois exércitos, pensou ter visto um lampejo de ouro: Pozhar galopando invisível em meio ao exército de Rus'. Sasha ergueu a mão para o brilho. Era tudo que podia fazer.

Vá com Deus, irmãzinha.

Vasya montou em Pozhar assim que seu irmão saiu para ir até o grão-príncipe. O Urso farejava o ar satisfeito, Vasya pensou, com a tensão. Dirigiu-lhe um sorriso exibindo os dentes.

– E agora, senhora?

Morozko havia deixado-a justamente quando o alvorecer tocava o céu. Ainda havia algo da sua presença na névoa fria, os poucos flocos de neve apenas vagando no vento que ondulava os estandartes do exército russo. Novamente, Vasya viu-se presa entre eles: a alegria do Urso na batalha e o pesar de Morozko pela destruição. A presença do Urso e a ausência do Rei do Inverno.

Muito bem: a função de Morozko era com os mortos. A dela era com os vivos. Mas não, só por agora, com os homens.

O primeiro que ela viu foi como um grande pássaro preto com o rosto de uma mulher. Planava pelo campo de batalha ondulando bandeiras com suas asas e, embora os homens não pudessem vê-la, ergueram os olhos como se sentissem sua sombra sobre eles e sobre o dia.

O próximo foi o *leshy*, andando macio até a beira da sua floresta; a mata raquítica que circundava o campo de batalha; a floresta que, naquele momento, escondia Vladimir Andreevich e sua cavalaria esperando o momento certo de investir.

Vasya cutucou Pozhar, e a égua dourada, soltando centelhas, galopou por entre as fileiras de homens, as tendas, de modo que Vasya pudesse ter uma palavrinha com o senhor da floresta.

– Manterei os homens escondidos – disse o *leshy*, quando Vasya apertou seus dedos de gravetos com seus próprios dedos ensanguentados –, e confundirei seus inimigos. Por suas promessas e a do grão-príncipe, Vasilisa Petrovna.

Assim, tudo era no campo de batalha. Enquanto Sasha armava-se e os homens comiam e se mobilizavam fileira por fileira, os *chyerti* reuniam-se na névoa densa. O *vodianoy* gorgolejou em seu rio; suas filhas, as *rusalki*, esperaram nas margens. Algumas delas Vasya conhecia de vista; muitas não. Mesmo assim, elas vieram até o campo de batalha estar fervilhando, assombrado, e sentiu o peso dos olhos delas e sua confiança.

A névoa densa tinha começado a se dissipar. Vasya já estava suando, apesar do frio, de nervoso e pelo esforço, cavalgando Pozhar de lá para cá para reunir, predispor e encorajar seu próprio povo junto e ao redor do de Dmitrii.

Por fim, ouviu-se um único e longo toque de trombeta, e Vasya deixou que sua atenção voltasse para o mundo dos homens. Olhou através do grande campo pantanoso. Ainda havia trechos com névoa entre os tártaros e os russos, mas agora os tártaros podiam ser vistos.

O coração de Vasya ficou apertado.

Eles eram uma multidão. O que um pouco de medo poderia fazer a uma massa tão grande de homens? Suas fileiras estendiam-se até onde a vista alcançava; o resfolego dos seus cavalos era como um ribombar longínquo. Nuvens juntavam-se ao norte, pesadas de neve, e um floco ocasional descia. Dmitrii tinha suas melhores tropas na liderança com Mikhail, o grão-príncipe de Tver, no flanco esquerdo. Vladimir, o príncipe de Serpukhov, estava à direita, mas escondido pelas árvores grossas.

Em algum lugar, atrás da formação de Mamai, Oleg e seus boiardos também aguardavam, esperando outro sinal para cair sobre os tártaros por detrás.

A toda volta os *chyerti* esperavam, cintilando como chamas de vela no canto dos olhos de Vasya.

Ao seu lado, o Urso, inspecionando-os, disse: – Vivi um longo tempo, mas nunca vi uma magia como esta, convocar todo nosso povo para a guerra como se fosse um. – Em seus olhos, havia uma luz infernal de antecipação.

Vasya não respondeu; apenas rezou para ter feito a coisa certa. Tentou pensar no que mais poderia fazer, mas não conseguiu chegar a nada.

Agora Pozhar estava impaciente, mal passível de ser cavalgada. O ar estava denso de tensão. Ali, não havia uma escuridão encobridora; o nevoeiro se fora. Não havia nada para esconder o fato de que cem mil homens estavam prestes a começar a matar uns aos outros. Logo a batalha teria início. Onde estava Sasha?

O Urso surgiu a seu lado e olhou o campo com alegria. – Lama e gritaria – anunciou. – *Chyerti* e homens lutando juntos. Ah, será glorioso!

– Você sabe onde está meu irmão? – Vasya perguntou.

O Urso sorriu selvagemente. – Ali – respondeu, e apontou. – Mas agora você não pode ir até ele.

– Por que não?

– Porque seu irmão vai lutar contra aquele tártaro Chelubey num combate individual. Você não sabia?

Ela se virou rapidamente, horrorizada, mas era tarde demais, já tarde demais. Os exércitos estavam mobilizados e agora de cada lado surgiu uma pessoa, cavalgando uma em direção à outra, num cavalo cinza e num alazão.

– Você sabia e esperou para me contar – ela disse.

– Posso servi-la – replicou o Urso. – Posso até gostar disso, mas jamais serei confiável. Além disso, em vez de falar comigo *antes*, você passou a noite discutindo com o meu irmão que, por mais que tenha olhos azuis, não pode conhecer o exército como eu. Azar o seu.

Pozhar jogou a cabeça para cima, percebendo a urgência súbita de Vasya, que disse: – Tenho que ir até ele –, enquanto o Urso atirava-se rosnando em seu caminho.

– Você é idiota? – perguntou. – Pensa que não existe um homem, no meio de todos eles, com a sagacidade para ver você ou aquele cavalo dourado? Pode confiar nisso quando todos os olhos vão estar fixos no seu irmão? Pode ter certeza de que nenhum tártaro se levantará para clamar traição? – E vendo Vasya com o olhar fixo nele, petrificada, paralisada, acrescentou: – O monge não te agradecerá. Aquele tártaro torturou-o; ele está fazendo isso por Dmitrii, pelo país dele, por ele mesmo. É a glória dele, não sua.

Ela se virou, indecisa, atormentada.

Todos estavam preparados, os exércitos de Rus' e os exércitos de Mamai tiritando na névoa do amanhecer, suas malhas frias e pesadas. Entre eles estavam as forças que ninguém podia ver. O *vodianoy* do Don, esperando para afogar o incauto; o *leshy* da floresta, escondendo homens em seus ramos; o sorridente Rei do Caos; os *chyerti* menores da mata e da água.

E invisível, poderoso, afastado, o Rei do Inverno. Estava nas nuvens no norte, o vento forte e gelado, o ocasional floco de neve no rosto dela. Mas *ele* não desceria e ficaria entre todos. Não lutaria a guerra de Dmitrii. Ela tinha visto a terrível sabedoria nos olhos de Morozko: *Minha tarefa é com os mortos.*

Eu poderia estar longe daqui, Vasya pensou, vendo o tremor de suas mãos. *Poderia estar longe, ao lado do lago, ou em Lesnaya Zemlya, ou em uma floresta desimpedida, sem nome.*

Em vez disso, estou aqui. Ah, Sasha, Sasha, o que você fez?

◆

Sozinho, irmão Aleksandr cavalgou para o campo pantanoso de Kulikovo, cavalgou por entre as lanças da linha de frente de Dmitrii e saiu para o espaço aberto entre os dois exércitos. Não havia outro som senão o da respiração ofegante e baixa de Tuman e o sugar dos seus cascos na terra encharcada.

Um homem em um cavalo alto e vermelho foi ao seu encontro. Mais de cem mil soldados naquele campo, e mesmo assim estava silencioso o bastante para Sasha ouvir o vento aumentando, suspirando como que de tristeza, derrubando num sopro as últimas folhas.

– Uma manhã razoável – disse Chelubey, comodamente sentado em seu entroncado cavalo tártaro.

– Vou matá-lo – replicou Sasha.

– Acho que não – retrucou Chelubey. – Na verdade, tenho certeza que não. Pobre religioso com as cicatrizes nas costas e sua mão cortada.

– Você menospreza isso – disse Sasha.

Agora, o rosto de Chelubey estava sombrio. – O que é isso para você? Um jogo? Uma busca espiritual? Trata-se apenas de homens contra homens, e qualquer que seja o lado vencedor, haverá mulheres lamentando e sangue sobre a terra.

Sem mais palavras, ele girou seu cavalo e trotou alguns passos para longe, virou-se e ficou à espera.

Sasha fez o mesmo. Tudo continuava em silêncio. Estranho, em toda aquela manhã cinzenta, com homens aos milhares à espera. Mais uma vez pensou ter vislumbrado um cavalo sozinho, reluzindo ouro no que restava do nevoeiro, com um cavaleiro esguio nas costas; a seu lado, uma sombra escura e pesada. Rezou em silêncio.

Então, ergueu sua lança e gritou, e às suas costas ecoou um bramido de sessenta mil gargantas. Quando fora a última vez que os Rus' se reuniram? Não desde os dias dos grãos-príncipes de Kiev. Mas Dmitrii Ivanovich os havia juntado ali, na margem fria do rio Don.

Chelubey gritou por sua vez, o rosto reluzente de alegria, o som de todo seu povo gritando às suas costas. Tuman ficou firme sob seu cavaleiro, e ao toque de Sasha disparou adiante. Chelubey cutucou seu poderoso alazão, e então eles correram pelo terreno pantanoso, lama e água voando de debaixo dos cascos dos seus cavalos.

◇

Vasya observou-os galopando, as batidas do seu coração sufocando rápido em sua garganta. Seus cavalos atiravam grandes arcos de lama a cada passada. A lança de Chelubey investiu no último momento para pegar seu irmão no esterno. O escudo de Sasha desviou a força total do golpe, sua própria lança brandiu ao longo da escama no ombro de Chelubey e quebrou.

Vasya levou a mão à boca. Sasha soltou o punho da sua lança quebrada e puxou a espada, justo quando Chelubey girava seu alazão com uma calma gélida. O tártaro ainda tinha sua lança e seu escudo; dirigia sua égua com os joelhos. A espada de Sasha tinha menos do que a metade do seu alcance.

Uma segunda investida. Dessa vez, no último instante, Sasha tocou a lateral de Tuman. A égua ligeira simulou a esquerda, e a espada de Sasha desceu no punho da lança de Chelubey. Agora, ambos estavam armados apenas com suas espadas e girando mais uma vez seus cavalos.

O combate passou a ser de perto, golpeando, dissimulando, recuando. Mesmo à distância, o choque de suas espadas chegava claramente aos ouvidos de Vasya.

O Urso sorria com uma alegria sincera, observando.

A égua castanha de Chelubey era um pouco mais ligeira do que Tuman. Sasha era um pouco mais forte do que Chelubey. A essa altura, os dois homens tinham lama no rosto, sujeira e sangue nos pescoços dos seus cavalos e grunhiam a cada golpe de suas pesadas espadas.

Vasya tinha o coração na boca, mas não podia ajudar o irmão. Nem ajudaria. Era o momento dele; seus dentes estavam à mostra e em seu rosto havia glória. As unhas de Vasya afundaram-se nas palmas das suas mãos, vertendo sangue.

Uma neve fina pinicou seu rosto. Podia ouvir as vozes dos *chyerti* também se erguendo e as vozes dos russos gritando incentivos a seu irmão.

Sasha desviou-se de uma nova investida e acertou um golpe ao longo das costelas de Chelubey, rasgando sua cota de malha. Chelubey impediu um segundo golpe com sua espada, e então ambos tinham suas espadas pressionadas punho a punho. Sasha não vacilou; lançou-se com toda força e derrubou Chelubey da sela.

O Urso urrou quando o tártaro caiu, e todos os homens, de ambos os lados, gritaram. Chelubey e Sasha estavam agarrados na terra, sem espadas, agora apenas com as mãos e os punhos. Então, a mão de Sasha, tateando, buscou sua adaga. Enterrou-a até o punho na garganta de Chelubey.

Por toda volta, os russos gritaram vitória; todos os *chyerti* de Vasya gritaram do mesmo jeito. Sasha vencera.

Vasya soltou o ar, tremendo.

O Urso suspirou, como que na mais profunda satisfação.

Sasha levantou-se, as costas retas, sua espada ensanguentada na mão. Beijou-a e ergueu-a para o céu, saudando Deus e Dmitrii Ivanovich.

Vasya pensou ter ouvido uma única voz, a voz de Dmitrii, convocando seus homens: – Deus está do nosso lado! A vitória é certa! Cavalguem agora! Cavalguem! – E então os russos atacaram, todos eles, em massa, gritando o nome do grão-príncipe de Moscou e de Aleksandr Peresvet.

Sasha virou-se, empertigado, como que para chamar seu cavalo e juntar-se ao ataque. Mas não chamou.

O Urso virou-se para olhar para Vasya, seus olhos ansiosos e intensos. E então Vasya viu o grande buraco na armadura de couro de Sasha onde a estocada de uma espada tinha encontrado sua marca, despercebida na luta.

– Não!

Seu irmão virou a cabeça como se pudesse ouvi-la. Tuman voltou para ele, e ele colocou a mão no arção da sua sela como se fosse pular em suas costas.

Em vez disso, caiu de joelhos.

O Urso riu. Vasya gritou. Não sabia que tinha tal som dentro dela. Inclinou-se para frente; Pozhar disparou adiante, correndo pelo campo aberto em direção a Sasha, ultrapassando os exércitos convergentes. O Urso seguiu-a. Vasya podia ouvir, vagamente, as vozes dos *chyerti* de Rus' correndo com os russos.

Mas Vasya tinha deixado de pensar em vitória. De cada lado, os exércitos desabalavam, mas no meio do campo não havia nada além de Tuman, nervosa de medo, e Chelubey morto com o rosto na lama e na água. Vasya não podia pensar em nenhum dos dois porque seu irmão continuava ajoelhado na lama, mas agora com sacudidas violentas, sangue espirrando dos lábios. Ele ergueu os olhos.

– Vasya – chamou.

– Shhh – ela lhe disse. – Não fale.

– Sinto muito. Eu pretendia viver. Pretendia.

Pozhar, em silêncio, ajoelhou-se na lama para eles.

– Você vai viver de qualquer jeito. Suba no cavalo – Vasya pediu.

Não tinha noção do quanto deveria doer obedecê-la. O chão tremia com o estrondo dos dois exércitos. Ele não conseguiu sentar-se direito, mas despencou, um peso morto.

– Ele vai morrer – Medved disse ao seu lado. – É melhor se vingar.

Sem uma palavra, Vasya cortou a mão na espada do irmão. O sangue jorrou sobre seus dedos. Ela lambuzou-o no rosto do Urso pondo toda sua intenção nisso.

– Vingue-se por mim – replicou, simplesmente.

O Urso estremeceu com a força. Seus olhos reluziram com um brilho maior do que o Pozhar à meia-noite. Observando-a, pegou o elmo de Sasha do chão lamacento e mordeu fundo sua própria mão. Jorrou sangue claro como água, mas acre, cheirando a enxofre, empoçando-se no bronze côncavo.

– Em troca, dou-lhe meu poder – ele disse, e seu olhar era dissimulado. – De fazer o morto se levantar.

Então, ele se foi, desaparecendo no combate, tendo o terror como arma.

Balançando o elmo, Vasya subiu em Pozhar atrás do irmão. A égua, com as orelhas pregadas, levantou-se apesar do fardo duplo, lama na pernas e na barriga. Rápida como uma estrela, galopou para longe enquanto a toda volta travava-se a batalha.

35

A ESTRADA ESTRELADA

Vasya podia sentir cada batida dos cascos de Pozhar, como se fosse ela que estivesse mortalmente ferida. A égua retorcia-se e virava, evitando tanto os exércitos quanto os *chyerti*. Chegou a pular sem problemas um cavalo morto. O tempo todo, Vasya agarrava o irmão, agarrava o elmo com seu conteúdo estranho e rezava.

Por fim, eles se livraram da batalha e deixaram para trás o bramido onipresente, escondendo-se nas árvores que acompanhavam o rio. Encontraram um espaço tranquilo num pequeno bosque. Não estavam tremendamente longe da batalha; o bramido parecia retalhar a terra e o céu. Vasya pensou que podia escutar a risada do Urso.

O bosque ficava um pouco mais alto do que o pântano. Vasya desceu das costas de Pozhar bem a tempo de agarrar o irmão, que caía. Ele quase fez com que ela se estatelasse na água. Foi preciso toda sua força para segurá-lo e deitá-lo na terra macia. Seus lábios estavam azuis, as mãos frias.

Vasya olhou para a água no elmo. *Torna os mortos, vivos. Mas ele não está morto. Morozko... Morozko, onde está você?*

Os olhos de Sasha olharam para cima, mas ele não a viu. Talvez tenha visto uma estrada sob um céu estrelado; uma estrada sem volta. – Vasya? – chamou. Agora, sua voz mal passava de um sussurro.

Ela não tinha nada além de suas duas mãos; com sua capa de pele, limpou o sangue e a terra do rosto do irmão, segurou sua cabeça em seu colo.

– Estou aqui – ela disse. Lágrimas espontâneas caíram dos seus olhos. – Você venceu. O exército está certo da vitória.

Os olhos dele brilharam. – Estou feliz – replicou. – Estou...

Virou um pouco a cabeça; seu olhar ficou fixo. Vasya virou-se para segui-lo e lá estava o Deus da Morte, esperando. Estava a pé, seu cavalo uma forma tênue, claro como névoa, atrás dele. Vasya olhou para ele por um longo tempo e não houve diálogo. Houve uma vez em que ela havia implorado, uma vez em que o tinha insultado por vir reclamar aqueles que ela amava. Agora, ela apenas olhou e viu seu olhar atravessá-lo como uma espada.

– Você poderia ter salvado a vida dele? – sussurrou.

A resposta dele foi o mais simples balançar de cabeça. Mas ele veio, ainda mudo, e ajoelhou-se ao lado dela. Com o cenho franzido, pôs as mãos em concha. Uma água clara e límpida juntou-se em suas palmas, e ele deixou que ela pingasse no rosto do seu irmão. Onde a água tocava, os cortes, as contusões e a sujeira sumiam, como se tivessem sido lavados. Vasya, também sem falar, ajudou-o. Trabalharam devagar e continuamente. Vasya puxou de lado a armadura manchada e quebrada, e Morozko deixou a água correr. Por fim, o rosto e o torso do seu irmão estavam limpos e sem marcas; ele parecia adormecido, tranquilo, ileso. Mas não voltou à vida.

Vasya pegou o elmo.

O olhar preocupado de Morozko acompanhou o movimento.

A esperança batia na garganta de Vasya, uma coisa frágil e ardente.

– Isto pode realmente devolver-lhe a vida?

Morozko pareceu relutante. – Pode – respondeu.

Vasya levantou o elmo e inclinou-o para os lábios do irmão.

Morozko estendeu a mão para impedi-la. – Primeiro venha comigo.

Ela não entendeu o que ele queria dizer, mas quando ele lhe ofereceu a mão, ela a pegou. Seus dedos encontraram-se, agarraram-se, e ela se viu no lugar além da vida, a floresta com sua estrada e sua rede de estrelas.

Seu irmão esperava-a ali, em pé, um pouco pálido, com luz das estrelas nos olhos.

– Sasha – ela disse.

– Irmãzinha – ele replicou. – Eu não me despedi, não é?

Ela correu adiante e abraçou-o, mas ele parecia gelado, distante em seus braços. Morozko observou-os.

– Sasha – Vasya disse, ansiosa. – Eu tenho uma coisa que te trará de volta. Você pode continuar vivendo, volte para nós, para Dmitrii.

Sasha olhava ao longe a estrada semeada de estrelas, como que com anseio.

Às pressas, ela pediu: – Isto – estendendo o elmo amassado. – Beba. E viverá de novo.

— Mas estou morto – ele replicou.

Ela sacudiu a cabeça. – Não precisa estar.

Ele recuava. – Eu vi os mortos voltarem. Não farei parte disso.

— Não! – ela retrucou. – Desse jeito é diferente. É como... É como Ivan no conto de fadas.

Mas seu irmão continuava sacudindo a cabeça. – Isto não é um conto de fadas, Vasya. Não vou arriscar minha alma imortal voltando à vida quando a deixei.

Ela o encarou. Ele tinha o rosto calmo, triste, imóvel. – Sasha – ela sussurrou. – Sasha, por favor. Você pode viver novamente. Pode voltar para Sergei, Dmitrii e Olga. Por favor.

— Não – ele disse. – Eu... Eu lutei. Entreguei minha vida e fiquei feliz em fazê-lo. Cabe a outros fazer com que tenha importância. Minha morte é de Dmitrii agora... e... e sua. Proteja esta terra. Faça-a única.

Ela olhou para ele. Não podia acreditar. Pensamentos alucinados precipitaram-se em seu cérebro. Talvez, no mundo dos vivos, ela pudesse forçar a água entre seus lábios. Mas então... mas então...

A escolha não lhe pertencia. Pensou na raiva de Olga quando tinha decidido a mesma questão por ela. Lembrou-se das palavras de Morozko: *Não cabe a você escolher.*

Tentando controlar a voz, perguntou: – É isso que você quer?

— Sim – respondeu o irmão.

— Então... Então, que Deus te acompanhe – Vasya replicou, com a voz falhando. Se... Se vir o pai... e a mãe... diga que os amo. Que vaguei longe, mas não esqueci. Rezarei por você.

— E eu por você – respondeu o irmão, sorrindo subitamente. – Eu a verei novamente, irmãzinha.

Ela concordou com a cabeça, mas não conseguiu falar. Sabia que seu rosto estava desmoronando, mas abraçou o irmão. Afastou-se.

E então, Morozko falou, baixinho, mas não foram palavras para ela.

— Venha comigo – disse a Sasha. – Não tenha medo.

36

O EXÉRCITO DE TRÊS

Vasya voltou a si mesma e inclinou-se sobre o corpo ileso do irmão, soluçando. Não soube por quanto tempo chorou enquanto a batalha fervia por perto. O que a trouxe de volta foi um bater suave de cascos e uma presença fria às suas costas.

Virou a cabeça e viu o Rei do Inverno. Ele desceu do seu cavalo e olhou para ela.

Vasya não tinha palavras para ele. Uma fala doce ou um toque suave a teriam deixado em pedaços, mas ele não ofereceu nem uma coisa, nem outra. Vasya fechou os olhos do irmão, murmurou uma prece sobre sua cabeça. Depois, levantou-se com a alma cheia de violência inquieta. Não podia trazer o irmão de volta, mas o que ele queria, aquilo pelo qual tinha se esforçado, isso ela poderia fazer.

– Só pelos mortos, Morozko? – ela perguntou. Estendeu a mão, ainda suja com o sangue do irmão e seu próprio sangue, do lugar onde a tinha cortado para o Urso.

Ele hesitou. Mas em seu rosto ecoava uma selvageria. Repentinamente, ele pareceu como se estivesse em uma meia-noite de solstício de inverno: orgulhoso, jovem, perigoso. Também havia sinais do sangue de Sasha em suas mãos.

– E pelos vivos, amada – ele respondeu, baixinho. – Eles também são meu povo.

Pegou a mão ensanguentada de Vasya na sua, e por toda volta o vento gritou, o grito da primeira nevasca. A alma de Vasya era toda fogo inquieto e, quando olhou para Pozhar, a égua dourada estava igualmente tensa; deu uma patada no chão.

Os dois montaram em seus cavalos ao mesmo tempo, giraram e galoparam de volta para a batalha no seio de uma tempestade recém-nascida.

Chamas nas mãos dela; no punho dele, o poder do inverno mais rigoroso.

Um grito veio do campo quando o Urso, rindo, avistou-os.

– Precisamos encontrar Dmitrii – gritou Vasya, acima do barulho, enquanto mandava Pozhar arremessar-se por um amontoado de guerreiros tártaros que galopavam para um grupo de lanceiros russos. Os animais espalharam-se num medo súbito, estragando a pontaria dos seus cavaleiros, que praguejaram.

Um vento rápido levantou-se e soprou para longe uma flecha que a teria atingido, e Morozko disse: – Lá está seu estandarte.

Estava no alto de uma pequena elevação, na primeira fileira de batalha. Eles se viraram para lá, atravessando uma faixa de combatentes ao fazê-lo. Agora a neve caía cada vez mais densa. Uma saraivada de flechas visava a posição de Dmitrii. Uma formação de cavaleiros em V avançava tentando chegar àquela insígnia vulnerável.

A égua branca e Pozhar, leves em seus pés, atravessaram mais rápido a batalha, mas os tártaros estavam mais perto, e estabeleceu-se uma corrida entre eles. Com as orelhas grudadas na cabeça, Pozhar esquivou-se, pulou e galopou, enquanto Vasya gritava para os cavalos tártaros. Alguns a escutaram e esmoreceram, mas não o suficiente. O chão debaixo dos pés inimigos ficou escorregadio de gelo, mas os cavalos tártaros eram animais vigorosos, acostumados a correr em todas superfícies, e nem isso os fez cambalear. A neve soprava em seus rostos, cegando os cavaleiros, mas mesmo assim as flechas, habilmente programadas, voavam.

– Medved! – Vasya gritou.

O Urso apareceu ao seu outro lado, ainda com aquele toque de risada aguda na voz. – Que delícia! – exultou. Era um animal banhado em sangue humano e uivando de prazer, um nítido contraste com o silêncio recolhido de Morozko do seu outro lado. Juntos, os três fizeram sua própria formação em V e avançaram pela luta. Vasya punha fogo aos pés deles, rapidamente abafado pelo campo molhado, pela neve que caía rápido. Morozko cegou-os, virou suas flechas com um vento brincalhão.

Medved simplesmente aterrorizava todos em seu caminho.

Era uma corrida entre eles e os tártaros para ver quem conseguiria chegar primeiro ao posto de Dmitrii.

Os tártaros ganharam. Com flechas voando, eles bateram no estandarte de Dmitrii como uma onda algumas passadas antes de Vasya e seus aliados. O estandarte caiu, amassado na lama. Por toda parte houve gritos de triunfo. As flechas continuavam caindo mortalmente precisas. A égua branca estava próxima ao flanco de Pozhar; os maiores esforços de Morozko eram gastos para manter as flechas longe de Vasya e dos dois cavalos.

A guarda de Dmitrii foi destroçada; seu cavalo empinou e fugiu. Os três tártaros estavam em cima dele, golpeando.

Vasya gritou, e Pozhar avançou sobre eles com força bruta. Quem precisava de espada cavalgando a égua dourada? Seus cascos despedaçaram-nos, afastaram seus cavalos; fogos repentinos pularam a seus pés e eles foram afugentados. Vasya desceu da égua e ajoelhou-se junto à cabeça do grão-príncipe.

Sua armadura estava retalhada; ele sangrava de uma dúzia de ferimentos. Ela tirou seu elmo.

Mas não era de jeito nenhum o grão-príncipe de Moscou. Era um jovem que ela não conhecia morrendo.

Vasya olhou, boquiaberta. – Onde está o grão-príncipe? – cochichou.

O rapaz mal conseguia falar; entre seus lábios borbulhava sangue. Olhou para ela com olhos que não viam. Ela teve que se inclinar para perto para entender as palavras. – A vanguarda – ele sussurrou. – Na primeira fileira da batalha. Ele me deu sua armadura para que os tártaros não o distinguissem. Fiquei honrado. Fiquei...

A luz esvaiu-se dos seus olhos.

Vasya fechou-os e virou-se.

– Na linha de batalha – disse. – Vão!

◆

Tártaros por toda parte, lutando. Flechas voando por todos os lados. Morozko cavalgava joelho a joelho com Vasya, mantendo as flechas longe dela com uma tenacidade feroz. Juntamente com o Urso, eles atravessaram combates, sempre que possível, levando neve, fogo, terror.

– A linha está vacilando – o Urso interpôs, informalmente. Seu olho ainda brilhava, seu pelo estava salpicado de sangue. – Dmitrii terá que...

Então, ela escutou a voz de Dmitrii, forte, saudável, trovejando sobre todo o estrondo de homens lutando. – Recuem! – gritou.

– Isso não é o ideal – disse o Urso.

– Onde ele está? – perguntou Vasya. Mal podia ver através da neve e da luta dos combatentes.

— Ali — respondeu Morozko.

Vasya olhou. — Não consigo ver.

— Então, venha — disse o Rei do Inverno. Ombro a ombro eles abriram caminho à força pela multidão. Agora ela conseguia ver Dmitrii, ainda montado, vestido com a armadura de um boiardo comum, espada na mão. Aos brados, ele transpassou um homem e usou o peso do seu cavalo para atirar outro soldado para fora da sela. Havia sangue em sua face, no braço, na sela e no pescoço do seu cavalo. — Recuem!

Os tártaros avançavam. Por toda parte, voavam flechas. Uma raspou no braço de Vasya; ela mal sentiu.

— Vasya! — chamou Morozko com energia, e ela percebeu que seu braço sangrava.

— O grão-príncipe precisa viver — Vasya replicou. — Se ele morrer, tudo isso será inútil...

E então, Pozhar emparelhou-se com o cavalo de Dmitrii, empinando, forçando outro agressor a recuar.

Dmitrii virou-se e viu-a. Seu rosto mudou. Inclinou-se e segurou seu braço, alheio aos ferimentos dela ou dele.

— Sasha — ele disse. — Onde está Sasha?

A batalha entorpecera-a, mas perante as palavras do primo, o nevoeiro à volta de sua mente rareou um pouco e sob ele havia agonia. Dmitrii viu isso em seu rosto. Ele mesmo empalideceu. Seus lábios contraíram-se. Sem outra palavra a Vasya, virou-se, mais uma vez, para seus homens. — Recuem! Juntem-se à segunda fileira, Traga-os para cá.

Não foi de modo organizado. Os russos estavam cedendo, fugindo, escondendo-se na segunda fileira da batalha, que vacilava terrivelmente. Agora o Urso sumira, e...

Dmitrii disse, virando-se de volta para ela, repentinamente: — Se Oleg planejava participar, agora é uma boa hora.

— Vou atrás dele — Vasya replicou. A Morozko ela pediu: — Não o deixe morrer.

Pareceu que Morozko queria xingá-la; seu rosto também tinha lama e sangue. Um longo arranhão marcava o pescoço da sua égua. Agora ele não era o indiferente Rei do Inverno. Mas apenas concordou com a cabeça e virou seu cavalo para acompanhar Dmitrii.

Dmitrii disse: — Se Oleg não nos traiu, diga para atacar o flanco direito de Mamai — e então ele se afastou rapidamente gritando mais comandos.

Vasya virou Pozhar tentando, mais uma vez, mergulhar na invisibilidade atravessando a linha ofensiva tártara à procura de Oleg.

◇

Encontrou os homens de Ryazan bem-dispostos, assistindo do alto de uma pequena elevação. Foi até ele.

– Em geral, não é isso que significa quando você faz um juramento ao grão-príncipe de que vai guerrear – disse.

Oleg apenas sorriu para ela. – Quando a pessoa arrisca tudo em um ataque, a outra espera até a jogada conseguir o seu melhor. – Ele contemplou o campo. – Essa hora é agora. Vai cavalgar até lá comigo, menina-bruxa?

– Rápido – Vasya replicou.

Ele deu um comando; Vasya girou Pozhar. A égua reluzia como brasa, mas Vasya não sentia.

Aos gritos, os homens de Ryazan desceram a elevação em velocidade máxima. Trombetas soaram. Vasya chegou ao lado do estribo de Oleg, tendo certa dificuldade em manter Pozhar na velocidade dos cavalos desabalados. Viu os tártaros virando-se surpresos para receber um ataque de um grupo inesperado e então viu outro movimento vindo da floresta, no flanco esquerdo de Dmitrii; a cavalaria de Vladimir, finalmente deixando a mata, e o Urso entre eles, instigando seus cavalos com a velocidade do terror. Dava para escutar sua risada convulsa.

Assim, pegaram os tártaros entre eles – Oleg, Vladimir e Dmitrii – e estraçalharam a fileira.

◇

Mas ainda era preciso lutar a cada maldita hora, e ela não soube quanto tempo levou – horas? dias? – quando, por fim, uma voz a fez cair em si.

– Vasya – Morozko disse. – Acabou. Eles estão fugindo.

Foi como se uma bruma deixasse sua visão. Olhou ao redor e percebeu que eles haviam se encontrado no meio: Oleg, Vladimir e Dmitrii, e também ela, o Urso e Morozko.

Dmitrii estava semidesmaiado por causa dos ferimentos; Vladimir apoiava-o. Oleg parecia triunfante. Por toda volta, ela só viu seus próprios homens. Eles haviam vencido.

O vento diminuiu; agora a neve prematura caía regularmente. Leve, silenciosa e espessa, cobria igualmente os inimigos e amigos mortos.

Vasya apenas olhou para Morozko, entorpecida de choque e exaustão. Uma fina cortina de sangue escorria de um arranhão no pescoço da égua branca. Ele parecia tão exausto quanto ela e igualmente triste, suas mãos sujas de terra e sangue. Apenas Pozhar estava ilesa, ainda tão elegantemente poderosa quanto estava pela manhã.

Vasya apenas desejou poder dizer o mesmo. Seu braço esfolado pela flecha latejava e isso não chegava nem perto da dor em sua alma.

Dmitrii obrigou-se a endireitar o corpo, mortalmente pálido, e caminhou até ela. Ela desceu de Pozhar e foi ao seu encontro.

– Você venceu – ela disse. Não havia emoção em sua voz.

– Onde está Sasha? – perguntou o grão-príncipe de Moscou.

37

ÁGUA DE MORTE, ÁGUA DE VIDA

Os homens de Dmitrii perseguiram seus inimigos por todo o caminho de volta até Mecia, quase cinquenta verstas. Vladimir Andreevich, Oleg de Ryazan e Mikhail de Tver conduziram a debandada; os príncipes cavalgando lado a lado como irmãos, e seus homens misturando-se como água, de modo que não se pudesse mais distinguir quem era de Moscou, de Ryazan ou Tver porque todos eram russos. Eles se apossaram dos rebanhos do séquito de Mamai e mataram o khan-fantoche que ele havia trazido; mandaram o próprio general fugido para Caffa, não se atrevendo a voltar a Sarai, onde sua vida seria confiscada.

Mas nem o grão-príncipe de Moscou nem Vasya tomaram parte na debandada. Em vez disso, Dmitrii seguiu-a até um bosquezinho abrigado não distante do rio.

Sasha jazia onde o haviam deixado, envolto na capa de pele de Vasya, sua pele limpa e perfeita.

Dmitrii desceu do seu cavalo com dificuldade, quase caindo, e pegou o corpo do amigo mais querido nos braços. Não falou.

Vasya não tinha como confortá-lo; também chorava.

Fez-se um longo silêncio naquele bosque, enquanto o longo dia chegava ao fim e a luz ficava enfumaçada e irreal. Ainda nevava, mansamente, a toda volta.

Por fim, Dmitrii ergueu a cabeça. – Ele deveria ser levado de volta para a Lavra – disse. Sua voz estava rouca. – Para ser enterrado com seus companheiros em terreno consagrado.

– Sergei rezará por sua alma – replicou Vasya. Sua voz estava tão rouca quanto a dele pelos gritos e pelo choro. Pressionou a base das mãos nos olhos. – Ele vagou por toda esta terra – disse. – Conhecia-a e amava-a. Agora será ossos, preso na terra gelada.

– Mas haverá canções – Dmitrii retrucou. – Prometo. Ele não será esquecido.

Vasya não disse uma palavra. Não tinha o que dizer. O que importavam as canções? Elas não trariam o irmão de volta.

Era noite quando o carroção veio levar o corpo do seu irmão. Chegou ressoando no escuro, acompanhado por muito barulho e luz e os serviçais barulhentos de Dmitrii, todos tomados pelo triunfo, mal imbuídos de respeito pela ocasião. Vasya não conseguiu suportar seu barulho, nem sua alegria e, de qualquer modo, Sasha se fora.

Beijou a testa do irmão e levantou-se, saindo para a escuridão.

◊

NÃO PERCEBEU QUANDO Morozko e Medved chegaram. Tinha a sensação de que andara sozinha por um longo tempo sem noção de onde estava ou aonde estava indo. Só queria escapar do barulho e do fedor, do sangue e do luto, do triunfo alucinado.

Mas, a certa altura, ergueu a cabeça e viu os dois caminhando a seu lado.

Os dois irmãos que ela encontrara em uma clareira quando criança, os dois que haviam marcado e mudado sua vida. Ambos estavam sujos de sangue; os olhos do Urso acesos com o saldo da volúpia da batalha; Morozko grave, inescrutável. A inimizade entre eles continuava ali, mas, de certo modo, mudada, transmutada.

É porque eles já não estão em lados opostos, ela pensou, sombria com um luto exaustivo. *Deus me ajude, ambos são meus.*

Morozko foi o primeiro a falar, não com Vasya, mas com o irmão.

– Você ainda me deve uma vida – disse.

O Urso bufou. – Tentei pagá-la. Ofereci a dela a ela, ofereci ao irmão dela a dele. Tenho culpa de homens e mulheres serem tolos?

– Talvez não – respondeu Morozko. – Mas ainda me deve uma vida.

O Urso pareceu carrancudo. – Tudo bem. Que vida? – perguntou.

Morozko virou-se para Vasya em busca de uma pergunta. Ela apenas olhou para ele sem expressão. Que vida? Seu irmão havia partido, e o campo estava cheio de mortos. Que vida ela poderia desejar agora?

Morozko enfiou a mão com muito cuidado dentro da manga e tirou algo envolto num pano bordado. Desembrulhou-o e estendeu-o com as duas mãos para Vasya.

Era um rouxinol morto, seu corpo rígido e perfeito, mantido ileso com a água da vida. Parecia o que ele havia esculpido, mantido com ela todas as longas noites e os dias difíceis.

Ela olhou do pássaro para o Rei do Inverno, incapaz de falar.

– É possível? – sussurrou. Sua garganta estava seca como pó.

– Talvez – respondeu Morozko e virou-se de volta para o irmão.

◆

ELA NÃO SUPORTOU OLHAR. Não suportou escutar. Afastou-se deles quase temerosa da sua esperança, vinda tão cedo depois do luto. Não suportou vê-los conseguir e não suportou vê-los falhar.

Mesmo quando batidas de casco vieram suaves atrás dela, não se virou. Não até um focinho macio abaixar, de leve, no seu rosto.

Virou a cabeça.

E olhou, olhou, sem poder acreditar. Não conseguiu se mexer, nem falar. Era como se a fala ou o movimento fossem quebrar a ilusão, despedaçá-la e deixá-la mais uma vez desolada. Embebeu-se da visão: sua pelagem baia negra na escuridão, a única estrela na cara, seus calorosos olhos escuros. Ela o conhecia. Amava-o. – Solovey – murmurou.

Eu estava dormindo, disse o cavalo. *Mas esses dois, o Urso e o Rei do Inverno, me acordaram. Senti saudades.*

Com coração dilacerado de exaustão e incrédula alegria, Vasya atirou os braços em volta do pescoço do garanhão baio e chorou. Não era um fantasma. Estava quente, vivo, com seu próprio cheiro, e a textura da sua crina era dolorosamente familiar em sua face.

Não vou mais te deixar, disse o garanhão, e virou a cabeça para focinhá-la.

– Senti tanto a sua falta! – ela exclamou ao cavalo, com lágrimas quentes escorrendo em sua crina negra.

Tenho certeza disso, replicou Solovey cheirando-a. Sacudiu a crina parecendo superior. *Mas agora estou aqui. Você é a Guardiã do Lago agora? Ele não teve uma senhora por muito tempo. Estou feliz que seja você. Mas deveria ter sido ao meu lado. Teria feito tudo isso bem melhor se eu estivesse ali.*

– Tenho certeza disso – disse Vasya, e soltou um som entrecortado que era quase uma risada.

◆

Com os dedos emaranhados na crina do seu cavalo, recostando-se em seu ombro largo e quente, ela mal escutou o Urso falar: – Bom, isso é muito comovente, mas estou indo. Tenho um mundo para ver, e a promessa dela para a minha liberdade, *irmão*. – A última parte foi acrescentada com cautela a Morozko. Vasya viu, ao abrir os olhos, que o Rei do Inverno olhava para seu irmão gêmeo com evidente desconfiança.

– Você ainda está ligado a mim – disse Vasya ao Urso. – E a sua promessa. Os mortos não se levantarão.

– Os homens já criam caos suficiente sem mim – replicou o Urso. – Só vou aproveitar isso. Talvez conceder pesadelos a alguns homens.

– Se você fizer coisa pior, os *chyerti* me contarão. – Ela levantou seus pulsos dourados, uma ameaça e uma promessa.

– Não farei.

– Chamarei você de novo se for necessário – ela disse.

– Faça isso – ele replicou. – Posso até atender. – Ele fez uma mesura, e então se foi, perdendo-se rapidamente nas trevas.

◇

O campo de batalha estava vazio. A lua tinha nascido em algum lugar atrás das nuvens. O campo estava duro de gelo. O mortos jaziam com olhos abertos, homens e cavalos, e os vivos moviam-se entre eles com tochas procurando amigos mortos ou roubando o que pudessem.

Vasya desviou os olhos.

Os *chyerti* já tinham escapulido de volta para suas florestas e cursos d'água, agarrados à promessa de Dmitrii, de Sergei e Vasya.

Podemos compartilhar esta terra. Esta terra da qual cuidamos.

Três *chyerti* permaneceram. Um deles era Morozko, em pé, calado. O outro era uma mulher, cujo cabelo com a palidez do amanhecer caía sobre a escuridão da sua pele. O terceiro era um pequeno espírito de cogumelo, que reluzia um verde pálido no escuro.

Vasya inclinou-se para Ded Grib e Polunochnitsa com os ombros retos e solene, mesmo sabendo que seu rosto estava inchado e manchado, como o de uma criança com tristeza e alegria dolorosa.

– Meus amigos – ela os cumprimentou. – Vocês voltaram.

– Você teve sua vitória, senhora – respondeu Meia-Noite. – Somos testemunhas. Você fez suas promessas e manteve-as. Somos seus sinceramente, os *chyerti*. Vim para lhe dizer que a velha... está satisfeita.

Vasya só pôde acenar com a cabeça. Que importância ela dava a promessas, quebradas ou mantidas? O preço tinha sido alto demais. Mas lambeu os lábios e disse: – Diga... diga a minha bisavó que irei até ela, em Meia-Noite, se ela permitir. Porque tenho muito a aprender. E agradeço a vocês dois. Por sua fé. E suas lições.

– Não esta noite – interveio Ded Grib de maneira prática, com sua voz aguda. – Esta noite você não vai aprender nada. Vá achar um lugar limpo. – Ele fixou em Morozko um olhar sombrio. – Com certeza você conhece um bom lugar, Rei do Inverno. Mesmo que seu reino seja frio demais para cogumelos.

– Sei de um lugar – replicou Morozko.

– Verei vocês ao lado do lago ao luar – disse Vasya a Ded Grib e Polunochnitsa.

– Esperaremos você ali – retrucou Meia-Noite, e então ela e Ded Grib sumiram com a mesma rapidez com que tinham aparecido.

Vasya recostou-se, novamente, no pescoço de Solovey e viu-se desconcertada igualmente pelo pesar e pela alegria. Morozko pôs as mãos em concha. – Vamos embora – disse. – Finalmente.

Sem uma palavra, ela colocou um pé em suas mãos e deixou que ele a impulsionasse para as costas de Solovey. Não sabia aonde eles estavam indo, a não ser que sua alma dizia-lhe que era para longe. Longe do som e do cheiro, da glória e da futilidade.

Solovey carregou-a com delicadeza, o pescoço arqueado, e Pozhar, reluzindo no escuro, verteu calor sobre ambos.

Por fim, chegaram a uma pequena elevação. Todo o campo de batalha encharcado de sangue estendia-se a seus pés. Vasya desmontou e foi até Pozhar.

– Agradeço, senhora – ela disse. – Agora você voará livre, como há muito desejou fazer?

Pozhar levantou a cabeça, reservada, e suas narinas abriram-se como que para testar os ventos do céu. Mas, depois, abaixou a cabeça dourada delicadamente e tocou o cabelo de Vasya com a boca. *Estarei perto do lago quando você voltar,* ela replicou. *Pode preparar um lugar aquecido para mim nas noites de tempestade e pentear a minha crina.*

Vasya sorriu. – Farei isto.

Pozhar inclinou as orelhas para trás um tantinho. *Não descuide do lago porque ele sempre precisará de um guardião.*

– Cuidarei dele – assegurou Vasya. – E zelarei pela minha família. E cavalgarei o mundo nos intervalos de tempo até os lugares mais distantes de escuridão e dia. É o bastante para uma vida. – Ela fez uma pausa. – Agradeço – acrescentou à égua. – Mais do que posso dizer.

Então afastou-se.

A égua balançou a cabeça para cima, pequenas chamas tremeluziram na beirada da sua crina. Uma orelha inclinou-se em direção a Solovey, talvez com um toque de faceirice. Ele roncou baixinho para ela. Em seguida, a égua empinou mais e mais. Suas asas chamejaram, mais brilhantes do que o pálido sol da manhã, dourando todos os flocos de neve, fazendo sombras da neve rodopiante. E o Pássaro de Fogo planou acima em um ímpeto de glória. Homens que a viram à distância contaram depois uns aos outros que tinham visto um cometa, um sinal da bênção de Deus, voando entre o céu e a terra.

Vasya contemplou a partida de Pozhar com os olhos fixos no brilho e só abaixou o olhar quando Solovey cutucou-a na região lombar. Enfiou o rosto na crina do seu cavalo, respirou seu cheiro reconfortante. Ele não tinha nada do toque alarmante de fumaça de Pozhar. Por um instante, até conseguiu esquecer o cheiro de sangue, sujeira, fogo e ferro.

Uma friagem passou pelas suas costas, e ela levantou a cabeça, virando-se.

Morozko tinha terra sob as unhas, um rastro de fuligem no rosto. A égua branca atrás dele parecia tão cansada quanto o dono, pendendo baixo a cabeça orgulhosa. Cutucou Solovey, seu potro, uma vez de leve.

Morozko parecia exausto à maneira dos homens depois de um longo trabalho. Seus olhos perscrutaram o rosto dela.

Vasya pegou suas mãos. – Será assim para você enquanto viver? – perguntou. – Ficar ao nosso lado e se afligir por nós?

– Não sei – ele respondeu. – Pode ser. Mas acho que prefiro sentir dor a não sentir nada. Talvez eu tenha me tornado mortal finalmente.

Seu tom era irônico, mas seu braço envolveu-a com força, e ela pôs os dela ao redor do seu pescoço e apoiou o rosto em seu ombro. Ele cheirava a terra, sangue e medo da matança daquele dia. Mas por debaixo, como sempre, havia o aroma de água fria e pinho.

Vasya inclinou a cabeça para cima e puxou-o para ela, beijando-o intensamente, como se, por fim, pudesse se perder, esquecer o dever e o horror daquele dia ao toque das suas mãos.

– Vasya – ele disse baixinho em seu ouvido. – É quase meia-noite. Aonde você quer ir? – Suas mãos estavam no emaranhado do seu cabelo.

– Para algum lugar com água limpa – ela respondeu. – Estou cansada de morte e sangue. E então? Para o norte. Contar para Olya como... – ela se interrompeu, teve que firmar a voz antes de continuar. – Talvez... depois... devamos cavalgar juntos até o mar e ver a luz na água.

– Sim – ele disse.

Ela quase sorriu. – E depois? Bom, você tem um reino na floresta invernal, e eu tenho o meu na curva do lago. Talvez possamos inventar um país em segredo, um país de sombras, atrás e debaixo da Rússia de Dmitrii. Porque sempre deve haver uma terra para os *chyerti*, para bruxas e feiticeiros, e para seguidores da floresta.

– Sim – ele repetiu. – Mas esta noite, comida e ar fresco, água limpa e terra imaculada. Venha comigo, *snegurochka*. Conheço uma casa numa floresta invernal.

– Eu sei – ela disse, e um polegar afastou suas lágrimas.

Ela teria dito que estava cansada demais para pular para as costas de Solovey, mas seu corpo fez isso mesmo assim.

– O que ganhamos? – Vasya perguntou a Morozko enquanto eles cavalgavam. A neve tinha parado, o céu estava claro. A estação do gelo mal começara.

– Um futuro – respondeu o Demônio do Gelo. – Porque nos anos vindouros, os homens dirão que houve uma batalha que tornou Rus' uma nação de um só povo. E os *chyerti* seguirão vivendo, intactos.

– Mesmo em troca disso, o preço foi muito alto – ela disse.

Cavalgavam joelho a joelho. Ele não respondeu. Agora a escuridão selvagem de Meia-Noite estava à volta deles, mas em algum lugar à frente uma luz brilhava por entre as árvores.

NOTA DA AUTORA

Praticamente, desde os primeiros esboços de *O Urso e o Rouxinol*, eu sabia que queria terminar minha trilogia na batalha de Kulikovo. Essa batalha sempre me pareceu criar um ponto natural de reconciliação para muitos dos conflitos que eu queria abordar nas páginas desses três livros: os russos contra os tártaros, cristãos contra pagãos, Vasya tentando equilibrar seus próprios desejos e ambições com as necessidades da sua família e da sua nação.

O caminho que projetei para chegar à batalha variou loucamente desde aqueles primeiros dias, mas o destino nunca mudou.

A batalha de Kulikovo realmente aconteceu. Em 1380, no rio Don, o grão-príncipe Dmitrii Ivanovich adquiriu seu histórico apelido Donskoi, *do Don*, ao liderar uma força combinada de diversos principados russos contra um exército comandado pelo *temnik* tártaro Mamai.

Dmitrii venceu. Foi a primeira vez que o povo russo juntou-se sob a liderança de Moscou para derrotar um adversário estrangeiro. Alguns argumentam que esse evento assinala o nascimento espiritual da nação russa. Resolvi incorporar isso, embora, na realidade, o significado histórico dessa batalha seja objeto de contínuas discussões. Quem, senão o romancista, tem o direito de escolher a dedo interpretações históricas que mais lhe convenham?

Minha versão de conto de fadas dessa batalha ignora a incrível quantidade de manobras políticas e militares que culminaram com o próprio evento: as ameaças, os conflitos, as mortes, os casamentos, os adiamentos.

Mas os grandes acontecimentos da minha versão de Kulikovo foram extraídos da história:

Um monge-guerreiro chamado Aleksandr Peresvet realmente lutou num combate individual com um guerreiro tártaro chamado Chelubey e morreu vitorioso. Dmitrii de fato trocou de lugar com um dos seus boiardos menos expressivos para poder lutar com seus homens sem ser notado pelo inimigo. Oleg de Ryazan realmente desempenhou um papel ambíguo na batalha: talvez tenha traído os russos, talvez tenha traído os tártaros, talvez tenha apenas lutado para abrir um caminho entre os dois.

Tudo isso é verdade.

E talvez, sob a batalha registrada pela história, tenha havido outra luta, entre religiosos e *chyerti*, sobre como eles iriam coexistir naquela sua terra. Quem sabe? Mas o conceito de *dvoeveriye*, fé dupla, persistiu na Rússia até a Revolução. A ortodoxia coexistiu pacificamente com o paganismo. Quem pode dizer que não houve o trabalho de uma menina com dons estranhos e olhos verdes?

Quem pode dizer, afinal, que os três guardiões da Rússia não sejam uma bruxa, um Demônio do Gelo e um espírito do caos?

Acho isso adequado.

Agradeço a você por ler até o fim. Comecei a série em uma tenda no Havaí, aos 23 anos, e agora você tem em mãos o produto final daquele trabalho.

Ainda estou perplexa com a jornada e mais agradecida do que consigo expressar que ela tenha acontecido.

UMA NOTA SOBRE NOMES RUSSOS

As convenções russas sobre denominações e tratamentos, embora não sejam tão complicadas como sugeririam os agrupamentos consonantais, são tão diferentes das formas inglesas que merecem explicação. Os nomes russos modernos podem ser divididos em três partes: o prenome, o patronímico e o último nome ou sobrenome. Na Rus' medieval, as pessoas, em geral, tinham apenas um primeiro nome ou (entre os nobres) um prenome e um patronímico.

Primeiros nomes e apelidos

A Rússia é extremamente farta em diminutivos. Qualquer prenome russo pode originar um grande número de apelidos. O nome Yekaterina, por exemplo, pode ser reduzido a Katerina, Katya, Katyusha ou Katenka, entre outras formas. Essas variações são, com frequência, usadas de maneira intercambiável para se referir a um único indivíduo segundo o grau de familiaridade de quem fala e os caprichos do momento.

Aleksandr – Sasha
Dmitrii – Mitya
Vasilisa – Vasya, Vasochka
Rodion – Rodya
Yekaterina – Katya, Katyusha

Patronímicos

Na Rússia, o patronímico sempre deriva do primeiro nome do pai de um indivíduo. Ele varia segundo o gênero. Por exemplo, o pai de Vasilisa chama-se Pyotr. O patronímico dela, derivado do nome do pai, é Petrovna. Seu irmão, Aleksei, usa a forma masculina, Petrovich.

Para demonstrar respeito em russo, não se usa senhor ou senhora. Você se dirige à pessoa pelo seu primeiro nome junto com o patronímico. Um estranho, ao encontrar Vasilisa pela primeira vez, a chamaria de Vasilisa Petrovna. Quando Vasilisa está disfarçada de menino, ela chama a si mesma de Vasilii Petrovich.

Na Rus' medieval, quando uma nobre casava-se, mudava seu patronímico (se tivesse um) para um nome derivado do nome do marido. Assim, Olga, que era Olga Petrovna, quando menina tornou-se Olga Vladimirova (enquanto a filha de Olga e Vladimir é chamada de Marya Vladimirovna).

GLOSSÁRIO

BABA YAGA – Uma velha bruxa que aparece em muitas histórias de fadas russas. Cavalga em um almofariz, dirigindo com um pilão e apagando sua passagem com uma vassoura de bétula. Mora em uma cabana que dá voltas e voltas sobre pernas de galinhas. Na trilogia *Noite de inverno*, ela é bisavó de Vasya.

BANNIK – "Morador da Casa de Banhos", guardião da casa de banhos no folclore russo.

BATIUSHKA – Literalmente, "padrezinho", usado como maneira respeitosa de se dirigir aos eclesiásticos ortodoxos.

BELIYE – Porcini, um tipo de cogumelo.

BOIARDO – Membro do Kievan, ou, mais tarde, da aristocracia moscovita; segundo na hierarquia, abaixo apenas de um *knyaz*, ou príncipe.

CAFFA – Uma cidade na Crimeia, agora conhecida como Feodosia. Na época da trilogia *Noite de inverno*, a cidade estava sob o jugo dos genoveses.

CATEDRAL DE ASSUNÇÃO – (Unspensky Sobor). Também conhecida como a catedral da Dormição. Comemora a dormição (o adormecimento, ou seja, a morte da Mãe de Deus e sua condução ao céu). Localizada no atual Kremlin de Moscou, a estrutura original de calcário foi iniciada em 1326 e consagrada em 1327. A construção atualmente existente data do século XVI.

CHELUBEY – Chamado de Chelubey pelos historiadores russos, e Temir-Murza por seus concidadãos, Chelubey foi o defensor do lado tártaro na batalha de Kulikovo. Foi derrotado por Aleksandr Peresvet.

CHERNOMOR – Um velho feiticeiro e Rei do Mar no folclore russo, cujo nome deriva, literalmente, de Mar Negro. Com seus 33 filhos, ele sairia do mar para zelar pela ilha da donzela-cisne no conto de fadas do czar Saltan.

CHYERTI (SINGULAR: CHYERT) – Diabos. Neste caso, é um nome coletivo significando vários espíritos do folclore russo. Outro termo, possivelmente melhor, é *nyechistiye sili*, literalmente "forças impuras", mas é um bocado difícil para os leitores.

CRUZ BIZANTINA – Também chamada de cruz patriarcal, essa cruz tem uma cruz menor acima do travessão principal e, às vezes, um travessão inclinado perto do pé.

DAN – Tributo. Neste caso, o tributo devido pela conquistada Rus' a seus suseranos mongóis.

DED GRIB – Avô Cogumelo. Não existe fonte histórica sobre ele. Foi inspirado e é uma homenagem a um personagem do antigo filme infantil soviético *Morozko*.

DMITRII DONSKOI – Chamado Dmitrii Ivanovich na trilogia *Noite de inverno*, ganhou o apelido "do Don" depois da sua vitória na batalha de Kulikovo.

DOMOVOI – No folclore russo, o guardião da casa, o espírito doméstico. Em *O Inverno da bruxa*, foi feminizado como *domovaya*. Em algumas fontes, o *domovoi* tinha uma esposa, chamada *kikimora*, mas senti que seria mais apropriado para a casa de uma bruxa dar uma versão feminina ao nome do principal guardião doméstico.

DVOR – Pátio da entrada. Espaço entre as construções anexas na propriedade de um nobre russo medieval.

DVOROVOI – Guardião do pátio da entrada no folclore russo.

ESCREVER IMAGENS – Tradução direta da frase russa. Em russo, usa-se o verbo *escrever* (*pisat/napisat*) para a feitura de imagens.

FORNO – O forno russo ou *pech'*, em inglês "oven", é uma construção enorme que entrou em largo uso no século XV tanto para cozinhar e assar quanto para aquecer. Um sistema de dutos assegurava uma distribuição uniforme do calor, e, frequentemente, famílias inteiras dormiam no alto do forno para se manter aquecidas ao longo do inverno.

GAMAYUN – Pássaro preto no folclore russo que faz profecias. Geralmente, é representado como um pássaro com cabeça de mulher.

GER (YURT) – Tenda portátil redonda, feita de feltro ou peles, e usada pelos exércitos mongóis no deslocamento. Em geral, eram desmontadas e montadas a cada noite, mas a melhor, usada pelo *khan* ou pelo líder do exército, era frequentemente mantida intacta e transportada de um lugar a outro em uma plataforma gigante puxada por bois.

GOSPODIN – Forma respeitosa de se dirigir a um homem, mais formal do que "senhor" ou "mister" (em inglês). Poderia ser traduzida para o inglês como "lord".

GOSUDAR – Termo de tratamento próximo a "Sua Majestade" ou "Soberano".

GRANDE KHAN – Gêngis Khan. Seus descendentes, sob a forma da Horda Dourada, governaram a Rússia por duzentos anos.

GRÃO-PRÍNCIPE (*VELIKIY KNYAZ*) – Título de um governante de um principado importante, por exemplo, Moscou, Tver ou Smolensk, na Rússia Medieval. O título de czar só entrou em uso quando Ivan, o Terrível foi coroado em 1547. *Velikiy Knyaz* também é frequentemente traduzido como grão-duque.

HEGÚMENO – Chefe de um monastério ortodoxo; equivalente a abade na tradição ocidental.

HIDROMEL – Vinho de mel, feito pela fermentação de uma mistura de mel e água.

HORDA DOURADA – Canato mongol fundado por Batu Khan no século XII. Adotou o Islã no começo do século XIV, e no seu auge governou uma grande faixa do que é hoje conhecido como Leste Europeu, incluindo o Grão-Principado de Moscou.

ICONÓSTASE (BIOMBO DE IMAGENS) – Uma parede de imagens com um layout específico que separa a nave do santuário numa igreja ortodoxa oriental.

IRMÃO ALEKSANDR PERESVET – Historicamente, um monge e membro da Lavra Trindade sob Sergius de Radonezh. Lutou um único combate com Chelubey para dar início à batalha de Kulikovo. Ambos acabaram mortos, mas, segundo fontes russas, Chelubey foi o primeiro a ser derrubado do seu cavalo.

IRMÃZINHA – Adaptação do termo afetivo russo *sestryonka*. Pode ser usado tanto para irmãs mais velhas quanto para as mais novas.

IRMÃOZINHO – Adaptação do termo afetivo russo *bratishka*. Pode ser usado tanto para irmãos mais velhos quanto para os mais novos.

IVAN – Referência ao conto de fadas *Marya Morevna*, onde Ivan, tendo sido feito em pedacinhos pelo feiticeiro malvado, volta à vida graças a seus cunhados, os príncipes-pássaros, que buscam para ele a água da morte, que restaura a sua carne, e a água da vida, que lhe devolve a vida.

IZBA – Casa de camponês pequena e feita de madeira, frequentemente adornada com entalhes. O plural é *izby*.

KOKOSHNIK – Toucado russo. Existem muitos modelos de *kokoshniki*, dependendo do local e da época. Geralmente, a palavra refere-se ao toucado fechado, usado por mulheres casadas, embora as donzelas também usassem toucados abertos atrás, ou às vezes apenas faixas na cabeça que expunham o cabelo. O uso dos *kokoshniki* limitava-se à nobreza. A forma mais comum de cobertura para a cabeça de uma mulher russa medieval era um lenço ou uma echarpe.

KOLOMNA – Cidade que ainda existe, parte da região de Moscou. Seu nome, provavelmente, deriva da palavra do antigo russo para uma curva no rio. Seu brasão oficial foi outorgado por Catarina, a Grande. Local histórico de reunião do exército russo por Dmitrii antes de marchar para Kulikovo.

KREMLIN – Complexo fortificado no centro de uma cidade russa. Embora o uso do inglês moderno tenha adotado a palavra *kremlin* para se referir unicamente ao mais famoso exemplo, o Kremlin de Moscou, na verdade, existem kremlins na maioria das cidades históricas russas. Originalmente, toda Moscou ficava dentro do seu próprio kremlin; com o tempo, a cidade espalhou-se para além dos seus muros.

KULIKOVO – Kulikovo Pole, literalmente "Campo das Narcejas". Local da histórica batalha de Kulikovo, ocorrida em 1380.

LAVRA DE TRINDADE (a Lavra da Trindade de Santo Sergei) – Monastério fundado por são Sergei Radonezhsky em 1337, a cerca de 65 quilômetros ao norte de Moscou.

LESNAYA ZEMLYA – Literalmente "Terra da Floresta". Aldeia natal de Vasya, Sasha e Olga, cenário para grande parte da ação que transcorre em *O urso e o rouxinol*, referenciada inúmeras vezes em *A menina na torre* e *O inverno da bruxa*.

LETNIK – Vestuário leve feminino, na altura da panturrilha, com mangas largas, usado sobre um camisolão.

LISICHKI – Chanterelles, um tipo de cogumelo.

MATYUSHKA – Literalmente "mãezinha", termo afetivo.

METROPOLITANO – Alto dignitário da Igreja Ortodoxa. Na Idade Média, o metropolitano da igreja de Rus' era a mais alta autoridade ortodoxa da Rússia, indicado pelo Patriarca Bizantino.

MONASTÉRIO DO ARCANJO – O nome completo do monastério era Monastério do Arcanjo Miguel de Aleksei, mais popularmente conhecido como Monastério Chudov, a partir da palavra russa *chudo*, milagre. Foi dedicado ao milagre do arcanjo Miguel de Colossas, com o qual o anjo, supostamente, concedeu o poder da fala a uma menina muda. Foi fundado em 1358 pelo metropolitano Aleksei.

MOSCOU (EM RUSSO *MOSKVA*) – Atualmente, capital da moderna federação russa, Moscou foi fundada no século XII pelo príncipe Yuri Dolgoruki. Por muito tempo eclipsada por cidades como Vladimir, Tver, Suzdal e Kiev, Moscou alcançou uma proeminência após a invasão mongólica sob a liderança de uma série de príncipes ruríquidas competentes e empreendedores.

MOSCÓVIA – Derivado do latim *Moscovia*, da denominação russa original *Moscov*, o termo refere-se ao grão-ducado ou ao grande principado de Moscou; por séculos, Moscóvia foi uma maneira comum de se referir à Rússia, no Ocidente. Originalmente, Moscóvia cobria um território relativamente modesto que se estendia ao norte e ao leste de Moscou, mas do final do século XIV ao século XVI ele cresceu enormemente, até 1505, cobrindo quase 1 milhão de quilômetros quadrados.

OLEG DE RYAZAN – Também Oleg Ryazanski. Grão-príncipe de Ryazan durante a segunda metade do século XIV. Seu papel na época que culminou com a batalha de Kulikovo, e na própria batalha, é ambíguo. Algumas fontes colocam-no completamente ao lado dos tártaros. Outros dizem que ele tentou jogar dos dois lados de modo a sair lucrando com quem ganhasse. Pode ter sido o primeiro a avisar Dmitrii que as forças de Mamai avançavam para Kulikovo; pode ter retardado sua própria chegada à batalha e desviado o reforço de Mamai, para dar uma chance a Dmitrii. Pode ter permitido que seus boiardos lutassem ao lado dos russos, mas ele mesmo ter esperado para entrar em ação.

OTCHE NASH – Pai Nosso, frase de abertura da Oração do Senhor na antiga Igreja Eslavônica. Mesmo hoje, a oração é, em geral, geralmente memorizada e dita em sua forma antiga, mais do que em russo moderno.

PATENTE – Termo usado na historiografia russa para os decretos oficiais da Horda Dourada. Todo governante de Rus' tinha que ter uma patente, ou *yarlik*, concedida pelo *khan*, que lhe dava autoridade para governar. Boa parte das intrigas entre os príncipes russos a partir do século XIII vinha da manipulação em busca das patentes de várias cidades.

PATRIARCA ECUMÊNICO – Chefe supremo da Igreja Ortodoxa Oriental baseada em Constantinopla, atual Istambul.

POLUDNITSA – Lady Meio-Dia, irmã de Lady Meia-Noite, que vaga pelos campos de feno e causa insolação com suas tesouras de poda.

POLUNOCHNITSA – Literalmente, Mulher da Meia-Noite; Lady Meia-Noite, demônio que só surge à meia-noite e provoca pesadelos nas crianças. No folclore, ela vive em um pântano, e existem muitos exemplos de simpatias cantadas por pais para mandá-la de volta para lá. Em *O inverno da bruxa*, esse personagem folclórico é associado à Noite, criada de Baba Yaga, no conto de fadas *Vasilisa, a bela*.

POSAD – Área anexa, mas não dentro, dos muros fortificados de uma cidade russa. Em geral, era um centro de comércio. Com o passar dos anos, a *posad* frequentemente evoluiu para um centro administrativo, ou uma cidade, por méritos próprios.

POZHAR – Fogo, fogueira. Nome da égua dourada em *O inverno da bruxa*, que também é o Pássaro de Fogo. Pode-se ver a raiz do seu nome na palavra russa para Pássaro de Fogo, *zhar-ptitsa*.

RIO MOSKVA – Rio ao longo do qual foi fundada Moscou.

RIO NEGLINNAYA – Moscou foi, originalmente, construída em uma colina entre os rios Moskva e Neglinnaya, e os dois formavam um fosso natural. Atualmente, o Neglinnaya é um rio subterrâneo na cidade de Moscou.

RUBAKHA – Camisolão de manga comprida, principal roupa íntima de quase todas russas medievais, a única consistentemente lavada.

RUS' – Originalmente, os Rus' eram um povo escandinavo. No século IX d.C., a convite das tribos guerreiras eslavas e fínicas, eles estabeleceram uma dinastia dominante, os ruríquidas, que acabou por abranger uma grande faixa do que hoje é a Ucrânia, Belarus, e a Rússia Ocidental. O território que governavam veio a receber seu nome, assim como o povo que vivia sob sua dinastia, que durou do século IX até a morte de Ivã IV em 1584.

RÚSSIA – Do século XIII até o século XV não havia uma organização política unificada denominada Rússia. Em vez disso, os Rus' viviam sob uma série discrepante de príncipes (*knyazey*) rivais, que deviam sua aliança máxima aos suseranos mongóis. A palavra *Rússia* não entrou em uso comum até o século XVII. Assim, no contexto medieval, o uso da palavra *Rússia*, ou do adjetivo *russo*, refere-se a uma faixa de território com cultura e língua comuns, e não a uma nação com governo unificado. Portanto, a expressão "todos os russos" refere-se a esses vários estados, e não a um todo unificado.

SAPOGI – Botas curtas, geralmente feitas com múltiplos pedaços de couro, com uma frente redonda. Nessa época, não se distinguiam pés direito e esquerdo.

SARAFAN – Vestido que lembra um macacão ou um avental, com tiras nos ombros, usado sobre uma blusa de mangas compridas. Essa peça, na verdade, entrou em uso comum apenas no início do século XV. Incluí-a em *O urso e o rouxinol* ligeiramente antes do seu tempo por causa da força com que essa maneira de vestir evoca o conto de fada russo para o leitor ocidental.

SARAI (da palavra persa para "palácio") – Cidade principal da Grande Horda, originalmente construída no rio Akhtuba, e mais tarde realocada ligeiramente para o norte. Vários príncipes de Rus' iam a Sarai homenagear e receber patentes do *khan* para governar seus territórios. A certa altura, Sarai foi uma das maiores cidades do mundo medieval, com uma população de mais de meio milhão de pessoas.

SERPUKHOV – Atualmente, uma cidade que fica a cerca de cem quilômetros de Moscou. Foi originalmente fundada durante o reinado de Dmitrii Ivanovich para proteger as abordagens a Moscou pelo sul e entregue ao primo de Dmitrii, Vladimir Andreevich (marido de Olga em *A menina na torre*). Serpukhov não alcançou status de cidade até o final do século XIV. Em *A menina na torre* e *O inverno da bruxa*, Olga vive com sua família em Moscou, apesar de ser princesa de Serpukhov, porque, à época, Serpukhov pouco passava de árvores, um forte e algumas cabanas. O príncipe de Serpukhov era o único senhor no principado de Moscou que não era um vassalo, ou seja, era um príncipe por direito próprio, e não subordinado a Moscou.

SNEGUROCHKA (derivada da palavra russa, *sneg*, neve) – A Donzela da Neve, personagem que aparece em inúmeros contos de fadas russos. Em *O inverno da bruxa* é também o apelido de Morozko para Vasya.

SOLOVEY – Rouxinol. Nome do cavalo baio de Vasya.

TEREM – Palavra que se refere tanto ao verdadeiro local onde as nobres viviam na Velha Rússia (os andares superiores de uma casa, uma ala separada, ou mesmo uma construção separada ligada à parte masculina do palácio por uma passagem), e mais em geral à prática moscovita de isolar mulheres aristocráticas. Acredita-se que derive da palavra grega *teremnon* (moradia), não tendo relação com a palavra árabe *harém*. Esta prática é de origem desconhecida, considerando a falta de registros escritos de Muscovy medieval. A prática do *terem* alcançou seu ápice nos séculos XVI e XVII. Finalmente, foi eliminada por Pedro, o Grande, trazendo as mulheres de volta à esfera pública. Funcionalmente, o *terem* significava que as aristocratas russas levavam uma vida completamente separada dos homens, e as meninas eram criadas no *terem*, não podendo deixá-lo até se casar. A princesa mantida pelo pai atrás de três vezes nove fechaduras, figura de linguagem comum nas histórias de fadas russas, deriva-se, provavelmente, desse costume verdadeiro.

TUMAN – Névoa. O nome do cavalo cinza de Sasha.

ULUS – Nação, tribo, seguidores.

UPYR – Versão eslávica de um vampiro. Mais monstruoso e menos elegante do que a variante da Europa ocidental.

VAZILA – No folclore russo, o guardião do estábulo e protetor dos rebanhos.

VEDMA – *Vyed'ma*, bruxa, mulher sábia.

VERSTA – Unidade de distância que corresponde, grosseiramente, a um quilômetro ou dois terços de milha.

VLADIMIR – Uma das principais cidades de Rus' medieval, situada a cerca de duzentos quilômetros a leste de Moscou. Dizem que sua fundação data de 1108, e muitas das suas antigas construções continuam intactas.

VLADIMIR ANDREEVICH – Chamado "O Destemido" (*khrabriy*), é o mais conhecido dos príncipes de Serpukhov. Ganhou sua alcunha por sua coragem ao lutar as guerras de Dmitrii Donskoi. Era primo em primeiro grau de Dmitrii e seu conselheiro próximo. Em *O inverno da bruxa*, é marido de Olga, irmã de Vasya.

ZAPONA – Um antigo vestuário externo usado por donzelas sobre um camisolão de mangas compridas. Era apenas um pedaço de tecido retangular, dobrado ao meio nos ombros, com uma abertura redonda para a cabeça. Não era costurado dos lados, mas preso com um cinto na cintura.

AGRADECIMENTOS

Dediquei sete anos da minha vida à trilogia *winternight*, alvo da generosidade de mais pessoas do que consigo nomear. Escrever um livro é solitário, mas terminá-lo e publicá-lo é trabalho de muitos, em maior ou menor extensão. Sou grata a todos que entraram na floresta comigo e com Vasya em 2011 e persistiram até o agridoce fim.

Ao departamento russo na Middlebury College, atual e anterior, imagino que isto tenha sido um uso ligeiramente não convencional da minha formação, mas sou grata a todos aqueles anos de história, gramática e conjugações, sem os quais jamais teria me comprometido com esta série. Agradeço, especialmente, a Tatiana Smorodinskaya e Sergei Davydov por serem mentores e amigos, e por verificarem minha tradução de Pushkin.

Um enorme obrigada a meu agente, Paul Lucas, a primeira pessoa, sem ser a minha mãe, a ler este livro e acreditar nele lá em 2014, e que tem sido uma rocha de bons conselhos e bom senso desde então. E a todos na Janklow and Nesbit e Cullen Stanley International, em especial Stephanie Koven, Brenna English-Loeb e Suzannah Bentley.

Às pessoas do outro lado do oceano, em Ebury – Gillian Green, Stephanie Naulls e Tess Henderson – o meu muito obrigado por levar minha obra a leitores no Reino Unido e por sua primorosa hospitalidade e seus cupcakes sempre que visitei. Um reconhecimento especial a Vlad Sever e sua equipe na Croácia, que fez a edição mais maravilhosa que já vi de *O urso e o rouxinol*.

Ao pessoal na Del Rey e Ballantine, que ofereceu para meus livros e para mim a melhor editora acolhedora que um escritor poderia ter nos últimos anos; agradeço a Scott Shannon, Tricia Narwani, Keith Clayton, Jess Bonet, Melissa Sanford, David Moench, Anne Speyer e Erin Kane.

À Jenniffer Hershey, minha editora brilhante. Agradeço por me fazer persistir quando eu não acreditava que conseguiria fazê-lo; agradeço pelos quatro anos de boas ideias, por me apoiar em todos aqueles esboços especialmente duvidosos. Esta séria não existiria sem você.

A meus colegas de casa na Slimhouse: RJ e Pollaidh (menina, você é um membro honorário), Garrett, Camila e Blue, vocês são a melhor família que eu poderia ter. Ter vocês na minha vida agitando-se na cozinha, contando piadas infames, fazendo-me provar mais uma cerveja horrorosa e implicando com as caixas de livros debaixo da minha cama manteve-me lúcida e feliz. Amo todos vocês.

Aos Johnsons – Peter, Carol Anne, Harrison e Gracie – agradeço por sua hospitalidade e seu entusiasmo. A Abhay Morrissey, por me levar para voar, literalmente, quando precisei dar uma parada. Aos Roxendals – Björn, Kim, Josh, David, Eliza, Dana, Mariel, Joel, Hugo e todos vocês – agradeço por me deixar passar todos aqueles meses no meu sofá rabiscando. À Allie Brudney, por ser incrível, por aparecer em todos os eventos possíveis, porque as melhores amizades da faculdade são eternas. À Jenny Lyons e o restante da equipe da livraria Vermont, agradeço por seu apoio constante. Ao pessoal da Stone Leaf Tea House, agradeço por todas aquelas noites de inverno que passei em suas dependências trabalhando no meu livro.

À minha família: Mike Buls e Beth Fowler, John Burdine e Sterling Burdine e Elizabeth Burdine. Amo todos vocês. Obrigada por tudo.

A Evan Johnson, que me faz comer e dormir quando tudo que eu quero fazer é escrever, meu colega de corrida e de aventuras, meu companheiro e melhor amigo. Amo você.

Por fim, agradeço a todos, muito mais gente do que consigo dizer, os livreiros e leitores que leram meu livro, contaram a um amigo, resenharam-no em algum lugar. Agradeço a todos que seguiram com Vasya em sua jornada. Espero que vocês venham comigo na próxima.

Impressão e Acabamento:
LIS GRÁFICA E EDITORA LTDA.